Publius Naso

Verwandlungen

Publius Naso

Verwandlungen

ISBN/EAN: 9783743378865

Hergestellt in Europa, USA, Kanada, Australien, Japan

Cover: Foto ©Andreas Hilbeck / pixelio.de

Manufactured and distributed by brebook publishing software (www.brebook.com)

Publius Naso

Verwandlungen

Des
Publius Ovidius Naso
Verwandlungen

übersetzt

und mit Anmerkungen für junge Leute, angehende Künstler

und ungelehrte Kunstliebhaber versehen

von

August Rode.

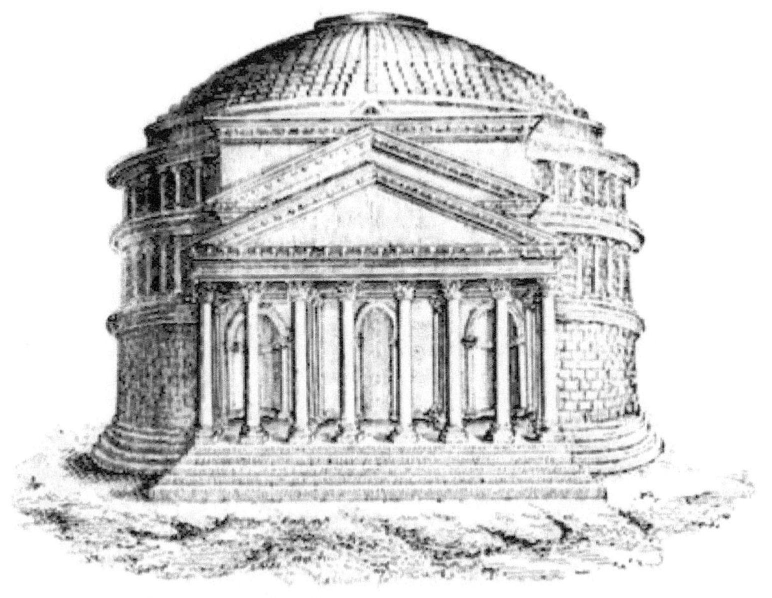

Erster Theil

Berlin

bey August Mylius 1791.

Des
Publius Ovidius Naso
Verwandlungen

aus dem Lateinischen übersetzt

und

mit Anmerkungen für junge Leute, angehende
Künstler und ungelehrte Kunstliebhaber
versehen

von

August Rode.

Berlin

bei August Mylius.

1791.

Nachricht.

Um das Buch nicht theuer zu machen, haben wir, anstatt
der angekündigten Kupfer von Hn. Meil, die Titel-
blätter lieber in Kupfer stechen und mit Medaillons
zieren lassen, welche die versprochenen Gegenstände
(nemlich Th. I. das Pantheon und Th. II. des Theseus
Gefecht mit dem Centaur Bianor) vorstellen. Jedem
Pränumeranten, der mit dieser Veränderung nicht zufrieden sein sollte, steht es frei sein Geld zurück zu fodern.

Die Buchhandlung von August Mylius.

Dem

Herrn Hofrath Le Roy,

Canonicus zu Huy.

Ja, lieber Le Roy, trotz alles dessen, was
Ihre Bescheidenheit dagegen einwendet,
bringe ich Ihnen dennoch meine Uebersetzung der
Verwandlungen Ovids dar.

So lautere Bewegungsgründe ich auch
hätte, sie einem erhabenen Schutzherrn zu weihen; so lassen Sie mich immer von dieser Seite
dem Antriebe meines Herzens widerstehen —
denn erinnern Sie sich des schimpflichen Mißbrauchs, der, zur Schande der Gelehrsamkeit,
von den Zueignungsschriften gemacht wird; und
in welchem zweideutigen Lichte dadurch jeder
Zueigner in den Augen der Großen erscheinen
muß — und lassen Sie mich lieber einem andern
süßen Hange folgen! Mit einer namenlosen innern Genugthuung schreibe ich Ihren Namen
diesem Werke vor. Freundschaft, Dankbarkeit,

und Stolz auf die Art und Festigkeit unsrer Verbindung, welche über die Verleumdungen des
Neides und selbst über Abwesenheit gesiegt
hat, und, trotz aller vaterländischen Unruhen,
unverändert fortdauret, sind die Ingredienzen
meines Gefühls. Und weiß ich nicht bereits
aus Erfahrung, wie Sie sich ernstlich Ihres
Schutzempfohlenen annehmen? wie Sie dessen
Blöße decken, dessen gute Seite herauskehren,
ihn vertheidigen, bekannt machen, empfehlen?
Im Grunde mischt sich also auch wohl ein wenig
Eigennutz mit ein, der jedoch warlich nicht niedrig zu nennen ist! Es ist der Eigennutz des zärt-
lichen Vaters, der für die Sorgsamkeit, womit
er sein Kind unter widerwärtigen Umständen erzog, auch einige Freude daran erleben möchte.

— Bevor ich Sie umständlich von meiner
Ueberfetzung unterhalte, erlauben Sie mir, Ihnen einige wenige Gedanken und Anmerkungen
über meinen Dichter und sein Gedicht mitzu-
theilen.

So vortheilhafte Meinung wir auch mit
Grunde von Ovids schöpferischem Genie hegen
können; so haben wir doch alle Ursache, gewiß
zu glauben: daß er nicht der Erste gewesen ist,
der die Mythen, von der Schöpfung an, bis

auf seine Zeit, in einem gewissen Zusammenhange vorgetragen hat. Es hat unter den Griechen lange vor ihm sowohl Dichter, als Geschichtschreiber, gegeben, welche denselben Endzweck gehabt haben. In wie fern aber Ovid die Werke dieser Vorgänger benutzt habe, läßt sich um so weniger mit Bestimmtheit angeben; da uns die Zeit kaum etwas mehr, als die Namen derselben, aufbehalten hat.

Eben so wenig läßt sich zuverläßig bestimmen, was unserem Dichter bei der Behandlung der einzeln Fabeln ganz eigenthümlich zugehöre. Von Olen und Orpheus bis auf unsern Römer herab, welch eine Zahl von Griechischen Epikern, welche die gemeinschaftliche Absicht hatten, die Geschlechter und Thaten der Götter und einheimischen Helden in ihren Gesängen zu verewigen; und deren gesammelte Gedichte den epischen und mythischen Cyclus begriffen; deren Werke aber größtentheils ein Raub der Zeit geworden sind! *)

Was ich über Ovids Werk selbst denke, habe ich in beigefügter Ankündigung meiner Ueber-

*) Siehe Grobbeck über die Argonautica des Apollonius Rhodius, im 2 St. der Bibliothek der alt. Lit. und Kunst.

Des
Publius Ovidius Naso
Verwandlungen

übersetzt

und mit Anmerkungen für junge Leute, angehende Künstler

und ungelehrte Kunstliebhaber versehen

von

August Rode.

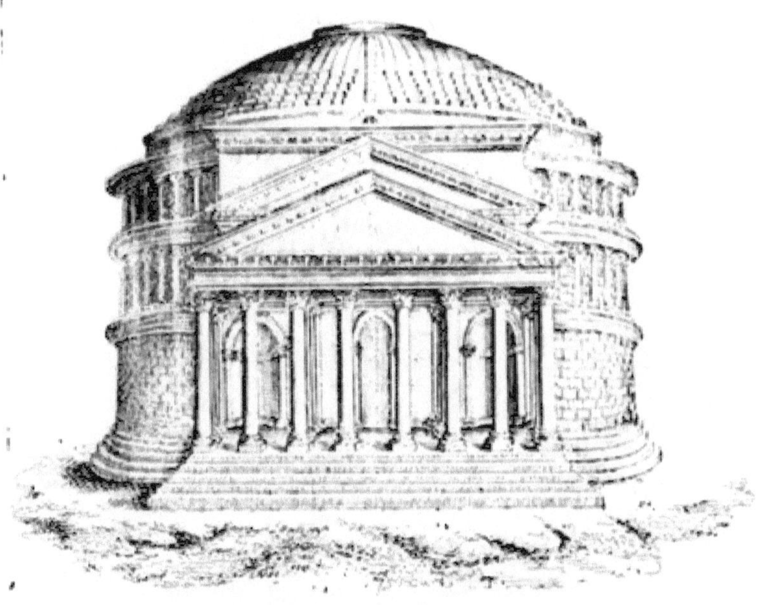

Erster Theil

Berlin

bey August Mylius 1791.

Des

Publius Ovidius Naso

Verwandlungen

aus dem Lateinischen übersetzt

und

mit Anmerkungen für junge Leute, angehende
Künstler und ungelehrte Kunstliebhaber

versehen

von

August Rode.

Berlin

bei August Mylius.

1791.

Nachricht.

Um das Buch nicht theuer zu machen, haben wir, anstatt
der angekündigten Kupfer von Hn. Meil, die Titel-
blätter lieber in Kupfer stechen und mit Medaillons
zieren lassen, welche die versprochenen Gegenstände
(nemlich Th. I. das Pantheon und Th. II. des Theseus
Gefecht mit dem Centaur Bianor) vorstellen.   Jedem
Pränumeranten, der mit dieser Veränderung nicht zufrieden sein sollte, steht es frei sein Geld zurück zu fodern.

Die Buchhandlung von August Mylius.

Dem

Herrn Hofrath Le Roy,

Canonicus zu Huy.

Ja, lieber Le Roy, trotz alles dessen, was
Ihre Bescheidenheit dagegen einwendet,
bringe ich Ihnen dennoch meine Uebersetzung der
Verwandlungen Ovids dar.

So lautere Bewegungsgründe ich auch
hätte, sie einem erhabenen Schutzherrn zu weihen; so lassen Sie mich immer von dieser Seite
dem Antriebe meines Herzens widerstehen —
denn erinnern Sie sich des schimpflichen Mißbrauchs, der, zur Schande der Gelehrsamkeit,
von den Zueignungsschriften gemacht wird; und
in welchem zweideutigen Lichte dadurch jeder
Zueigner in den Augen der Großen erscheinen
muß — und lassen Sie mich lieber einem andern
süßen Hange folgen! Mit einer namenlosen innern Genugthuung schreibe ich Ihren Namen
diesem Werke vor. Freundschaft, Dankbarkeit,

und Stolz auf die Art und Festigkeit unsrer Verbindung, welche über die Verleumdungen des
Neides und selbst über Abwesenheit gesiegt
hat, und, trotz aller vaterländischen Unruhen,
unverändert fortdauret, sind die Ingredienzen
meines Gefühls. Und weiß ich nicht bereits
aus Erfahrung, wie Sie sich ernstlich Ihres
Schutzempfohlenen annehmen? wie Sie dessen
Blöße decken, dessen gute Seite herauskehren,
ihn vertheidigen, bekannt machen, empfehlen?
Im Grunde mischt sich also auch wohl ein wenig
Eigennutz mit ein, der jedoch warlich nicht niedrig zu nennen ist! Es ist der Eigennutz des zärt-
lichen Vaters, der für die Sorgsamkeit, womit
er sein Kind unter widerwärtigen Umständen erzog, auch einige Freude daran erleben möchte.
— Bevor ich Sie umständlich von meiner
Uebersetzung unterhalte, erlauben Sie mir, Ihnen einige wenige Gedanken und Anmerkungen
über meinen Dichter und sein Gedicht mitzu-
theilen.
So vortheilhafte Meinung wir auch mit
Grunde von Ovids schöpferischem Genie hegen
können; so haben wir doch alle Ursache, gewiß
zu glauben: daß er nicht der Erste gewesen ist,
der die Mythen, von der Schöpfung an, bis

auf seine Zeit, in einem gewissen Zusammenhange
vorgetragen hat. Es hat unter den Griechen
lange vor ihm sowohl Dichter, als Geschichtschreiber, gegeben, welche denselben Endzweck
gehabt haben. In wie fern aber Ovid die Werke
dieser Vorgänger benutzt habe, läßt sich um so
weniger mit Bestimmtheit angeben; da uns die
Zeit kaum etwas mehr, als die Namen derselben, aufbehalten hat.

Eben so wenig läßt sich zuverläßig bestimmen, was unserem Dichter bei der Behandlung
der einzeln Fabeln ganz eigenthümlich zugehöre.
Von Olen und Orpheus bis auf unsern Römer herab, welch eine Zahl von Griechischen
Epikern, welche die gemeinschaftliche Absicht hatten, die Geschlechter und Thaten der Götter und
einheimischen Helden in ihren Gesängen zu verewigen; und deren gesammelte Gedichte den epischen und mythischen Cyclus begriffen; deren
Werke aber größtentheils ein Raub der Zeit
geworden sind! *)

Was ich über Ovids Werk selbst denke,
habe ich in beigefügter Ankündigung meiner Ueber-

*) Siehe Grobbeck über die Argonautica des Apollonius
Rhodius, im 2 St. der Bibliothek der alt. Lit. und
Kunst.

ſetzung an den Tag gelegt. Ich habe nichts hin-
zuzufügen; als daß ich, aus Liebe zu dieſem liebenswürdigen Günſtlinge der Muſen und Grazien, und aus ſchuldiger Achtung gegen ſeinen
Willen, alle, ſeinem Werke anhängende, kleine
Mängel und Unvollkommenheiten (dahin gehören die gezwungenen Uebergänge, dergl. B. II:
B. 534; der allzuſpitzfindige Witz, z. B. XI.
B. 701; und allerlei kleine Vergeßlichkeiten,
z. B. IV. 801. 802; und XV, 426 bis 430.)
lediglich dem unglücklichen Zufalle zuſchreibe,
daß er nicht die letzte Hand an ſein Gedicht legen
können. Bei ſeiner Verbannung nemlich, warf
er die noch unvollendeten Metamorphoſen ins
Feuer — — doch leſen Sie lieber die VII. Elegie
des 1 Buches ſeiner Klagelieder, worin er dieſes
ſelbſt erzählt. Hier iſt ſie!

     „So Du irgend ein mir ähnliches Bild be-
„ſitzeſt; ſo nimm meinem Haar den Epheu, den
„Bacchiſchen Schmuck, ab. Solche Glücks-
„zeichen geziemen nur fröhlichen Dichtern; für
„meine Umſtände ſchickt ſich kein Kranz. Du
„verbirgſt Dir dies zwar; doch hörſt Du es ſa-
„gen, o Beſter, der Du immerfort am Finger
„mich trägſt, und mein Bild, in Gold gefaßt,

„das theure Antlitz des Verbanneten, so gut du
„kannst, anblickst, und oftmals vielleicht beim
„Anblicken denkst: O, daß er so fern von mir
„ist, Freund Naso! Habe Dank für Deine
„Liebe; doch ein getreueres Bild noch von mir
„ist mein Gedicht, das ich Dir, wie es auch sei,
„zu lesen empfehle; mein Gedicht, welches der
„Menschen verwandelte Gestalten singt; ein
„Werk, das des Meisters unglückliche Flucht
„unterbrach. Ich warf es beim Weggehen, wie
„so manches andere, betrübt mit eigener Hand
„in die Flammen. Wie ihren Sohn im Feuer-
„brande die Thestiade *) verbrannt, und sich
„also als eine bessere Schwester, denn Mutter,
„erwiesen haben soll: Eben so legte ich mein
„eigen Fleisch, meine Verse, die nicht mit mir
„zu sterben verdient, auf den lodernden Holzstoß;
„entweder, weil mir die Musen, mein Vor-
„wurf, verhaßt waren; oder, weil das Gedicht
„noch im Entstehen war, und roh. Da es je-
„doch nicht gänzlich vernichtet worden, sondern
„vorhanden noch ist (warscheinlich gab es meh-
„rere Abschriften davon): So wünsche ich, daß
„es nun leben bleibe; der Leser nicht träge Muße
„ergötze, und mein sie erinnere. Unmöglich

*) d. i. Althäa. l. VIII. 446 u. f.

„aber mag mit Gebuld jemand es lesen, dafern
„er ungewarnet ist, daß die letzte Hand ihm fehlt!
„Hinweg vom Amboſe ist vor der Vollendung
„dieſes Werk geriſſen worden, und es gebricht
„ihm die letzte Feile. Nachſicht, statt des Lobes,
„fodere ich daher. Gelobt bin ich sattsam, o Le-
„ser, so Du mich nicht verschmäheſt. Empfange
„auch folgende Zeilen, und setze sie, wofern
„es Dir gut dünkt, an die Stirn des erſten Ge-
„sanges: Du, der Du diese verwaiſeten Bücher
„tadelst, gönne ihnen nur in Eurem Rom einen
„Platz, und sei um so weniger karg gegen sie mit
„deinem Beifalle; da der Verfaſſer sie nicht selbſt
„herausgegeben hat, sondern sie gleichsam von
„deſſen Scheiterhaufen geraubt worden sind.
„Gewiß, jegliches Gebrechen, das dieſes rohe
„Gedicht entſtellt, wäre es ihm vergönnt gewe-
„sen, hätte er geheilt! “

    Itzt zur Rechenschaft von meiner Arbeit!

    Nach dem, was von mir in Ansehung des
Plans und der Absicht meiner Ueberſetzung in
der Ankündigung erwähnt worden ist, bleibt mir
nichts davon zu sagen übrig: als daß ich
die Londoner Ausgabe von 1745 mit R. Brind-
ley’ſcher Schrift zu Grunde gelegt; dabei aber
die neueren Editionen verglichen: und die Ab-

weichungen von der Londoner Leseart, wozu ich
durch die Anmerkungen der Commentatoren, oder
auch durch meine eigene Muthmaßungen veranlaßt worden, unterm Texte angemerkt habe.

Die Bestimmung der beigefügten Anmerkungen nennt das Titelblatt. Meine eigene
traurige Erfahrung, wie so selten die alten Dichter jungen Leuten also erklärt werden, daß Geist
und Geschmack dabei gewinnen, hat mich dazu
veranlaßt. Ich habe darin das Beste des geringen Vorraths meiner Kenntnisse angewendet,
meinem jungen Leser, durch Versetzung desselben
in die Welt des Römischen Dichters, das Lesen
der Metamorphosen, dieses für Einbildungskraft und Kunst so reichhaltigen Gedichts, zu
erleichtern; und zugleich nicht allein durch Angabe der Veranlassungen, Umstände und Ver-
hältnisse, dessen Vergnügen zu befördern; sondern auch dessen Kopf mit mancherlei, insonder-
heit für das Alterthum wesentlichen, Kenntnis-
sen zu bereichern, und ihm Anlaß und Winke zu
geben, nicht im Anfange der betretenen Bahn
der schönen Wissenschaften und Künste stehen zu
bleiben. Das, was ich zur Erläuterung beige-
bracht, habe ich, so viel nur möglich gewesen,
aus den alten Quellen selbst, oder doch aus den

bewährtesten neueren Schriftstellern in diesem
Fache, wie ich auch überall gewissenhaft angegeben habe, geschöpft. Indessen nicht vergessend,
wem ich meine Arbeit gewidmet, habe ich die
aus den Alten, oder aus neueren, nicht in der
Muttersprache geschriebenen, Schriften angezogenen Stellen blos in Uebersetzung angeführt.
Beim Apollodor bin ich der Meuselschen, und
beim Pausanias der Goldhagenschen Uebersetzung gefolgt.

Angehenden Künstlern und ungelehrten
Kunstliebhabern habe ich mich insbesondere dadurch nützlich zu machen getrachtet, daß ich ihnen
die in der Kunst gewöhnlichen Vorstellungsarten
der mythologischen Wesen, nach der Angabe der
besten Gewährsmänner, kurz beschrieben; ja
auch, aus denen zur Hand habenden Beschreibungen geschnittener Steine und alter Denkmäler, ihnen davon vorhandene antike Kunstwerke
angezeigt habe.

In Rücksicht ihrer kann ich mich nicht verhindern, hier noch eines über Ovids Verwandlungen gefällten Urtheils zu erwähnen, das um
so ehr in ihrem Geiste gegen unseren Dichter
Mistraun erregen, und ihm zum Nachtheil
gereichen könnte, da es von einem Manne her-

tührt, der sonst allerdings in der Kunst eine
Stimme hat — von Lippert. Seite XI. des
Vorberichts zu seiner Dactyliothek sagt er:

„Des Ovidius Verwandlungen werden
„einen ziemlich guten Maler, aber nur einen mit-
„telmäßigen Bildhauer machen. Es ist wahr;
„er hat schöne Farben, aber seine Zeichnungen
„sind nicht allemal richtig. Und oft ist die Zu-
„sammensetzung seiner Bilder gar unmöglich;
„denn viele sind nur idealisch. "

Ich gestehe, da ich wahre Achtung für den
ehrwürdigen Lippert hege; so kann ich diesen
Ausspruch unmöglich so nach dem Wortver-
stande annehmen. Offenbar würde der Dichter
darin zu sehr mit dem Maßstabe des bildenden
Künstlers gemessen; und daß dies falsch sei, hat
uns Lessing belehret *). Ein anderes ist ein so
genanntes poetisches, ein anderes ein materielles
Gemälde. Weiß der Dichter mich also zu täuschen, daß ich seine Schilderung gleichsam mit
Augen zu sehen glaube; so hat er als Dichter
gemalt. Darum ist aber gar noch nicht noth-
wendig, daß nun der Maler des Dichters Gemälde sogleich auf die Leinwand hinwerfen oder
der Bildhauer es in Marmor hinstellen könne

*) S. Laocoon S. 147; neueste Ausgabe.

Des Dichters Gebiet ist nicht, wie das Gebiet des bildenden Künstlers, nur auf Einen einzigen Augenblick eingeschränkt; Ihm steht zu seinen Gemälden die Zeitfolge zu.

Bei Ovids allgemein anerkanntem Talente der wahren und täuschenden Darstellung dürfte also, meines Bedünkens, unter Lipperts Worten — die überhaupt nicht am besten gewählt sind; denn möchte man doch fast daraus schließen, daß idealische Gemälde unmöglich in materielle zu verwandeln sein! welches zu behaupten doch gewiß nie seine Meinung gewesen — wohl schwerlich etwas anders zu verstehen sein, als: „Ovid ist ein guter Colorist; seine Gemälde aber sind nicht allemal für den bildenden Künstler brauchbar; weil er, nach der seiner Kunst zustehenden Freiheit, fortschreitende Handlungen malet, die außer dem Gebiete der bildenden Künste liegen. “

In der That sind auch beim Ovid die successiven Gemälde die häufigsten und schönsten; und grade dasjenige, was nie gemalt worden, nie gemalt werden kann. Nichts destoweniger haben die Künstler sich seit Raphaels Zeiten den Ovid zu ihrem Handbuche gemacht. *)

*) S. Laocoon S. 314 und 123.

Was absonderlich meine mythologischen Anmerkungen betrift; so können sie, bei aller historischen Ausführlichkeit, dennoch in Ansehung der verschiedenen Gesichtspuncte, woraus die Mythologie zu betrachten ist, nur als schwache Fingerzeige angesehen werden; da ich bei meiner Arbeit eben so gut auf den jungen forschenden Gelehrten, als auf den phantasirenden Dichter und bildenden Künstler Rücksicht nehmen müssen. Ich schmeichle mir aber, daß mir die Einen und die Andern für die Hinweisung auf die angeführten Schriftsteller in diesem Fache Dank wissen werden.

Uebrigens habe ich vor der Uebersetzung einen Inhalt zur Uebersicht der Verkettung der Fabeln vorausgeschickt, und beschließe das ganze Werk mit einem ausführlichen Sach= und Namenregister.

Dies, lieber Le Roy, ist die Einrichtung, dies der Endzweck dieser meiner Uebersetzung samt den Anmerkungen! Freund, möge meine Arbeit Ihnen nicht mißfallen! Sie ist der drei=jährige Ertrag einer, bei ganz ungleichartigen, vielfachen Amtsgeschäften, unter so mancher Selbstverleugnung erkargten, Muße. Möge das Publicum sie mit seinem Beifall beehren; damit

sie ein würdiges Denkmal unsrer Freundschaft
sei; und mein Herz sich mit einigem Scheine der
Warheit des süßen Wahnes erfreuen dürfe:
daß — wie einst man uns nur immer mit einander sah, als noch dieselben Ringmauern uns ein-
schlossen — also auch unsere Namen hinfort, und
wann selbst der Tod uns trennet, nicht anders
als vereint gedacht, genannt werden.

Ihr

Dessau, den 20. März
    1791.

August Rode.

Ankündigung.

Ovid trägt in seinen Metamorphosen ein System der Mythologie, das heißt, der ältesten Geschichte und ältesten Philosophie, vor, das wegen seines Zusammenhanges und der glücklichen Zusätze, die seine Phantasie dazu machte, uns als eins der ersten Bücher in die Hände gegeben wird. In der That ist auch nicht leicht ein Buch besser, als dieses, dazu gemacht, ergötzend zu belehren und sich des Geists der Leser ganz zu bemächtigen. Ueppige Fülle der Einbildungskraft, der Laune und des Witzes; Blüthe der Empfindung und des Geschmacks; Leben und Mannigfaltigkeit herrschen überall in diesem großen, aneinander hängenden Gemälde menschlicher Meinungen, Irrthümer, Thorheiten, Leidenschaften und Schicksale vom ersten Anbeginne der Welt an, bis zum Zeitpunkte der höchsten römischen Cultur unterm Kaiser August, worin der Dichter lebte. Von seinem ungezwungenen, lieblichen Gesange wird man auch wider Willen hingerissen. Man dünkt sich wie in ein Zauberschiff gebannt, das itzt langsam auf sanftem, silbernem Strome, zwischen anmuthigen, wechselnden Gestaden, von Wasser, Flur und Himmel angelächelt, einherwallt; itzt in dem geschwinden Fluge der Gedanken vor nahen, luftigen Bergschlössern, fernen Zinnen, rauhen Felsenklüften und blumigen Wiesen, von tönenden Lüften getrieben, vorüberfährt; itzt auf tobendem Meere in Nacht gehüllt, bald in die Wolken, bald in den Abgrund der Tiefe geschleudert wird. Wir sind unserer Gefühle nicht Meister; wir lachen und weinen; schmelzen vor Zärtlichkeit, erstarren vor Furcht; schaudern vor Entsetzen, oder glühen vor Zorn, je nachdem es dem Lieblinge Apolls gefällt, seine Saiten zu stimmen, um

spielend

spielend unsre Kenntnisse mit den Sagen und Bräuchen und Sitten und Meinungen der grauen Vorwelt, mit den verborgenen Trieben unsers Herzens und mit den Grundsätzen des Guten und Schönen, so in der Kunst, als in den Sitten, zu bereichern.

Bei alle dem haben wir von Ovids Verwandlungen in unsrer Sprache noch keine Uebersetzung, welche als ein getreues Conterfei des Originals anzusehen wäre; hat es gleich nicht an Versuchen dazu gefehlt.

Aufmerksam auf diesen Mangel unsrer Litteratur, und aufgemuntert durch den schmeichelhaften Beifall, womit das Publicum seine bisherigen Uebersetzungen aus den Alten aufgenommen — hat gegenwärtiger Uebersetzer der Ovidischen Verwandlungen bei seiner Verdeutschung sich bestrebt: so nahe, als es immer Geschmack und Sprache verstatten, sich an das Römische Urbild anzuschließen; die wahren Farben desselben beizubehalten, und den Text eben so wenig durch Verkürzung zu verstümmeln, als durch Paraphrase wässerig zu machen. Diesem Zwecke desto näher zu treten, hat er sich dem Zwange eines Metrums nicht unterwerfen wollen, und um so lieber eine poetische Prosa zu seiner Uebersetzung gewählt; da viele mit dem, doch nur mangelhaft nachzubildenden, Silbenmaaße der Römer und Griechen nicht ganz sich aussöhnen zu können scheinen.

Um sein Werk desto nützlicher zu machen, hat er es mit Anmerkungen für junge Leute, angehende Künstler und ungelehrte Kunstliebhaber versehen. Man urtheilt von selbst, daß solche archäologische, mythologische, kritische, ästhetische, historische und geographische Erläuterungen zum Gegenstande haben werden.

Kurzer

Kurzer Inhalt,
zur Ueberficht der Verkettung der Fabeln.

Erſtes Buch.

Vorrede. Chaos. Entwickelung der Elemente und Welt-
bau. Die vier Elemente bekommen ihre Bewohner.
Des Menſchen Schöpfung aus Waſſer und Erde. Die vier
Welt-Alter; in deren letztem aus der Giganten Blute Menſchen entſtehen. Sie ſind ſo gottlos, daß Jupiter, nachdem er
ſchon den Lycaon in einen Wolf verwandelt, ſie in einer allgemeinen Waſſerfluth bis auf den Deucalion und die Pyrrha vertilgt. Dieſe bevölkern die Erde wieder mit Menſchen durch
rückwärts über ſich geworfene Steine. Die übrigen Thiere
entſtehen von ſelbſt aus Feuchtigkeit und Wärme. Unter dieſen
auch der Drache Python, welchen Apollo tödtet, und zum
Andenken dieſer That die Pythiſchen Spiele ſtiftet, wobei die
Sieger mit einem Eichenkranze belohnt wurden; denn es gab
noch keinen Lorberbaum vor Daphnens Verwandlung in den-
ſelben. Als dieſe erfolgt, begeben ſich alle Flüſſe zu ihrem Vater, Peneus, um ihm ihr Beileid zu bezeigen. Nur Inachus
wird vermißt. Einſam härmt dieſer ſich über ſeine Tochter
Io, welche Jupiter verführt und in eine Kuh verwandelt hatte.
Als eine ſolche war ihr von der eiferſüchtigen Juno Argus zum
Wächter gegeben. Mercur ſchläfert dieſen durch das Spiel ſeiner Flöte, durch die Erzählung von der Erfindung derſelben,
(nemlich, die Nymphe Syrinx ſei in Schilfrohr verwandelt
worden, und aus dieſem habe ihr Liebhaber Pan die Flöte zu-
ſammengeſetzt) und durch Hülfe ſeines Schlangenſtabes ein, und
tödtet ihn. Die hundert Augen des Argus werden von der
Juno auf den Schweif des Pfaues geſetzt. Endlich bekommt
Io ihre vorige Geſtalt wieder, und gebiert den Epaphus, welcher in einem Zwiſte mit Phaethon deſſelben Abkunft vom Sonnengotte in Zweifel zieht.

* 2   Zweites

Zweites Buch.

Phaethon begiebt sich zum Sonnengotte, und erbittet sich, zum Beweise, daß er wirklich dessen Sohn sei, die Erlaubniß, den Sonnenwagen auf einen Tag zu führen. Der Sonnengott, der bei dem Strome der Styr geschworen, daß er ihm alles zugestehen wolle, muß ihm d'e Bitte gewähren. Phaethon kann die Sonnenpferde nicht regieren, und steckt die Erde in Brand. Bei der Glut werden die Aethiopen zu Mohren, und Libyen zur Wüste. Endlich wird Phaethon mit dem Blitze vom Sonnenwagen geschleudert. Ueber der Trauer um seinen Verlust werden seine Schwestern, die Heliaden, in Pappelbäume, ihre Thränen aber in Bernstein, und sein Vetter, Cyenus, in e'nen Schwan verwandelt. Als hierauf Jupiter die Erde besichtiget und sie wieder in ihren vorigen Stand setzt, sieht er Callisto, eine Nymphe Dianens, verliebt sich in sie, und täuscht sie unter Dianens Gestalt. Aus Eifersucht verwandelt Juno sie, nachdem sie den Arcas geboren, in eine Bärin. Also begegnet ihr nach Jahren ihr Sohn, und will sie erschleßen; doch Jupiter versetzt sie aus Erbarmen beide unter die Gestirne Hierüber beklagt sich Juno beim Ocean und der Tethys, ihren Erziehern, und erbittet zugleich von ihnen, daß jenes Gestirn sich nie in die Fluten des Meeres tauchen dürfe. Als ihr diese Bitte zugestanden, fährt sie wieder gen Himmel, von ihren Pfauen gezogen, welche nur erst seit kurzem beaugte Schweife bekommen hatten; so wie auch der Rabe, der sonst weiß gewesen, nun schwarz war; weil, ungeachtet der Warnung der Krähe, welche ihm die Veranlassung zu ihrer eignen Verwandlung (denn sie war zuvor eine Königstochter gewesen) und zu der Verwandlung der Nyctimene in eine Eule erzählt, derselbe dennoch dem Apoll die Untreue der Coronis hinterbrachte; worüber Apoll im Zorne diese seine Geliebte erschoß. Dem Sohne der Coronis, dem Aesculap, weissagt darauf Ocyroe, — Tochter des Centauren Chirons, der den Aesculap erzog — sein Schicksal, und wird deshalb in eine Stute verwandelt. Chiron flehet dieserwegen den Apoll vergebens um Hülfe an; weil dieser eben in Elis des Admets Rinder hütete, und so in Liebessorgen vertieft

war,

war, daß er es nicht einmal gewahr ward, als ihm Mercur seine Heerde stahl. Nur Battus bemerkt es. Mercur besticht ihn durch ein Geschenk, versucht ihn aber unter einer anderen angenommenen Gestalt, und verwandelt ihn, da er ihn als einen Verräther findet, in einen Stein. Auf seinem Rückwege nach dem Himmel, sieht Mercur bei der Feier der Panathenäen zu Athen die Herse, und verliebt sich in sie. Aglauros, die Schwester der Herse, (über welche Minerva, aus Rache, den Neid gesendet; weil sie den ihr und ihren Schwestern in einem Korbe anvertraueten Erichthonius entdeckt hatte) ist ihm bei dieser Gelegenheit zuwider, und will verhindern, daß er seine Absicht bei ihrer Schwester nicht erreichen soll; wofür er sie in eine schwarze steinerne Bildsäule verwandelt. Bei seiner Zurückkunft in den Olymp befiehlt ihm Jupiter, des Agenors Rinder von dem Gebirge nach dem Strande zu treiben. Dies geschehen, nimmt der Gott der Götter eines Stieres Gestalt an, und entführt also des Agenors Tochter, Europe.

Drittes Buch.

Agenor befielt seinem Sohne Cadmus, die entführte Europe aufzusuchen. Da dieser sie nirgends findet, läßt er sich auf Geheiß des Delphischen Orakels in Böotien nieder, wo er den Drachen des Mars erlegt, und mit dem Schlon, und anderen aus den gesäeten Zähnen des Drachen aus der Erde hervorgewachsenen Gehülfen, Theben erbauet. Das erste Unglück, das ihm hier begegnet, ist, daß sein Enkel Actäon, der Dianen im Bade gesehen, in einen Hirsch verwandelt und von seinen Hunden zerrissen wird. Juno, die wegen des Jupiters Liebe zur Europe der ganzen Familie des Agenors feind ist, freut sich zwar darüber, bekommt aber sogleich neue Ursache zum Leide, da sie hört, daß Semele, des Cadmus Tochter, vom Jupiter schwanger ist. Unter der Gestalt der Beroe, der Semele Amme, giebt sie dieser einen verderblichen Rath. Semele befolgt ihn, und verbrennt in der Umarmung des Jupiters, der auf ihre Bitte in seiner Herrlichkeit zu ihr kommen müssen. Ihr Kind, Bacchus, wird noch gerettet, und in Jupiters Schenkel bis zur Zeitigung eingeschlossen. Es entsteht darauf zwischen Jupiter und Juno in einer vergnügten Stunde ein kurzweiliger Streit, welches Geschlecht das mehreste Vergnügen bei dem Genusse der Liebe empfinde. Tiresias, welcher Mann und Weib gewesen, zum Schiedsrichter gewählt, entscheidet die Frage gegen Juno, die ihm aus Verdruß darüber des Gesichts beraubt. Ihn zu trösten, schenkt ihm Jupiter die Gabe der Weissagung. Der erste glückliche Versuch, den er davon macht, ist, daß er des Narcissus Mutter das Schicksal ihres Sohnes vorhersagt. Dieser, nachdem er viele Liebhaber und Nymphen, und unter anderen die Echo verschmähet, welche vor Gram darüber zu einer bloßen Stimme wird; verliebt sich endlich in sich selbst, grämt sich zu Tode und wird in eine Narcisse verwandelt. Dessen ungeachtet verspottet Pentheus den Wahrsager Tiresias; ja selbst da noch, als dieser ihm sein eigen bevorstehendes Geschick verkündigt, welches auch in Erfüllung geht. Pentheus nemlich will den Bacchus nicht für einen Gott erkennen, und befielt, als dieser nach Theben kommt, ihn gefangen zu nehmen. Der gefangene Gott, der des Acötes, eines Tyrrheners, und Priesters des Bacchus Gestalt angenommen, erzählt ihm zur Warnung, wie einst Tyrrhenische Seeleute den Bacchus haben entführen wollen, und von diesem in Delphine verwandelt worden; allein die Erzählung bleibt fruchtlos; Pentheus will dennoch den vermeinten Acötes hinrichten lassen. Er läßt ihn in einen Kerker legen, bis alles zur Hinrichtung bereitet; Allein der Kerker öfnet sich von selbst, dem Gefangenen fallen die Fessen ab, und frei geht er davon; Pentheus aber wird von den Bacchantinnen, die er in der Feier der Orgien stören will, zerrissen, und Theben bekennt sich zur Religion des Bacchus.

Viertes Buch.

Nur des Minyas Töchter mögen nicht an die Gottheit des Bacchus glauben. Während andere dessen Fest feierlich begehen, bleiben sie zu Hause und erzählen sich Mährlein: Wie Dercetis in einen Fisch; Semiramis in eine Taube, Nais

auch

auch in einen Fisch; und, bei dem Tode des Pyramus und der Thisbe, die weißen Maulbeeren in schwarze verwandelt worden: Wie Venus mit Mars gebuhlt, und von ihrem Gemahle ertappt worden: Wie der Sonnengott Leucothee geliebt, und sie in eine Weihrauchstaude, die eifersüchtige Clytie aber in eine Sonnenwende verwandelt: Endlich wie Daphnis ein Stein, Scython bald Mann bald Weib, Celmis ein Diamant, ein Platzregen zu Cureten, Crocus und Smilox Blumen, und Salmacis und Hermaphrodit ein Zwitter geworden. Noch ehe sie aber mit arbeiten aufhören, spukt Bacchus in ihrem Hause, und all ihr Geräth wird in Weinstöcke, sie selbst aber in Fledermäuse verwandelt. Durch dieses neue Wunder ist nun des Bacchus Gottheit in ganz Theben beglaubt, und durch dessen Base, der Ino, Großprahlereien wird sie es noch mehr. Es verdrießt Juno, daß Ino auf diesen Bastard des Jupiters so stolz ist, und, sie deshalb zu strafen, begiebt sie sich in die Unterwelt, und bringt die Furien dahin, daß sie Ino samt ihrem Gemahl, dem Athamas, rasend machen. In der Raserei zerschmettert Athamas seinen einen Sohn Learch, und mit dem andern, Melicertes, stürzt sich Ino in das Meer; wo sie aber, auf Bitte der Venus (deren Enkelin sie war) vom Neptun samt ihrem Sohne zu einer Meergottheit gemacht wird. Ihre Zofen werden in Klippen und Vögel verwandelt; allein ihr Vater verläßt vor Gram über sein gehäuftes Unglück Theben, und kommt endlich mit seiner Gemahlin nach Jllyrien, wo sie beide in Drachen verwandelt werden. Niemand zweifelt nun mehr, daß Bacchus Jupiters Sohn sei, als Acrisius, der sogar auch den Perseus nicht dafür gelten lassen will, den seine Tochter Danae vom Jupiter in einem goldenen Regen empfangen hatte. Inzwischen auch Acrisius läßt von seinem Unglauben ab, als er den Bacchus in den Himmel versetzt, den Perseus aber so herrliche Thaten mit sichtbarem Beistande der Götter, welche ihn dazu ausgerüstet, verrichten sieht. Itzt folgt des Perseus Geschichte; als dessen Luftreise und wie die Africanischen Schlangen aus den Blutstropfen entstanden, welche, als er mit dem Medusenhaupte über Africa

* 4

hinflog,

hinflog, von demselben auf dieses Land herabfielen; dessen Verwandlung des Atlas; Befreiung der Andromeda von einem Seeungeheuer; Veranlassung des Ursprunges der Korallen und Vermählung mit der Andromeda. Unterm Gespräche bei dem Hochzeitsschmause erzählt endlich Perseus, wie er die Medusa getödtet, und wie diese, die vormals sehr schön gewesen, von der Minerva, deren Tempel sie mit dem Neptun entweihet, dadurch gestraft worden daß ihr schönes Haar in Schlangen verwandelt worden, und jeder, der sie ansehe, versteinert werde.

Fünftes Buch.

Das Hochzeitmahl wird durch die Ankunft des Phineus gestört. Er fodert mit gewafneter Hand die Andromeda zurück, die ihm versprochen war. Nach langem Gefechte verwandelt endlich Perseus den Phineus mit seinen Streitern durch den Medusenkopf in Stein. Als der Streit geendiget, begiebt Perseus sich mit der Andromeda nach seinem Vaterlande Argos, wo er seinen Großvater Acrisius wieder auf den Thron setzt, dessen Bruder Prötus aber in Stein verwandelt; desgleichen den Polydectes auf Seriphus, der ihn noch ferner drücken wollte. Unterdessen hat sich Pallas, welche dem Perseus im Gefecht beigestanden hatte, nach dem Berge Helicon begeben, um dort die neuentstandene Hippocrene zu sehen. Unter allerlei Gespräch erzählen ihr die Musen, welche sich auf demselben aufhalten, wie sie sich einmal in Vögel verwandelt hätten, um der Gewalt des Pyreneus zu entgehen; auch wie die Pieriden, welche sie zum Wettgesange aufgefodert, von ihnen zu Elstern umgestaltet worden. Der Inhalt des Gesangs der Pieriden ist der Krieg der Götter mit den Giganten, und wie die Götter sich aus Furcht vor diesen unter allerlei Thiergestalten versteckt. Der Musen Gesang ist ein Lobgesang auf Ceres, und hat hauptsächlich die Entführung der Proserpina zum Gegenstand, worein die Verwandlung der Nymphe Cyane in Wasser; eines Knaben, der der Ceres spottete, in eine Eidechse; des Ascalaphus in einen Uhu; der Sirenen in Vögel mit jungfräulichen Gesichtern;

Geschlecht; der Arethusa in eine Quelle, des Lycus in einen
Luchs, mit eingeflochten ist.

Sechstes Buch.

Das Beispiel der Musen bringt Pallas auf die Gedanken, sich auch an Arachnen zu rächen, welche ihr den Ruhm
in der Kunst zu weben streitig machte. Sie nimmt dennoch
vorher die Gestalt eines alten Weibes an, und sucht Arachnen
zur Bescheidenheit zu bereden; allein Arachne besteht auf einen
Wettstreit mit Pallas, welchen diese denn auch eingeht. Pallas
wirkt ihren eigenen Streit mit dem Neptun nebst den, durch
ihre Vermessenheit gegen die Götter veranlaßten, Verwandlungen des Rhodope und des Hämus in Berge; der Gerana in
einen Kranich; der Antigone in einen Storch; und der Töchter
des Cinyras in Tempelstufen. Arachne hingegen webt die Lie-
besgeschichten des Jupiters als Stier, Adler, Schwan, Satyr, Amphitryon, Gold, Feuer, Hirt, und Drache; des
Neptuns, als Stier, Fluß, Widder, Hengst, Vogel, und
Delphin; des Phöbus, als Bauer, Habicht, Löwe, und
Hirt; des Bacchus, als Weintraube; und des Saturns, als
Pferd. Pallas mißhandelt am Ende Arachnen aus Neid über
ihre Geschicklichkeit; und vor Verzweiflung erhenkt sich diese,
wo sie aber Pallas in eine Spinne verwandelt. Niobe,
Arachnens Landsmännin, läßt sich diese Begebenheit nicht zur
Warnung dienen; sondern will sich über Latonen erheben. Zur
Strafe wird sie von Phöbus und Dianen aller ihrer Kinder
beraubt, und vor Gram wird sie zu Stein; Amphion aber,
ihr Gemahl, ersticht sich. Bei diesem so offenbaren Gerichte
der Götter erinnert man sich, wie einst Latona auch Lycische
Bauren zur Strafe in Frösche verwandelt; Phöbus aber dem
Marsyas die Haut abgezogen, bei welcher Gelegenheit aus den
um Marsyas vergossenen Thränen der Phrygische Fluß dieses
Namens entstanden. Alle benachbarte Fürsten bezeigen dem
Bruder der Niobe, dem Pelops, ihr Beileid; nur Pandion,
König zu Athen, nicht, weil er eben in einem Kriege begriffen
war. Tereus, König in Thracien, steht ihm darin bei, und

* 5

erhält

erhält dessen eine Tochter Procne zur Gemahlin. Diese sehnt sich endlich, ihre Schwester Philomela wieder zu sehen, und beredet den Gemahl, sie zu holen. Er giebt ihren Bitten nach, verliebt sich aber in Philomelen, und anstatt sie zur Schwester zu bringen, sperrt er sie an einem verborgenen Orte ein, mißbraucht ihrer, und endlich von ihr zum Unwillen gereizt, schneidet er ihr die Zunge aus dem Munde; bei seiner Gemahlin aber giebt er vor, sie sei gestorben. Philomela giebt dennoch der Procne durch eine Stickerei von sich Nachricht. Procne befreiet sie, schlachtet, sich am Tereus zu rächen, ihren eignen Sohn Itys, und setzt ihn dem Vater vor; worauf sie insgesamt zu Vögeln verwandelt werden. Pandion stirbt vor Gram über diese Geschichte. Ihm folgt Erechtheus im Reiche. Orithyia, eine von dessen Töchtern, wird vom Boreas entführt, und zeugt mit ihm den Calais und Zethes, welche mit den Argonauten nach Colchis schiffen, das goldne Fließ zu holen.

Siebentes Buch.

Zug der Argonauten und Jasons Eroberung des goldenen Fließes durch Hülfe der Medea. Als Jasons Gemahlin, verjüngt Medea ihren Schwiegervater Aeson; verleitet aber des Pelias Töchter durch falsches Versprechen, auch ihren Vater wieder jung zu machen, zum Vatermorde. Hierauf flieht sie nach Corinth; und bei Beschreibung ihres Wegs durch die Lüfte werden verschiedene wegen Verwandlungen berühmte Oerter erwähnt. Zu Corinth wird Jason der Medea untreu, sie rächet sich aufs grausamste an ihm, und flüchtet sich nach Athen zum Aegeus, welcher sie heirathet. Doch auch von hier entflieht sie endlich wieder, als sie des Aegeus Sohn, den Theseus, ehe ihn der Vater erkannte, aus dem Wege zu räumen umsonst versucht hatte. Aegeus stellt wegen der Erhaltung seines Sohnes ein Dankfest an, welches die Athener auch in der Folge der Zeit unter Lobpreisung dessen Thaten feierlich zu begehen pflegten. Bald darauf rüstet sich gegen den Aegeus Minos zum Kriege. Bei seiner Bewerbung um Hülfstruppen

berührt

berührt Minos ebenfalls allerlei Inseln und Städte und Gegenden, welche durch da geschehene Verwandlungen namhaft sind. Die Athener aber halten durch den Cephalus beim Aeacus auf Aegina um Hülfe an, welche dieser ihnen auch zugesteht. Bei dieser Gelegenheit erzählt Aeacus dem Cephalus, wie seine Insel vor kurzem durch die Pest verheeret, aber durch den Jupiter, welcher Ameisen in Menschen verwandelt hätte, wieder bevölkert worden. Auch Cephalus erzählt seine Entführung von der Aurora, desgleichen seine und der Procris wechselseitige Eifersucht gegen einander, deren Folge endlich der Procris Tod gewesen.

Achtes Buch.

Cephalus fährt samt den erlangten Hülfsvölkern von Aegina nach Athen ab. Mittlerweile belagert Minos Megara, welches ihm Scylla, des Nisus Tochter, verräth, weshalb sie in eine Ciris, ihr Vater aber in einen Meeradler verwandelt wird. In Creta zurück, läßt Minos durch Dädalus das Labyrinth erbauen, und sperret den Minotaur darin ein. Theseus ermordet diesen und entführt die Ariadne, verläßt sie aber auch gleich wieder auf Naxos. Hier vermählt sich Bacchus mit ihr und versetzt ihre Krone unter die Sterne. Minos verliert sein Leben in Sicilien, wohin er den Dädalus verfolgt, der von Creta entflogen, seinen Sohn Icarus aber im Fluge verloren hatte. Unterdessen verbreitet sich der Ruhm des Theseus, und er wird nebst anderen jungen Griechischen Helden zur Hetze des. Calydonischen Ebers eingeladen. Meleager erlegt diesen, geräth aber mit den Thestiaden, seinen Oheimen, bei dieser Gelegenheit in Zank und ermordet diese; weshalb er selbst sein Leben durch einen verhängnißvollen Feuerbrand, den seine Mutter in die Flamme wirft, wieder einbüßt. Seine Schwestern werden in Perlhühner verwandelt. Den Theseus verhindert der ausgetretene Achelous-Fluß an seiner Zurückkehr nach Athen. Er kehret unterdessen beim Flußgott ein, wo er die Entstehung der Echinadischen Inseln, die Verwandlung des Philemons und der Baucis; die Geschichte des Erechthons,

wie

wie auch der Metra, des Proteus und des Achelous Gabe, verschiedene Gestalten anzunehmen, gesprächsweise erfährt.

Neuntes Buch.

Ferner erzählt Achelous dem Theseus seinen Streit mit dem Hercules um Dejanira, und wie er darin Eines seiner Hörner verloren, das zum Horn der Fülle gemacht worden. Hierauf verläßt Theseus den Achelous, und es folgt die Erzählung vom Tode des Nessus und des Hercules und des Letzteren Vergötterung; von Alcmenens Niederkunft mit dem Hercules und von der Verwandlung der Galanthis in eine Wiesel, und der Jole Schwester in einen Lotusbaum. Bei Gelegenheit, daß Jolaus von der Hebe verjüngt worden, eröfnet Jupiter den mißvergnügten Göttern den Rathschluß des Schicksals in dieser Rücksicht, und daß es ihm selbst nicht einmal erlaubt sei, seinem eigenen Sohne, dem Aeacus, die Bürde des Alters abzunehmen. Dieser, vor dem sonst Reiche gezittert, fürchtet sich itzt vor dem Milet. Indessen Milet verläßt Creta, und erbaut auf der Asiatischen Küste eine Stadt seines Namens, wo er die Byblis und den Caunus erzeugt; Erstere, von Liebe zu ihrem Bruder verzehrt, wird eine Quelle. Ein anderes Wunder ereignet sich auf Creta, wo Iphis, die Jungfrau, in einen Jüngling verwandelt wird.

Zehntes Buch.

Von der Hochzeit des Iphis und der Janthe begiebt sich Hymen nach Thracien, wo er dem Orpheus, der ihn anruft, nur unter unglücklichen Vorbedeutungen erscheint. Eurydicens Tod. Orpheus erbittet sie von dem Pluto zurück, verliert sie aber, da er die ihm gegebene Bedingung bricht, sogleich wieder. Dessen Betrübniß und Gesang, wodurch er allerlei Thiere und Bäume um sich versammelt, unter andern die Fichte, vormals Attis, und die Cypresse, vormals Cyparissus. Der Gegenstand seines Lieds sind die Knaben, welche von Göttern geliebt worden; Ganymedes, Hyacinth; (Cerasten, Propötiden, Pygmalion) und die Mädchen, die sich

verbotener

verbotener Liebe überlassen; dergleichen Myrrha. Diese gebiert den Adonis. Dessen Liebesgeschichte mit Venus und Tod (Atalanta und Hippomenes).

Elftes Buch.

Die Thracischen Weiber zerrißen den Orpheus. Dessen Tod zu rächen verwandelt sie Bacchus in Bäume, und begiebt sich nach Lydien. Hier verliert sich Silen von ihm. Midas führt ihm diesen wieder zu, und erhält von ihm dafür auf seinen Wunsch zur Belohnung, daß alles, was er berührt, zu Gold wird. Kaum aber ist er von dieser schädlichen Gabe durch ein Bad in der Quelle des Pactolus — der seit der Zeit Goldsand führt — befreiet; so zieht er sich durch ein albernes Urtheil, wodurch er des Pans Flöte vor der Leier des Apollo den Vorzug ertheilt, von Letzterem zur Strafe Eselsohren zu. Apollo begiebt sich hierauf nach Troja, wo er mit dem Neptun in Menschengestalt die Mauern erbauet. Laomedon versagt ihnen den dafür bedungenen Lohn, muß aber, die erzürnten Götter zu versöhnen, seine Tochter Hesione einem Meerungeheuer aussetzen. Hercules befreiet diese, erobert aber, als auch ihm seine Belohnung verweigert wird, Troja, und schenkt die Hesione dem Telamon. Peleus, des Letzteren Bruder, hatte zu der Zeit sich bereits auf die Art, wie Proteus es ihm gerathen, mit der Thetis vermählt; war wegen Brudermords landflüchtig, und kam zum Ceyx, der ihm die Verwandlung seines Bruders Dädalion in einem Habicht erzählt. Ein Wolf, der hier des Peleus Heerde verwüstet, wird in Stein verwandelt. Ceyx aber leidet auf einer Fahrt nach Claros Schifbruch, und kommt um. Morpheus nimmt dessen Gestalt an, und verkündiget der Halcyone dessen Tod in einem Traumgesichte. Beide liebende Ehegatten werden in Eisvögel verwandelt. Jemand, der sie auf dem Meere sieht, erzählt, daß auch der Taucher königlicher Abkunft und vordem Aesacus, des Priams Sohn, gewesen sei.

Zwölf-

Zwölftes Buch.

Priams Trauer um Aesacus. Hector bringt ihm ein Todtenopfer mit allen seinen Brüdern, außer Paris. Dieser ist abwesend und raubt Helena. Die Griechen verfolgen ihn mit einer Flotte, werden aber von Sturm zu Aulis aufgehalten. Vorbedeutung wegen Dauer des Kriegs, und Opferung der Iphigenia zur Beförderung der Abfahrt. Landung auf der Trojschen Küste und erste Schlacht mit den Troern. Cycnus in einen Schwan. Bei Gelegenheit der Unverwundbarkeit des Cycnus erzählt bei einem Opfermale Nestor, wie auch Cäneus einst unverwundbar vom Neptun gemacht worden, und beim Gefecht der Lapithen und Centauren — das er umständlich beschreibt — erstickt und in einen Vogel verwandelt worden. Nach vollendeter Erzählung macht dem Nestor Tlepolemus Vorwürfe, daß er den Hercules, der doch großen Antheil am Siege über die Centauren gehabt, mit Stillschweigen übergangen. Zu seiner Entschuldigung führt Nestor an: wie Hercules sein Vaterland und Familie zu Grunde gerichtet, auch den Periclymenus, der sich in verschiedene Gestalten verwandeln konnte, als Adler getödtet. Achilles Tod und Streit um dessen Waffen.

Dreizehntes Buch.

Reden des Ajax und Ulysses gegeneinander wegen des Achilles Rüstung. Diese wird dem Ulysses zugesprochen, und Ajax entleibt sich selbst; sein Blut wird in eine Hyacinthe verwandelt. Darauf wird vom Ulysses Philoctetes von Lemnos geholet, und die Eroberung und Zerstörung von Troja erfolgt. Schicksal des Priamus, der Hecuba und Cassandra, und des Astyanax. Rückkehr der Griechen. Polydors Ermordung. Opferung der Polyxena. Der Hecuba Rache an Polymestor, und Verwandlung. Selbst die Götter jammert der Hecuba Geschick; Aurora allein nimmt keinen Antheil daran, weil sie eigenen Jammer, den Verlust ihres Sohnes Memnon beweint, dessen Asche in Vögel, der Mutter Thränen aber in Thau verwandelt werden. Damit Troja nicht gänzlich vergehe, wird

Vierzehntes Buch.

der Pomona und des Vertumnus   (Iphis und Anaxarete.)
Romulus.   Rom wird an den Palilien erbauet.   Tatius.
Tarpeja.   Romulus wird unter dem Namen Quirin und def=
fen Gemahlin Herfilia unter dem Namen Ora vergöttert.

Funfzehntes Buch.

Numa wird zum Nachfolger des Romulus erwählt.
Reise desselben zum Pythagoras nach Croton. Ursprung Crotons.
Des Pythagoras Lehre von der Seelenwanderung und von
der Unzuläßigkeit des Fleischessens (Goldenes Zeitalter. Eu=
phorbus. Alles ist dem Wechsel unterworfen; mit Beispielen
aller Art erwiesen. Phönix.) Egeriens, Numa's Gemahlin,
Betrübniß über dessen Tod. In dem Aricischen Thal sucht
Hippolyt sie mit seinem eigenen Beispiele zu trösten. Egerla
in eine Quelle. Die Nymphen erstaunten nicht weniger dar=
über, als Cipus Genutius, da er im Flusse die ihm plötzlich ge=
wachsenen Hörner erblickte. Seuche in Latien. Aesculap
wird sie zu heilen aus Epidauros nach Rom in Gestalt einer
Schlange geholt. Ein Fremdling wird Aesculap in Roms
Tempel aufgenommen; doch in seinem Rom ist Julius Cäsar
ein Gott; Hauptsächlich weil er Augusts (adoptiver) Vater ist,
wird seine Seele nach seinem Tode (dessen Vorbedeutungen der
Reihe nach erzählt werden) in einen Cometen verwandelt. Weis=
sagung von den Thaten Augusts. Gebet für August. Beschluß.

Des

Publius Ovidius Naso
Verwandlungen.

Erster Theil.

A

Des
Publius Ovidius Naso
Verwandlungen.
Erstes Buch.

In neue Gestalten verwandelte Körper will ich singen. Ihr Götter, seid meinem Unternehmen hold, (denn auch ihre Verwandlung ist ja euer Werk) und leitet meinen Gesang vom Urbeginne der Welt ununterbrochen fort bis auf meine Zeit.

Bevor Erde, Meer und alles deckender Himmel da war, hatte das Weltall ein gleichförmiges Ansehen; dies nannte man Chaos — ein roher, ungebildeter Klumpen; nichts als eine träge Last, ein Inbegrif zwistigen Samens schlechtverbundener Dinge. Noch gab kein Titan *) der Welt das Licht, und Phöbe **) erneuerte noch nicht im Wechsel die wachsenden Hörner ***). Noch schwebte nicht in

A 2 der

*) Titan, der Sonnengott. (Helios, oder Sol). Er war, nach der alten Fabelgeschichte, ein Sohn des Hyperion, eines Titanen, und wird daher von den Dichtern oft auch selbst Titan genannt. Die neuere Fabelgeschichte versteht unter dem Sonnengotte den Phöbus oder Apollo. S. unten Vers 441. Anmerkung. u. Buch II. V. 1. Anm.

**) Phöbe, die Mondgöttin, Luna, des Phöbus Schwester. S. Vers 476.

***) Der Mond wurde symbolisch durch einen weiblichen Kopf mit Kuhhörnern vorgestellt. So stand eine Luna zu Elis, s. Pausan. B. 6. K. 24.

der umfliesenden Luft der Erdball, von eigener
Schwere im Gleichgewicht gehalten; und ihre Arme
15 schlang nicht um den weiten Rand der Erde Amphitrite *). Wo nur Erde war, da war auch Luft
und Wasser. Die Erde war unstät, unbeschwimm-
bar das Wasser, lichtlos die Luft. Nichts hatte eine
eigene, bleibende Gestalt. Alles war allem entgegen.
In Einem Körper stritt Frost mit Hitze, Nässe mit
20 Dürre, Weiche mit Härte, Leichte mit Schwere.

Diesen Streit entschied **) ein Gott und besseres Wesen. Dieser sonderte von dem Himmel
die

*) Amphitrite, des Oceans Tochter, und des Neptuns
Gemahlin, bedeutet hier das Meer. Man bildet sie
mit einem fliegenden Schleier, und giebt ihr den
Dreizack ihres Gemahls in die Hand. Oft sitzt sie
halb bekleidet auf einem Delphin oder andern See-
thiere, oder auf dem Rücken eines der Tritonen. Zu-
weilen fährt sie auf einem Muschelwagen, der von
Seethieren oder auch von Tritonen gezogen wird.
Mehrentheils aber wird sie abgebildet, wie sie an der
Seite ihres Gemahls fährt. S. antike Abbildungen
derselben in Lipperts Dactyl. I. 68 . 70. Auch in
Winkelmanns *Monumenti antichi inediti*, n. 110.

**) Ovid überspringt alle Fabeln der Titanen-Familie,
welche, wie selbst die Namen schon verstehen lassen,
physische Ideen symbolisch ausgedrückt sind; und da es
ihm weniger um Philosophie, als angenehme Dichter-
bilder zu thun ist, läßt er alles, was vor Anbegin der
Zeit (deren Sinnbild Saturn ist) sich zugetragen,
dahin gestellt, und erwähnt nur soviel davon, als ihm
unumgänglich nöthig ist, um das Gewebe seines Gedichts anzuzetteln; ja er eilt so sehr darüber hin, daß
er nicht einmal den Gott bestimmt, welcher die Schöpfung verrichtete. Die Kraft, welche die gegeneinander wirkenden Elemente schied, hieß nach einigen Eros,
(Amor) nach anderen Uranos (Himmel), wieder
nach andern Chronos (Zeit), Jupiter, Venus.

die Erde, so wie von der Erde das Wasser. Er
schied den lichten Aether von der dicken Luft. Nach
dieser ersten Entwickelung des rohen Urstoffes verband er das durch den Raum von einander Getrennte durch einträchtigen Frieden. Es erhob
sich das leichte ätherische Gewölbe des Himmels
und wählte seinen Platz in der obersten Sphäre.
Die Luft, diesem an Leichtigkeit die nächste, spannte
darunter sich aus. Dichter, als beide, zog die
Erde die gröberen Elemente an sich, und sank von
eigener Schwere. Ganz unten blieb das strömende
Wasser und umschloß den dichten Erdkreis.

Als also, ich weiß nicht welcher der Götter die
ganze Masse in Glieder zertheilet und geordnet,
drückt er zuvörderst die Erde in die Gestalt einer
großen Kugel, damit sie sich allenthalben gleich sähe.
Dann gebeut er dem Meere, sich zu ergießen, von
reißenden Winden aufzuschwellen, und die Gestade
der eingeschlossenen Erde zu umfassen. Noch schaft
er Quellen, stehende Gewässer, und unermeßliche
Seen; schließt stürzende Flüsse in gekrümmete Ufer
ein; läßt hier sie von der Erde verschlingen, dort
zum Meere sie gelangen, und, in diese freiere Was-
serflächen aufgenommen, statt der Ufer, an Küsten
anschlagen. Auch läßt er Felder sich ausdehnen,
Thale sich senken; Wälder sich mit Laube bekleiden,
und Felsengebirge hoch sich empor heben.

Gleichwie rechts zwei Gürtel und eben so viele
links den Himmel theilen, ein fünfter aber heißer
als jene ist; so theilt auch die Sorge des Gottes
den eingeschlossenen Erdball in gleichviele Striche
und umgürtet ihn mit Zonen in gleicher Zahl. Die

A 3

mittelste

mittelste ist unbewohnbar vor Hitze. Tiefer Schnee
50 drückt die beiden äußersten. In den zwo dazwischen liegenden ist Frost mit Glut gemischt und
herrscht gemäßigte Witterung. Ueber ihnen schwebt
die Luft, um so viel schwerer denn Feuer, als die
Erde dem Wasser an Gewichte weichet. Hier
heißt er Nebel, hier Wolken sich lagern, hier, der
55 Sterblichen Schrecken, Donner und Blitz, samt
den frosterzeugenden Winden. Auch läßt der
Werkmeister der Welt den Winden nicht das ganze
Reich der Lüfte frei; sind sie doch itzt, da dem
Hauche eines jeden ein eigener Strich angewiesen
60 ist, kaum zu bändigen, daß sie die Welt nicht zertrümmern, solche Zwietracht herrscht unter den
Brüdern *)! Eurus wich zurück in Aurorens Gebiet, die Nabathäischen **) Reiche, Persien und
die von dem Morgenstrahle vergoldeten Gebirge.
Den Abend und die von der untergehenden Sonne
erwärmeten Küsten machte Zephyr zu seinem An-
65 theil. Scythien und den Nord riß der schauerige
Boreas an sich; und die entgegengesetzten Länder
netzt der regnichte Auster unaufhörlich mit Gewölken.

Alles dieses umschließt er mit dem lichten Aether, der sonder Schwere und von irdischen Hefen
geläutert ist.

Kaum ist also alles in gewisse Gränzen eingeschränkt; so beginnen auf einmal die Gestirne,
welche

*) Die Winde werden für Söhne der Aurora und des
Aträus gehalten. S. Vers 262. Anmerk.
**) Nabathäische Reiche, d. i. die Morgenländer. Das
Nabathäische Land lag zwischen dem Arabischen und
Persischen Meerbusen.

welche bisher unter jenem Klumpen verborgen ge- 70
legen hatten, am ganzen Himmel zu schimmern;
und damit keine Region des Weltalls lebender Wesen entbehre, so nehmen des Himmels Feste Sterne
ein und Gestalten der Götter; *) glänzender Fische
Behausung werden die Wellen; die Erde erhält 75
Gewild; Vögel die bewegliche Luft.

Noch fehlte ein edleres Wesen, das, hohen
Geistes, die niederen Geschöpfe beherrschte. Da
entstand der Mensch. Ihn schuf entweder aus
göttlichem Samen jener Werkmeister der Dinge,
jener Urheber einer bessern Welt; oder, als die
frische erst jüngst vom hohen Aether gesonderte 80
Erde noch Samen des verwandten Himmels enthielt, mischte diese des Japetus Erzeugter **) mit

A 4

Fluß-

*) Die Alten dachten sich die Gestirne als lebende gött-
liche Wesen, die, nach der Erde erzeugt, und von
den Dünsten der Erde, des Meers und des Welt-
stroms Oceanus genährt, am Himmel weideten; oder
auch als von Göttern verherrlichte Menschen, Thiere
und leblose Wesen der Fabelwelt. Daher die Stern-
bilder. Siehe Vos zum Feldbau Virgils I. 32. und
II. 336.

**) d. i. Prometheus. Sein Vater Japetus war ein
Sohn des Uranos, ein Titane. Prometheus war
ein sehr kluger Kopf. Die Fabel schreibt ihm die Bildung des Menschen aus Wasser und Erde zu, desgleichen die Erfindungen des menschlichen Lebens und
besonders der Künste, welche durch Hülfe des Feuers
sind ausgebildet worden. Denn als Jupiter den Menschen das Feuer vorenthielt, hinterging ihn Prometheus und stahl ihm heimlich das Feuer in einem
Rohre, das inwendig einen sehr vollen aber lockern
Kern hatte, welcher, wenn er trocken war, statt eines
Dachtes dienen konnte. Zornig über diesen Diebstahl,
ließ Jupiter den Prometheus an eine Säule binden,

(nach

Flußwasser und bildete ihn nach dem Bilde der alles
regierenden Götter.   Gebeugt, blicken die übrigen
85 Thiere zur Erde nieder.   Aufrecht ließ er den Menschen einhergehen, und hieß ihn gen Himmel auf-
schauen und sein Gesicht zu den Gestirnen erheben.
Umgewandelt nahm also die, vor kurzem noch, rohe
und bildlose, Erde bis dahin unbekannte menschliche Gestalten an.

    Das erste ward das goldene Geschlecht hervor-
90 gebracht, das ohne Zwang, ohne Gesetz, aus freiem
Willen Treue und Gerechtigkeit übte.   Da war
weder Strafe noch Furcht.   Man las noch keine
drohende Worte in Erz gegraben; *) kein flehender
Haufe bebte vor dem Angesichte seines Richters:
                                        jedermann

(nach anderen an den Caucasus schmieden) und ihm
von einem Adler die Leber ausfressen, die zur Nacht-
zeit immer wieder wuchs.   Endlich tödtete Hercules
den Adler und befreiete den Prometheus von seiner
Plage.   Nach H. H. Heyne ist Prometheus keine
historische Person, sondern eine bloße philosophische
Idee, um zu zeigen, daß die Erfindung des Feuers
und der Künste der Klugheit und Vorsicht (Prome-
theia) zu verdanken sei; die Dichter hätten diese Idee
personificirt, und da die Klugheit theils zur Erfindung
der Künste, theils zur Erdenkung von Betrügereien
diene, so sei daher eine doppelte Reihe von Fabeln
entstanden, da man dem Prometheus auf der einen
Seite die Erfindung der Künste und des Feuers, auf
der anderen Betrügereien gegen den Jupiter zugeschrieben hätte. S. Lipperts Dactyliothek II. 1 — 4.
und Description des pierres gravées du cabinet de
Stosch, par Winkelmann, page 314. n. 1 — 12.

   *) Bei den Griechen und Römern wurden die Gesetze
in Erz gegraben, und in den Tempeln und an anderen
öffentlichen Orten aufgestellt, damit sie zu jedermanns
Kenntniß kommen konnten.

jedermann war sicher ohne Schutz. Auf ihren
Bergen gefällt, war noch keine Fichte in die rollenden Wellen hinabgestiegen, eine neue Welt zu 95
suchen: Die Sterblichen kannten keine andere Küsten, außer den eignen. Noch schlossen keine tiefe
Gräben die Städte ein; weder gerade Trompeten,
noch gekrümmte Hörner gab es aus Erz, noch Helme, noch Schwerter. Sonder Kriegsvolk verlebten
die sorglosen Seelen ein friedseliges, müßiges Leben. 100
Auch frei vom Zwange, von keinem Karste berührt,
von keinem Pfluge verwundet, gab alles von selbst
die Erde; und die Menschen, vergnügt mit freiwillig entstandener Kost, lasen die Früchte der Gesträuche, in Gebirgen wachsende Erdbeeren, Kor- 105
nelen, an dornichten Büschen hangende Brombee-
ren, und von Jupiters breitschattigem Baume *)
herabgefallene Eicheln. Ein ewiger Frühling
herrschte; und linde Zephyre fächelten mit lauen
Lüften ohne Samen hervorgesprossene Blumen.
Der Acker trug ungepflügt den nährenden Halm, 110
und spendete, von selbst erneuet, reiche Erndten.
Ja, Milch und Nectar **) flossen in Strömen,
und von den grünen Steineichen herab träufelte
goldgelber Honig.

Als aber Saturn ***) in den finstern Tarta-
A 5
rus

*) Die Eiche war dem Jupiter geheiliget. Siehe unten
   V. 557. Anmerk.

**) Nectar war der Götter Trank.

***) Saturn (Griechisch Cronos) jüngster Sohn des
   Uranos (Himmels) und der Titäa oder Gäa (Erde).
   Die aber den Untergang ihrer in den Tartarus gestürz-
   ten Kinder (der Centimanen d. i. Hunderthände) er-
   zürnte Erde beredete ihre anderen Kinder die Titanen,

nen, ihrem Vater nachzustellen, und dem Saturn
gab sie eine diamantene Sichel. Oceanus allein blieb
zurück, und die übrigen thaten den Angrif, bei welchem Saturn die Zeugungsglieder seines Vater abhieb,
und sie ins Meer herunter warf. Nach dieser aufge-
hobenen Regierung holten sie ihre Brüder die Centimanen aus dem Tartarus und übergaben dem Saturn
die Herrschaft. Dieser verwies sie aufs neue gefesselt
in den Tartarus, und heurathete seine Schwester Rhea.
Uranos und Gäa weissagten ihm, er würde von seinem eigenen Sohne des Reichs entsetzt werden; deß-
wegen verschlang er alle seine Kinder. Vesta war darunter das erste, ihr folgten Ceres und Juno, nach
diesen Pluto und Neptun. Rhea, hierüber erzürnt,
begab sich nach Creta, als sie mit dem Jupiter schwanger gieng. Sie gebar ihn in der Dictäischen Höhle,
und gab ihn den Cureten (ersten Bewohnern von
Creta) und den Nymphen Adrastäa und Ida, Töchtern des Melisseus, zu erziehen. Diese nährten das
Kind mit der Milch der Ziege Amalthea. Die Cureten hingegen, die bewafnet das Kind in der Höhle
bewachten, schlugen mit ihren Spießen auf die Schil-
der, damit Saturn das Schreien des Knaben nicht
hören möchte. Rhea wickelte unterdessen einen Stein
in Windeln, und gab ihn dem Saturn anstatt des
gebornen Kindes zu verschlingen. Nachdem Jupiter
erwachsen war, nahm er die Metis, die Tochter des
Oceans, zur Gehülfin, welche dem Saturn Gift zu
trinken gab. Dies zwang ihn, zuerst den Stein,
hernach die verschluckten Kinder von sich zu geben,
durch deren Hülfe Jupiter mit dem Saturn und mit
den Titanen Krieg führte. Als er zehn Jahr lang
mit ihnen gestritten hatte, weissagte ihm Gäa den
Sieg, wenn er die in den Tartarus verstoßenen Centimanen zu Gehülfen nehmen würde. Dies geschah.
Er befreiete sie, nachdem er die sie bewachende Campe
(ein Ungeheur) getödtet hatte. Hierauf gaben die
Cyklopen dem Jupiter Blitz und Donner, dem Pluto
einen Helm, und dem Neptun einen Dreizack. Mit
diesen Waffen gerüstet, überwanden sie die Titanen
und legten sie unter der Bewachung der Centimanen
als Gefangene in den Tartarus. Dann theilten sie
das Reich der Welt unter einander. Saturn ist das

Sinnbild

rus *) gestoßen worden, und Jupiter **) die
Welt

Sinnbild der Zeit, weil diese im Griechischen Chronos heißt und mit dem Griechischen Namen desselben fast gleichlautend ist. Mit ihm hat in der Mythologie das ältere Göttersystem ein Ende. Ihm zu Ehren, und zum Andenken des goldnen Weltalters, feierten die Römer im December einige Festtage, welche sie Saturnalien nannten, an welchen man allerlei Lustbarkeiten und unter anderen auch Gastmale anstellte, wobei die Herren ihren Knechten aufwarteten; auch wurden an diesen Tagen weder Rathsversammlungen gehalten, noch Strafen vollzogen, noch Kriege angekündiget.

Saturn wird als Greis mit einer Sichel und einem langen Barte gebildet; es giebt aber wenig antike Denkmäler von ihm. „Unter den Göttern — sagt Winkelmann Anmerk. z. Gesch. d. K. S. 69 — ist Saturn insgemein mit bedecktem Haupte bis über den Scheitel gebildet, und es finden sich an göttlichen Figuren, so viel mir bekannt ist, nur ein paar Ausnahmen von dieser Bemerkung. " S. Descrpt. d. p. gr. de Stosch, p. 33. n. 1 — 7. und Lipperts Dactyl. I. 1. 2.

*) d. i. der finstere Kerker der verstoßenen Titanen, welcher so weit unter die Erdscheibe hinab reichte, als der Himmel sich über ihr erhob. Er ist von dem unterirdischen Abgrunde der Todten, dem Reiche des Pluto, zu unterscheiden, welcher auch Tartarus genannt wird, aber vom Homer und den nächstfolgenden Dichtern innerhalb der Erdscheibe gesetzt wird. Von Letzterem s. unten IV. 432. u. f. und XIV, 110. Anm.

**) Jupiter (Griechisch Zevs oder Zeus) der Sohn Saturns und der Rhea, der höchste und mächtigste der Götter. Er beraubte seinen Vater des Reichs, und theilte dasselbe durch das Loos mit seinen zwei Brüdern also, daß er selbst Himmel und Erde zum Gebiet erhielt. Jupiter wurde mit einem immer heitern Blicke gebildet, und unterscheidet sich von anderen Gottheiten am betagten Alter, am Barte, und an den Haaren über der Stirne, die sich aufwerts
gestrichen

Welt. nun beherrschte: da folgte das silberne Menschengeschlecht, schlechter als das goldne, doch köst-
licher als das ehrne. Jupiter kürzte den alten
Frühling ab, und theilte das Jahr in vier wech-
selnde Zeiten; in Winter, Sommer, veränderlichen Herbst, und kurzen Lenz. Damals glühete
zuerst die Luft von brennender Hitze; und Wasser,
von

gestrichen erheben und in einen engen Bogen gekrümmt
seitwerts wiederum die Spitzen niederbeugen. Gemeiniglich wurde er nackend oder halb nackend vorgestellt,
auf einem elfenbeinern Throne sitzend, in der linken
Hand einen Scepter, in der rechten den Donnerkeil
oder Blitz, und zu seinen Füßen der ihm geweihete
Adler. In einem alten Gemälde findet sich Jupiter
bis an den Unterleib unterwärts mit einem weißen
Mantel bekleidet. „Jupiter, — sagt Hr. Hofr.
Heyne — war zuerst ein pelasgischer Fetisch; dann
brauchten philosophische Dichter seinen Namen, um
die obere Luft zu bezeichnen, und nun ward er der
Vater einer neuen Theogonie. Bald bedeutet dieser
Name überhaupt alles Göttliche, bald bezeichnet er
die verschiedenen Jahrszeiten. Zuletzt ward er mit
den Gottheiten anderer Völker verglichen. Man bekam einen Jupiter-Ammon, einen Serapis, und
vermischte auswärtige Fabeln mit der Geschichte Jupiters. Aber bei allen diesen Abänderungen der Begriffe blieben immer dieselben Gebräuche und derselbe Gottesdienst. „
Mit den Croniden d. i. den Kindern Saturns
fängt sich ein neues Göttersystem an, das mit der gemeinen Religion der Griechen genauer zusammenhängt.
Von nun an kommen angenehmere und feinere Mythen
zum Vorschein. Nun entstehen ganz neue mythologische Begriffe. Nun treten an die Stelle der alten
Gottheiten neue, mit anderen Namen, andern Attributen, mit bestimmten Formen und Wohnsitzen und
Insignien. S. Lipperts Dactyl. I. 3 — 55. Descript. des p. gr. de Stosch page 37. u. f.

von Winden gefesselt, erstarrte zu Eis. Damals 120
suchte man zuerst in Häusern Schuß; aber Häuser
waren Hölen, dichte Gesträuche, Ruthen durch
Bast verbunden. Damals wurde zuerst der Same
der Ceres *) in lange Furchen verborgen; und
seufzten zuerst vom Joche gedrückt die Stiere.

Das dritte nach diesen, erfolgte das eherne 125
Geschlecht, böser von Herzen, und zu den schrecklichen Waffen geneigter; doch nicht verrucht.

Von hartem Eisen aber ist das letzte. In diesem
argen Zeitalter brach jeglicher Frevel hervor. Es entflohen Scham, Warheit und Treue vor Betrug, 130
Arglist, Ränken, Gewalt, und heilloser Hab-
sucht. Die Segel giebt den Winden, die er noch
nicht recht kennt, der Schiffer; und der Kiel, der
lange auf hohen Bergen gestanden hatte, trotzt unbekannten Wellen. Den Boden, vorher so gemein
als das Licht der Sonne und die Luft, scheidet ge- 135
flissen der Feldmesser durch lange Raine. Ja, nicht
blos Saaten und schuldige Nahrung fodert man von
der reichen Erde; sondern man steigt in ihre Eingeweide, und was sie sorgfältig verborgen, was 140
sie nahe zu den Stygischen **) Schatten verbannt
hatte,

*) Der Ceres wird die Erfindung des Ackerbaues zuge-
schrieben; daher wird hier das Korn der Same der
Ceres genannt. S. B. 5. V. 341. u. f.

**) d. i. nahe bei der Unterwelt. Styr, eine Oceanide
d. i. Tochter des Oceans und der Tethys. Sie wohnte
in der Gegend des Tartarus in einer Felsengrotte,
wobei der Quell des berühmten kalten Wassers ist, der
aus dem Felsen hervorspringt, und durch die Unterwelt strömt. Bei dem Wasser der Styr ist der Un-
verbrüchliche Eidschwur der Götter; welche Ehre ihr
darum

hatte, die Schätze, diese Stifter des Unheils,
werden hervorgewühlt. Da kam das schädliche
Eisen und das noch schädlichere Gold zum Vorschein; zum Vorschein kam der Krieg, der sich beides als Werkzeug bedient, und mit blutiger Hand
klirrende Waffen schwingt! Man lebt von Raube,
Nicht der Freund ist sicher vor dem Freunde, nicht
der Schwäher vor dem Eidam; selbst unter Brü-
145 dern ist Eintracht selten. Es trachtet der Gattin
der Mann nach dem Leben und diese dem Manne.
Gelbliches Aconiton, *) mischen abscheuliche Stief-
mütter. Der Sohn forscht frühzeitig nach dem
Alter des Vaters. Ueberwältiget liegt die Gewis-
senhaftigkeit darnieder, und Asträa **), die Jungfrau,

darum wiederfuhr, weil sie dem Jupiter gegen die
Titanen geholfen hatte. Welche Gottheit falsch schwört,
wird aus der Gesellschaft der Götter und von Nectar
und Ambrosia verbannt; sie liegt ohne Leben stumm
auf einem Lager und wird vom Schimmel überzogen.
Nach diesem Zustande, welcher ein ganzes Jahr dau-
ret, folgen andre Plazen. Nur erst im zehnten Jahre
gelangt sie wieder zu dem Vortheile, an der Gesellschaft der Götter, ihren Versammlungen und Mahl-
zeiten, Theil zu nehmen. — Ursprünglich ist die Styx
eine Quelle in Arcadien bei Nonacris und Pheneus,
die hernach zu einem Flusse oder See wird. Sie
wurde von den Dichtern in die Unterwelt versetzt,
weil sie so viel Eisentheile enthlele und so kältend war,
daß, wer davon trank, betäubt oder gar vergiftet wurde.

*) Aconiton, ein Pontisches Giftkraut. S. unten VII
410. und f.

**) Asträa, Tochter der Themis, Göttin der Gerechtig-
keit, oder vielmehr des Eigenthumsrechts. Ihr Bild
ist im Thierkreise die Jungfrau, d. h. sie wird mit
einem Sternenkranz um das Haupt und mit einer
Wage in der Hand gebildet.

frau, verläßt die bluttriefende Erde von allen 150
Himmliſchen die letzte.

Damit auch der erhabene Aether nicht kummer-
freier wäre denn die Erde, ſtrebten, — alſo geht die
Sage — die Giganten *) nach der himmliſchen
Herrſchaft und thürmten Berg auf Berge bis zu
den hohen Sternen hinan. Da ſpaltete der allmächtige Vater mit geſchleuderten Blitzen den
Olymp **), ſtürzte den Pelion von dem ihn tra-
genden Oſſa ***) herab, und begrub die Empörer 155
unter

*) Die Giganten waren Söhne des Uranos und der
Gäa (d. i. des Himmels und der Erde). Sie entſtanden aus den Blutstropfen, die aus den abgeſchnittenen Zeugungsgliedern ihres Vaters herausfloſſen,
und von der Gäa aufgefangen wurden. Ihr Krieg
gegen die Götter iſt durch nachmalige Dichtungen aus
dem Geſecht zwiſchen den Titanen und Croniden —
welches vorher in den älteren cosmogoniſchen Dichtern
ein Symbol von dem Streite der Elemente geweſen —
entſtanden, und ein bloßes Dichterbild, deſſen Scene
man nach Theſſalien auf die Berge Olymp, Pelion
und Oſſa, wegen der dort häufigen Spuren von ſchreck-
lichen Ausbrüchen unterirdiſchen Feuers, verlegt hat.
Der Giganten Geſichtsbildung war ſchrecklich, ihr
Haar auf dem Kopfe und am Kinne außerordentlich
ſtark. Bei den Künſtlern aber haben ſie ihre beſtimmte
Bildung als Rieſen mit ſchuppigten Drachenfüßen.
S. Winkelm. Anmerk. zur G. d. K. Seite 23.
Lipperts Dactyl. I. 26 — 27. Deſcr. des p. gr.
de Stoſch p. 50. n. 110.
**) Olymp, ein Berg in Theſſalien, bei den Dichtern
ſo viel als der Himmel, oder der Sitz Jupiters und der
übrigen Götter; weil auf der oberſten Spitze deſſelben,
die weit über die Wolken hinausragt, weder Wind
iſt, noch Schnee, noch Regen; von keiner Wolke
umhüllt, glänzt ſein Gipfel in einer ununterbrochenen
Heiterkeit.
***) Pelion und Oſſa, Berge in Theſſalien.

unter der zusammengetragenen Laſt. Die Erde, überſtrömt von dem Blute ihrer Kinder, entbrannte vor Zorn, belebte das warme Blut, und damit doch ein Denkmal des wilden Geſchlechts übrig blie-be, verwandelt' es in Menſchengeſtalt. Aber auch dieſe Zucht verachtete die Götter, und war mordluſtig und gewaltthätig. Sie verrieth, daß ſie aus Blute entſproſſen.

Seufzend erblickt' es von ſeiner erhabenen Burg Vater Saturnius, und eingedenk des neulichen, noch nicht ruchbaren, abſcheulichen Gaſtmals Lycaons *) geräth er in einen heftigen, Jupiters würdigen Zorn. Er beruft die Götter zur Verſammlung, und keiner der Berufenen ſäumt zu kommen.

Es iſt eine erhabene Straße, bei heiterem Himmel ſichtbar, die Milchſtraße genannt, und eben ihrer Weiße wegen in die Augen fallend. Hier iſt der Weg der Götter zur Wohnung des hohen Donnerers, zur königlichen Burg. Rechts und links herrſcht Gewimmel um die offenen Hallen des Götteradels **). Der Pöbel wohnt hin und wieder zerſtreuet. Vorn erhebt ſich der Siß der

mächtigern

*) Die Geſchichte wird ſogleich erzählt.

**) Die Griechen theilten ihre Götter in höhere Gott-heiten, Untergötter und Halbgötter oder Heroen; die Römer aber nur in Götter von altem und neuem Adel (dii maiorum et minorum gentium.) Die Erſteren machten den großen Götterrath aus, und hießen auch conſentes (die Verſammelten) und ſelecti (die Aus-erwählten). Folgende zwölf ſind die Vornehmſten darunter: Jupiter, Juno, Veſta, Ceres, Diana, Minerva, Venus, Mars, Mercurius, Neptunus, Vulcanus, Apollo.

Zu

mächtigern berühmten Himmelsbewohner *). Diesen Ort, so man mir die Kühnheit des Ausdrucks 175
verzeihe, würde ich sonder Scheu des großen Him-
mels-Palatium nennen **).

Als nun im marmornen Saale die Götter ver-
sammelt dasitzen ***), schüttelt auf seinem erhabenern
Throne, gestützt auf den elfenbeinern Zepter,
Jupiter drei und vier mal das schreckliche Haupt-
haar, daß Erde, Meer und Gestirne erbeben.
Darauf macht er seinem Unwillen mit folgenden 180
Worten Luft:

„Besorgter als itzt um die Herrschaft der Welt,
„war ich selbst zu der Zeit nicht, als jeder der
„Drachenfüßler mit hundert Armen den eroberten
„Himmel bedrohete. Denn war dies gleich ein 185
„furchtbarer Feind; so hatten wir es dennoch nur
„mit Einem Stamme zu thun, und an Einer Wur-
„zel

Zu den Zweiten gehörten nicht allein die Feld-
Fluß-Wald-Hirten-und Volks-Gottheiten; das
heißt: alle symbolische Gottheiten; sondern auch die
vergötterten Sterblichen oder Heroen; die personificir-
ten Tugenden und Laster, und die fremden Gottheiten.

*) d. i. Jupiter und Juno.

**) Palatium, der Pallast des Cäsar August zu Rom;
der diesen Namen führte, weil er auf dem Palatini-
schen Berge lag. Siehe Dio Cassius B. 53. K. 16.
Uebrigens bemerke man hier, wie Ovid ganz nach den
Sitten seines Zeitalters den Olymp ausschmückt und
fast bis zu einer Stadt erweitert, welchen Homer sich
theils wirklich als einen Berg vorstellte, worauf seine
Götter wohnten; theils nur als einen Pallast, worin
Jupiter mit seinem ganzen Hofstaate seine beständige
Wohnung aufgeschlagen hatte.

***) Siehe Lipperts Dactyl. I. 24.

Ovid. Verw. I. Th.   B

„zel nur haftete der Krieg. Itzt aber muß ich, so
„weit Nereus *) den Erdkreis umbrauset, das
„ganze Menschengeschlecht vertilgen! Ich schwöre
„es bei den Flüssen der Hölle, **) die unter der
„Erde im Stygischen Haine rinnen: längst habe
190 „ich alles versucht! Allein die Wunde ist unheilbar,
„und muß geschnitten werden, damit die gesunden
„Theile nicht leiden. Wir haben ***) Halbgötter,
„haben

*) Nereus, Sohn des Pontus und der Gäa und Vater
der funfzig Nereiden, oder Meer-Nymphen. Doris
war seine Gemahlin. Er ist einer der größten Meer-
götter; und hier steht er für das Meer selbst. Zugleich ist er ein untrüglicher Wahrsager. Er wird als
ein liebenswürdiger Greis gebildet, der ein Ruder
im Arm hält, und auf einem Wagen sitzt, der von
Seethieren gezogen wird. Siehe Lipp. Dact. I. 71.

**) Von der Sitte der Götter, bei den Wassern der Styx
zu schwören, siehe kurz vorher V. 189. Anmerk.

***) Halbgötter, Heroen, wurden meistentheils als Göt-
tersöhne angesehen. Man dachte sich dieselben als
Männer von außerordentlicher Größe und Stärke des
Körpers und Geistes, und eignete ihnen vorzügliche
Verdienste zu, die sie sich durch Stiftung, Sittenverbesserung, Erweiterung, und Vertheidigung einzelner
Länder oder Städte erworben hatten.
„In ihren Helden — sagt Winkelm. Gesch. d.
K. S. 163. — das ist, in Menschen, denen das Alterthum die höchste Würdigkeit unsrer Natur gab,
näherten sich die Alten bis an die Grenzen der Gottheit, ohne dieselben zu überschreiten, und den sehr fei-
nen Unterschied zu vermischen. Sie bildeten die Formen an Helden heldenmäßig, und gaben gewissen
Theilen eine mehr große als natürliche Erhabenheit;
in die Muskeln legten sie eine schnelle Wirkung und
Regung, und in heftigen Handlungen setzten sie alle
Triebfedern der Natur in Bewegung. Die Absicht
hievon war, die mögliche Mannigfaltigkeit, welche sie
suchten. „

„haben ländliche Gottheiten, Nymphen, *) Fau-
B 2
ne,

*) Nymphen, Untergöttrinnen, welche überall auf Er-
den zerstreut sind. Sie waren von sterblicher Natur;
doch dauerte ihr Leben viele Jahrhunderte. Grotten
waren ihr gewöhnlicher Aufenthalt und hießen daher
Nymphäen. Die bekanntesten unter den Nymphen
sind

1) die Najaden, Nymphen der Wasserquellen.
Sie sind mit Schilf gekrönt, und Wasserurnen sind
ihre Kennzeichen. Die Römer feierten den 3 Octo-
ber die sogenannten Brunnenfeste, an welchen sie
Kränze in die Springbrunnen warfen und die Zieh-
brunnen mit Kränzen umhängten.

2) Oreaden, Bergnymphen. Diese waren die
vornehmsten Jagdgefährten der Diana.

3) Napäen, Nymphen der Thäler und zugleich
der Blumen, Kräuter und Sträuche.

4) Dryaden und Hamadryaden, Wald- und
Baumnymphen. Man sagte: die Dryaden hielten
sich unter den Bäumen auf, die Hamadryaden aber in
den Bäumen selbst, mit welchen sie lebten und ver-
giengen. Außer diesen giebt es noch Limnaden, (Lim-
näen) die sich in den Seen, Lemoniaden, die sich auf
den Wiesen, Potamiden, die sich in den Strömen
aufhielten.

Die Nereiden und Oceaniden, Meernymphen,
gehören zu höhern Wesen, da sie unsterblich sind.
Siehe von diesen B. 2. V. 11. u. f. und die Anm.

Die Kunst giebt allen Nymphen eine geschlanke,
schöne Gestalt. S. Lipp. Dactyl. I. 484 — 486.
auch n. 472. und 438.

Man brachte den Nymphen ländliche Geschenke;
besonders bekränzte man ihre Bildsäulen, die gemeiniglich in Nymphäen, an Quellen und Flüssen, an Bergen oder in Wäldern aufgestellt waren, mit Blumen,
und pflanzte ihnen kleine Gärtchen, die öfters aus
weiter nichts als ein wenig Erde mit Kräutern und
Blumen bestanden, von denen man glaubte, sie wären ihnen angenehm. Ihren Anblick aber hielt man
für gefährlich. Man glaubte, die Menschen, die sie
erblickten und von ihnen angehaucht würden, verfielen
in

„ne *), Satyre *), und auf den Bergen wohnende
„Sylvane *). Da wir diese der Ehre des Himmels
„noch nicht würdig erachten, so lassen wir sie we-
„nigstens in Ruhe die Erde, die wir ihnen ange-
„wiesen haben, bewohnen! Oder glaubt Ihr etwa,
„Ihr Götter, daß diese sicher genug sein werden;
„da sogar mir, dem Lenker der Blitze, und Eurer
„aller König, der verruchte Lycaon **) Fallstricke
„gelegt hat?„

Alle

in eine Art von Wahnsinn, die man Nympholepsie
hieß. Aus diesem Aberglauben ist auch das Lateinische
Lymphaticus zu erklären.

*) Faune, Satyre, Sylvane, waren Gottheiten der
   Wälder, Berge und Fluren, deren Bildung zum Theil
   menschlich, zum Theil thierisch war. Sie werden auf
   verschiedene Weise vorgestellt, zumal die beiden erste-
   ren. Bald verrathet ihre Gestalt das Thierische blos
   durch die Geisohren und den Schwanz; bald aber
   hat sie außer dem auch noch Geisfüße und Geishör-
   ner. Gegenwärtig unterscheidet man in der Kunst-
   sprache Faune und Satyre also, daß jene die der
   menschlichen Natur nähere, diese die von ihr entfern-
   tere Gestalt mit Ziegenfüßen bezeichnet; ungeachtet
   dieses im alten Gebrauche keinen Grund hat. Die
   schönsten Statuen der Faune sind ein Bild reifer schöner Jugend, in vollkommener Proportion, und es
   unterscheidet sich ihre Jugend von jungen Helden durch
   eine gewisse Unschuld und Einfalt; dieses war der gemeine Begrif der Griechen von diesen Gottheiten.
   Siehe Winkelm. Gesch. d. K. S. 158. S. Lipperts
   Dact. I. 395 — 399. 439 — 490. Descr. des p.
   gr. du Cab. de Stosch, page 238 — 250. Mon.
   ined. n. 57 — 60.

**) Lycaon, König in Arcadien. Er hatte mit verschie-
    denen Weibern funfzig Söhne gezeugt. Die ganze
    Familie übertraf alle Menschen an Stolz und Gott-
    losigkeit.

Alle Götter erschracken, und foderten mit dem
wärmsten Eifer des Frevlers Bestrafung. So 200
entsetzte sich das Menschengeschlecht bei dem Gedanken seines unersetzlichen Verlusts, so erzitterte der
Erdkreis, als eine gottlose Faust *) den abscheu-
lichen Anschlag faßte, mit Cäfars Blute den
Römischen Namen zu vertilgen; und Dich, o
August, erfreuete die Liebe der Deinen damals nicht
minder, als Jupiter itzt der Eifer der Götter.

Nachdem er durch Stimme und Hand das 205
Gemurmel gestillt; und alle nun aus Ehrfurcht
für ihren Beherrscher schweigen; bricht Jupiter
abermals das Stillschweigen mit folgenden Worten:

„Der Frevler ist schon zur Strafe gezogen,
„seid unbesorgt! Aber hört itzt sein Verbrechen und 210
„meine Rache. Das Verderbniß der Zeiten war
„zu meinen Ohren gekommen. Mit dem Wunsche,
„daß es ungegründet sein möchte, verlasse ich den
„Olymp und mustere in Menschengestalt die Erde.
„Es würde zu weitläuftig sein, Euch zu erzehlen,
„wieviel Böses ich allenthalben entdeckte. Mit
„Einem Worte, das Gerücht stand noch weit unter 215
„der Wahrheit. Bereits hatt ich den Menalos,
„die furchtbare Wohnstätte wilder Thiere, und den
„Cyllene samt den Fichtenwäldern des kalten Ly-
„cäus **) zurückgelegt, und begab mich in den un-
„wirthbaren Pallast des Tyrannen Arcadiens, als
„eben die Dämmerung sich in Nacht verwandelte.

B 3

„Ich

*) Ovid zielt auf irgend eine Verschwörung gegen den
   August.

**) Berge in Arcadien. Vom Lycäus f. unten VIII.
    317. Anmerk.

220 „Ich gebe Zeichen von der Ankunft eines Gottes;
„und das Volk säumt nicht, zu mir zu beten.
„Anfangs spottet Lycaon der frommen Gelübde;
„endlich spricht er sogar: Bald will ich aus sicherer
„Probe wissen, ob dieser ein Gott oder ein Sterb-
„licher sei! Außer Zweifel soll die Warheit sein!
„Er macht sogleich Anstalt, mich unvermuthet
225 „Nachts im Schlaf zu ermorden; diese Art, die
„Warheit zu prüfen, dünkte ihm untrüglich. Und
„damit noch unzufrieden, erwürgt er einen Mo-
„lossischen *) Geisel, siedet zum Theil die halb-
„lebenden Glieder, zum Theil bratet er sie auf
230 „untergelegtem Feuer, und trägt sie mir auf. Aber
„sobald er nur die Tafel damit besetzt, zerstört' ich
„mit rächenden Flammen ein Haus, würdig, auf
„seinen boshaften Herrn gestürzt zu werden. Er-
„schrocken entflieht er; als er das schweigende Ge-
„filde erreicht, versucht er zu reden, aber vergebens,
„er heult! Von ihm selbst entlehnet sein Rachen
„Wuth.   Hingerissen von gewohnter Mordlust
235 „verfolgt er das Vieh, und noch itzt erfreuet er sich
„des Blutes. Seine Kleider gehen in Zotten
„über, seine Arme in Beine. Er wird ein Wolf;
„dennoch behält er Spuren seiner vorigen Gestalt.
„Noch eben so grau ist sein Haar; eben so gräßlich
„seine Miene. Noch eben so sehr blitzt sein Auge;
„eben so sehr bricht Wildheit aus seinem ganzen
240 „Wesen.   Also vertilgte ich Ein Haus; aber lei-
„der! nicht Ein Haus allein ist zum Verderben
„gereist. So weit die Erde reicht, herrscht die
„wilde

*) Die Molosser waren ein Volk in Epirus.

„wilde Erinnys *). Man sollte denken, alle ins-
„gesamt haben sich zur Bosheit verschworen. So
„werde denn auch allen sonder Verzug (mein Schluß
„ist fest) die Strafe, die sie verdienen! „

Also sprach er. Ein Theil der Versammlung
billiget laut seine Rede, und reizt seinen Zorn nur
noch mehr an; die anderen begnügen sich mit stillem 245

B 4 Beifall;

*) Erinnys; Einige der ältesten Dichter, und selbst
Homer, nehmen nur Eine Erinnys an. Andere
aber mehrere, ohne jedoch ihre Zahl zu bestimmen
oder sie zu nennen. Erst spätere Dichter schränken
ihre Anzahl auf drei ein, deren Namen Tisiphone
(Rächerin des Mords), Megära (die Drohende)
und Alecto (die nimmer Ruhende) sind. Sie waren
Töchter der Eris oder auch der Nacht und des Acheron,
und Göttinnen der Unterwelt, die am Bösen Vergnügen fanden, und zur Rache und Züchtigung der
Uebelthaten sowohl auf Erden, als in der Hölle, gebraucht wurden. Sie sind nichts anders, als das
personificirte Gewissen. Die Griechen nannten sie
Erinnyen, und, seitdem Orestes sie wegen des Mut-
termords versöhnet, Eumeniden (die Gewogenen),
aus Scheu vor Worten unglücklicher Vorbedeutung.
Bei den Römern hießen sie Furien. Die alten Griechischen Künstler bildeten sie als Jungfrauen, mit ernsthaften, aber jugendlichen und schönen Gesichtern; ohne
Flügel, bald mit, bald ohne Schlangen in den Haaren;
eine Fackel, die auch wohl mit einer Schlange umwunden ist, in der Einen, und in der andern Hand
eine Geißel, bald halb, bald ganz bekleidet. Auf
Etrurischen Gefäßen erscheinen sie allemal geflügelt.
Die Dichter aber pflegen sie ins Schreckliche zu schil-
dern. S. unten IV. 450. u. f.
Siehe Monum. ant. ined. di Winkel. n. 148.
149. u. 151. Von n. 148. ist zu merken, daß Winkelmann solche fälschlich für die Ermordung Agamem-
nons erklärt; da sie doch eigentlich die Ermordung
der Clytämnestra und des Aegisthus vorstellt. S. Bibl.
der Alt. Lit. und Kunst.

Beifall; alle insgesamt schmerzt jedoch der Verlust
des Menschengeschlechts. Sie fragen: Was er
denn aus der menschenleeren Erde zu machen ge-
denke? wer künftig auf den Altären Weihrauch
darbringen werde, und ob er die Völker durch
wilde Thiere zu verderben gesonnen sei? Auf ihre
Fragen erwiedert der König der Götter: Er wolle
schon für alles sorgen; sie sollten nur ruhig sein.
250 Zugleich verheißt er ein dem vorigen unähnliches
Geschlecht durch einen wunderbaren Ursprung.

Schon war er im Begrif, über alle Länder Blitze
zu verbreiten; doch fürchtete er, es möchte vielleicht
bei so vielen Feuern der heilige Aether in Brand
gerathen, und die Flamme die hohe Weltachse ergreifen. Es sei auch vom Schicksale *) verhängt,
255 fällt ihm ein, daß eine Zeit kommen werde, wo
Meer, wo Erde und die ergriffene Burg des Himmels im Feuer lodern und das ganze künstliche Welt-
gebäude untergehen solle. Da legt er die von den
Händen der Cyclopen **) geschmiedeten Donnerkeile
wieder

*) Schicksal, die Alten glaubten ein fatum, oder ein
von Ewigkeit her festgesetztes Gesetz über alles, was
je geschehen sollte. Jupiter selbst konnte nichts an diesem Gesetze ändern.

**) Die Cyclopen, Söhne des Uranos und der Erde,
waren den Göttern gleich, hatten aber nur Ein Auge
mitten auf der Stirn, und waren sehr stark und listig.
Die Erzählung von Einem Auge scheint dem H. H.
Heyne aus dem Namen entstanden zu sein, da derselbe anfänglich große, runde und also schreckliche
Augen ausgedruckt zu haben scheint. Die Cyclopen
waren anfänglich nichts anders, als der personificirte
Blitz, welches die Namen, Brontes, (Donnernde)
Steropes (Blitzende und Einschlagende) Arges (Schnell
und

wieder weg. Eine entgegengeſetzte Strafe erwählt
er; durch eine Waſſerflut will er das Menſchenge- 260
ſchlecht verderben, und vom ganzen Himmel auf
daſſelbe hinabregnen.

Sofort verſchließt er den Nord, ſamt den anderen Winden, welche Regengewölke verſcheuchen,
in Aeolus *) Höhle; den Süd läßt er heraus.
Mit naſſen Fittigen fliegt dieſer daher; das ſchreck- 265
liche Geſicht, mit pechſchwarzer Finſterniß überzogen, der Bart von Regen ſchwer; von dem grauen

B 5   Haar

und heftig leuchtende) ganz einleuchtend zeigen. Die
Dichter modificirten in der Folge die Fabel, und führten die Cyclopen in die Werkſtätte des Vulcans, und
gaben ſie dieſem zu Gehülfen, bei Verfertigung der
Donnerkeile Jupiters. Endlich wurden ſie gar zu
einer wilden Nation auf Sicilien, die weder Ackerbau noch Schiffahrt hatte, noch in bürgerlicher Ge-
ſellſchaft, ſondern auf Bergen und in Höhlen zerſtreut
wohnte, und wo jeder Hausvater das Haupt und der
Richter ſeiner Familie war. S. Hermanns Mythologie S. 56. u. 368. Auch unten XIII. Vers 740.
u. f. XIV. V. 2. u. f. XV. V. 95.

*) Aeolus, Gott der Winde, reſidirte auf den Lipari-
ſchen Inſeln im Mittländiſchen Meere, und hielt auf
einer derſelben die Winde in einer Höhle verſchloſſen,
wenn er nicht für gut befand, oder es ihm vom
Jupiter geboten wurde, einem oder mehreren freien
Lauf zu laſſen. Nach der ältern Fabel war Aeolus ein Liebling der Götter, der ſeine Wohnung in
einer ſchwimmenden Inſel hatte, die mit einer ehernen
Mauer umgeben war, um welche noch ein glatter
Feld herumlief. Seine Familie beſtand aus ſechs
Söhnen und ſechs Töchtern, die untereinander ver-
heirathet waren, und immer in Schmaus und Freude
lebten. Die Winde, ſeine Diener, ſtanden unter
ſeiner Oberherrſchaft; wohnten aber in Palläſten und
ſaßen in häufigen Schmäuſen beiſammen. S. IV.
V. 662. Anmerkung.

Haar trieft Waſſer, die Stirn iſt mit Nebel umhüllt, es thauen Schwingen und Schooß.   So
wie er mit weitumfaſſender Hand das niederhan-
gende Gewölk zuſammendrückt; ſo rauſchen Platzregen in Strömen darnieder.   Juno's Botſchaf-
270 terin, Iris *), in tauſendfarbigem Gewande, empfängt die Waſſer, und reicht ſie den Wolken zur
Nahrung.   Die Saat wird darnieder geſchlagen;
jämmerlich liegt die Hofnung des Landmanns am
Boden, und fruchtlos verdirbt des langen Jahres
Arbeit.

Aber nicht der Himmel allein vollbringt Jupi-
275 ters Rache, es begünſtigt ſie auch der blaue **),
Bruder,

*) Iris, Tochter des Thaumas (Sohns des Pontus
und der Erde) und der Electra (Tochter des Oceans),
Göttin des Regenbogens und Geſchäftsträgerin des
Jupiters und beſonders der Juno. Auch war, nach
Einigen, beim weiblichen Geſchlechte die Auflöſung der
Sterbenden, und ihre Hinabführung in die Unterwelt, ihr Geſchäft. Sie ſitzt mehrentheils unten am
Throne der Juno und wartet auf ihre Befehle. Auch
hat ſie das Bett derſelben zu beſorgen. Der Regenbogen war der Pfad, auf welchem ſie ihren Weg vom
Olymp zur Erde und wieder zurück nahm. Sie wird
daher in einem bunten Gewande vorgeſtellt, wie ſie
vom Regenbogen herunterfährt.

**) d. i. Neptun, (Griechiſch Poſeidon, Poſeidaon)
Sohn Saturns und der Rhea, und Bruder des Jupiter und Pluto, war das Symbol des Waſſers, und
daher der König des Meers, welche Herrſchaft ihm
durch das Loos zufiel, als Jupiter den Saturn ent-
thronte. Zum Zeichen ſeiner Königswürde hält er
einen langen antiken Zepter in der Hand, der oben
in drei Spitzen ausläuft, (einen Dreizack, weil man
eine Art Fiſche mit gewiſſen Wurfen oder Spießen
fieng, die man auf dieſelben warf, ſo wie bei uns
mit Harpunen.) Seine Bildung auf den uns übrigen

Bruder, mit den hülfreichen Wellen des Meeres.
Er ruft die Flüsse zusammen. Als sie die Behausung ihres Beherrschers betreten, spricht er zu
ihnen also:

„Ohne Verzug ergießt euch in eurem ganzen
„Vermögen; es ist noth. Thut eure Häuser auf,
„zerreißt jeglichen Damm, und laßt euren Strö-
„men frei die Zügel schießen. „   280

Also gebot er. Sie kehren zurück, öfnen die
Schlünde ihrer Quellen, treten aus ihren Schran-
ken, und wälzen sich in ungehemmtem Lauf über
die Gefilde. Er selbst schlägt mit seinem Dreizacke die Erde; sie erbebt *), und der Tiefe ent-
stürzen durch die Erschütterung ihre Brunnen,
überschwemmen die offenen Felder, und reissen mit   285
sich Saat, und Bäume, und Vieh, und Menschen,

gen Kunstdenkmälern ist gebietend und majestätisch,
doch gewöhnlich mit heiterm, ruhigem Antlitz, selbst
wenn er in Leidenschaft vorgestellt ist. „Der schöne
Kopf der einzigen Statüe des Neptunus, zu Rom in
der Villa Medicis, scheinet nur allein im Barte und
in den Haaren sich von den Köpfen des Jupiters zu
unterscheiden. Der Bart ist nicht länger, aber krau-
ser, und über der Oberlippe ist derselbe dicker. Die
Haare sind lockigter und erheben sich auf der Stirne
verschieden von dem gewöhnlichen Wurfe dieser Haare
am Jupiter.„ S. Winkelm. Anm. z. G. d. K.
S. 44. Oft wird er auf dem Wasser daher fahrend,
in einem von Delphinen gezogenen Wagen, gebildet,
mit seinem Gefolge umringt. — Der Ausdruck,
der blaue Bruder, ist blos sinnbildlich, wegen der
Farbe des Wassers. Siehe Lipperts Dactyl. I.
56 — 66.

*) Neptun galt bei den Alten für den Urheber der
Erdbeben.

stehen, und trotzt der allgemeinen Verwüstung, so
290 drückt doch die höhere Flut dessen Gipfel; Thürme
wanken unter kreisenden Strudeln.

Schon war zwischen Erde und See kein Unterschied. Alles war Meer; ein Meer sonder Ufer.

Dieser erklimmt einen Hügel; jener rudert im
leichten Nachen über das Feld, das er neulich
noch pflügte. Ein anderer schift über seine Saaten
295 oder über den Gipfel des versunkenen Landhauses
dahin. Der hascht einen Fisch im Gipfel einer
Ulme. Itzt ankert man, wenn es das Schicksal
so fügt, auf einer Wiese; itzt haften an Weinber-
gen geschweifte Kiele. Auf Felsen, wo erst hagere
Ziegen weideten, strecken itzt Meerkälber ihre un-
300 geheuern Körper. Es wundern sich die Nereiden
über die Haine,' Städte und Häuser unter dem
Wasser. Delphine weilen in Wäldern, durch-
streifen die hohen Zweige, und schlagen an wan-
kende Eichen. Unter Schafen schwimmt der
Wolf. Gelbe Löwen reißt die Flut, sie reißt Ti-
305 ger mit sich fort. Nicht des Blitzes Kraft hilft
dem Eber; nicht der Läufte Schnelligkeit dem
davongetragenen Hirsche. Nach fruchtlosem Suchen nach Land, wo er sich setzen könne, stürzt
endlich der Vogel ermüdet in die Flut. Zuletzt
bedeckt sogar das unbezähmte Meer die Höhen,
und zum erstenmale schlagen die Wellen an die
310 höchsten Gipfel der Berge.

... Der größte Theil der Menschen ward ein Raub
der Wellen; welche noch die Wellen verschonen,
die

die zehrt nach langem Mangel der Hunger auf.
Die Aonier *) trennt von den Actäischen *) Fluren Phocis *); ein fruchtbares Land, so lange es Land
war; itzt ein Theil des Meeres, eine weite Wasser- 315
Fläche! Dort ragt ein hoher Berg mit zweien
Spitzen zu den Gestirnen empor **), Parnaß ist
sein Name; sein Haupt erhebt sich über die Wolken. Hier, denn alles übrige deckt Meer, bleibt
der kleine Nachen hangen, der Deucalion ***) samt
seiner Bettgenossin ****) trägt. Sie beten zu den 320
Corycischen †) Nymphen, zu den Gottheiten des
Berges, und zu der weissagenden Themis, ††)
welche

*) Aonier hießen die alten Bewohner Böotiens. Die
Actäischen Fluren Attica. Phocis, eine Landschaft, die
hier zwischen beiden liegen soll, wird eigentlich durch
Böotien von Attica geschieden. Alles in Griechenland.

**) Der Berg Parnaß in Phocis über Delphi war dem
Apoll und den Musen geheiliget. Die beiden Spitzen
des Parnassus — sagt Chandler — bestehen aus
Bergen, die sich auf anderen Bergen erheben, und
können nur in einer ziemlichen Entfernung gesehen
werden.

***) Deucalion, Sohn des Prometheus, König von
Phthiotis.

****) Pyrrha, Tochter des Epimetheus und der Pandora,
der ersten von den Göttern erschaffenen Frau.

†) Die Musen, von der Corycischen Höhle im Parnasse, welche ihnen und dem Pan geheiliget war, aber
von der Nymphe Corycia den Namen bekommen hatte.

††) Themis, Tochter des Uranos, und die Göttin der
Gerechtigkeit und der Weissagung. Sie wird mit
einer Wage und einem Schwerte abgebildet. Sie
empfieng die Göttersprüche im Schlafe. S. Lipperts
Dactyl. I. 207. und 708. Monumenti ined. n. 44.

als Deucalion und gerechter war kein Mann; und
kein Weib fürchtete die Götter mehr, als Pyrrha.

325 Als Jupiter die Erde einem stehenden See ähnlich
sieht, sieht, daß von so vielen Tausenden nur Einer,
nur Eine von so vielen Tausenden noch übrig; beide
unschuldig, beide Verehrer der Götter: Da zertheilt er die Wolken, verscheucht durch den Nordwind den Regen, und zeigt dem Himmel die Erde,
und der Erde den Himmel wieder. Auch die
330 Wuth des Meeres hört auf. Neptun legt den
Dreizack nieder, und besänftiget die Fluten. Er
ruft dem bläulichen Triton **) der, die Schultern

in

*) Nemlich des Orakels zu Delphi. Ein Orakel war
ein weissagender Tempel, der einem Gotte gewidmet
war. Pausanias erzählt, S. 10. K. 5. In den
ältesten Zeiten solle Tellus das Orakel zu Delphi mit
dem Neptun gemeinschaftlich gehabt haben. Eine
Zeit darauf habe Tellus ihren Antheil der Themis abgetreten, und Apollo denselben von der Themis zum
Geschenke bekommen, der denn auch den Antheil Neptuns dazu gebracht, indem er ihm dafür die Insel
Calaurea (itzt Poro) so vor Trözen liegt, gegeben. —
Die furchtsame Politik des August, Tiber, Caligula,
Claudius und Nero war es, welche die Orakel zum
Schweigen brachte; weil sie selbst leichtgläubig genug
waren, zu fürchten, die Griechen möchten die Orakel
über die Geheimnisse des Reichs und der kaiserlichen
Familie befragen, worin Mord, Vergiftung, Blutschande, Ehebruch u. s. w. sich unter einem undurchdringlichen Schleier zu verbergen suchten.
**) Triton, ein Sohn des Neptuns und der Amphitrite.
Er war Neptuns Herold. Man schildert ihn bis an
die Hüften mit einem menschlichen Körper, der mit
kleinen bläulichen Schuppen bedeckt ist, und unterwärts als einen Delphin. S. Lipperts Dactyl. L
64. 72. 76. 243 und 244. Monum. ined. n. 35.

in angebornen Purpur gehüllt, über der Tiefe
schwamm. Ihm gebietet er, in die tönende
Schnecke zu stoßen, und Meersfluten und Ströme durch dieses gegebene Zeichen in ihre Ufer
zurück zu rufen. Dieser ergreift die geschlungene 335
Trompete, die von dem untersten Wirbel in immer
sich erweiternden Gewinden anwächst; die Trompete, die, wenn sie des Gottes Odem in der Mitte
des Meeres erfüllt, ihren Schall zu des Aufgangs
und Niedergangs Gestaden versendet. Auch itzt,
als er sie an den vom thauenden Barte nassen
Mund ansetzt und den gebotenen Rückzug bläßt, 340
wird sie von den Wassern der Erde und des Meeres
gehört, und welche Wasser sie hören, gehorchen
ihr alle. Schon hat das Meer wieder Ufer. Die
Ströme drängen sich in ihre Gestade. Es fallen
die Gewässer. Die Hügel scheinen emporzukom-
men. Der Erdboden erhebt sich. Seine Flächen 345
nehmen zu, so wie die Fluten abnehmen. Endlich
zeigen auch die Wälder ihre entblößten Wipfel
wieder, das Laub unscheinbar von zurückgebliebenem
Schlamme. Wiederhergestellt ist der Erdkreis.

Als Deucalion die Erde öde und wüst sieht,
und das allgemeine tiefe Schweigen bemerkt, spricht
er mit Thränen im Auge zur Pyrrha: 350

„O Schwester, o Gattin, o einzig noch übri-
„ges Weib! Du mit mir durch die Bande des
„Geschlechts, der Anverwandschaft, *) der Ehe,
„und itzt der Gefahren verbunden: Der Lande vom 355
„Aufgange bis zum Niedergange einzige Bewohner
„sind

*) Ihre Väter waren Brüder.

„sind itzt wir beide. Die Uebrigen besitzt das Meer.
„Ja noch sind wir nicht einmal des Lebens mit Zu-
„versicht gewiß; noch immer halten Gewölke un-
„sere Furcht wach. Was — wärest Du ohne
„mich dem Tode entronnen — was würdest Du
„Arme itzt empfinden? Wie würdest Du allein
360 „die Furcht, wie sonder Tröster den Kummer er-
„tragen? Denn ich, glaube mir, hätte Dich, o Ge-
„liebte, die Tiefe verschlungen; ich würde Dir
„folgen; verschlingen sollte auch mich die Tiefe.
„O, daß ich mit der Kunst meines Erzeugers, ge-
„bildetem Thone Leben einzuhauchen, und also die
„Erde wieder zu bevölkern vermöchte! Aber der ein-
365 „zige Rest der Sterblichen bleiben, nach der Göt-
„ter Rathschlusse, wir itzt nur, als Muster der
„Menschen, noch übrig.„

Also sprach er, und sie weinten. Zulezt beschließen sie, zur Gottheit zu beten, und Hülfe bei
dem Orakel zu suchen.

Ohne Verzug gehen beide zu dem Strome
370 Cephisus, *) der noch trübe, aber bereits wieder
in seinen gewohnten Ufern floß. Sie kosten von
seinem Wasser, besprengen damit Haupt und Kleider, und wenden dann ihre Schritte zum Tempel
der heiligen Göttin. Vom Moose verunstaltet,
erhob sich der Giebel; und die Altäre standen ohne
lodernde Flammen.

Als

*) Cephisus, Fluß, der bei Tilda in Phocis entspringt,
und in den Cephisischen See fällt. Der Parnaß und
Delphi lagen ihm zur Rechten.

Als sie beide die Stufen des Tempels erreicht 175
hatten, fallen sie nieder und küssen voll Ehrfurcht
den kalten Stein. Darauf beten sie also:

„Wenn anders sich Gottheiten durch gerechte
„Bitten erweichen lassen, wenn Götter nicht ewig
„zürnen; o so verkünde uns, Themis, durch welche
„Kunst unser Geschlecht wieder herzustellen sei!
„Stehe bei, Du Milde, uns Verlassenen! „

Gerührt durch ihr Gebet giebt die Göttin folgende Antwort:

„Gehet von hinnen, und mit verhülltem 180
„Haupte und entgürtetem Gewande werfet der
„großen Mutter Gebeine rückwärts. „

Lange stehen sie staunend da. Endlich bricht
Pyrrha zuerst das Stillschweigen; und weigert
sich der Göttin Ausspruche zu gehorchen, und flehet
mit bebendem Munde um Gnade, und schaudert,
den mütterlichen Schatten durch Umherwerfung 185
ihrer Gebeine zu beleidigen.

Doch unter ihrem finstern Obdache wiederholen sie wieder und wieder die dunkeln Worte der
erhaltenen Weissagung und denken mit einander
darüber nach. Endlich spricht Prometheus Sohn 190
zum Troste der Epimethide also:

„Entweder täuscht mich mein Sinn; oder,
„was uns das Orakel gebietet, ist nicht gegen die
„kindliche Liebe, ist kein Verbrechen. Die große
„Mutter ist die Erde; die Steine, wähne ich,
„sind ihre Gebeine und diese sollen wir rückwärts
„werfen. „

395   Zwar scheint diese Auslegung des Gatten der
Titanide *) glücklich, dennoch bleibt ihre Hofnung
schwankend; so sehr verzagen sie am göttlichen
Ausspruche. Aber was konnte ein Versuch wohl
schaden?

    Sie gehen **) aus ihrer Höhle hervor, ver-
hüllen das Haupt, entgürten das Gewand, und
werfen, wie ihnen befohlen war, Steine hinter ihren
400 Rücken. Die Steine (wer sollte es glauben, wenn
die graue Vorzeit es nicht bezeugte) beginnen so fort
ihre Härte und Festigkeit abzulegen; erweichen allgemach und gestalten sich. Bald, als sie jemehr
und mehr gewachsen und eine sanftere Natur ange-
405 nommen, ist in ihnen die menschliche Bildung,
doch undeutlich noch, kenntbar; wie in einem rohen
Marmor, den die Hand des Bildners nur vor kurzem zu bearbeiten angefangen. Was irgend an
wässerigen und erdigen Theilen darin befindlich,
wird in Fleisch, was fest ist, und unbiegsam, in
410 Gebein verwandelt; was aber erst Ader war, bleibt
es hinfort. In kurzem stehen, durch der Götter
Allmacht, die von des Mannes Händen gewor-
fenen Steine als Männer gebildet da; das Weib
aber wird durch des Weibes Wurf wieder ersetzt.
Daher sind wir ein hartes, der Drangsalen kun-
415 diges, Geschlecht; und geben Beweise von uns,
aus welchem Stoffe wir erzeugt sind.

Alle

---

*) Pyrrha heißt Titanide, weil ihr Vater Epimethus
   ein Sohn des Titanen Japetus war.

**) Ich lese mit anderen discedunt; denn Deucalion und
   Pyrrha sind schon aus dem Tempel wieder heraus,
   nach V. 388. repetunt caecis obscura latebris verba.
   Also kann descendunt nicht statt haben.

Alle die übrigen Thiere von mannigfaltigen Gestalten gebärt die Erde von selbst. Als die alte Feuchtigkeit vom Feuer der Sonne erwärmt wurde, und Schlamm und Sumpf vor Hitze aufquellen; so begannen die fruchtbaren Saamen der Dinge, im belebenden Boden wie in Mutterleibe genähret, 420 zu wachsen, und nahmen allmählich Gestalten an. Wie wenn der siebenströmige Nil *) die nassen Gefilde verläßt, und seinen Strom wieder in das alte Bette zurückwälzt, und itzt der frische Schlamm vom Strale des ätherischen Gestirnes erhitzt 425 wird **); dann findet unter den umgekehrten Erdschollen der Landmann mancherlei Thiere; die Einen eben im Entstehen, die Andern noch nicht vollendet und noch unvollständig an Gliedmaßen; oft wenn bereits an einem Körper der eine Theil lebt, ist noch der andere rohe, ungebildete Erde. Denn sobald Nässe und Hitze gehörig sich vermi- 430 schen, so zeugen sie, und aus ihnen beiden entstehet alles. Da das Feuer mit dem Wasser streitet; so schaft ein feuchter Dampf alle Dinge, und die zwistige Eintracht dieser Elemente ist den Geburten beförderlich.

Also brachte die Erde, bedeckt mit dem Schlamme verlaufener Fluten, und erhitzt von 435

C 2

den

*) Hauptstrom in Aegypten, der sich durch sieben Mündungen in das Mittländische Meer ergießt. Er wird als ein bärtiger, auf den Ellbogen gestützt liegender Mann, ein Füllhorn im Arm, vorgestellt, an dem viele Kinder hinanklettern. Siehe dessen Bildsäule im Vatican.

**) Siehe unten XV, 360. Anmerk.

den Strahlen der himmlischen Sonne, unzählige
Thiergattungen hervor, ein Theil den alten ähnlich;
andere seltsame Ungeheuer.

Wider ihren Willen gebahr sie damals auch
Dich, großer Python, nie vorher gesehener Drache,
440 den neuen Erdenbewohnern ein Schrecken, an
Größe einem Berge vergleichbar. Ihn erlegte
der bogenführende Gott, *) der sein Geschoß bis
dahin

*) d. i. Phöbus oder Apollo, Sohn Jupiters und der
Latona, auf der Insel Delos gebohren; ein Gott der
Musen, der Wissenschaften und Künste, besonders
der Dichtkunst, Tonkunst und Arzneikunst. Zugleich
legte man ihm eine große Geschicklichkeit im Bogen-
schießen bei. Auch war er der Sonnengott. Apoll
zeichnete sich bei den Alten vor allen anderen Göttern
durch seine Schönheit aus. Er wurde gemeiniglich
als ein liebenswürdiger Jüngling mit blonden locki-
gen Haaren, die mit einem Lorbeer oder Diadem geziert
waren — ohne Bart, mit einer Leyer oder einem silbernen Bogen in den Händen und Köcher auf dem Rücken
vorgestellt. „Warscheinlich Pelasgischen Ursprungs
ist die Verehrung des Apollo — sagt H. H. Heyne. —
Man findet ihn schon auf den ältesten Hetrurischen
Denkmälern, und auch bei den Römern war er ein
einheimischer Gott. Selbst das Instrument, das er
führt, und die einfache Zusammensetzung desselben,
zeigt uns sein Alterthum. Wahrscheinlich wäre Apollo
niemals zu dem Beschützer der Künste erhoben worden, wäre nicht schon in den ältesten Zeiten zu Delphi
ein Fest, mit Tanz und Gesang begleitet, gefeiert worden, bei dem man sich vornemlich der Leyer bediente.
Auch bei den Pythischen Spielen waren sehr früh mu-
sikalische Wettstreite eingeführt. Aus eben dem
Grunde wie Apollo ward auch Bacchus unter die Beschützer der Künste gerechnet; denn die dramatische
Poesie war bei seinen Festen entstanden, und die
Dichter machten die Götter zu Erfindern und Urhe-
bern dessen, was an ihren Festen geschah. „ Wahrscheinlich ist der Vaticanische Apollo im Belvedere zu

Rom —

dahin nur gegen Gemsen und flüchtige Rehe versucht hatte.   Mit tausend Pfeilen traf er ihn, und
erschöpfte fast den Köcher, bevor den schwarzen
Wunden das Gift entströmte.   Und damit die
Zeit nicht das Andenken dieser herrlichen That ver- 445
tilgte, stiftete Phöbus die heiligen Kampfspiele,
die Pythischen *) nach dem Namen des überwundenen Drachen genannt.   In ihnen schmückte die
Stirne des Siegers im Faustkampfe, Wettlaufe
und Wagenrennen, ein Eichenkranz; denn noch
war kein Lorber vorhanden, noch umwand seine 450
schönlockige Schläfe Phöbus mit Kränzen von
jeglichem Baume.

C 3   Phöbus

Rom — jene berühmte antike Statüe, worin die
hohe Vollkommenheit der Kunst erreicht ist, und
welche den Gott als Ideal männlicher Jugendschön-
heit darstellt — ein Pythischer Apollo im edeln Selbst-
gefühl nach dem Siege über die Schlange Python.
S. Wink. Gesch. d. Kunst. S. 392.   Lipperts Dactyl. I. 163.   Wo Apollo einen Mantel hat,
ist derselbe blau oder violet. Wink. Anmerk. z. G.
d. K. S. 75.   Der Bogen des Apollo ist auf den
Griechischen Werken also gestaltet, daß er sich nur an
den Enden krümmet, und im übrigen nur ganz gerade
geht. S. Wink. G. d. K. S. 98. Lipp. Dactyl.
I. 139 — 207. Mon. ined. n. 40 — 44.

*) Die Pythischen Spiele gehörten zu den vier heili-
gen Kampfspielen der Griechen. Man hielt sie anfänglich mit dem Eintritte jedes neunten, und in der
Folge, gleich den Olympischen Spielen, mit dem Anfange jedes fünften Jahres. Der Zeitraum von einer
Feier zur andern hieß eine Pythiade. Man feierte
diese Spiele in einer Ebene zwischen Delphi und
Cirrha, welche dem Apoll geweihet war.

Phöbus erste Liebe war die Peneische Daphne *).
Nicht blindes Ohngefähr erregte sie; sondern Cupido's **) Zorn. Der Delier, ***) auf den jüngst erlegten Drachen stolz, sah ihn mit angezogener
455 Senne den Bogen spannen, und sprach:

„Was machst Du muthwilliger Knabe doch
„mit männlichen Waffen? Dieser Schmuck ge-
„ziemt nur meinen Schultern, der ich sichere
„Wunden dem Wilde, sichere Wunden dem Feinde
„versetze, und nur eben den, mit pestschwangerm
„Bauche so viele Hufen Landes deckenden, gift-
460 „geschwollenen Python mit unzähligen Pfeilen
„erlegt habe. Begnüge Du Dich, mit Deiner
„Fackel

*) d. i. Tochter des Peneus, eines Flusses in Thessa-
lien, zwischen den Bergen Ossa und Olympus. Daphne
heißt im Griechischen ein Lorbeer.

**) d. i. Amor, (im Griechischen Eros und Himeros)
nach einigen eine von den vier Grundursachen aller
Dinge; nach andern der Sohn der Venus. Als dessen Vater wird bald Jupiter bald Mars angegeben.
Er ist der Gott der Liebe; der schönste der Götter,
der alle Sorgen verscheucht und die Herzen der Götter
und Menschen besiegt. Er ist nackt, geflügelt und ungeflügelt, trägt einen Bogen und Pfeile, denen die
merkwürdigsten Liebesbegebenheiten unter Göttern und
Menschen zugeschrieben werden; und wird mehrentheils als kleiner Knabe, seltner als angehender Jüngling gebildet. Man hat dem Amor oder Eros noch
einen Bruder, den Anteros, zugesellt. Beide bedeuten so viel als Liebe und Gegenliebe. Die Dichter
erschaffen mehrere kleine Liebesgötter unter dem Namen der Freuden, der Scherze und der Amoretten.
S. X. 516 — 518. Monum. ined. n. 32. 33. und
Lipperts Dactyl. I. 770 — 843.

***) d. i. Phöbus; von der Insel Delos, worauf er ge-
bohren worden. S. Lipp. Dactyl. I. 166.

„Fackel ich weiß nicht welche Lüste zu entzünden,
„und höre auf, Dich meiner Ehrenzeichen anzu-
„maßen!„

Ihm antwortet Venus Sohn: „Es treffe
„immerhin Dein Bogen alles, o Phöbus! trift
„doch der Meinige Dich; und um soviel als Du
„über alle lebendige Geschöpfe erhaben bist, um
„soviel ist mein Ruhm auch größer, als der Deine. „ 465

Also spricht er; zertheilt die Luft mit geschwungenen Fittigen, und steht so fort auf des Parnassus
schattiger Spitze. Hier zieht er aus seinem vollen
Köcher zwei Pfeile verschiedener Wirkung. Der
Eine verscheucht, der Andere entflammt die Liebe.
Der sie entflammt, ist golden, mit scharfer blin- 470
kender Spitze; der sie verscheucht ist stumpf und
führt Blei am Ende des Rohres. Mit diesem
schießt der Gott die Peneische Nymphe; mit jenem
aber verwundet er Apollo bis tief in das innere Mark
der Gebeine. Stracks liebet der Gott; allein die
Nymphe flieht vor dem bloßen Namen eines Liebhabers. Nur einsamer Wälder erfreuet sie sich
und der Felle gefangener Thiere, und, eine Nach-
ahmerin der unvermählten Phöbe, *) umschlingt sie
C 4

nur

*) Phöbe, d. i. Diana, Tochter Jupiters und der La-
tona. Auf ihre Bitte gestattete ihr Jupiter das Vor-
recht einer ewigen Jungfrauschaft, und beschenkte sie
mit Bogen und Pfeilen und einem Gefolge von 60
Nymphen des Oceans und 20 Cretischen Nymphen
als Dienerinnen. Auch machte er sie zur Göttin der
Jagd, zur Beherrscherin der Berge und Wälder, und
zur Vorsteherin der Heerstraßen und Häfen. Ihre
Beinamen bei den Dichtern sind: Cynthia, Titania,
Delia, Dictynna, Trivia, u. a. m. Griech. Arte-
mis. Diana ist mit allen Reizen ihres Geschlechts
versehen,

Viele werben um sie. Doch eben so unempfindlich
für die Männer, als ihrer unkundig, verschmähet
480 sie jeglichen Freier und durchschweift nur abgelegene
Wälder, um die Freuden Hymens *) und Amort
unbekümmert. Oftmals spricht der Vater: „Toch-
„ter, bleib mir den Eidam, bleib mir die Enkel
„nicht schuldig!„ Dann, wie ein Verbrechen,
also die Hochzeitsfackel verabscheuend übergießt eine
485 züchtige Röthe ihr schönes Antlitz, und am Halse
des

versehen, ohne sich derselben bewußt zu sein. Sie wird
allezeit als Jungfrau gebildet, mit den Haaren auf dem
Wirbel gebunden, oder auch lang vom Kopfe herab-
hangend Ihr Wuchs ist leichter und geschlanker,
als der Juno und Pallas. Man findet sie mehrentheils stehend oder gehend, selten aber sitzend, mit
Pfeil und Bogen in den Händen, oder mit einem
Köcher voll Pfeilen auf dem Rücken; ferner mit einem halben Monde auf der Stirne, und mit einer
oder zwei Fackeln in den Händen. Dabei ist sie mehr-
rentheils mit einem bis über die Knie oder doppelt
aufgeschürzten Kleide, oder auch in einem langen Kleide,
selten aber ganz bekleidet zu sehen. S. Mon. ined. n.
21 — 24. Lipp. Dactyl. I. 208 — 226. Descr.
des p. g. d. Stosch. p. 75. n. 280 — 322. S. unten
III. 146. A. u. X. 536.
*) Hymen, Sohn des Bacchus und der Venus, nach
Anderen der Urania, Gott der Vermählung. Er wird
wie ein schöner Jüngling gebildet, der allezeit in der
Einen Hand die hochzeitliche Fackel trägt. Einige
von den Alten gaben ihm in die andere Hand einen
Schleier und krönten ihn mit Majoran und Blumen.
Catull giebt ihm gelbe Socken an die Füße, und Ovid
(V. 10. im Anfange) kleidet ihn in ein safranfarbiges
Gewand. In Mon. inedit. n. III. hält er in der Ei-
nen Hand die Fackel und in der Andern einen Was-
serkrug, und Seite 154. nennt Winkelmann den Hymen einen Sohn der Terpsichore.

des Vaters hangend mit schmeichelnden Armen
flehet sie:

   „Gestatte mir, theuerster Erzeuger, einer
„beständigen Jungfrauschaft mich zu erfreuen; es
„gestattete dies der Vater ja auch einst Dianen!„

   Zwar willfahret er; allein diese Deine Anmuth,
o Daphne, verbeut Dir das zu sein, was Du
wünschest; Deinem Verlangen steht Deine Schönheit entgegen. Phöbus sieht Dich, liebt Dich
und begehrt Dich zur Gattin, und hoft was er 490
wünscht, von eignen Ahndungen getäuschet!

   So wie die Stoppeln nach der Erndte in Feuer
auflodern, oder wie das Gehege entflammt, neben
welchem der Wanderer die brennende Fackel zu nahe
vorübergetragen, oder liegen gelassen beim ein-
brechenden Tage; also entbrennt der Gott. Er 495
glühet im Innern des Herzens und ernährt durch
Hofnung seine fruchtlose Liebe. Er sieht das Haar
ungeschmückt ihren Nacken umwallen und ruft entzückt: wie, wenn erst Kunst Dich schmücket! Er
sieht ihre feuerfunkelnden Augen, Sternen gleich;
sieht ihren kleinen Mund: und Sehen genügt ihm
nicht! Er bewundert Finger, Hände, Arme, 500
samt den mehr als zur Hälfte entblößten Schultern.
Das Verborgene wähnt er schöner noch. Schneller
aber, als ein leichtes Lüftchen, entflieht sie, und weilt
nicht auf des Zurückrufenden Flehen.

   „Bleib! Peneus Tochter, ich bitte, ruft er;
„kein Feind verfolgt Dich. Bleib, Nymphe!
„Wie Du, so flieht das Lamm den Wolf, das 505
„Reh den Löwen; so fliehen mit regen Fittigen die

C 5

Tauben

„Tauben den Adler; fliehen alle insgesamt ihre Tod-
„feinde. Mich treibt Liebe Dir nach. O ich Unglück-
„seliger, wo Du zur Erde stürzest, wo Dornen
„Deine zarten Füße verletzen, und ich Dir Schmer-
„zen verursache! Rauh ist die Gegend, wohin
10 „Du eilest. Laufe langsamer, ich bitte, lang-
„samer will ich auch gern Dir nachfolgen! Frage
„doch nur erst, wem Du gefällst? Kein Bewoh-
„ner des Berges bin ich, kein roher Schaaf- oder
„Rinderhirt! Du weißt nicht, Unbesonnene, Du
„weißt nicht, wen Du fliehest, sonst würdest Du
„nicht fliehen. Mir gehorchen das Delphische *)
15 „Land, und Claros *) und Tenedos und die Pata-
„räische Königsstadt. Jupiter ist mein Erzeuger.
„Durch mich ist Zukunft, Vergangenheit und
„Gegenwart offenbar. Durch mich stimmen Lie-
„der in Saiten. Sicherer, als mein Pfeil, trift nur
„jener einzige, der dieses unverletzte Herz verwun-
20 „det hat. Meine Erfindung ist die Heilkunst;
„mich nennt die Welt den Retter, und die Kräfte
„der Kräuter sind mir unterthan: Nur leider! daß
„Liebe unheilbar ist durch Kräuter, und daß meine
25 „Künste allen, nur ihrem Herrn nicht, helfen! „

Mehr noch wollte er reden, allein schüchtern
flieht Daphne davon, und läßt ihn mit unvollen-
deter Rede zurück. Auch so erscheint sie reizend;
es entblößten die Winde ihre Glieder mit dem
flattern-

*) Delphi, Stadt in Böotien; Claros, Stadt in Lycien,
in Klein Asien; Patara, Stadt gleichfalls in Lycien;
Tenedos, Insel in dem Aegäischen Meere, wo überall Apoll vorzüglich verehrt wurde.

flatternden Gewande spielend, und hauchten mit
begegnendem Odem das verworrene Haupthaar
rückwärts: Ja, verschönert wird sie noch durch
die Flucht.

Ißt vermag der junge Gott nicht länger, die 530
Zeit mit süßen Worten zu verlieren. Von Amorn
selbst getrieben, folgt er mit geflügelten Schritten
ihr nach. Wie wenn einen Hasen der Gallische *)
Jagdhund erblickt, und dieser mit schnellen Läuften
nach dem Fange, jener nach der Rettung trachtet;
der Eine, gleichsam im Erhaschen, ißt, ißt den
Flüchtigen festzuhalten hoft und mit vorgereckter
Schnauße dessen Spur berühret; der Andere aber, 535
ungewiß ob er ergriffen sei, sich noch dem Gebisse
seines Verfolgers entreißt, und dessen ihn berüh-
renden Rachen hinter sich läßt: Eben also der Gott
und die Jungfrau. Hofnung macht Jenen; diese
die Furcht schnell. Jedoch, durch Liebe beflügelt,
ist der Verfolger geschwinder. Sonder Rast hängt 540
er der Flüchtigen über dem Rücken, sein Athem
trift ihr über den Nacken zerstreuetes Haar.
Schon entschwinden ihr die Kräfte; sie erblaßt,
erschöpft vom eilenden Laufe, als sie die Peneischen
Gewässer erblickt.

„O Vater, ruft sie, rette mich, so ihr anders
„Götter seid, ihr Flüsse! Oder Du, wo ich allzu- 545
„viel gefiel, o Erde, thue Dich auf; oder vertilge
„durch Verwandlung diese Schönheit, die mich
„Beleidigungen aussetzt!„

Kaum

*) d. i. ein Windhund.

Kaum ist ihr Gebet vollendet, als ihre Glieder erstarren.   Ihren zarten Busen umschließt
550 weicher Bast.   In Blätter schießen die Haare
auf, die Arme in Zweige.   Der erst so flüchtige
Fuß haftet an trägen Wurzeln.   Das Gesicht versteckt ein Wipfel.   Nichts bleibt zurück als die
glänzende Schönheit.   Auch also liebt sie Phöbus;
und als er den Baum mit der Rechten ergreift,
fühlt er noch unter der jungen Rinde das Herz
schlagen.   Er umschlingt mit seinen Armen die
Zweige, als ob er Daphnen selbst an seinen Busen
555 drückte, und küßt das Holz; doch selbst das Holz
weicht vor seinem Kusse zurück.   Da ruft der Gott:

„Kannst Du denn nicht meine Gattin werden, so
„sollst Du zum mindesten mein Baum*) sein! Ewig
„sollst Du, o Lorbeer, mein Haar, meine Leier,
„meinen

---

*) Den Blättern waren, so wie eigene Thiere, also
auch eigene Bäume geheiliget. Dem Phöbus der
Lorbeer; dem Jupiter die Eiche; der Venus die
Myrte; dem Bacchus der Weinstock; die Fichte der
Cybele; die Pappel dem Hercules u. s. m. Man
glaubte, daß sie solche eines besonderen Schutzes wür-
digten. Oft waren den Göttern blos Altäre und Bildsäulen auf Bergen oder in Thälern gewidmet, ohne
darüber erbauete Tempel. Um diese Altäre pflanzte
man Bäume; dadurch war so gut als durch eine Inschrift die da zu verehrende Gottheit angezeigt. Diese
Bäume findet man auch auf den meisten geschnittenen
Steinen, wo es sich nur thun lassen will, den Göttern beigesetzt. S. Lipperts Dactyliothek 1. B.
S. 74. Uebrigens wuchs der Lorberbaum am schönsten auf dem Parnaß, daher er dem dort und im benachbarten Delphi verehrten Phöbus heilig war.

„meinen Köcher kränzen.   Latiens Sieger *) sollst 160
„Du schmücken,   wann Triumph das fröhliche
„Volk ihnen zujauchzt,   und das Capitol ob dem
„langen feierlichen Zuge staunt.   Du sollst, als
„treuer Hüter, vor Augusts **) Pforten dich er-
„heben; und die Eiche über denselben schützen.   Und
„wie mein Haupt immer jugendlich mit unbeschore-
„nen Locken pranget; so prange auch Du beständig 165
„mit immergrünendem Laube. „

	Es schwieg Päan ***). Mit eben entstandenen
Zweigen nickt ihm der Lorbeer Beifall zu.   Gleich
dem Haupte schien der Wipfel sich zu bewegen.

	Es ist ein Hain in Hämonien †). Von allen
Seiten umschließen ihn steile Wälder.   Tempe ††)
wird

*) Latiens Sieger, u. s. w.   Die Römischen Feldher-
ren, die einen großen Sieg erfochten hatten, zogen
am Tage ihres Siegsgepränges,   auf einem hohen
Wagen von vier weißen Pferden gezogen, in Purpur
gekleidet und mit einem Lorbeerkranz geschmückt, unter
einem großen feierlichen Geleite,   und unter bestän-
digem Freudengeschrei des Volkes,   durch die ganze
Stadt Rom aufs Capitol, (die Burg) wo Opfer geschlachtet und ein Theil der Beute den Göttern geweihet wurde.

**) Unter anderen Ehrenbezeugungen hatte man dem
Cäsar August auch die zuerkannt,   daß Lorbeerbäume
vor seinem Pallast gepflanzt, und über demselben eine
Krone von Eichenlaub aufgehangen wurde.   Siehe
Dio Cassius B. 53. K. 16.

***) d. i. der Treffer; ein Beinahme des Phöbus.

†) Hämonien, Thessalien.

††) Das Thal Tempe, welches die neuern Griechen
Lycostoma oder Wolfsrachen nennen, weil es von der
Meerseite am Ausflusse des Peneus ohngefehr so wie
ein Wolfsrachen aussieht, war von jeher und ist
noch

wird er genannt. Peneus, der vom untern Pin-
570 dus her sich ergießt, wälzt sich mit schäumenden
Wellen hindurch; zieht durch seinen schweren Fall
wallende

noch eine sehr schmale und sehr tiefliegende Kluft, zwischen zwei so hohen Bergen, daß man, nach der Erzählung des Titus Livius, kaum von der Höhe in die
Tiefe hinab sehen konnte, ohne bei dem Anblicke eines
so fürchterlichen Abgrundes mit Schauder überfallen
und mit Schwindel behaftet zu werden; da zu der.
Tiefe noch hinzu kam, daß der Fluß Peneus in diesen Abgrund von Abend nach Morgen strömte, und
an seinem Ufer so wenig Raum ließ, daß kaum 10
Mann auf dem Wege von Larissa nach Thessalonich.
neben einander gehen konnten. Da, wo sich der
Peneus mit vielem Getöse in diesen Schlund stürzte,
nahm er einen vergifteten Bach auf, der aus Macedonien kam, und Titaresus oder Eurotas hieß, welcher in seinem Laufe das Grün welkte, und die Fibern
der Pflanzen durch die Schärfe seines Wassers ver-
brannte; dieses sein Wasser enthielt eine Menge bei-
zendes Harz, welches wie eine ölartige Materie darauf
schwamm. Seneca spricht davon, in seinen Fragen
aus der Natur, wie von einem gefährlichen Gifte.
Die Wälder, welche sich zum Theil auf dem Berge
Olympus und zum Theil auf dem Berge Ossa befinden,
hindern die Ausdünstung der feuchten Luft, welche
beständig über der Tiefe dieses Abgrundes, gleich einem
Nebel, schwebt, den Ovid mit einem Wasserdampf
oder mit einer Wolke vergleicht, die die Wipfel der
Bäume einhüllte. Die Alten haben uns vier Beschreibungen von Tempe hinterlassen. Die Beschreibung
des Plinius und Aelians sind blos romantisch; die des
Livius und Ovids stimmen mit der Warheit genau
überein. Die neuern Reisenden, und diejenigen welche
ihre Nachrichten gesammelt haben, als die des Barons
von Tott, sind in der alten Erdbeschreibung so unwissend gewesen, daß sie von Tempe stets wie von einer lachenden Ebene reden, da doch Aelian, der auß-
serdem so sehr vergrößert, die Breite desselben nur
auf etwa 15 Klafter setzt. De Pauw 1.Thl. S.29.u.f.

wallende Dämpfe führende Wolken zusammen, und
regnet wie Staub auf die Wipfel der Bäume hernieder. Das Getös ermüdet entlegene Fluren.
Hier ist die Behausung, der Sitz, hier das innere
Gemach des großen Flußgottes. Hier, in einer 578
Felsengrotte hausend, gab er den Wellen Gesetze,
samt den Nymphen, den Bewohnerinnen der Wellen. Hierher kamen zuerst alle Flüsse des Landes,
ungewiß, sollten sie dem Vater Glück wünschen,
oder ihn trösten. Es kam Spercheos *) mit Pappeln bekränzt, der ungestüme Enipeus, *) der
alte Apidanus, *) der sanfte Amphrysos *) und 580
Aeas **). Nachher kamen auch andere Flüsse,
welche, ihrem Hange folgend, der Eine hier, der
Andere dort, ihre des Irrens müden Wellen in
das Meer ergießen.

Inachus ***) allein blieb weg. Im Innersten seiner Grotte verborgen, schwellt er seine Gewässer durch Thränengüsse an, indem er, von
Schmerz gebeugt, seine Tochter Jo, †) als ver- 585
loren -

*) Flüsse in Thessalien.

**) Aeas, Fluß in Epirus.

***) Inachus, Fluß in Argolis.

†) Die Fabel der Jo ist eine der ältesten in Griechenland, und war allem Ansehen nach aus der symbolischen
Vorstellung des Mondes, durch einen weiblichen Kopf
mit Kuhhörnern, entstanden. Die Liebe Jupiters
gegen sie, die Eifersucht der Juno, waren mit dem
Begriffe der untern Luft, oder des Dunstkreises, wovon Juno ursprünglich das Symbol war, verwandte
Bilder. Nachher vermischten die Griechen die Fabel
und das Bildniß der Isis damit. Nach Argos kamen
in den frühesten Zeiten gleich einige Bilder und Fabeln aus dem Orient, und darunter die Jo. Ursprünglich

er sie nirgendwo findet; so wähnt er sie auch nirgends, und ahndet im Herzen das Aergste."

Jupiter sah Jo vom väterlichen Strome zurückkehren, und sprach:

"O Jungfrau, die Du Jupiters würdig bist,
590 "und ich weiß nicht wessen Ehebette beseligen wirst!
"Es ist heiß, die hohe Sonne steht mitten in ihrer
"Laufbahn; schau jenen finstern Wald dort! willst
"Du nicht indeß seinen kühlenden Schatten suchen?
"Fürchte Dich nicht, allein in diesen Aufenthalt
wilder

lich war es eine weibliche Figur mit Kuhhörnern.
Der Grieche machte sie nachher ganz zur Kuh, und
so nahm die Fabel von der Liebe Jupiters ihren natürlichen Gang. S. Heynens ant. Auff. 1. Stück
S. 41 u. 42. und unten 745. Anmerk.

*) Manen, eigentlich abgeschiedene Seelen guter Men-
schen; hier aber abgeschiedene Seelen überhaupt. Die
gemeine Geisterlehre der Alten war diese. Nach den
Göttern glaubten sie ein unendliches Geschlecht erschaf-
fener Geister, die sie Dämones nannten. Zu diesen
Dämonen rechneten sie auch die abgeschiedenen Seelen
der Menschen, die sie unter dem allgemeinen Namen
Lemures begriffen, und deren nicht wohl anders als
eine zweifache Art sein konnte. Abgeschiedene Seelen
guter, abgeschiedene Seelen böser Menschen. Die
guten wurden ruhige, selige Hausgötter ihrer Nach-
kommenschaft: und hießen Lares. Die Bösen, zur
Strafe ihrer Verbrechen, irrten unstät und flüchtig
auf der Erde umher, den Frommen ein leeres, den
Ruchlosen ein verderbliches Schrecken; und hießen
Larvae. In der Ungewißheit, ob die abgeschiedene
Seele der ersten oder der zweiten Art sei, galt das
Wort Manes; und Ehrenhalber sagte man Dii Manes.
S. Apuleius de Deo Socratis (ed. Altenb. Tom. II. p.
110.) und Lessing, wie die Alten den Tod gebildet. 67.

„wilder Thiere einzugehen.   Sicher wirst Du
„selbst in der fürchterlichsten Oede sein, denn ein
„schützender Gott ist mit Dir, und warlich! kein
„gemeiner Gott! In meiner mächtigen Rechten 595
„führe ich das himmlische Zepter; ich versende die
„zückenden Blitze.   O fliehe mich nicht! „

   Aber sie floh.   Schon hatte sie Lerna's *)
Aue und den Lyräischen **) Baumanger zurückgelegt, als plötzlich der Gott über das weite Gefilde
Finsterniß zieht, das Mädchen in der Flucht hemmt,
und ihre Schamhaftigkeit besiegt.   600

   Mittlerweile schaut Juno ***) auf diese Gefilde
hernieder, und wundert sich, wie bei hellem Tage

                                               ein

*) Lerna, See in Argolis, berühmt durch die Lernäi-
   sche Schlange, welche Hercules getödtet.
**) Lyräus, Berg in Argolis.
***) Juno, (im Griechischen Hera oder Here) eine
   Tochter Saturns, Jupiters Schwester und Gattin;
   und mit ihm Beherrscherin der Götter und Menschen.
   Die Hauptzüge ihres Characters waren Herrschlust
   und Eifersucht, und die letztere Leidenschaft wurde
   durch Jupiters öftere Untreue immer neu angefacht
   und unterhalten. Von ihr hießen die weiblichen Schutz-
   geister bei den Römern Junonen; und die Römerinnen
   schwüren gewöhnlich bei dieser Göttin, wie die Männer beim Jupiter. Griechen und Römer verehrten
   in ihr die Schutzgöttin des Ehestandes Juno ist in
   den Kunstwerken an den großen rundgewölbten Augen
   kenntlich, und an dem gebieterischen Munde. Uebrigens wird sie im Gewächs sowohl, als königlichen Stolze
   über andere Göttinnen erhaben gebildet, um das Haupt
   ein Diadem; in der einen Hand einen Granat-Apfel,
   und in der anderen einen Zepter, auf dessen Spitzen
   ein Gackuck; zur Seite Pfaue.   Auch wird sie auf
   einem Wagen von Pfauen gezogen. Zuweilen hält
   sie einen Spieß in der Hand oder eine Opferschale,
                                               als

ein flüchtiger Nebel sie mit Nacht deckt. Sie bemerkt, daß aus keinem Flusse der Nebel entstehe; noch durch Dünste der Erde erzeugt werde. Sogleich blickt sie allenthalben nach ihrem Gemahl umher, denn des oftmals Ertappten Ausschweifungen waren ihr nichts Neues.

Da sie ihn nirgends im Himmel ansichtig wird, spricht sie:

„Entweder täuscht mich meine Ahndung, oder „mein Gemahl!„ und läßt sich auf jene Gefilde herab, und gebietet dem Nebel zu weichen.

Allein Jupiter hatte bereits der Gattin Ankunft bemerkt, und die reitzende Inachide in eine schöne Kuh verwandelt.

Auch als Kuh war sie so schön, daß Saturnia selbst sich nicht entbrechen kann, ihre Schönheit zu loben. Doch fragt sie schlau, als sie ihr die Wahrheit verborgen, wessen und von wannen sie sei? zu welcher Heerde sie gehöre?

Jupiter, um dem Forschen der Eifersüchtigen ein Ende zu machen, giebt vor, sie sei aus der Erde entsprossen. Darauf bittet Saturnia sie sich zum Geschenke aus.

Was sollt' er thun? Grausam ist es, seine Geliebte verschenken; aber sie nicht geben, erregt Ver-

als wenn sie zum Opfer gehen wollte, und hat einen Pfau zu ihren Füßen, welcher immer eines ihrer vorzüglichsten Kennzeichen ist. Sie ist das Sinnbild der untern Luft, worin die Wolken schweben und der Regenbogen erscheint. Juno, in Absicht auf die Luft, welche sie vorstellt, kann himmelblau gekleidet sein. Martianus Capella aber führt sie in einem weißen Schleier ein. Winkelm. Anmerk. x. Gesch. d. K. S. 76. Monum. ined. n. 14. 15. Lipperts Dactyl. I 52. 53. Descr. du cab. de Stosch. p. 52. n. 128 — 133.

Verdacht. Ehrgeiz rathet zu; Liebe rathet ab.

Besiegt hätte Liebe den Ehrgeiz; doch der 620 Schwester, der Gattin, ein so geringes Geschenk — eine Kuh, versagen, hieß das nicht verrathen, daß es keine wirkliche Kuh sei?

Nachdem die Göttin ihre Nebenbuhlerin zum Geschenk erhalten, legt sie dennoch nicht so gleich alle Besorgniß ab; sondern fürchtet Jupiter, und ist vor der Kuh Entwendung bange, bis sie ihr endlich den Aristoriden Argus zum Wächter be- 625 stellt. *) Hundert Augen umgürteten Argus Haupt. Von diesen schlossen sich abwechselnd je zwei und zwei zur Ruh; die übrigen blieben offen und hielten Wache. Wie er auch stand, sah er immer Jo. Er hatte Jo vor Augen, wenn er ihr auch den Rücken zukehrte. Bei Tage läßt er 630 sie weiden; wann aber die Sonne tief unter der Erde sich befindet, schließt er sie ein, und legt dem Halse unverdiente Bande an. Hagdornlaub und bitteres Gras ist ihre Nahrung; statt des Bettes liegt die Unglückliche auf der Erde, oftmals sonder Streu; und aus schlammigen Flüssen trinkt sie. 635 Auch will sie bittende Arme zu dem Argus erheben; aber keine Arme hat sie zu dem Argus bittend zu erheben. Sie will laut sich beklagen, aber es brüllt ihr Mund, daß sie vor dem Schalle sich entsetzt und vor ihrer eigenen Stimme sich fürchtet. End- lich kommt sie auch zu dem Gestade, wo sonst sie so oft gespielet, — zu Jnachus Gestade; als sie aber die neuen Hörner in den spiegelnden Wellen erblickt,

D 2

bebt

*) Lipperts Dactyl. I. 49. Descr. des p. gr. de Stosch. p. 57. n. 160.

640 bebt sie erschrocken vor sich selbst zurück.   Die Najaden erkennen sie nicht, es erkennet sie Inachus
selbst nicht; aber sie folgt dem Vater, folgt den
Schwestern nach, und läßt sich gern von ihnen
streicheln, gern bewundern.   Der alte Inachus
645 pflückt Gras und reicht es ihr hin; da leckt sie,
küßt sie zärtlich die väterlichen Hände, und kann
die Thränen nicht zurück halten; und, könnte sie
nur auch Worte hervorbringen, sie würde ihn um
Hülfe anflehen, würde sich nennen, und ihm ihr
Unglück erzählen.   An der Worte Statt verkündigen jedoch Buchstaben, die ihr Fuß im Sande
650 ziehet, ihre traurige Verwandlung.

      „Ach, ich Unglücklicher,   ruft da der Vater,
und hängt an der seufzenden Färse Hörnern, und
umarmet ihren schneeweißen Nacken. „   Ach, ich
Unglücklicher; — wiederholt er — „So bist Du
„meine Tochter, die ich in allen Landen gesucht
„habe? Minder, da ich Dich nicht fand, als itzt,
„da ich wieder Dich finde, war mein Leid. Du
655 „schweigst? Erwiederst meine Rede nicht? Stößest
„nur aus innerster Brust Seufzer hervor? Kannst
„blos mit Brüllen auf meine Klagen antworten?
„Wehe mir! Dessen ungewärtig, bereitete ich Dir
„Hochzeitsfackel und Brautbett; hofte durch Dich
660 „auf Eidam und Enkel! Von der Heerde mußt
„Du nun Mann, mußt Du nun Kinder erhalten,
„und ich darf nicht einmal meinen unaussprechlichen
„Schmerz durch den Tod endigen.   Zu meinem
„Nachtheil bin ich ein Gott.   Verschlossen ist mir
„die Pforte des Todes, und mein Jammer dauert
„durch alle Ewigkeit fort! „

                                        Indem

Indem er so klagt, treibt der hundertäugige Argus die Tochter hinweg; entreißt sie dem Vater, und läßt sie auf entlegenen Triften weiden. Er 665 selbst aber setzt sich auf den Gipfel eines nahen Berges, von wo herab er die ganze Gegend überschauet.

Allein der Herrscher der Götter vermochte die Phoronide *) nicht länger so leiden zu sehen. Er ruft dem Sohne, den ihm die glänzende Plejas **) gebahr, und gebietet ihm, den Argus zu tödten. 670

D 3

Unge-

*) Phoronide, Beinahme der Io, als Enkelin des Phoroneus, des Inachus Vaters.

**) d. i. Maja, eine der sieben Töchter des Atlas, die, von ihrer Mutter Plejone, Plejaden hießen, und unter die Sterne versetzt wurden; wo sie das Siebengestirn ausmachen. Der Sohn, welchen Maja dem Jupiter gebohren, hieß Mercur. (Griechisch Hermes.) Er war der Bote der Götter, und wird gewöhnlich als ein schlanker Jüngling mit einem Stabe, den zwei Schlangen umwinden, auf dem Haupte einen geflügelten Hut, und Fittige an den Fersen, gebildet. Außerdem war er auch der Gott der Beredsamkeit, des Handels und des Diebstals, und führte die Seelen der Verstorbenen in die Unterwelt ein, und auch wohl wieder heraus. Schlaue List und Behendigkeit waren die vornehmsten Eigenschaften dieses Gottes. Seine gangbarsten Beinamen sind: Atlantiade, Schlangenstabführer, Cyllenius. „Jedes Volk — sagt Herr H. Heyne — das seine Cultur sich selbsten schaft, geht von der Dichtkunst aus; und wenn daher Mercur der Schöpfer und Vater der Cultur unter den Menschen heißt, so schreibt man ihm zu gleicher Zeit die Erfindung der Cithar zu. Der Begrif dieses Gottes ist wahrscheinlich aus Aegypten gekommen. Er war anfänglich das Symbol der Vernunft und Sprache. Bald schrieb man ihm alles zu, was die Cultur der Griechen beförderte, und was man bei der Erziehung für die nothwendigsten Erfordernisse zur Bildung eines gesitteten Menschen hielt;

wohin

Ungesäumt legt Mercur den Füßen die Flügel
an, ergreift mit mächtiger Hand den schlafbrin-
genden Stab,*) und deckt mit dem Flügelhute sein
Haupt. Dies vollbracht, schwingt sich der Sohn
Jupiters von der väterlichen Burg auf die Erde
675 hernieder. Hier legt er Hut und Flügel ab; nur
den Stab behält er. Mit diesem treibt er, einem Hirten gleich, über abgelegene Felder Ziegen,
die er bei seiner Ankunft entführet; und bläst auf
künstlich zusammengefügter Rohrflöte.

Argus, von der neuen Musik gereizt, ruft
ihm zu:

„O, wer Du auch seist, komm, setze Dich
„hier zu mir auf den Felsen; nirgends findet die
680 „Heerde fettere Weide, und dem Hirten, wie Du
„siehst, fehlt es nicht an kühlendem Schatten. „

Der Atlantiade **) setzt sich, plaudert viel und
verbringt den flüchtigen Tag theils mit Gesprächen,
theils versucht er durch das Spiel des zusammen-
gefügten Rohres die wachsamen Augen des Junoni-
schen Hüters zu überwältigen. Allein dieser be-

kämpft

wohin man, wie bekannt, Musik, Beredsamkeit und
die Palästra rechnete. „ S. Lipp. Dactyl. I. 313 —
349. Descr. du cab. de Stosch p. 86. n. 362 — 432.
Monum. ant. inedit. n. 38 — 39.

*) Dieser Stab, Caduceus, war golden und von zwei
Schlangen umwunden. Er war von wunderbarer
Kraft, die er hauptsächlich in Besänftigung der Leidenschaften und Schlichtung der Zwistigkeiten bewies.
Auch konnte Mercur damit Schlaf und Träume erregen, und führte er damit die Schatten in die Unterwelt hinab.

**) Beiname Merkurs, als Enkel des Atlas.

ämpft den süßen Schlaf; und läßt auch ein Theil 685
der Augen vom Schlummer sich schließen, so bleiben dennoch die übrigen wach. Endlich fragt er,
auf welche Art die Flöte erfunden worden; denn
erst ganz neu war ihre Erfindung. Darauf beginnet der Gott:

„In Arcadiens kalten Gebirgen war unter den
„Nonacrinischen *) Hamadryaden eine Najade 690
„sehr berühmt. Die Nymphen nannten sie Syrinx.
„Oft schon war sie den verfolgenden Satyren ent-
„schlüpft, samt den übrigen Göttern schattiger
„Wälder und des fruchtbaren Feldes. Der Orty-
„gischen Göttin **) diente sie mit Eifer und mit
„Keuschheit. Ja, nach Dianens Weise gegürtet, 695
„hätte sie täuschen und für Latonia ***) gehalten
„werden können, führte sie nicht einen Bogen von
„Horn, von Golde aber die Göttin. Doch auch
„so täuschte sie. Pan, †) das Haupt mit stechen-

D 4   den

*) Nonacris, Stadt Arcadiens.

**) Die Ortygische Göttin, d. i. Diana: nach Einigen,
und selbst nach Ovid, B. 15. V. 336 und 337,
weil die Insel Delos, worauf Diana gebohren, auch
Ortygia geheißen. Indessen da denn doch Apollo, der
eben daselbst gebohren, nicht auch den Beinamen
Ortygischer Gott führt; so rührt wohl Dianens Beiname vielmehr von der Tradition her, daß Latona
von ihr in Ortygia, einem schöne Haine, nicht weit
von Ephesus, an der Küste, entbunden worden.
Der Cenchrius lief hindurch, und über ihm war der
Berg Solmissus, auf welchem die Cureten standen,
und mit ihren Schilden rasselten, um die Aufmerk-
samkeit der Juno abzuziehen.

***) Latonia, Beiname der Diana, als Latonens Tochter.

†) Pan, Sohn des Jupiters und der Hybris, der
Gott der Viehzucht, des Hirtenlebens, der Wälder
und

„den Fichtenzweigen umwunden, sah sie vom
„Berge Lycäus *) herabsteigen, und sprach zu
700 „ihr also: — —

Itzt wollte Maja's Sohn hinzusetzen, was
Pan sprach, und wie die Nymphe seine Bitten
verschmähete und über ungebahnte Pfade floh, bis
sie zu dem sanftrinnenden Strome des sandigen Ladon **) gelangte, wo sie, von den Wellen im Laufe
gehemmet, ihre flüssigen Schwestern sie zu verwandeln bat; wie Pan, der nun Syrinx zu erha-
705 schen vermeinte, statt der Nymphe Leib, Schilfrohr umarmte; wie, indem er hier seufzte, die
bewegte Luft sanfte klägliche Töne aus dem Rohre
hören ließ; und wie über diese Entdeckung, und
über die lieblichen Töne, entzückt der Gott ausrief:

„So soll wenigstens diese Verbindung unter
710 „uns ewig bestehen! „ und also ungleiche Rohre,
untereinander durch Wachs verbunden, den Namen des Mädchens ***) behielten.

Indem

* und aller ländlichen Gegenden; das Symbol der Natur und der Zeugungskraft. Er wird mit Geis-Hör-
nern und Füßen, spitzemporstehenden Ohren, straubich-
tem Barte und krummer Nase vorgestellt. Man giebt
ihm auch einen Mantel, mit Sternen geziert oder eine
Bockshaut; und in die Hände einen krummen Schä-
ferstock, oder eine siebenröhrige Pfeife; oder auch
wohl beide zugleich. S. Lipperts Dactyl. I. 515.
516. 365. 394. 472. 840. 928. 930. 932. 933.
Cab. de Stosch. p. 204. n. 1232.

*) Berg in Arcadien.

**) Ladon, Fluß in Arcadien.

***) Die Panflöte heißt im Griechischen Syrinx.

Indem aber der *) Cyllenier dieses zu erzehlen begriffen, sieht er alle Augen des Argus, vom
Schlafe überwältiget, geschlossen. **)

Unverzüglich schweigt er still; verstärkt den 715
Schlummer, indem er die matten Augenlieder mit
seinem Zauberstabe sanft berührt; zückt sein krum-
mes Schwerdt, und löset damit das nickende Haupt
ab, wo es mit dem Halse sich verbindet; dann
stürzt er den blutigen Leichnam vom Berge herab,
und befleckt mit dem Blute den schroffen Felsen.

Argus, Du liegst! Erloschen ist das Licht 720
Deiner vielen Augen; die Hundert deckt Eine
Nacht!

Allein Saturnia nimmt sie, versetzt sie auf
ihres ***) Vogels Gefieder, und schmückt damit,
wie mit schimmernden Edelsteinen, dessen Schweif.
Zugleich aber entbrennt sie vor Zorn, verschiebt
auch die Zeit der Rache nicht; sondern stellt die 725
schreckliche Erinnys der Argolischen †) Nebenbuhlerin vor Augen und Sinn; verbirgt heimliche
Stacheln in ihre Brust, und scheucht sie flüchtig
und unstät durch die ganze Welt. Du allein, o
Nil, warst ihrem rastlosen Umherschweifen noch
übrig. Als sie Dich erreicht, sinkt sie an dem

D 5

Gestade

*) Cyllenier, Beiname Mercurs, weil er in einer
Höhle des Berges Cyllene in Arcadien gebohren worden, und auf diesem Berge einen berühmten Tempel
hatte.

**) S. Lipperts Dactyl. I. 322. Descr. des p. gr. du
cab. de Stosch p. 57. n. 161.

***) Juno's Vogel ist der Pfau.

†) d. i. Jo, weil sie aus Argolis gebürtig.

730 Gestade auf die Knie nieder, erhebt, den Hals
rückwärts gebeugt, ihr Angesicht — das Einzige,
was sie kann — gen Himmel, und mit Seufzern
und Thränen und kläglichem Gebrülle scheint sie zu
Jupiter aufzujammern und ihn um das Ende ihrer
Qualen anzuflehen.

735 Der Gott umschlingt der Gattin Hals mit sei-
nen Armen, und bittet sie, endlich ihrer Rache ein
Ziel zu setzen. „Forthin, spricht er, sei ohne
„Furcht; niemals — ich schwöre es bei dem
„Stygischen Pfuhle! — niemals soll Jo Dir wie-
„der Ursache zu Leide geben. „

Die Göttin läßt sich besänftigen, und Jo erhält ihre erste Bildung wieder, und wird was sie
zuvor gewesen. Das Haar entweicht vom Kör-
740 per; die Hörner schwinden; der Augen Kreis wird
enger; das Maul zieht sich ein. Es kehren
Schultern und Hände; und in Finger und Zehen
zertheilen sich die Klauen. Nichts bleibt von der
Kuh zurück, als die Weiße. Zufrieden mit dem
Dienste zweier Beine geht die Nymphe wieder aufrecht; aber zu reden wagt sie noch nicht, sie fürchtet
745 zu brüllen. Nur allgemach versucht sie schüchtern
die lange unterlassene Sprache wieder. Itzt verehrt sie ein in Leinen gekleideter Haufe *) als höchste
Göttin.

Aus

*) d. i. die Priester der Isis in Aegypten, welche der-
gleichen Gewänder trugen. S. oben V. 585. Anm.
und unten B. 9. V. 685. u. f. und V. 772. u. f.
Auch siehe Abbildungen derselben Pierres gravées du
Cab. de Stosch p. 28. n. 124 — 125.

Aus des großen Jupiters Saamen soll sie endlich Epaphus *) gebohren haben, der in allen Städten neben der Mutter seine Tempel hat. Ihm an Hochmuth und Jahren gleich war Phaethon, des Sonnengottes Erzeugter. Dieser erhob sich einst pralend seiner Abkunft vom Phöbus so sehr, daß er dem Epaphus nicht weichen wollte. Verächtlich sprach da der Inachide **). „Leichtgläu-„biger, mit Wahne hat Dich Deine Mutter ge-„täuschet, und Du brüstest Dich blos mit einem „eingebildeten Vater!„

Phaethon erröthet. Schaam unterdrückt den Zorn. Er klagt seiner Mutter, Clymene, diesen Schimpf, „und was destomehr Dich kränken muß, „o Mutter! — setzt er hinzu — ich, sonst so „frei, so trotzig, schwieg dazu still. Ich schämte „mich, solche Schmähungen anhören zu müssen, und „sie nicht widerlegen zu können. Aber, bin ich anders „von göttlichem Stamme entsprossen, so gieb mir ein „untrügliches Merkmal eines solchen Ursprunges, „und behaupte mich dem Himmel. „

Sprichts und schlingt seine Arme um den mütterlichen Nacken, und bittet: Bei seinem eignen und bei des Merops ***) Haupte, und bei den Hochzeitsfackeln der Schwestern, †) ihm ein Kennzeichen seines wahren Vaters zu geben.

Ungewiß

---

*) Einige halten den Epaphus mit dem Apis für einerlei; Hygin nennt ihn den Erbauer von Memphis.

**) Inachide, d. i. Epaphus, als Enkel des Inachus.

***) Merops, der Gemahl der Clymene.

†) Die Schwestern Phaethons waren die Heliaden, von Helios, welches der griechische Name ihres Vaters, des Sonnengottes, ist.

Ungewiß iſt es, ob mehr Phaethons Bitte
765 oder der Zorn über den ihr gemachten Vorwurf auf
Clymenen wirkte; aber ſie erhebt beide Arme gen
Himmel, ſieht zur Sonne empor, und ſpricht:
„Bei dieſem von glänzenden Strahlen ſchimmern-
„den Lichte, das uns ſieht und hört, ſchwöre ich
770 „Dir, mein Sohn: der Gott da, den Du ſchaueſt,
„der die Welt regieret, iſt Dein Vater! Sage ich
„nicht die Wahrheit, ſo müſſe er mir ewig ſeinen
„Anblick verweigern; ſo müſſen meine Augen itzt
„das letztemal den Tag ſchauen! Auch haſt Du
„nicht weit zu gehen, Deines Vaters Haus ſelbſt
„kennen zu lernen. Der Ort, wo er aufgeht, gränzt
775 „an unſer Land. Willſt Du, ſo geh, und befrage
„ihn ſelbſt! „

Froh über dieſe von der Mutter geſprochene
Worte, macht ſo fort Phaethon ſich auf, den
Himmel in ſeiner Bruſt. Er durchwandert ſeiner
Aethiopier *) und der von der Sonnenglut
gebrannten Indier Fluren, und eilet unverdroſſen
zu ſeines Erzeugers Aufgang.

*) Entweder blos, weil er ein Aethiopier von Geburt
war; oder weil er Aethiopien beherrſchte.

Des
Publius Ovidius Naso
Verwandlungen.
Zweites Buch.

Hoch auf stolzen Säulen erhebt sich des Sonnengottes *) Pallast, hell von schimmerndem
Golde und flammennachahmendem Pyrop **).
Blendendes Elfenbein ziert das Dach, und Sil-
berglanz stralt von des Portals Flügelthore zurück, 5
woran

*) S. Descrp. des p. g. de St. p. 198. n. 1177 — 1191.
und Lipp. Dactyl. I. 145. 146. 190. 195. und 191.
192. 194

**) Pyrop, eine Art von Erz, worunter Gold gemischt
war, und welches feuerfarben aussah. Plinius beschreibt es XXXIV. c. 20. also: Idemque (Cyprium
coronarium) in uncias additis auri scrupulis sinis,
praetenui pyropi bractea ignescit. Das heißt nach
Isidors Erklärung: Praetenui bractea ignescit, et
imitatur flammas, unde et pyropum dicitur. Da
bei den Griechen der Rubin Pyropus hieß, so hat
man gewöhnlich dieses Wort auch hier also verstanden;
aber fälschlich; Es kann so wenig hier, als beim
Properz IV, E. 10. V. 21: Picta nec inducto ful-
gebat parma pyropo etwas anders bedeuten, als E z.
Die Alten gingen, selbst in ihrer Poesie, nicht so ver-
schwenderisch mit den Edelsteinen um, wie die Morgenländer in ihren Erzählungen. Ich denke mir den
Pallast des Sonnengottes nach Ovids Beschreibung
also: Die Wände von Pyrop; von Gold die Säulen
(oder auch nur der Knauf; aber Schaft und Fuß von
Pyrop) nebst dem Gebälke; das Dach von Elfenbein.
Mir deucht, diese Vorstellung verträgt sich auch mit
der allegorischen Idee vom Sonnen-Aufgange.

woran die Kunst noch den Stof übertrift. Mulciber *) hat hier das erdumgürtende Meer gebildet, und den Erdball samt dem darüberhangenden Himmel. Auf den Wogen erscheinen bläuliche Götter; der trommetende Triton; der wandelbare Pro-

*) Mulciber, Beiname Vulkans, (im Griechischen Hephästos) eines Sohns Jupiters und der Juno. Ihm legte man nicht allein die Erfindung aller Künste bei, die sich durch Hülfe des ihm untergeordneten Feuers mit Schmelzung und Bearbeitung der Metalle beschäftigen; sondern es wurden auch alle Werke von vorzüglicher Kunst oder von wundervoller Stärke, besonders die aus Gold, Silber oder Erz verfertiget waren, Werke Vulkans genannt. Seine ihm untergeordnete Gehülfen waren die Cyklopen. Vulkans vorzüglicher Aufenthalt war auf der Insel Lemnos, auf die er gefallen, und vom Fall lahm geworden war, als ihn seine Mutter wegen seiner Häßlichkeit, oder, nach Homers Bericht, als ihn Jupiter im Zorn, weil er seiner Mutter Beistand wider ihn leisten wollen, aus dem Himmel geworfen hatte. Doch hatte er auch auf dem Berge Aetna und auf der Insel Lipara Werkstätten. Hunde waren die Wächter seines Tempels. Die Abbildungen, welche man von dem Vulcan zu machen pflegte, war der Vorstellung von der mechanischen Handarbeit im Feuer, als seiner Lieblingsbeschäftigung, vollkommen angemessen. Vulcan sitzt oder steht gemeiniglich vor einem Amboße mit Hammer und Zange in den Händen. Er ist dabei mehrentheils als ein bärtiger Mann vorgestellt, nackend oder nur am untern Theil des Körpers bekleidet. Vorzüglich unterscheidet er sich von den anderen Göttern durch die kegelförmige Mütze oder den Helm, den er aufm Kopfe hat. Des Vulcans Gemahlin war Venus, die Göttin der Reitze; wegen der Schönheit und Niedlichkeit seiner Arbeiten. Uebrigens ist er das Symbol des Feuers, desgleichen von Kunst und künstlicher Arbeit in Feuer. S. Lipp. Dactyl. L. 227 — 636. Descr. d. cab. de Stosch. p. 122. n. 592 — 609.

Proteus; *) Aegäon, **) der sich auf ungeheurer
Walfische Rücken mit seinen Armen stützt; und
Doris ***) mit ihren Töchtern, †) deren einige
zu schwimmen, andere, auf Klippen sitzend, ihr
grünes Haar zu trocknen, noch andere auf Fischen

zu

*) Proteus, ein alter Meergott und Prophet, der
Neptuns Meerkälber hütete. Er konnte sich, in welche
Gestalt er wollte, verwandeln, und nur dem, der
unter jeder Verwandlung ihn mit starken Armen fest
hielt, erschien er zuletzt in seiner eigenen Gestalt und
entdeckte ihm, was er wissen wollte, so wohl das Ver-
gangene, als Gegenwärtige und Zukünftige. Siehe
unten VIII. 731. u. f. Lipperts Dactyl. I, 77.

**) Aegäon, Ein Riese mit hundert Armen; die Göt-
ter nannten ihn, sagt Homer, Briareus. Er stand
dem Jupiter gegen Neptun, Juno und Minerva bei,
und wurde endlich zu einem Meergotte gemacht.

***) Doris, Tochter des Oceans und der Thetys, und
Gemahlin des Nereus, mit dem sie die funfzig Nereiden zeugte. Sie ist am besten zu kennen, wenn sie
neben ihrem Gemahle auf einem Wagen sitzt, um
welchen ihre Töchter herumschwimmen. Lipp. Dactyl.
I, 71.

†) d. i. die Nereiden, Meergöttinen. Es waren ihrer
funfzig. Sie werden oft mit den Oceaniden, Meer-
nymphen, Töchtern des Oceans und der Tethys, deren es, nach Hesiodus, drei tausend gab, verwechselt;
sind auch in der Bildung von ihnen nicht zu unterscheiden. Sie werden mit Meergras oder Korallenzinken
gekrönt, tragen Perlenschnüre in den Haaren, halten Muscheln in den Händen, sitzen auf Delphinen,
Wallfischen, Seerossen und andern Meerthieren.
Auf Gemälden werden sie zum Theil mit Fischschwän-
zen vorgestellt; die Dichter aber lassen ihnen die menschh-
liche Gestalt. Die berühmtesten unter ihnen sind
Panope, Galatea, und Thetis. Siehe Descript.
des Pierres gravées du cab. de Stosch. p. 105. a.
459 — 475.

zu reiten scheinen; alle weder von Einer, noch von
verschiedener Gesichtsbildung, wie es sich für
Schwestern schickt. Die Erd, schmücken Menschen, Städte, Wälder, Thiere und Flüsse und
Nymphen und andere Gottheiten des Feldes. Darüber schaut man das Bild des glänzenden Himmels.
Sechs Zeichen stehen am rechten und eben so viel
am linken Flügel.

So bald Clymenens Sohn auf steigendem
Pfade hieher gelangt, und in die Wohnung des
bezweifelten Vaters eingegangen: eilt er so fort zu
dessen Angesicht; bleibt aber in einiger Entfernung
von ihm stehen, denn den näheren Schein vermochte er nicht zu ertragen.

In Purpur gekleidet saß Phöbus auf einem
Throne, von hellen Smaragden leuchtend, zur
Rechten und Linken Tag, Monat und Jahr, samt
den Jahrhunderten und den in gleicher Weite von
einander gestellten Stunden. *) Auch der junge
Frühling, mit Blüten bekränzt, stand da. Es stand
nackt die Sommerzeit **) da, einen Aehrenkranz
um die Schläfe; der Herbst stand da, schmutzig

von

*) Stunden und nicht Horen (d. i. Jahrszeiten) über-
setze ich; weil es mir offenbar scheint, daß Ovid wirklich die Stunden darunter verstanden, indem er un-
mittelbar in den folgenden Versen die Jahrszeiten,
als zwei männliche und zwei weibliche Genien, mit
ihren Attributen beschreibt. Von den Horen siehe
übrigens unten V. 118. Anmerk.

**) Da im Lateinischen der Sommer und Winter weib-
lichen Geschlechts sind: so habe ich, der Künstler wegen,
auch im Deutschen Wörter weiblichen Geschlechts gewählt, so wenig sie mir auch sonst Genüge leisten.

von zertretenen Trauben, zusamt der eisigten Win-
terzeit mit struppigem grauem Haar.

Der Gott mit allsehenden Augen, mitten
unter ihnen, erblickt alsobald den Jüngling im
Erstaunen über die neuen Gegenstände. Er ruft
ihm zu:

„Welche Ursache führt Dich hieher? Was
„suchst Du in diesem Pallaste, Phaethon, Du
„unverleugbarer Sohn Deines Vaters!„

Ihm antwortet Phaethon:

„O der unermeßlichen Welt allgemeines Licht,
„Phöbus, mein Vater! so Du anders mir diese
„Benennung gestattest, und Clymene ihre Schuld
„nicht unter einem falschen Scheine verbirgt: Gieb
„mir ein Pfand, o Erzeuger, woran man mich
„als Deinen wahrhaften Abkömmling erkenne; und
„benimm meinem Gemüthe hierüber den Zweifel!„

Also sprach er. Da legt der Vater die glänzende Strahlenkrone vom Haupte ab, heißt ihn
näher treten, umarmt ihn und spricht:

„Weder Du verdienst, daß ich Dich als mei-
„nen Sohn verleugne; noch hat Clymene falsch
„Deine Abkunft angegeben. Dich desto ungezwei-
„felter hiervon zu überzeugen, so begehre von mir
„was Du nur willst; es soll Dir gewährt sein.
„Meines Versprechens Zeuge sei der Pfuhl, bei
„dem die Götter schwören, und den meine Augen
„nie sahen!„

Kaum hat er nur ausgeredet, so bittet schon
Phaethon um den Sonnenwagen und um Erlaubniß, einen Tag lang die Rosse mit geflügelten

Ovid. Verw. I. Th.   E   Füßen

Füßen zu lenken. Da reuet den Vater der Schwur,
und drei und viermal sein leuchtend Haupt schüttelnd spricht er:

50   „Sohn, Dein Wunsch zeihet mich der
„Unbesonnenheit. O dürft' ich mein Wort zurück-
„nehmen! Ich gesteh' es, dies Einzige würde ich
„Dir versagen. Abrathen darf ich Dir dennoch.
„Aeußerst gefährlich ist Dein Vorhaben. Du
„bittest etwas Großes, o Phaethon! Weder Deine
„itzigen Kräfte noch so junge Jahre sind diesem
55 „kühnen Verlangen gewachsen. Dein Loos ist
„sterblich; nicht sterblich ist was Du wünschest;
„ja sogar nach mehr, als selbst Himmlischen zu-
„steht, trachtest Du unwissend. Mag immer ein
„jeder von ihnen noch soviel sich einbilden; dennoch
„kann auf dem Feuerwagen niemand stehen, außer
60 „ich. Selbst des weiten Olymps Regierer, der
„mit schrecklicher Rechten die wilden Blitze schleu-
„dert, mag diesen Wagen nicht führen. Und
„was haben wir größeres noch, denn Jupiter? Steil
„ist der Anfang der Bahn; kaum daß am Morgen
„die frischen Rosse sie erklimmen. Schwindelnd
„hoch ist sie in der Mitte des Himmels; mich selbst
„überfällt oft Grauen und pocht vor banger Furcht
65 „das Herz, wann ich zum Meer und zur Erde
„hinabblicke. Am Ende aber neigt sie sich jäh; da
„bedarf es eines sichern Führers; sogar Tethys,
„die unten in den Wellen mich aufnimmt, pflegt
„alsdann zu fürchten, daß ich nicht mit einmal
70 „hinabstürze. Dazu kommt noch, daß der Himmel
„sich beständig im Kreise umwälzt, und zugleich
„die hohen Gestirne mit sich fortreißt und im schnellen

„len Wirbel herumtreibt.   Ich ſtrebe dagegen an;
„der Schwung, dem alles übrige gehorcht, beſiegt
„mich nicht; in entgegengeſetzter Richtung fahr
„ich auf.   Denke aber, Du hätteſt den Wagen;
„was wollteſt Du wohl beginnen? Könnteſt Du
„den rollenden Polen begegnen, ohne daß Dich ihr
„raſcher Flug davon trüge? Stelle Dir auch dort 75
„keine Haine vor, keine Städte und Häuſer, keine
„mit reichen Geſchenken prangende Tempel. Durch
„Gefahren geht der Weg und ſchreckliche Unthiere.
„So Du auch auf rechter Bahn bleibſt, und auf
„keinen Abweg geräthſt; ſo kommſt Du dennoch
„durch die Hörner des dir entgegenſtehenden Stie- 80
„res, und den Hämoniſchen *) Bogen, und den
„Rachen des ungeſtümen Löwen, und des grau-
„ſamen Skorpions in weitem Bogen gewölbte
„Scheren, und den anders die Scheren krümenden
„Krebs.   Auch vermagſt Du ſchwerlich die muthi-
„gen Roſſe, die das Feuer ihrer Bruſt aus Maul 85
„und Nüſtern ſchnauben, zu lenken.   Kaum ſe-
„hen ſie mich, wann ihr raſcher Eifer entbrennt;
„und ihr Nacken widerſtrebt dem Zügel.   Drum
„laß mich ja, o Sohn, kein verderblich Geſchenk
„Dir machen, und ändere, noch iſt es Zeit, Deinen
„Wunſch! Du verlangſt ſichere Beweiſe, daß Du 90
„aus meinem Blute entſproſſen? Die allerſicherſten
E 3   Beweiſe

.*) Hämoniſch d. i. Theſſaliſch, weil der Centaur Chiron,
welcher als Bogenſchütze in den Thierkreis verſetzt
worden, aus Theſſalien war. Vorſtellungen der
zwölf Zeichen des Thierkreiſes ſ. Deſcr. du cab. de
Stoſch p. 200. n. 1195. und folgende.

„Beweise gebe ich Dir durch meine ängstliche Be-
„sorgniß um Dich.   Durch väterliche Furcht er-
„weise ich mich als Vater.   Lies in meinem Ange-
„sicht, und möchten Deine Augen eben so gut in
„mein Inneres dringen und alle väterliche Sorgen
95 „meines Herzens entdecken können!   Schau doch
„umher nach allem was die reiche Welt in sich faßt,
„und aus so vielen so großen Gütern des Himmels,
„und der Erde und des Meers,   wähle was Du
„nur willst,   ich schlage es Dir nicht ab.   Nur
„dies Einzige verbitte ich,   das in der That eine
„Strafe und keine Ehre ist.   Ja, eine Strafe,
„Phaethon, verlangst Du statt eines Geschenks.
„— —   Thor! was hängst Du mit schmei-
100 „chelnden Armen mir am Halse?   Zweifle nicht;
„ich habe bei den Stygischen Wellen geschworen;
„Du wirst erhalten,   was Du wünschest,   doch
„wünsche klüger. „

        Phöbus schweigt.   Allein keine Warnung ver-
fängt bei Phaethon.   Er bleibt bei seinem Vorsatze,
und brennt vor Verlangen nach dem Wagen.

105   Also,   nachdem der Vater bis aufs äußerste
gezögert,   führt er den Jüngling hin zu dem hohen
Wagen,   Vulcans Geschenk.   Golden war die
Achse,   die Deichsel golden,   golden die Felgen;
aber die Speichen silbern.   Chrysoliten und zierlich
geordnete Edelgesteine strahlten am Joche *) des
Phöbus leuchtend Feuer zurück.

                                        Mittler-

____
*) Man sehe in Winkelmanns *Mon. inedit.* n. 45.
    wie das Joch am Sonnenwagen beschaffen war.
    Nemlich es bestand aus einem an der Deichsel befestig-
    ten Querholze, das auf dem Nacken der vier neben-

Mittlerweile der großmüthige Phaethon dieses 110
Werk voller Bewunderung betrachtet: Siehe, so
öffnet die wachsame Aurora *) des glühenden Auf-
ganges Purpurthore, und die Vorhöfe voller Ro-
sen. Es entfliehen die Sterne. Ihr Heer schließt
Lucifer **) und entweicht von des Himmels Plane 115
der letzte.

Als Titan ***) Himmel und Erde sich röthen,
und die äußersten Spitzen der Hörner Lunens gleich-

E 3   sam

*) Aurora, (Griech. Eos und nach ihres Gemahls Na-
men Tithonis und Tithonia) Göttin der Morgenröthe oder des Tageslichts, Tochter des Titanen Hyperion, welcher die Quelle des Lichts andeutet, und
der Thia, einer Titanin, und Schwester des Helius
und der Selene d. i. des Sonnengottes und der
Mondgöttin. Andere, ja auch Ovid (B. 9. B. 420.)
machen sie zu einer Tochter des Giganten Pallas.
Ihr Gemahl war Tithon, Sohn des Trojanischen
Königs Laomedon; und ihre merkwürdigsten Söhne
Lucifer und Memnon. Aurorens Liebesgeschichte mit
Cephalus s. B. 7. B. 702 u. f. Sie wird als eine
reizende Göttin in einem Safrangewande geschildert,
deren goldner Wagen von zwei weißen Pferden, Lam-
pus und Phaethon, gezogen wird. Die Dichter legen
ihr rosenfarbene Finger bei. S. Lipperts Dactyl.
I. 738.

**) Lucifer, griechisch Phosphorus d. h. der Lichtbringer
oder Verkündiger; also der Morgenstern. Er wird
gemalt als ein Jüngling mit einem Sterne über der
Stirne und mit einer erhobenen Fackel. Als Abend-
stern heißt er Hesperus, und trägt die Fackel gesenkt.
Er ist auch bisweilen bekränzt. S. Winkelmanns
Mon. ined. n. 21, und n. III.

***) Siehe B. 1. B. 10. Anmerk.

sam verschwinden sieht; so befiehlt er den schnellen
Horen, *) die Rosse anzuspannen.

Flugs vollbringen die Göttinnen den Befehl.
120 Sie entführen die feuerschnaubenden Rosse, satt
von Ambrosia, den hohen Krippen, und legen
ihnen das tönende Gebiß an.

Itzt salbt der Vater des Sohnes Antlitz mit
heiliger Salbe, auf daß ihm die verzehrende Glut
nicht schade; setzt ihm die Strahlenkrone auf das
Haupt; und, aus bekümmerter Brust Seufzer
trauriger Ahndung ausstoßend, spricht er also:

„So

*) Die Horen, Töchter Jupiters und der Themis. Am
gewöhnlichsten werden ihrer drei, Eunomia, Dice
und Irene genannt; doch kommen sie auch in gedop-
pelter, und gevierter Zahl vor; ja Hygin nennt ihrer
gar zehn und eilf. Ihre Verrichtungen sind mannigfaltig. Die Horen sind Göttinnen der Zeit; Dienerinnen Jupiters, des Regierers der Jahrszeiten;
Pflegerinnen der Juno; Pförtnerinnen des himmlischen Pallasts; Begleiterinnen des Phöbus, dessen
Pferde sie an- und ausspannen; Göttinnen des Schönen und Liebenswürdigen; endlich Schutzgöttinnen
der Gerechtigkeit und Gesetze und des Friedens; Auf-
seherinnen über die Staaten; kurz Besorgerinnen der
Wohlfahrt der Sterblichen, und der Veredlung ihres
Zustandes. Sie wurden als leichthinschwebende weibliche Figuren in buntem Gewande gebildet; (Ovid Fast.
v. 217) doch sah man (nach Pauf. B. 5. K. 17)
zu Olympia im Tempel der Juno Bildsäulen des Smi-
lius aus Aegina, welche sie auf Stühlen sitzend vor-
stellten. Sie hatten im Haine Altis zu Olympia
einen Altar, und zu Athen einen Tempel. Siehe
Hrn. Manso Abhandlung über die Horen. Auch
S. B. 2. V. 27. Anmerk. Winkelmann, Monum.
a. ined. n. 47 und 48. und 111. Lipperts Dactyl.
1, 386.

„So Du kannst, so folge wenigstens itzt dem [125]
„väterlichen Rathe. Schone, o Sohn, der
„Geissel; aber destomehr gebrauche der Zügel; sie
„eilen von selbst; Arbeit ist es, die Willigen zurück
„zu halten. Auch laß Dir nicht einfallen, den
„Weg gerade durch die fünf Zirkel zu wählen.
„Schräge läuft in einem breiten Bogen eine Bahn [130]
„innerhalb der Gränzen dreier Zonen, und meidet
„nicht minder den südlichen als den mit Stürmen
„verwandten nördlichen Pol. Hier sei Dein
„Weg; du wirst deutlich der Räder Spur erblik-
„ken. Und damit Himmel und Erde gleiche
„Wärme erhalten; so führe den Wagen weder zu [135]
„hoch noch zu niedrig durch die Lüfte. Steigst
„Du zu hoch, so steckest Du die himmlischen Woh-
„nungen in Brand; senkst Du Dich zu tief, so
„verbrennest Du die Erde. In der Mitte gehst
„Du am sichersten. Auch meide zur Rechten die
„gewundene Schlange, *) so wie zur Linken den
„niedrigen Altar *); halte dich mitten inne zwischen [140]
„beiden. Dem Glücke **) befehl ich das Uebrige
„an; welches Dir beistehen, und besser, als Du
„Dir selber, rathen wolle! Schon hat die duftige
„Nacht am Hesperischen Gestade ihr Ziel erreicht.
„Länger dürfen wir nicht verweilen. Man heischt

E 4 uns;

*) Himmelszeichen.

**) Der Glücks-Göttin Fortuna, Tyche, schrieb man
die Lenkung sowol guter als widriger Schicksale zu.
Sie wurde als eine schöne Frau gebildet, das Haupt
mit einer Lotosblüte geschmückt, im linken Arme ein
Füllhorn, und mit der rechten Hand ein Steuerruder
haltend. S. unten V, 140. A. Lipperts Dactyl. I,
701 — 705.

„uns; Aurorens Glanz hat bereits die Finsterniß
145 „verjagt. Nimm also den Zügel; oder magst
„Du Deinen Sinn noch ändern, so gebrauche
„Dich meines Raths, nicht meines Wagens, so
„lange Du noch kannst, noch auf festem Boden
„stehest, und nicht die thöricht gewünschte Achse
„drückest! Vergönne mir, der Welt das Licht zu
„bringen, und schau es in Sicherheit!„

150   Aber mit jugendlicher Kraft schwingt sich
jener *) auf den leichten Wagen. Froh steht er
darauf, ergreift mit Wonne die ihm gereichten
Zügel, und sagt von oben herab Dank dem Vater,
der ihn ungern annimmt.

       Unterdessen erfüllen des Sonnengottes geflü-
gelte Pferde **) Pyröis, Eous, Aethon und das
vierte Phlegon, mit Wiehern und feurigem Dam-
155 pfe die Lüfte, und bäumen sich hinter den Schran-
ken. Als diese endlich von Tethys, ***) des
Schicksals ihres Enkels unkundig, aufgethan,
und ihnen die unermeßliche Welt eröfnet worden;

                                               da

*) Lipperts Dactyl. I. 740.

**) Flügel waren der älteste Ausdruck der Schnelligkeit.
Indessen man mußte bald fühlen, daß eine allgemeine
Beflügelung der Figuren etwas widriges hatte. Man
behielt die Flügel also nur bei einigen bei, wo sie eine
Bedeutung haben konnten, und auch bei diesen nahm
man auf das Wohlgefallen für das Auge Rücksicht. S.
Heyne, Ant. Auff. 1. St. S. 80. u. f. Vorgestellt
stehe die Sonnenpferde, Lipperts Dactyl. I, 191.
192. 194. 738. 740. 741.

***) Tethys, des Oceans Gemahlin und Clymenens
Mutter. Sie wird nur neben ihrem Gemahle im
Wagen sitzend vorgestellt.

da verſchwindet der Raum unter ihrem Laufe; mit
ihren Füßen zertheilen ſie die entgegenſtehenden
Nebel; und, von mächtigen Fittigen getragen, eilen
ſie den von derſelben Gegend ausgehenden Winden zuvor.

Allein zu leicht war die Laſt, als daß die Son- 160
nenpferde ſie fühlen konnten; und dem Joche fehlte
das gewohnte Gewicht. Wie ein geſchweiftes
Schif ſonder gehörige Schwere auf dem Meere hin
und her ſchwankt, und wegen zu großer Leichtigkeit das Spiel der Wellen iſt: Eben ſo hüpft und
ſpringt der ſeines gewohnten Gewichts mangelnde
Wagen in den Lüften, und wird hoch emporgeſchnellt,
nicht anders, als ob er ledig wäre. 165

Sobald die Roſſe dies merken, fliehen ſie davon, und verlaſſen die gebahnte Straße und nehmen itzt dieſe, itzt jene Richtung. Phaethon, er-
ſchrocken, weiß nicht, wie er ſie lenken ſoll, weiß
nicht, wo der Weg iſt; und wüßte ers auch, ſo
kann er ſie dennoch nicht bändigen. 170

Damals wurden zuerſt die kalten Trionen *)
von den Sonnenſtrahlen erwärmt, und ſtrebten vergebens, ſich in das verbotene Meer zu tauchen.
Und die Schlange, zunächſt dem Eis-Pole, die
bisher, vor Froſt erſtarrt, niemand fürchterlich geweſen, thauete auf, und bekam durch die Hitze 175
neue Wuth. Auch Du ſollſt beſtürzt geflohen ſein,

E 5

träger

*) Die Trionen oder Pflugochſen, ſind ſieben Sterne
    im großen Bär, welche niemals untergehen, oder,
    nach den Dichtern, ſich ins Meer tauchen.

träger Bootes, *) so sehr Dich Deine Wagen
auch zurückhielten.

Als aber aus der Höhe des Aethers auf die
tief, tief unter ihm liegende Erde der unglückliche
120 Phaethon niedersieht; da erblaßt er, vor Furcht
erzittern ihm die Knie; und bei so vielem Lichte
deckt Dunkel seine Augen. Itzt wünscht er seines
Vaters Pferde nie berührt zu haben. Itzt bereuet
er, daß er sein Geschlecht kennen gelernt, daß seine
Bitten etwas vermocht. Itzt möchte er blos
Merops Sohn heißen. Er wird dahingerissen,
gleich dem vom stürmenden Boreas getriebenen
Kiele, welchen der Schiffer, nachdem er das be-
185 siegte Steuer verlassen, den Göttern und Gelübden
befielt.

Was soll er thun? Eine große Strecke Himmels hat er bereits zurückgelegt; noch eine weit
größere liegt vor ihm. Im Geiste mißt er beide;
und bald blickt er vor sich hin nach dem Niedergange, den ihm das Schicksal zu erreichen versagt;
190 bald blickt er zurück nach dem Aufgange. Unwissend, was er zu thun, staunt er, und läßt weder
die Zügel fahren, noch hält er sie an; auch weiß er
die Namen nicht der Pferde. Zuletzt, beim schrecklichen Anblicke der ungeheuren Scheusale des Himmels, verliert er gänzlich die Fassung.

195 Es ist ein Ort, wo der Skorpion seine
Scheren zu Zwillingsbogen wölbet, und, Schwanz
und

*) Bootes, oder Arctophylax, der Bärenhüter, ist
ein nördliches großes Sternbild, das hinter den beiden Wagen hergehend gebildet wird.

und beiderseitige Arme gekrümmt, seine Glieder
durch den Raum zweier Himmelszeichen ausstreckt.
Als hier der Jüngling das Ungeheur, von schwarzem
Gifte triefend, ihm mit krummem Stachel Wunden drohen sieht: Da läßt er, außer sich vor kalter 200
Todesfurcht, die Zügel den Händen entsinken.
Nicht so bald berühren diese im Fallen den Rücken
der Pferde; als sie noch ungestümer ihren Lauf ver-
doppeln, von niemand zurückgehalten, in unbekannte Luftgefilde stürzen, wohin immer ihr Koller
sie treibt, ohne alles Gesetz folgen, und gegen die
hohen Firsterne den Wagen über ungebahnte Wege
mit sich dahin reissen. 205

Bald steigen sie aufwärts bald senken sie sich
abwärts nach Gegenden, welche der Erde näher
liegen. Luna staunt, des Bruders Pferde tief
unter den Ihrigen zu erblicken. Die entzündeten
Wolken dampfen. Die Flamme ergreift das Hoch- 210
land; es spaltet, ausgedörret, in weiten Rissen
von einander. Die Wiesen versengen; mit dem
Laube verbrennt der Baum, und die trockene Saat
beut zum eigenen Untergange den Stof.

Doch, was klage ich um Kleinigkeit?

Große Städte gehen mit ihren Einwohnern
zu Grunde; ja es verwandelt das Feuer ganze
Länder und Nationen in Asche. Es lodern die 215
Wälder zusammt den Bergen. Es brennet Athos*),
der Cilicische Taurus, Tmolus, Oete, und der
itzt lechsende, sonst quellenreiche Iba, der jungfräuliche

*) Bis zum 226. Vers folgen lauter Namen von Ber-
gen, ziemlich bunt durch einander geworfen.

fräuliche Helicon, *) und der noch nicht Oeagrische
220 Hämus **).   Es brennet mit unendlich verdoppel-
tem Feuer Aetna, und der zweigipflichte Parnaß,
und Eryx, Cynthus, Othrys, Rhodope endlich
des Schnees beraubt, Mimas, Dindymus,
Mycale, und der zur Weihe geschaffene Cithäron ***).   Scythien schützt sein Frost nicht: Caucasus flammet, und Ossa zusamt dem Pindus,
225 und, größer als beide, Olympus; und die luftigen Alpen, und der wolkentragende Apennin †).

     Itzt sieht Phaethon die Erde allenthalben in
Brande.   Er vermag die Hitze nicht zu ertragen.
Feuerluft, wie aus dem Innersten eines Ofens,
230 athmet er ein. Er fühlt den Wagen glühen. Schon
kann er vor aufsteigender Asche und sprühenden
Funken nicht dauern.   Heißer Dampf umwallt
ihn.   In pechschwarze Finsterniß eingehüllt, weiß
er, weder wo er ist, noch wohin er geht.   Nach
Willkühr reißen ihn die geflügelten Rosse umher.

235   Damals, glaubt man, sei den Aethiopischen
Völkern das Blut in die äußere Haut getreten, und
sein sie schwarz geworden.

Damals

---

*) Helicon, Berg in Böotien.   Er heißt jungfräulich,
weil er den Musen geweihet war.   S. B. 5. V. 254.
Anmerk.

**) Hämus, Berg in Thracien, wurde erst der Oeagri-
sche Hämus genannt, als Orpheus, des Flusses Oeagrus Sohn, auf demselben von den Mänaden zerrissen worden; s. unten. VI, 87. Anm: und X. 77:

***) Cithäron, ein waldichtes Gebirge Böotiens.   Auf
demselben wurden die Orgien des Bacchus gefeiert.

†) S. XV. 432. Anm.

Damals, da die Hitze ihm alle Feuchtigkeit geraubt, wurde Libyen in eine dürre Wüste verwandelt.

Die Nymphen mit zerstreuetem Haar beweinen Quellen, und Seen. Böotien vermißt Dirce *); Argos Amymone **), Ephyre ***) das Pirenische 240 Gewässer.

Selbst Flüsse, denen weit von einander abstehende Ufer zum Theil geworden, sind nicht gesichert. Es dampft mitten in seinen Wellen Tanais, der alte Peneus, der Teuthranteische 1) Caicus, der schnelle Ismenos, samt dem Phocischen 2) Erymanth, und Xanthus 3) dereinst zu neuer Entzündung bestimmt, der gelbe Lycormas, Mäander, 4) der in schlänglichtem Strome scherzt, der Mygdonische Melas, und der Tänarische Eurotas. Es kocht der Babylonische Euphrat, es kocht Orontes, der geschwinde Thermodon und Ganges, und Phasis und Ister. Alpheos brauset; des

Sper-

*) Dirce, Quelle bei Theben, von der Gemahlin des Lycus also genannt.

**) Quelle bei Argos, nach einer der 50 Töchter des Danaus benannt.

***) Ephyre ist der alte Name der Stadt Corinth, wo die Quelle Pirene war.

1) Von der Landschaft Teuthrania in Mysien, wo Caicus fließt.

2) Von der Landschaft Phocis in Griechenland an dem Parnaß.

3) Xanthus, bei Troja. Im Trojanischen Kriege kämpfte Vulcan mit seinem Feuer gegen ihn. Siehe Homers Ilias. XXI, 331.

4) S. unten VIII, 162 u. f.

350 Spercheos Ufer stehen in Brande. Selbst das Gold, das Tagus in seinen Fluten führt, schmilzt vor Hitze; und die Wasservögel, von deren Gesange die Mäonischen Ufer erschollen, glühen mitten im Cayster. Der Nil flieht erschrocken zu den äußersten Grenzen des Erdkreises; dort verbirgt 355 er sein Haupt, das noch bis itzund verborgen *) ist. Staubig stehen die sieben Mündungen leer; sieben Thäler ohne Strom. Ein gleiches Geschick dörret den Ismarischen 4) Hebrus und Strymon, und die Hesperischen 5) Ströme, Rhein, Rhone und Po samt der Tyber, welcher die Herrschaft der Welt verheißen war.

360 Es spaltet der Boden. Durch die Klüfte bringt das Licht in den Tartarus hinab und schreckt den König der Unterwelt, samt seiner Gemahlin.

Auch das Meer nimmt ab. Ein dürres Sandgefilde ist, was eben See war. Berge, welche die Tiefe bedeckte, ragen empor und vermehren die Zahl der zerstreueten Cycladen 6). Die

Fische

*) Da die Quellen des Nils tief im Innern von Africa befindlich; so sind sie den Alten so wenig als uns genau bekannt gewesen. Nur seit kurzem haben wir durch einen Engländer nähere Nachricht davon erhalten. Siehe Bruce Reisen nach Aegypten.

4) Ismarisch, so viel als Thracisch, vom Berge Ismarus in Thracien.

5) Hesperisch heißt, was gegen Abend zu gelegen; Uebrigens würde es unnöthige Weitläufigkeit sein, glaube ich, über jeden der oben angeführten Flüsse eine Anmerkung zu machen.

6) Cycladen, Inseln im Aegeischen Meere, oder Archipelagus. Sie führen den Namen, weil sie in einem Cirkel herum liegen. Ovid nimmt aber hierauf nicht

Rück-

Fische suchen den Grund. Die krummen Del-265
phine wagen nicht, wie sie gewohnt sind, sich über
das Wasser zu erheben. Auf dem Rücken schwimmen die todten Leichname der Meerkälber daher.
Selbst Nereus und Doris samt den Töchtern, sagt
der Ruf, flohen in laue Grotten. Dreimal ver-
suchte Neptun mit zornigem Blicke die Arme aus 270
dem Wasser zu recken; dreimal vermocht' er die
glühende Luft nicht zu ertragen.

Aber die hehre Tellus *) obgleich von den Ge-
wässern des Meers, von allen versammelten Quellen, welche sich in die innersten Eingeweide der
Mutter geflüchtet, umgeben, dennoch trocken bis
an den Hals — erhebt ihr alltragendes Antliß,
die Hand vor die Stirn haltend; erschüttert alles 275
mit großem Gekrache; sinkt dann ein wenig ein, so
daß sie niedriger scheint, als sie zu sein pflegt, und
spricht also mit lechsendem Munde:

„So Dir's gefällt, und ichs verdiene, o was
„säumen Deine Blitze, größter der Götter? Soll 280
„einmal Feuer mich vertilgen; so müsse Dein
„Stral mich treffen, und leichter wird mein Unter-
„gang durch den Urheber! Kaum, daß mein
„Mund noch diese Worte hervorbringen kann. „ —

Dampf

Rücksicht; sondern er versteht vielmehr hier unter den
Cycladen hauptsächlich die daneben liegenden Spora-
den, welche von ihrer zerstreueten Lage den Namen
haben.
*) Tellus, Göttin Erde, Tochter des Chaos, und Ge-
mahlin des Uranos, mit dem sie die Titanen, Cyklopen
und Giganten zeugte. Sie heißt auch Titäa oder
Gäa. S. B. 9. V. 496. Anmerk. Lipperts Dactyl.
I, 92. und 740.

Dampf erstickte ihre Stimme. — „Siehe! ver-
„sengt ist mein Haar. Voller glühenden Asche
„mein Aug' und Antlitz. Ist das der Lohn, ist
285 „das der Dank für meine Fruchtbarkeit, für meine
„Dienstwilligkeit, daß ich des gekrümmten Pfluges
„und der Karste Wunden' trage, und das ganze
„Jahr nicht ruhe? daß ich Laub und Gras dem
„Viehe, dem Menschengeschlechte milde Speise,
290 „Früchte, daß ich Euch Weihrauch reiche? Doch
„hätt' auch ich den Untergang verdient; was hat
„das Gewässer, was hat Dein Bruder verschul-
„det? Warum muß das durch Loos ihm zugefal-
„lene Meer abnehmen, und weiter vom Himmel
„sich entfernen? Allein rührt Dich weder Bruder
„noch ich; so erbarme Dich wenigstens Deines
295 „Himmels. Schau umher! Beide Pole rauchen;
„und sind erst diese durch das Feuer versehret, so
„stürzen auch Eure Paläste ein. Siehe, selbst
„Atlas *) leidet, und kann auf seinen Schultern
„kaum die glühende Achse noch tragen. Aber
„wenn Meer, Erde, und Himmel vergeht; so
„sinken wir wieder in das alte Chaos zurück. Ent-
„reiße also den Flammen, was noch übrig ist, und
300 „sorge für das Ganze. „

Also sprach Tellus; (denn sie konnte weder
länger die Hitze ertragen, noch mehr reden) und
in sich selbst sich schmiegend verbarg sie ihr Antlitz
in Klüften nicht fern von den Manen **).

Da

*) Atlas, ein Titane, der den Himmel auf seinem
Nacken trug. S. B. 4. B. 627. u. s.

**) S. oben I, 586. A.   .

Da ruft der allmächtige Vater alle Götter und
selbst den Geber des Wagens zu Zeugen: daß, so
er nicht helfe, alles durch ein grausames Verhängniß zu Grunde gehe.   Darauf ersteigt er die Zinne 305
der hohen Burg, wo er die weiten Länder mit Gewölk zu überziehen pflegt; wo er Donner erregt,
und geschwungene Blitze schleudert.   Allein, weder Wolken fand er itzt, welche er um den Erdboden zusammen ziehen, noch Platzregen, die er
vom Himmel herabsenden konnte.   Er donnert, 310
und schleudert den neben dem rechten Ohre geschwungenen Blitz auf den Führer des Wagens,
stürzt ihn entseelt herunter, und dämpft durch
schreckliches Feuer die Flammen *).

Die Pferde werden scheu; setzen nach allen
Seiten; streifen das Joch von dem Nacken, und
zerreißen die Zügel.   Hier liegt das Gebiß; dort 315
die Achse von der Deichsel getrennt; dort die
Speichen der zerbrochenen Räter, und weit umher sind die Trümmer des zerschmetterten Wagens
zerstreut.

Aber Phaethon, das blonde Haar vom Blitze
entzündet, stürzt wirbelnd vom Himmel durch den
weiten Luftraum herab; gleichwie zuweilen ein 320
Stern vom heiteren Himmel herab fällt, oder herab
zu fallen doch scheint.   Ihn nimmt, fern von seinem Vaterlande, **) in einem anderen Welttheile

der

*) Eine antike Vorstellung hievon siehe in Winkel-
    manns Mon. ined. n. 43. und in Lipperts Dactyl.
    1, 741.

**) S. I. 778. Anmerk.

der Ströme größer, Eridanus, *) auf, und badet sein
dampfend Antlitz.   Hesperiens Najaden begraben
325 den Leichnam, noch heiß vom dreigespaltenen Blitze,
und bezeichnen den Grabstein mit folgender Inschrift: Hier liegt Phaethon, Führer des väterlichen Wagens: Erhielt er sich darin auch nicht;
so erlag er doch einem großen Unternehmen.

In Trauer versenkt, verhüllte der unglückliche
Vater sein Angesicht, und — ist es zu glauben? —

*) Nach der ältesten Sage der Griechen, ergoß sich
der Eridanus am äußersten Rande des westlichen Europa's, wo auch die Zinninseln waren, in das dor-
tige Meer gegen Norden; und an seinem Ausflusse
fand man Bernstein, welchen Phaethons Schwestern
als Pappeln ausweinten. Zwar ward zu Ovids Zeiten Eridanus fast allgemein für den altgriechischen
Namen des Padus (heut Po) gehalten; allein wenn
man die ältesten Weltkarten der Griechen nach den
zerstreueten Angaben, ohne Rücksicht auf spätere Entdeckungen, sich vorzeichnet; so sind die Spuren des
alten Eridanus in Geschichte und Fabel entweder
nirgends zu suchen, oder im Rhein, der bis zu den
Entdeckungen der Römer der nördlichste und berühmteste der hesperischen Ströme war. Dort also am
Nordgestade des westlichen Europa's, in der Nachbarschaft der Britannischen Zinninseln, ward, wo
die Phönicier und Carthager um den Ausfluß des
berühmten Eridanus, nachmals Rhenus genannt, den
wenigen Bernstein fanden, der in Griechenland,
seiner Seltenheit wegen, fast höher als Gold geschätzt
wurde; dagegen er unter den Römischen Kaisern,
nach Entdeckung des ergiebigen Samlandes, zu einer
gemeinen Waare herabsank. Uebrigens bezieht sich
der Ausdruck, der Ströme größter, vielleicht nicht bloß
auf den Vorrang des Padus vor Italiens Strömen;
sondern auf den alten Ruhm des fabelhaften Eridanus
unter den Hesperischen. S. Voß, zu Virgils
Landbau I. 481.

ben? — Ein Tag soll ohne Sonne dahin gegan- 330
gen seyn. Die Flammen ersetzten das Licht, und
es gereichte das Uebel also noch zu einigem Guten.

Clymene aber klagt ihren überschwenglichen
Schmerz in Worten aus; dann durchirrt sie trau-
rend und sinnlos, den Busen zerrissen, den ganzen 335
Erdkreis; sucht erst den Leichnam, endlich die
Gebeine des Sohns. Die Gebeine findet sie an
fremdem Gestade begraben. Sie sinkt auf das
Grab hin, netzt den theuren Namen mit Thränen,
und erwärmt mit entblößter Brust den kalten 340
Marmor.

Nicht minder weihen ihm die Helia[den]
Wehklagen und — ein nichtig Geschenk im
Tode — Thränen. Sie schlagen ihre Brust mit
Händen; rufen Tag und Nacht in ihrem Jammer
Phaethon, der sie nicht hört; und liegen an seinem
Grabe hingestreckt. Viermal hatte bereits Luna
ihre getrennten Hörner in einer vollen Scheibe ver-
eint; und noch nahm der Schwestern Leid kein 345
Ende, denn mit der Zeit war es ihnen zur Ge-
wohnheit geworden. Itzt will Phaethusa, die Ael-
teste, zur Erde sich werfen, da klagt sie, daß ihre
Beine erstarren. Zu ihr will die weiße Lampetie
eilen; eine zähe Wurzel hält sie zurück. Die
Dritte,*) im Begriffe sich das Haar auszuraufen, 350
reißt Laub herab. Diese klagt, daß ein Stamm

F 2

ihre

11) S. oben 1, 764. A.

*) Phöbe, und nach Anderen Aegle.

ihre Schenkel binde; jene, daß ihre Arme zu langen Zweigen aufschießen.   Indem sie sich noch
wundern, umschließt Rinde ihre Weichen; und
verbreitet sich nach und nach über Unterleib, Brust,
Schultern und Hände; nur der Mund steht noch
355 heraus und ruft der Mutter.

     Was soll sie thun, die Unglückliche?   Sie
läuft hiehin und dorthin, wie ihre Leidenschaft sie
treibt; und küßt, so lange sie noch kann, ihre
Töchter!   Ja, sie will die Körper den Stämmen
entreißen, will die zarten Zweige mit den Händen
360 abbrechen; aber Blut rinnet herab, wie aus Wunden.   „Ach schone, o Mutter! ich bitte (ruft
eine Jede, die sie verletzet,)   „Schone, ich bitte!
„In den Bäumen, zerreißest Du uns!   Itzt ge
„habe Dich wol!„   Die Rinde hemmt ihre Rede;
doch ihre Thränen dringen hindurch, träufeln von
den jungen Zweigen hernieder, und werden, von
der Sonne gehärtet, Bernstein *), welchen der
365 klare Strom aufnimmt, und Latiens Töchtern
zum Schmucke sendet.

     Ein Zeuge dieses Wunders war Cycnus,
des Sthenelus Sohn, Dir, o Phaethon, nahe von
mütterlicher Seite, noch näher an Geiste verwandt.
370 Er, der ligurischen Völker und großen Städte
Beherrscher, hatte sein Reich verlassen, und erfüllte mit Klagen Eridanus grünes Gestade, und
den durch die drei Schwestern vermehrten Hain;
als aufeinmal seine Stimme schwach wird, weißses Gefieder sein Haar deckt, von der Brust ein
                                        langer

*) S. oben 324. Anmerk.

langer Hals sich emporstreckt, die sich röthenden
Finger eine Haut verbindet, Flaum seinen Körper   375
bekleidet, sein Mund sich in einen stumpfen Schnabel verwandelt, und er zu einem neuen Vogel —
zum Schwane 13) wird. Niemals vertraut er
sich Jupiters höhern Lüften, eingedenk des von
demselben so grausam herabgesandten Blitzes. Er
sucht schilfichte Teiche und offene Seen; und das
Feuer hassend, erwählt er zu seinem Aufenthalte
Ströme, welche den Flammen zuwider.   380

Unterdessen geht Phaethons Erzeuger unscheinbar einher und ohne Glanz und Schimmer, so wie
bei einer Verfinsterung. Er haßt das Licht, haßt
sich selbst und den Tag; ergiebt sich dem Grame
und mehrt noch seinen Trübsinn durch Zorn. Er
will der Welt nicht mehr leuchten.   385

„Nur allzu unruhvoll — spricht er — ist von
„Anbeginn der Zeit an mein Geschick gewesen.
„Endlich bin ich der end- und ruhmlosen Arbeit
„müde. Mag ein Anderer, wer da will, den
„Sonnenwagen führen. Will niemand, und be-
„kennen alle Götter ihr Unvermögen: So mag
„Er 14) es selbst versuchen, damit wenigstens 390
„einstweilen, so lange er fährt, seine Blitze ruhen,
„welche die Eltern der Kinder berauben. Sehen
„wird er alsdann schon, was es heiße: das Ge-
„spann mit feuerstampfenden Hufen zu lenken;
„und daß der nicht sofort den Tod verdiene, der
„sie nicht zu zähmen vermag. „

F 3   Indem

13) Der Lateinische Name Cycnus heißt ein Schwan.

14) Jupiter.

Indem der Sonnengott also redet, umringen
ihn die Götter insgesamt und, bitten ihn flehentlich,
395 die Welt nicht in Finsterniß zu lassen. Auch
Jupiter entschuldiget seinen herabgesendeten Bliß,
und bittet königlich mit hinzugefügten Drohungen.
Endlich fängt Phöbus die kollernden noch scheuen
Rosse wieder ein, und bändiget sie, mit Stachel
und Geissel seinen Grimm auslassend; denn heftig
zürnet er, macht wegen des Sohnes ihnen Vor-
400 würfe und giebt ihnen dessen Tod Schuld.

Aber der allmächtige Vater umwandelt die
großen Mauren 15) des Himmels, und forschet,
ob vielleicht etwas durch des Feuers Gewalt wan-
delbar geworden und den Einsturz drohe. Als er
sie fest findet und von voriger Stärke, besichtiget
er die Erde, und der Menschen erlittenen Schaden.
405 Am angelegensten läßt er sich dennoch sein Arca-
bien 16) sein. Er stellt Quellen wieder her und
Flüsse, welche noch nicht sich wieder zu ergießen
wagten. Dem Boden giebt er Gras, den Bäumen Laub; und die versengten Wälder heißt er wieder grünen. Indem er so zum öftern hin und her
wandelt, verliebt er sich in eine Nonacrische 17)
410 Jungfrau und der aufgefangene Funken bringt bis
in sein innerstes Gebein. Weber aus Wolle einer

zarten

15) Hier schildert Ovid abermals den Himmel wie eine
Stadt. S. L. 168. u. f.

16) Sein Arcadien. Die Arcadier rühmten sich, gleich
den Cretern, daß Jupiter bei ihnen gebohren sei.

17) Arcadische, nemlich Callisto, nach Einigen eine Tochter Lycaons. Hesiobus aber giebt sie für eine von den
Nymphen aus.

zarten Faden zu spinnen war der Nymphe Sorge,
noch ihre Locken künstlich in mannigfaltige Lagen zu
legen.   Hielt nur eine Spange ihr Gewand, eine
weiße Binde ihr nachläßiges Haar; und faßte izt
einen leichten Wurfspieß,   izt den Bogen ihre
Hand: So dünkte sie sich saksam, als Phöbe's [18)]
Gefährtin, geschmückt.   Auch war von allen, 415
welche den Mänalos [19)] betreten, keine Nymphe der
Trivia werther als diese; leider aber ist alle Gunst
und Macht von kurzer Dauer!

Die hohe Sonne hatte bereits mehr als die
Hälfte ihrer Laufbahn zurükgelegt; als die Jungfrau in einen Wald, den jedes Zeitalters Hand
verschont hatte, eingieng.   Hier nimmt sie den
Köcher von den Schultern, entspannet den straffen
Bogen, und legt sich auf den grünen Rasen nieder, 420
mit zierlichem Nacken den gemalten Köcher drückend.

So einsam ruhend trift sie Jupiter und spricht
bei sich selbst:

„Siehe da, eine Beute, von der deine Gat-
„tin gewiß nichts wissen soll! Oder laß sie auch
„etwas erfahren; so mag sie zanken!„   425

Sogleich steht er in Dianens Gestalt und Aufzuge da, und redet sie an:

„O meiner Gefährtinnen Eine, o Jungfrau,
„auf welchem Gebirge hast Du gejagt?„

Die Jungfrau erhebt sich vom Rasen und
spricht:

F 4

„Sei

18) Siehe L 476. A.

19) Berg in Arcadien.

„Sei mir gegrüßt, o Göttin, Du, nach
„meinem Bedünken, — und sollt ers selbst hö-
„ren — noch größer als Jupiter!„

Er hört es lächelnd, freut sich des ihm vor
430 ihm selbst gegebenen Vorzugs, und küßt die
Nymphe, doch inniger und feuriger, und anders,
als es einer Jungfrau geziemt. Darauf will sie
erzählen, in welchem Walde sie gejagt; doch er
verhindert sie durch Umarmung, ja er verräth sich
nicht ohne Verbrechen. Zwar wehrt sich jene, so
viel als immer ein Mädchen vermag (sähest Du
435 es doch, Saturnia, Du würdest milder sein!)
sie wehrt sich; aber welches Mädchen, welcher
Mensch könnte dem Jupiter widerstehen? Siegreich
kehrt der Gott zum hohen Himmel zurück.

Aber der Nymphe ist der Wald verhaßt und
der vertraute Schatten. Sie begiebt sich von
bannen, und vergißt fast in ihrer Verwirrung
440 Köcher und Pfeile, samt dem aufgehangenen Bogen.

Siehe, begleitet von ihrem Nymphenchore
auf dem hohen Mänalos einherschreitend und stolz
auf die Menge des erlegten Wildes, sieht Dictynna
sie; sieht sie und ruft ihr. Auf diesen Ruf flieht
jene zurück, und fürchtet erst, daß nicht Jupiter
wieder in der Göttin sei; doch, als sie auch das
445 Gefolge erblickt, läßt sie den Argwohn fahren,
und tritt hinzu.

Ach! wie schwer ists, seine Schuld nicht durch
Geberden zu verrathen!

Kaum schlägt sie die Augen auf, und geht
nicht, wie sonst sie pflegte, der Göttin zur Seite,
noch ist sie die Erste im Zuge; sondern schweigt,
und

und giebt durch Erröthen die verletzte Schamhaftigkeit zu erkennen; und (nur daß sie Jungfrau) 450
an tausend Merkmalen hätte Diana ihre Vergehen
bemerken können.   Die Nymphen sollen es jedoch
gemerkt haben.

Nach neunmal vollendetem Kreislaufe zeigte
der Mond ißt wieder seine silbernen Hörner; als
die Jagdgöttin, von des Bruders Strahlen ermattet, zu einem kühlen Walde gelangt, wo mur- 455
melnd ein klarer Bach über seinen Kies dahinrollte.

Sie lobt den Ort; netzt die Spitze des Fußes in
den obersten Wellen; lobt auch diese, und spricht endlich: „Wir sind hier allein; hier laßt uns der Klei-
„der entladen, und uns durch ein Bad erfrischen! „

Wie erröthet die Parrhaserin! [20]) Alle übrige 460
werfen das Gewand ab; sie allein zögert.   Der
Zaudernden entreissen die Gespielinnen die Hülle,
und wie sie entblößt da steht, ist auch ihr Vergehen
offenbar.   Zwar will sie erschrocken den Leib mit
den Händen verbergen, doch „hinweg von hier,
„und entweihe nicht diese Quelle! „ ruft Cynthia
ihr zu und stößt sie aus ihrem Gefolge.   465

Längst schon war alles des großen Donnerers
Gemahlin kein Geheimniß; aber sie verschob ihre
Rache bis zu einem bequemeren Zeitpuncte.
Endlich ward ihr Zorn reif, als zu ihrem höchsten
Leide die Nebenbuhlerin eines Sohnes, des Arcas,
genaß.   Schrecklich blickt sie auf sie, und spricht: 470

F 5   „Freilich

20) Parrhaserin, Callisto, von der Stadt Parrhasia
in Arcadien.

„Freilich, das fehlte noch, Du Ehebrecherin,
„daß Du schwanger würdest, und durch Deine
„Brut meinen Schimpf verbreitetest und Jupiters
„Schande offenbartest; allein ungestraft soll
„Dir das nicht hingehen! Mit dieser nemlichen
„Schönheit, an der ihr beide, mein Gemahl so
„wohl als Du, Du Verabscheuungswürdige, euer
475 „Wohlgefallen habt, sollst Du dafür büßen! „

Also spricht sie, geht auf die Zitternde los,
faßt sie über der Stirne beim Haar, und reißt sie
vorwärts zu Boden. Flehend streckt diese die
Arme aus; aber die Arme werden von schwarzen
Zotten rauch; es krümmen sich die Hände zu Taßen
mit gebogenen Krallen bewafnet und mit den Füßen
zu einerlei Verrichtung bestimmt. Der Mund,
den einst Jupiter prieß, verlängert sich zu einem
480 weiten Rachen. Und damit die Unglückliche der
Göttin Herz nicht durch Bitten und rührende
Worte erweiche, ist ihr die Sprache geraubt; eine
grimmige, drohende, schreckenvolle Stimme stößt
sie aus rauher Kehle hervor. Der vorige Sinn
485 bleibt ihr jedoch, auch als sie bereits völlig zur
Bärin geworden; denn immer beseufzet sie laut ihr
selben; immer erhebt sie ihre Hände, wie sie auch
sind, zu dem gestirnten Himmel, und heißt, wenigstens in Gedanken, da ihr Worte versagt sind,
Jupiter undankbar. Ach! wie oftmals wagt sie
490 nicht, allein in dem Walde zu liegen, und irrt
ängstlich vor ihrem Hause in einst eigenen Gefilden
umher! Ach, wie oftmals wird sie über Klippen
von bellenden Hunden gescheucht, und flieht die
Jägerin erschrocken, aus Furcht vor den Jägern!

Oft

Oft verbirgt sie sich, uneingedenk was sie selbst ist,
beim Anblicke wilder Thiere; und, eine Bärin,
erbebt sie vor den Bären im Gebirge und fürchtet
sie sich vor den Wölfen, ist gleich ihr Vater unter 495
ihnen.

Schon hatte der lycaonide Sohn, Arcas,
ohne die Mutter zu kennen, das funfzehnte Jahr
erreicht.   Siehe! indem er dem Wilde nachspürt,
einen gelegenen Forst zur Jagd suchend, und mit
Netzen den waldigen Erymanthus [21]) umstellt;
Da stößt er auf sie.   500

So bald sie Arcas sieht, bleibt sie stehen, nicht
anders als erkenne sie ihn.   Er aber weicht zurück,
und da sie ohne Ende die Augen unverwandt auf
ihn heftet, fürchtet er sich vor ihr; als sie näher
noch herzutreten will, ist er im Begriffe, mit einem
tödlichen Pfeile die Brust ihr zu durchbohren; allein
der Allmächtige steuert der Missethat.   Erbarmend 505
hebt er beide empor, versetzt sie, von schnellem
Winde durch die Leere getragen, an den Himmel,
und macht sie zu benachbarten Gestirnen.

Juno schwillt vor Zorn, als sie ihre Nebenbuhlerin unter den Sternen glänzen sieht, und steigt
zur greisen Tethys ins Meer hinab und zum bejahrten Ocean, welchen die Götter immer viel Ehr- 510
furcht erweisen.   Diese fragen sogleich nach der Ursache ihres Besuchs, und sie antwortet ihnen;

„Warum ich Königin der Götter, den ätheri-
„schen Sitz verlasse, und zu Euch herabkomme, ver-
„langt Ihr zu wissen? — Statt meiner nimmt
eine

[21]) Berg in Arcadien.

„kreis verfinstert, die jüngst mit dem hohen Him-
„mel beehrten Gestirne, die mir das Herz verwun-
„den, da wo die Weltachse von dem äußersten und
„engsten Kreise umschlossen wird, erblicket. Warum
„sollte man hinfort Scheu tragen, mich zu beleidi-
„gen; oder warum vor meinem Zorne zittern: da
„von mir gestraft werden, gewinnen heißt? Seht
„nur, welch eine große That! welch' eine fürchter-
„liche Macht! Ich spreche: Sei kein Mensch! —
„sie wird zur Göttin.   Also straft Juno; also zeigt
„sie ihre Allmacht! O warum giebt er der Gelieb-
„ten nicht lieber ihre vorige Schönheit zurück, und
„nimmt die Thiergestalt von ihr, wie er es einst
„bei der Argolischen Phoronide *) that? warum stößt
„er mich nicht lieber von sich und nimmt jene zur
„Gattin, zur Bettgenossin, und macht den Lycaon
„zu seinem Schwäher? O, dafern Euch die
„Schmach Eurer beleidigten Pflegetochter **)
„rührt: so wehret den sieben Trionen die bläuliche
„Tiefe, und haltet fern von euch dieses zum Lohn
„der Unzucht an den Himmel versetzte Gestirn,
„damit kein Kebsweib eure geheiligte Fluten ent-
„weihe! „

Des Meeres Gottheiten gewähren ihr die
Bitte.

Auf

*) S. I, 668.

**) Juno war von dem Ocean und der Tethys erzogen
worden.

Auf leichtem Wagen kehrt ißt Saturnia in die heiteren Lüste zurück, von beaugten Pfauen gezogen; denn beaugt waren eben so kürzlich seit dem Tode des Argus die Pfauen, als kürzlich Du, da Du zuvor weiß warest, o geschwätziger Rabe, schwarzes Gefieder bekamst. Denn, einst war dieser Vogel schneeweiß, so daß er den makellosen Tauben gleich kam, und weder den Gänsen nachgab, welche dereinst mit wachsamer Stimme das Capitol *) retten sollten, noch dem flußliebenden Schwane. Seine Zunge war sein Unglück; sie machte ihn schwatzhaft, und pechschwarz ist seit dem der Silberweiße.

In ganz Hämonien **) gab es keine größere Schönheit als die larissäische Coronis ***). Wenigstens gefiel sie Dir, Gott von Delphi, †) so lange

sie

535

540

---

*) Im Capitol zu Rom wurden der Juno heilige Gänse gehalten. Als es die Senonischen Gallier unter Brennus Anführung belagerten, und Nachts überrumpeln wollten, wurde durch das Geschrei dieser Gänse die Römische Wache wach, und also das Capitol gerettet.

**) Thessalien.

***) Coronis, Tochter des Thessalischen Königs, Phlegyas. Phlegyas, sagen die Epidaurier, kam in den Pelopones, dem Vorgeben nach, das Land zu sehen; in der That aber, auszukundschaften, wie groß die Menge der Einwohner, und wie stark die Kriegsmacht sei. Denn er war mehr als alle Andere zu derselben Zeit zum Kriege geneigt, und wo er hinkam führte er die Früchte weg und trieb andere Räuberei. Als er in den Peloponnes gieng, folgte ihm seine Tochter Coronis, von welcher ihm noch nicht bekannt war, daß sie vom Apollo schwanger sei. Sie kam im Epidaurischen Gebiete nieder. S. Pauf. II. 26.

†) S. I, 515.

sie züchtig oder doch unbelauscht blieb. Allein des
545 Phöbus Vogel betraf sie auf Untreue, und ihre
heimliche Schuld zu verrathen, fliegt er unaufhalt-
sam zu seinem Herrn. Ihn auszuforschen ereilt
ihn mit regen Fittigen die plauderhafte Krähe.
Sie vernimmt die Absicht seiner Reise, und versetzt:
„Dein Weg wird nicht ersprießlich sein, traue
„der Weissagung meines Mundes! Sieh nur,
550 „was ich einst war, und itzt bin, und erwäge
„meine Schuld; so wirst Du finden, daß mir nur
„Treue geschadet. Pallas *) schloß einst den
Erich-

*) Pallas oder Minerva, oder Tritonia, (Gr. Athene)
Tochter Jupiters, aus dessen Haupte sie hervorkam,
als es von dem Vulcan mit einer Axt geöfnet worden.
Sie war die Göttin der Weisheit, der schönen
Künste, der Waffen und des Krieges; die Erfinderin
der Musik und besonders der Flöte, desgleichen der
weiblichen Künste, zu spinnen, zu sticken, zu wirken
und dergleichen mehr. Sie wurde am See Triton
in Africa erzogen; daher ihr gewöhnlicher Beiname
Tritonia. Minerva wird als eine ansehnliche, schöne
Jungfrau, von einer ernsthaften Mine, mit großen
blauen Augen, deren oberes Augenlied ein wenig gesenkt ist, um ihr einen jungfräulichen züchtigen Blick
zu geben, in einem völligen Kriegskleide, mit einem
Panzer angethan, vorgestellt. Auf dem Haupte hat
sie gemeiniglich einen Helm mit einem Federbusche,
oder einer Sphinx mit zweien Greifen an der Seite.
In der rechten Hand hält sie einen langen Spieß, und
in der linken einen Schild mit dem Medusen-Kopf.
Neben ihr sieht man bald eine Nachteule, bald einen
Drachen, oder einen Oelbaum nebst einer darüber
fliegenden Nachteule, als die eigenthümlichen Merkmale, woran man sie erkennt. „Minerva, — sagt
Herr H. Heyne — bezeichnete anfänglich die mit
Kunst und Geschicklichkeit verbundene Tapferkeit,
welche, beim Homer wenigstens, dem Mars, als
dem Symbol der blinden Kriegswuth, entgegengesetzt
ist.

„Erichthonius, *) dies Kind ohne Mutter ge-
„bohren, in ein aus Actäischen **) Weiden geflocht-
„tes Körbchen; und gab dies drei Jungfrauen,
„den Töchtern des doppelten Cecrops, ***) in Ver-
„wahrung, mit dem Gebote, ihr Geheimniß nicht
„zu erforschen. Im dichten Laube einer Ulme ver-
„steckt, spähete ich, was sie machen würden.
„Pandrosos und Herse bewahren beide das ihnen
„Anvertrauete ohne Arglist; allein Aglauros heißt
die

ist. Bald aber, übertrug man ihr auch die friedlichen Künste der Weiber des heroischen Zeitalters; und als man endlich mit der Religion der Aegypter bekannt ward, verglich man sie mit der ägyptischen Göttin Neith, und legte ihr einige Attribute derselben bei. „Pallas hat auf einer mit Farben ausgeführten Zeichnung eines alten Gemäldes in der Vaticanischen Bibliothek ihren Mantel nicht von himmelblauer Farbe, wie er in anderen ihrer Figuren zu sein pflegt, sondern es ist derselbe feuerroth. S. Winkelmann Anm. z. G. d. K. S. 76. Lipperts Dactyl. I, 108 — 137. Descrip. du Cab. de Stosch. p. 60. n. 176 — 220. Mon. ined. n. 17. ... Admiranda S. Bartoli tab. 35 — 41.

*) Erichthonius, aus Vulcans Saamen gezeugt, welchen Pallas auf die Erde fallen lassen, als Vulcan ihr Gewalt anthun wollen. Er hatte Drachenfüße, und soll, um diese Ungestaltheit zu verbergen, den Wagen erfunden haben, und mit einem Viergespann zuerst in den Panathenäischen Spielen gefahren sein. S. Virgils Landbau III. 113.

**) d. i. Attisch, weil die Landschaft Attica auch Acte heißt.

***) Cecrops kam aus Aegypten in die Gegend von Athen. Er sammelte die zerstreuet wohnenden Menschen in kleine Städte und Dörfer, und führte bei ihnen den Ehestand ein, daher wurde er Diphyes, der Doppelte, zubenamet: man bildete ihn auch mit zwei Gesichtern, einem männlichen und einem weiblichen.

560 „die Schwestern furchtsam und löst die Knoten;
    „und sie sehen in dem Korbe das Kind halb
    „Mensch, halb Drache. Ich hinterbringe der
    „Göttin was geschehen; und was wird mir dafür
    „zum Lohne? Ich werde Minervens Schutzes *)
    „verlustig und muß die Eule **) mir vorgezogen
565 „sehen. Ein Beispiel für die Vögel, sich vor
    „gefährlicher Schwatzhaftigkeit zu hüten! Doch,
    „mein' ich, nahm sie mich auch blos auf unfreiwil-
    „liges, gar nicht dahin gerichtetes Flehen zu sich.
    „Du kannst sie selbst fragen; wenn sie gleich itzt
    „auf mich zürnet, wird sie es darum doch nicht
    „leugnen. Mich erzeugte, wie bekannt, der im
    „Phocäischen Lande berühmte Coroneus. Ich
570 „war eine Königstochter, und reiche Freier (ver-
    „achte mich nicht) warben um mich; aber meine
    „Schönheit gereichte mir zum Unglück. Einst,
    „als ich am Ufer, wie ich gern thue, mit langsamen
    „Schritten im tiefem Sande mich ergehe, sieht
    „mich der Gott des Meers und verliebt sich in
    „mich; als er aber mit Bitten und Schmeicheleien
                                              die

*) Minerva, unzufrieden mit der dienstfertigen Plau-
   derin, befahl, daß keine Krähe je wieder die Acropolis besuchen solle. „Krähen, wie ich oft bemerkt
   habe, — sagt K. Chandler in seiner Reise in Griechenland B. II. — fliegen um den Felsen herum,
   ohne sich bis an die Spitze zu erheben, und Lucrez
   versichert, daß selbst nicht das Rauchen der Altäre,
   wo sie Nahrung sich versprechen konnten, sie hinauf
   bringen könne; welches er sehr vernünftig nicht der
   Furcht vor Minerva, wie die Griechischen Dichter
   sagen, sondern der Natur des Orts zuschreibt. „

**) Die Eule war der Minerva eigenthümlich geweihet,
    und findet sich oft auf ihren Abbildungen.

„die Zeit vergeblich hinbringt, rüstet er sich Gewalt
„zu brauchen, und verfolgt mich.   Ich fliehe und 575
„verlasse das Gestade, bis zuletzt im tiefen Sande
„meine Kräfte erliegen.   Aufs äußerste gebracht, 580
„rufe ich Götter und Menschen um Hülfe an; allein
„auch kein Sterblicher hört mich.   Plötzlich er-
„barmt sich die jungfräuliche Pallas der Jungfrau,
„und rettet mich.   Ich streckte die Arme gen Him-
„mel; sie schwärzen sich von leichtem Gefieder.
„Ich wollte das Gewand von den Schultern ab-
„werfen, es war zu Federn geworden, die tief in
„der Haut wurzelten.   Ich wollte mit den Hän-
„den die entblößte Brust schlagen; nicht Hände,
„nicht bloße Brust hatte ich mehr.   Ich lief; aber 585
„nicht mehr, wie zuvor, versanken die Füße in
„dem Sande, ich wurde leicht empor gehalten.
„Endlich, getrieben, schwinge ich mich in die Luft
„auf, und bin schuldlos der Minerva als Gefähr-
„tin *) zugesellt.   Ein armseliger Trost, da
„Nyctimene, **) die eines gräulichen Verbre-
„chens wegen zum Vogel geworden, mir itzt in
dieser

*) Nach dem Pausanias IV, 34. befand sich zu
    Corone in Messenien, auf dem Schlosse eine eherne
    Bildsäule der Minerva mit einer Krähe in der Hand.
    Uebrigens bedeutet im Griechischen Corone eine Krähe.

**) Nyctimene, des Epopeus, Königs von Lesbos, Toch-
    ter, — sagt Hygin — soll ein sehr schönes Mädchen
    gewesen sein.   Ihr Vater verliebte sich in sie und that
    ihr Gewalt an.   Vor Scham verbarg sie sich in den
    Wäldern; bis sie endlich Minerva aus Erbarmen in
    eine Eule verwandelte, welche sich bei Tage verbirgt
    und Nachts nur sich sehen läßt.   Ovid, oder viel-
    mehr die Krähe, der Eule neidische Nebenbuhlerin,
    mißt hier der Tochter die Schuld bei.

Ovid. Verw. I. Th.   G

590 „dieser Ehre gefolgt ist! Hätteſt Du nichts von
„der Geſchichte gehört, welche in ganz Lesbos
„bekannt iſt, daß Nyctimene ihres Vaters Bette
„befleckt hat? Sie iſt nun ein Vogel; allein ihrer
„Schuld ſich bewußt, ſcheuet ſie den Anblick und
„das Licht, verbirgt ihre Scham in Finſterniß,
595 „und wird von allen Vögeln unter dem Himmel
„verfolgt. „

    Alſo ſchwatzte die Krähe.

    „Wehe Dir für Dein verzögerndes Geplau-
„der! — antwortete der Rabe — Solche alberne
„Weiſſagung verachte ich als nichtig! „

    Auch läßt er von dem angefangenen Wege
nicht ab, und erzählt ſeinem Herrn, daß er Coronis
mit einem Hämoniſchen Jüngling *) betroffen.
600 Bei dieſer Nachricht entfällt dem Liebenden der
Lorberkranz. Dahin iſt des Gottes Heiterkeit! Dahin die Farbe! Sein Saitenſpiel verſtummt.

    Als aber ſchreckliche Eiferſucht in ſeinem Her-
zen erwacht; da greift er zu ſeinen gewohnten Waffen, ſpannt den gekrümmten Bogen, und durch-
bort mit ſicherem Pfeile die Bruſt, ach! die ſo oft
605 mit der Seinen vermählte Bruſt! **)

    Getroffen erſeufzt Coronis. Sie zieht das
Eiſen aus der Wunde, und purpurnes Blut be-
ſtrömt ihre weißen Glieder.

    „O Phöbus, — ſpricht ſie — bevor Du
„ſtrafeſt, hätteſt Du mich gebären laſſen ſollen;
„Itzt ſterben in mir Einer unſer zwei! „

Mehr

*) Er hieß Iſchys.

**) S. Lipperts Dactyl. I. 130.

Mehr sprach sie nicht, und mit dem Blute 610
entströmt ihr das Leben. Den entseelten Körper
ergreift Todtenkälte.

Itzt gereuet, leider! zu spät, den Liebenden
die grausame That. Er verabscheuet sich, daß er
gehört, und daß Jähzorn so viel über ihn vermocht. Er verabscheuet den Vogel, durch den er
wider seinen Willen ihr Verbrechen und seine Beleidigung erfahren. Ja, Senne, Bogen und 615
Hand verabscheuet er, und zusamt der Hand sein
verwegenes Geschoß, die Pfeile. Den hingesunk-
nen Leichnam möcht' er erwärmen, und mit später
Hülfe trachtet er den Tod zu bezwingen, und versucht jede seiner helfenden Künste. Vergebens! Endlich, als jeglicher Versuch fruchtlos bleibt, und er
nun den Scheiterhaufen bereiten sieht, und zum
letzten Male die vom Feuer zu verzehrende *) Leiche
erblickt: Da stößt er einen Seufzer (denn mit Thrä- 620
nen das Antlitz zu netzen, geziemet dem Himmlischen
nicht) tief aus innerster Brust hervor; gleich der

G 2   Färse,

*) Die Verbrennung des Leichnams war Nationalge-
   brauch der älteren Griechen. Indeß war in den ältesten Zeiten auch das Begraben der Todten in Griechenland üblich; wiewohl Homer allemal des Verbren-
   nens der Todten erwähnt. Die nächsten Verwandten
   sammelten die übrig gebliebenen Gebeine, legten sie in
   eine Urne, gruben diese in die Erde, und bezeichneten
   die Grabstätte durch Steine und aufgeworfenes Erd-
   reich, über welchem hernach gemeiniglich ein Denkmal
   mit einer Inschrift errichtet wurde. Hernach hielt
   man ein feierliches Leichenmahl; zuweilen wurden auch
   Kampfspiele zur Ehre des Todten angestellt. S. Eschen-
   burgs Handb. S. 376.

Färse, in deren Angesicht das Milchkalb, von hoch-
geschwungener Keule mit lautem Schlage getroffen,
625 die Schläfe zerschmettert, dahinsinkt.

Indem er jedoch wehmüthig auf die kalte Brust
Wohlgerüche geußt, und sie küßt, und die letzten traurigen Pflichten erfüllt: vermag Phöbus nicht, auch
seinen Samen in Asche verwandeln zu lassen; sondern entreißt den Knaben *) den Flammen und
dem Mutterleibe, und trägt ihn zu des zweigestalti-
630 gen Chirons **) Höhle. Den Raben aber, anstatt
der

*) Aesculap. S. XV. 669. u. f.

**) Chiron, halb Mensch, halb Pferd, ein Centaur, war
ein Sohn Saturns, der, in ein Pferd verwandelt,
ihn mit der Nymphe Philyra zeugte. Er galt für einen großen Arzt, Sterndeuter und Tonkünstler, besonders aber für den besten Erzieher. Ein vergifteter
Pfeil, womit ihn unversehens Hercules in das Knie
verwundete, verursachte ihm so große Leiden, daß er
sich den Tod wünschte, und von den Göttern endlich
in den Thierkreis versetzt wurde, wo er der Bo-
genschütze ist. S. VI. 126. Sonst ist die Fabel
vom Chiron sehr zusammengesetzt. Einige historische
Ueberlieferungen liegen allem Ansehen nach zum
Grunde. Vieles ist hinzugekommen, da man das
Sternbild, den Centaur, auf ihn gedeutet hat; ungeachtet dieses einen ganz verschiedenen Ursprung, vermuthlich aus dem Orient, und von symbolischer Art,
gehabt zu haben scheint. Wahrscheinlich ist die nun
übliche Vorstellung der Centauren selbst erst nach vielen vorausgehenden Veränderungen erwachsen, da es
ursprünglich blos ein Symbol, eine bildliche Vorstel-
lung, der Himmel weiß wovon, war. Eine ältere
Vorstellung der Centauren mit menschlichen Vorder-
füßen kommt noch auf Denkmälern vor. S. über den
Kasten des Cypselus, S. 5. Heyne a. Auff.
I. St. S. 33. Von den Centauren siehe unten
XII, V. 219. Anmerk. Monum. ined. n. 11.
Lipperts Dactyl. II. 136 — 138. Descript. du
Cab. d. Stosch page

der erwarteten Belohnung für die getreue Botschaft,
verstößt er aus dem Chore der weißen Vögel.

Der Halbmensch Chiron, vergnügt, einen Göt-
tersohn zum Zögling zu haben, freuete sich dieser
lästigen Ehre. Siehe da kommt, die Schultern
mit rothen Haaren bedeckt, des Centauren Tochter, 635
welche ihm vordem die Nymphe Chariclo am Gestade eines schnellen Stroms geboren und Ocyroe *)
genannt. Nicht zufrieden, des Vaters Künste zu
können, weissagte sie auch die Geheimnisse des Schicksals. In ihrer Seherentzückung, erhitzt vom 640
Gotte, dessen sie voll ist, erblickt sie das Kind, und
spricht: „Wachse, o Knabe, du Heilbringer der
„Welt! Der Sterblichen Tausende werden Dir ihre
„Gesundheit danken; ja, selbst Todte wirst Du wie-
„der erwecken. Aber, hast Du dies Einmal zum
„Verdrusse der Götter gewagt; so wird es Dir fer- 645
„ner der Donner des Großvaters wehren. Von
„einem Gotte wirst Du ein entseelter Körper, und
„von einer Leiche ein Gott werden, und zweymal
„Dein Geschick erneuen. Auch Du, theurer Va-
„ter, jetzt nicht sterblich, sondern zur Dauer auf
„alle Zeiten geboren — einst, wann der schreckli- 650
„chen Schlange **) Blut in Deinen verletzten
„Gliedern tobt, wirst Du zu sterben wünschen; und
„die Götter werden aus einem Unsterblichen Dich
„zu einem Unterthan des Todes machen, und es

G 3

werden

*) D. i. Schnellstrom.

**) Das Blut der Lernäischen Schlange, worin Hercu-
les seine Pfeile getaucht und sie also vergiftet hatte.

„werden die dreifachen Göttinnen *) Deinen Le-
„bensfaden abschneiden. „

655 Noch etwas blieb ihr zu weissagen übrig; aber
sie seufzet aus innerster Brust; Thränen rinnen von
den Wangen; stockend spricht sie:

„Das Verhängniß kommt mir zuvor! Mehr
„darf ich nicht reden! der Gebrauch der Stimme
„wird mir geraubt! Wehe der Kunst, die mir der
660 „Götter Zorn zuzieht! Wäre ich lieber der Zukunft
„unkundig geblieben! Schon entschwindet mir die
„menschliche Bildung. Schon gelüstet mich Gras
„zur Speise. Schon fühl' ich Trieb über weite
„Felder zu laufen. Ich werde zum Rosse; verwandt

*) Die drei Parcen, Töchter der Nacht, denen das
Schicksal und besonders die Lebensdauer der Sterblichen anvertrauet war, und deren eine, Clotho, den
Lebensfaden anknüpfte, da ihn dann die zweite Lachesis
spann, und Atropos, die Dritte, wenn das Leben zu
Ende war, abschnitt. Man hielt sie für unerbittlich.
Von den Dichtern wurden sie als betagte Frauen mit
strengem Blick gebildet, in langem Gewande, mit
der Spindel spinnend. Auf alten Denkmalen sind sie
das Gegentheil. Es finden sich dieselben insgemein
bei dem Tode des Meleagers, und sind schöne Jungfrauen mit oder ohne Flügel auf dem Haupte, und
unterscheiden sich durch die ihnen beigelegten Zeichen;
die Eine schreibt allezeit mit einer Feder auf einem
gerolleten Zettel Zuweilen finden sich nur zwei derselben, so wie sie nur in zwei Statüen in der Vor-
halle des Tempels des Apollo zu Delphi standen. S.
Winkelmann Anm. z. G. d. Kunst, S. 49. Auf
einem Denkmale, (S. Lessing, wie die Alten d.
Tod gebildet Tab. I.) ist eine Parze vorgestellt, ein
Rad unter ihren Füßen, und in der einen Hand
eine Rolle.

„wandt ist mir diese Gestalt!* Doch, warum so
„ganz? zweigestaltig ist ja mein Vater!„   665

Indem sie also klagt, wird sie immer weniger
und weniger verständlich; die letzten Worte fließen
ineinander; bald scheinen sie weder Worte mehr,
noch schon Laute des Pferdes, sondern Nachahmung
der Töne des Rosses; endlich aber gehen sie völlig in
ein Wiehern über, und sofort sinkt sie auf die Arme
in das Gras nieder. Nun vereinen die Finger sich;
ein leichter Huf verbindet die fünf Nägel durch zu-   670
sammehängendes Horn. Kopf und Hals strecken
sich; des langen Mantels Ende wird ein Schweif,
und die den Hals umflatternden Haare wallen auf
der rechten Seite als Mähne. Zugleich an Stimme
und Körper verändert steht sie da als Stute.   675

Es weinte der Philyreische Held **) und flehete
Dich um Hülfe an, Delphischer Gott! aber ver-
geblich. Es stand nicht bei Dir, des hohen Ju-
piters Gebot aufzuheben; und hättest Du es auch
vermocht, so warst Du doch fern. Du lebtest in
Elis ***) und auf den Messenischen ***) Fluren. †)
Zu der Zeit deckte Dich ein Hirtenpelz; es beschwerte 680
Deine Linke ein roher Stab aus Olivenholz, und
Deine Rechte eine Flöte mit sieben ungleichen Rohren.

G 4   Einst

---

*) Weil Chiron, ihr Vater, halb Pferd war.

**) d. i. Chiron, Sohn der Philyra.

***) Elis und Messenien, Landschaften im Pelopones.

†) S. unten VI. 122. A. Uebrigens führt Apollo als
   Hirt den Beinamen Nomion; und als solcher vorgestellt, ist er in einer sehr schönen Statue in der Villa
   Ludovisi zu sehen. S. Winkelmanns Monum. ined.
   p. 46.

Einst unter den Sorgen der Liebe, beim lieblichen Geflister der Flöte, sollst Du der weidenden
Rinder vergessen haben, und ohne Hüter ziehen sie
685 bis auf die Gefilde von Pylos.   Hier sieht sie der
Atlantide Maja Sohn, treibt sie, vermöge seiner
Kunst, *) in den Wald, und verbirgt sie.   Niemand bemerkt den Raub, als ein auf dasiger Flur
bekannter Greis.   Battus nannte ihn die ganze
Nachbarschaft.   Er bewahrte des begüterten Neleus **) Forsten und weidereiche Wiesen samt den
690 Heerden edeler Stuten.   Diesen fürchtet Mercur,
nimt ihn freundlich bei Seite, und spricht:

„Höre, lieber Freund, sollte jemand nach dieser
„Heerde fragen; so sage: Du habest sie nicht gesehen.
„Ich verlange diesen Dienst nicht umsonst von Dir,
„da, empfange diese glänzende Kuh dafür zum
„Lohne. „

695   Er giebt ihm die Kuh.   Battus nimmt sie,
und versetzt:

„Sei ohne Sorgen! Ehe soll der Stein da —
„er zeigte auf einen Stein hin — Dich verrathen,
„denn ich! „

                                        Ihn

*) Nemlich der Kunst zu stehlen; denn, wegen seiner
    Klugheit und Verschlagenheit, wurde er für den Gott
    der Diebe gehalten.

**) Neleus, Neptuns Sohn mit der Tyro, des Sal-
    moneus Tochter. Von seinem Bruder Pelias aus
    Thessalien vertrieben, begab er sich nach Messenien,
    und erbauete Pylos. Mit der Chloris, Amphions
    Tochter, zeugte er zwölf Söhne, welche nachmals
    Hercules alle, außer den einzigen Nestor, welcher
    eben abwesend war, tödtete.

Ihn zu prohen, thut Jupiters Sohn, als verlasse er ihn; kehrt aber gleich wieder mit veränderter
Gestalt und Stimme.

„Landsmann, — spricht er, hast Du nicht
„etwa Rinder in dieser Gegend gehen sehen? O, so
„zeige sie mir doch an, und entdecke mir den Räu- 700
„ber. Eine Kuh samt dem Stiere gebe ich Dir
„dafür zur Belohnung. „

Ein zwiefacher Lohn? Zu groß war die Versuchung für den Alten!

Dort hinter den Bergen gehen sie — spricht
er — „sie gehen dort hinter den Bergen. *) „ Da
lacht Atlas Enkel, und spricht spöttisch;

„So? Du Treuloser, mir selber verräthst Du
„mich? verräthst mich mir selber? „

Mit den Worten verwandelt er den Verräther 705
in einen harten Stein, der noch itzt der Angeber **)
heißt, und ohne sein Verschulden übel berüchtiget ist.

Itzt erhob sich der Führer des Schlangenstabs
auf gleichen Fittigen, und sah fliegend auf die Mu-
nychische ***) Bergflur hernieder; auf den der Mi-
G 5

nerva

*) Ovid läßt den Battus hier durch unnütze Wieder-
holung derselbigen Worte eine Battologie begehen.
Daß dies wirklich des Dichters Absicht gewesen, sieht
man aus Mercurs folgender Rede, wo er spottweise
auch dieselben Worte ohne alle Noth zweimal wiederholt. Ich bin daher bei der alten Leseart geblieben.

**) Im Lateinischen Index, einige halten ihn für einen
Probierstein.

***) Munychia, eine steinige Höhe am Attischen Gestade,
zwischen dem Piräischen, Phalerischen, und Muny-
chischen Hafen.

nerva gefälligen Boden *) und auf die Gebüsche
710 des zierlichen Lyceums. **) Feierlich trugen eben an
dem Tage keusche Jungfrauen auf dem Haupte in
bekränzten Körben die geheimen Heiligthümer zu
der festlichen Burg der Pallas. ***) Der geflügelte
Gott

*) d. i. die Stadt Athen, welche dieser Göttin geweihet
war, und von ihr (welche Griechisch Athene heißt)
den Namen hatte.

**) Lyceum, hieß eines der berühmtesten Gymnasien
zu Athen. Es lag außerhalb der Stadt, und war mit
Wäldern und schattigten Gängen umgeben. Aristote-
les pflegte daselbst zu lehren.

***) Das heißt: Es wurde eben zu Athen die feierliche
Procession gehalten, womit die Panathenäen beschlossen wurden. Diese waren das feierlichste und präch-
tigste Fest, welches der Minerva gewidmet war. Es
waren große und kleine Panathenäen. Die kleinen
wurden jährlich gefeiert, und schienen nur ein Fest
für die Jugend zu sein, wo man sie mit allerhand
Kinderspielen zu üben und zu ergötzen suchte. Die
großen Panathenäen aber wurden alle fünf Jahre
feierlich begangen, und verschiedene Tage nacheinander fortgesetzt, an welchen man vornemlich Spiele von
Wettstreiten im Laufen, Ringen, Pferderennen, und
endlich auch in der Dichtkunst anstellte. Der Preis
war von Oelzweigen und ein mit dem besten Oele
gefülltes Gefäß. Sodann folgten erst die Opfer,
wozu ein jeder Flecken in Attica einen Ochsen liefern
mußte. Zuletzt kam noch ein festlicher Umgang, wobei man ein Fahrzeug mit vollen Segeln durch verschiedene Viertel von Athen segeln sah, gleich als wenn
es auf der Höhe des Mittländischen Meeres geschwebt
hätte. Dies war das größte der Automaten, das
man je in dem ganzen Umfange von Griechenland
verfertiget hat. Es wurde blos mittelst verschiedener
verborgener Räder und Menschen, aber nicht durch
Ruder, noch durch das Spiel unterirdischer Maschinen — fortbewegt. Nicht allein für den gemeinen
Haufen war die Bewegung des Schiffs ein erstaunens-
würdiges

Gott sieht sie zurückkehren, und stracks richtet er seinen Flug nicht mehr gerade aus, sondern bewegt 715 sich im Kreise. Wie der Geier, der Vögel schnellster,

würdiges Schauspiel; sondern selbst die Kenner bewunderten in dem Hauptsegel eine herrliche Stickerei, die nach den Zeichnungen der größten Meister von den geschicktesten Athenischen Stickerinnen verfertiget war. Sie stellte immer das Gefecht der Giganten gegen die Götter vor, und besonders zeichnete sich Minerva unter den Vertheidigern des Olymps aus. Dieses Gemälde, das Virgil (s. Ciris v. 21 — 35) beschrieben hat, war, auf einem ungeheuren Grund, der mit Guirlanden von Olivenblättern, mit Violen durchschlungen, eingefaßt war, verschiedener Detailschönheiten fähig. Zuweilen setzte man an den Ecken der Stickerei die Bilder von Helden und die Gemälde großer Männer hinzu; und dies war der höchste Grad von Ehre, zu welchem ein Athener gelangen, und selbst, wornach er streben konnte. (S. de Pauw. 1. Th. S. 263.) Die alten Leute erschienen bei dieser Procession mit Oelzweigen in den Händen; die schönsten und vornehmsten Jungfrauen trugen gewisse geheime Heiligthümer in geflochtenen und mit Blumen geschmückten Körben auf dem Haupte, weshalb sie Korbträgerinnen (Canephorae) genannt wurden, und dergl. Mon. ined. n. 182 vorgestellt. Die Jünglinge waren mit Hirsenähren bekränzt. Der Aufzug stellte sich in dem Ceramicus außerhalb der Stadt, kam durch das Thor Dippylon zwischen den Hallen hin, durchkreuzte die Agora, ging über den Ilissus um das Eleusinium herum, und kehrte bei dem Pelasgicon und dem Tempel des Apollo Pythius nach der Stelle nahe dem Areopagus zurück, wo das Schif verwahret ward; von wannen, wie man schließen darf, Männer den Peplus oder Schleier, der bisher als Hauptsegel für das Schif ausgespannt gewesen, zum Geschenk in dem Tempel der Minerva Polias (Stadtbeschützerin) in der Acropolis trugen; weil der Weg bei den Propyläen hinauf steil und lang war. S. Chandlers Reise in Gr. S. 144.

ster, beim Anblicke der Eingeweide, aus Scheu
vor den das Opfer dicht umstehenden Priestern,
umherkreiset, nicht weiter zu fliegen waget, und gierig mit ausgebreiteten Fittigen seine Hofnung um-
720 schwebt: Also schwingt sich der Cyllenier *) um
die Actäische Burg, **) und durchschneidet die nemlichen Lüfte im zirkelnden Fluge. Wie viel Lucifer heller glänzt, denn die übrigen Sterne; und
heller, als Du, Lucifer, die goldne Phöbe schimmert:
Um so viel gieng auch vor allen Jungfrauen an
Schönheit strahlend Herse ***) einher, und war des
725 Aufzugs Zierde, und die Zierde der schönen Gefährtinnen. Es erstaunte über ihre Schönheit Jupiters Sohn, und, in den Lüften schwebend, erglü-
hete er nicht anders, als ein Blei von einer Balearischen †) Schleuder geworfen. Es fliegt und
fliegend erhitzt es sich, und findet unter den Wolken die Glut, die zuvor ihm fehlte.

730   Er kehrt um, und senkt sich aus der Luft zur
Erde hernieder; verstellt sich aber nicht, so groß ist
sein Vertrauen in seine eigene Gestalt. Indeß so
gerecht dies Vertrauen auch ist, so hilft er seiner
Schönheit dennoch durch Putz nach. Zierlich ord-
net er die Locken und hängt den Purpurmantel, daß

er

*) S. I. 713. Anmerk.
**) Die Acropolis zu Athen; denn die Landschaft, die
nachmals Attica genannt wurde, hieß vor dem Actäa,
weil darin Actäus, des Cecrops Schwiegervater,
zuerst soll regiert haben.
***) S. Descr. du Cab. de Stosch. p. 99. n. 415.
†) Die Einwohner der beiden bei Spanien liegenden
Inseln Majorca und Minorca; (welche ehemals die
Balearischen Eilande hießen), waren als die besten
Schleuderer berühmt.

er stattlich von den Schultern herabwalle, und schimmernd der goldene Saum prange.   Seine Rechte
faßt mit Anstand den glänzenden Stab, womit er den
Schlummer herbei- und hinwegführt; und es strahlen 735
die köstlichen Fersenflügel an den niedlichen Füßen.

Drei Gemächer, mit Elfenbein und Schildkröte
gezieret, lagen im Inneren des Pallastes; wovon
Du, Pandrosos, das Rechte bewohntest; Aglauros
das Linke, und das Mittlere Herse!

Des linken Gemaches Bewohnerin bemerkt zu- 740
erst den kommenden Gott, und wagt es, ihn um
seinen Namen und um die Absicht seiner Ankunft
zu fragen.

Ihr antwortet Atlas und Pleionens *) Enkel also: „Ich bin der, welcher des Vaters der Göt-
„ter Gebote durch die Lüfte trägt.   Mein Vater
„ist Jupiter selbst.   Ich will Dir meine Absicht
„nicht verhehlen; wolle nur Deine Schwester nicht 745
„verrathen und meines Kindes Base heißen! Um
„Herse's willen komme ich. Begünstige, ich bitte,
„meine Liebe!„

Es blickt ihn Aglauros mit eben den Augen an,
womit sie jüngst das verborgene Geheimniß der blonden Minerva betrachtet hatte, und bedingt sich für ihre 750
Gefälligkeit ein großes Gewicht Goldes aus. Indeß
zwingt sie den Gott, den Pallast zu verlassen.

Es blickt itzt seitwärts auf sie die kriegerische
Göttin, **) und seufzet so tief aus des Herzens
Innern

*) Pleione, des Oceans und der Tethys Tochter, die
   Gemahlin des Atlas, und die Mutter der sieben
   Plejaden.
**) Minerva.

755 Innern hervor, daß Brust samt der sie deckenden
Aegis *) erbebt. Sie gedenkt, wie Aglauros vor-
witzig mit unheiliger Hand ihre Geheimnisse entdeckte, und des Gottes von Lemnos **) ohne Mutter ge-
zeugten Sohn wider das gegebene Wort sah: Und
itzt sollte sie einen Gott zusamt ihrer Schwester zur
Dankbarkeit verpflichten? sollte reich werden durch
760 das erhaltene Gold, das sie aus Geiz sich bedungen?

  Sofort begiebt sie sich zu der Mißgunst von
schwarzem Geifer scheußlicher Wohnung.   In dem
innersten Schlunde einer tiefen Höhle ist sie versteckt; jedem Strahle der Sonne, jedem Hauche des
Windes unzugänglich; traurig, träger Kälte voll;
ewig darbend an Wärme bei Fülle an Finsterniß.

765   Als die im Kriege fürchterliche Jungfrau hieher gelangt, bleibt sie vor dem Eingange stehen,
(denn hineinzugehen, ist sie nicht befugt) und pocht
        mit

*) Ein schuppigter Brustharnisch der Minerva. Die
 Aegis war ein schreckliches Ungeheuer, welches viele
 Länder durch beständiges Feuerspeien verheerte. Dieses erlegte endlich Minerva auf den Ceraunischen Ge-
 birgen und verfertigte sich aus dessen Haut einen
 Brustharnisch, der sowohl wider alle Gefahr, als
 auch zum Andenken ihrer That diente. In der Folge
 setzte Minerva auf diesen Harnisch noch den Kopf der
 Medusa. — Die andern Götter und Jupiter selbst,
 dessen Harnisch besonders aus dem Felle der Aega
 gemacht war, hatten dergleichen Bedeckungen im
 Streite. Daher bekamen alle solche Götterpanzer den
 Namen der Aegiden, die bei den Menschen Harnisch,
 Panzer, genannt werden. Die Dichter sind in Beschreibung der Gestalt nicht einig, folglich auch die
 alten Künstler nicht in der Bildung. S. Lipperts
 Dactyl. I. 108.

**) Vulcan.

mit der Spiße ihres Speers an die Pforte, die erhebt und auffspringt.

Drinnen sieht sie die Mißgunst, ihrem Gifte
zur Nahrung, Vipern zerfleischen; sieht sie, und
verwendet die Augen. Diese aber erhebt sich träge 770
vom Boden, verläßt die halbzernagten Schlangen,
und nähet sich langsam. Als sie die Göttin schön
von Gestalt und Waffen erblickt, seufzt sie, und den
tiefen Seufzern entspricht ihre Miene. Bläſſe
sißt auf ihrem Angesichte; ihr ganzer Körper ist aus-
gemergelt. Sie schielt nur seitwärts, schwarzgelbe
Zähne bleckend. Von Galle grün ist ihre Bruſt,
und von Gifte triefet ihre Zunge. Sie lacht nie, 775
außer beim Anblick von Leiden, und genießt nie des
süßen Schlummers, immer wach vor quälenden
Sorgen; denn sie sieht der Menschen Glück mit
Wehmuth, schwindet bey dem Anblicke, verzehrt 780
sich nagend, und ist ihre eigne Strafe.

Tritonia überwindet ihren Abscheu, und redet
sie mit kurzen Worten also an:

„Flöße der Aglauros, einer der Töchter Cecrops,
„Dein Gift ein. Also ist noth. „

Mehr spricht sie nicht, und schwingt sich an ih- 785
rer mächtigen Lanze von der Erde empor.

Scheel blickt die Mißgunst der scheidenden
Göttin nach, murmelt unvernehmliche Worte zwischen den Zähnen, und knirscht, daß vielleicht Minervens Absicht glücke.

Ißt ergreift sie ihren Stab, den ringsumher
Dornen umwinden, und hüllt sich in schwarze Wol- 790
ken. Wo sie einhergeht, da zertritt sie die blühenden Fluren, versengt die Wiesen, zerknickt die em-

porragenden Wipfel, und verpestet Völker, Städte
und Häuser durch ihren Hauch. Endlich erblickt
sie die Tritonischen *) Mauren, an Geist, Reich-
795 thum und beseligenden Frieden blühend, und kann
kaum der Thränen sich erwehren, daß sie nichts be-
weinenswürdiges sieht.

Sobald sie in das Gemach der Tochter Cecrops
eingegangen, vollstreckt sie den erhaltenen Befehl.

Mit braunrother Hand berührt sie Aglauros
800 Busen; erfüllt ihre Brust mit stachlichten Dornen;
haucht ihr schädlichen Eiter ein, und verbreitet durch
ihre Adern ein pechschwarzes Gift, und flößt es bis
in das Innerste der Lunge.

Damit aber die Ursache des Uebels in der
Nähe sei; so stellt sie ihr die Schwester, der Schwester
glückliche Verbindung und den Gott, im schönsten
805 Bilde, alles vergrößert, vor Augen.

Hierdurch gereißt, nagt ißt die Cecropide ein
geheimer Schmerz. Aengstlich seufzt sie bei Nachte,
ängstlich des Tags. Sie vergeht langsam, die Unglückselige, gleich dem Eise bei unbeständigem Son-
nenschein. Das Glück der seligen Herse ist ihrem
810 Herzen ein Feuer unter grünen Dornen, das nicht
in helle Flammen auflodert, aber glimmend
verzehrt. Oft will sie sterben, um so etwas nicht
mit Augen zu sehen. Oft alles, als ein Verbrechen, dem strengen Vater entdecken. Endlich setzt sie sich mitten auf die Schwelle der Thüre,
um dem Gotte bei seiner Ankunft den Ein-

gang

*) Athen, dessen Schutzgöttin Minerva, die auch Tri-
tonia heißt, war.

gang zu wehren. Als dieser ihr schmeichelt, sie bit- 815
tet, und durch die schönsten Worte zu bewegen
sucht, spricht sie:

„Höre auf! Ich weiche nicht von dannen,
„bevor ich Dich nicht fortgetrieben. „

„Es bleibt dabei! „ versetzt der schnelle Cyllenier; und eröfnet mit seinem Stabe die mit erhabener Arbeit prangenden Pforten des Pallastes.

Itzt will Aglauros sich erheben, allein von 820
träger Schwere und unbeweglich sind alle diejenigen
Theile, welche wir beim Sitzen biegen. Während des Bestrebens, sich aufrechts in die Höhe
zu richten, erstarren die Gelenke der Knie; ein
Frost verbreitet sich von unten herauf, und blutleer
erbleichen die Adern. Wie der unheilbare Krebs 825
immer weiter und weiter um sich greift, und zu
dem schadhaften Theilen die unversehrten hinzufügt:
Eben so bringt auch allgemach die Todtenkälte bis
zum Herzen, sperret die Wege des Lebens und
hemmt den Athem. Sie schwieg; aber hätte sie
auch zu reden versucht, so hätte dennoch die Stimme
keinen Ausgang gefunden. Versteinert war schon 830
der Hals, versteinert der Mund: Da saß sie, eine
todte Bildsäule! auch als Stein nicht weiß; sondern gefärbt von ihrem schwarzen Gemüthe.

Nachdem der Atlantiade also den Frevel be-
straft, verläßt er das nach Pallas benannte Land,*) 835
uhd fliegt auf regen Fittigen himmelan. Hier
ruft ihn der Erzeuger bei Seite, und, ohne zu
bekennen, daß Liebe dazu die Veranlassung, spricht er:

„Sohn,

*) Das Athenische.

Ovid. Verw. I. Th. H

    „Sohn, Du treuer Vollbringer meiner Be-
„fehle, sonder Verzug eile, wie Du pflegst, schnel-
„len Flugs zu dem Lande hinnieder, welches Deine
840 „Mutter *) zu seiner Linken schaut, (Sidonien **)
„nennen es die Einwohner) und treibe die königli-
„che Heerde, welche Du dort am Gebirge weiden
„siehst; nach dem Strande hin. „

    Er sprach es, und alsofort waren die Rinder
von dem Gebirge getrieben und gehn dem befohle-
nen Gestade zu, wo des großen Königes Toch-
845 ter, ***) von Tyrischen †) Jungfrauen begleitet
zu spielen pflegte.

    Nicht wohl vertragen sich und wohnen Maje-
stät und Liebe mit einander. Also verläßt der
Vater und König der Götter das ernste Zepter.
Er, dessen Rechte der dreigespitzte Strahl bewaff-
net, der mit einem Winke die Welt erschüttert,
850 nimmt eines Stiers ††) Gestalt an; und mischt
sich brüllend unter die Rinder und wandelt auf weichem Grase in blendender Schönheit. Denn von
Farbe ist er weiß, gleich dem Schnee, den weder
ein schwerer Fuß gedrückt, noch der wässerige
Süd angehaucht hat. Jugendlich trägt er den
fleischichten Nacken empor. Eine wellige Wamme
                                hänget

   *) Eine der Plejaden; und, als Tochter des Atlas, eine
      Africanerin.

  **) Phönicien, worin Sidon die Hauptstadt.

 ***) Tyrus, Stadt in Phönicien.

 †) Europe, Tochter Agenors, Königs in Phönicien.
     S. VI. 102. u. f.

 ††) S. Lipperts Dactyl. I, 29. 30. und Descript. du
     Cab. de Stosch. p. 57. n. 155 — 159.

hängt auf die Blätter herab. Die Hörner sind
zwar klein, doch gleichsam durch Kunst gerundet, 855
und reiner als durchsichtiges Kristall. Seine Stirne
drohet nicht, noch schrecket sein Blick. Friedfer=
tigkeit spricht aus allen seinen Mienen.

Agenors Erzeugte, voller Erstaunen, wie
schön, wie sanftmüthig er ist, bleibt dennoch
schüchtern, und wagt nicht sogleich ihn zu berühren.
Bald aber geht sie hinzu und reicht Blumen sei= 860
nem weißen Munde hin.

Da freuet sich der Liebende, und, in Hofnung
glücklich zu sein küßt er der Geliebten Hände. Ja
kaum, kaum verschiebt er das Uebrige. Spie=
lend hüpft er itzt auf grünem Rasen um sie her;
itzt wirft er sich vor ihr in den gelben Staub nieder; 865
bis ihre Furcht allmählich verschwindet, und sie
bald mit jungfräulichen Händen seine Brust strei=
chelt, bald um seine Hörner frische Kränze schlingt.

Endlich wagt es auch die königliche Jungfrau,
nicht wissend, wessen Rücken sie drückt, sich auf
den Stier zu setzen. Da watet der verstellte Gott,
unvermerkt vom Lande und vom trockenen Ufer 870
sich entfernend, erst in die äußersten Wellen; dann
schreitet er weiter, und nun trägt er mitten durch
die Flächen des Meers seine Beute. Aengstlich
blickt die Entführte nach dem verlassenen Gestade
zurück. Mit ihrer Rechten hält sie sich an einem
Horne fest; die Linke stützt sie auf den Rücken. *)
Ihr Gewand, einen Busen bildend, flattert im 875
Winde.

*) S. Lessings Collectaneen Seite 28.

Des

Des
Publius Ovidius Naso
Verwandlungen.
Drittes Buch.

Schon hatte in den Dictäischen *) Gefilden der
Gott die Gestalt des trügerischen Stiers abgelegt, und sich zu erkennen gegeben; als der un-
wissende Vater dem Cadmus **) die Entführte
aufzusuchen gebietet, und, zärtlich und grausam
zugleich), ihm, so er sie nicht findet, die Verban-
5 nung zur Strafe bestimmt.

Nachdem der Agenoride vergeblich die ganze
Welt durchirret, (denn wer ertappt wohl Jupiter
bei seinem Raube?) so meldet er im Elend Heimat samt des Vaters Zorn, und forscht bemüthig
von des Phöbus Orakel, welches Land er zur Wohnung zu wählen?

10 „Eine Kuh, — antwortet ihm Phöbus —
„wird Dir auf einsamer Flur begegnen. Nie hat
„sie weder das Joch getragen, noch den krummen
„Pflug gezogen. Diese nimm zur Wegweiserin.
An

*) d. i. die Insel Creta, vom Berge Dicte also genannt.
**) Cadmus, des Agenors und der Telephassa Sohn.
Er kam aus Phönizien nach Griechenland, soll die
Buchstabenschrift dahin gebracht, und überhaupt sehr
viel zu dessen Aufklärung und Verbesserung beigetra-
gen haben. In Böotien erbauete er Theben. S.
Descr. du cab. de Stosch, p. 317. n. 16 — 22.
Lipperts Dactyl. II. n. 31 — 34. und Monum.
ined. n. 83.

„An dem Orte, wo sie im Grase ausruhet, da erbaue
„Deine Mauren, und nenne sie Theben *).

Kaum war Cadmus aus der Castalischen
Höhle **) herabgestiegen; so sieht er eine unbe-
wachte Färse, deren Nacken kein Zeichen der
Dienstbarkeit trug, langsam daher gehen.

Er folgt dicht ihren Tritten, und betet still-
schweigend den Phöbus, des Weges Urheber, an.

Schon hat die Kuh die Furten des Cephisus ***) und Panopens †) Gefilde zurückgelegt;
da bleibt sie stehen, erhebt ihre mit hohen Hörnern
gezierte Stirne gen Himmel und erfüllt die Lüfte
mit lautem Gebrüll; dann blickt sie nach dem Gefolge zurück, läßt auf die Knie sich nieder, und
streckt ihren Körper in das weiche Gras hin.

Cadmus dankt, küßt den fremden Boden,
und grüßt die unbekannten Berge und Felder. Ohne
Verzug rüstet er sich, dem Jupiter ein Opfer zu

H 3

bringen,

---

*) Nach dem Raphael Regius heißt Theben in der
Muttersprache des Cadmus, im Syrischen, eine Kuh.
Ich übersetze also mit ihm das Boeotia moenia, wel-
ches hier im Texte steht: Theben.

**) Ovid spricht hier als Dichter, und nicht als Geo-
graph. Es gab wohl auf oder an dem Parnasse eine
Castalische Quelle, deren Wasser, wie Pausanias
sagt, sehr angenehm zu trinken gewesen; aber keine
Castalische Höhle. Unter dieser Benennung ist hier
der nicht weit von der Castalischen Quelle liegende
Ort des Orakels zu verstehen, eine Höhle, welche von
ohngefehr durch Hirten entdeckt worden sein soll, die,
als sie ihr zu nahe gekommen, von dem daraus her-
vorsteigenden Dampf zu Weissagungen begeistert worden. Pausanias, X. 5.

***) S. oben I, 369. A.

†) Stadt in der Landschaft Phocis.

bringen, und sendet die Gefährten, aus lebendigen
Quellen zum heiligen Gebrauche reines Waſſer zu
holen.

Da ſtand ein alter, noch von keinem Beile
verletzter Wald. Mitten darin iſt eine Höhle,
dicht mit Geſträuchen und Zweigen verwachſen,
und durch der Steine Verbindung einen niederen
30 Bogen bildend. Hier quoll Fülle des Waſſers,
aber hier lag auch Mars Schlange verborgen —
geschmückt mit goldenem Kamme; die Augen fun-
kelnd von Feuer; giftgeschwollen der ganze Körper; dreigespalten die ziſchende Zunge; dreifach ge-
reihet die Zähne.

35 So bald die Tyriſche Mannſchaft dieſen Hain
mit unſeligem Tritte berührt, und, in die Flut
geſenkt, Ein Eimer rauſcht: ſo ſtreckt der blaue
Drache ſeinen langen Hals mit ſchröcklichem Ge-
ziſche aus der Höhle hervor, und es entſinken die
Gefäße den Händen; das Blut ſtockt in den Adern,
40 und vor plötzlichem Schreck erbeben die Glieder.
Itzt ſchießt er in ungeheure Knoten verſchlungen
vorwärts, krümmt im Sprunge den ſchuppigen
Leib in einen unermeßlichen Bogen, und, mehr
als um die Hälfte des Körpers emporgereckt, ſchaut
er auf den ganzen Wald hernieder, nicht minder
groß, als die Schlange am Himmel, welche die
45 beiden Bären von einander ſcheidet. Sofort fällt
er die Phönizier an, und tödtet ſie alle, ſie mögen
ihm nun mit Waffen Widerſtand thun oder fliehen,
oder, vor Furcht erſtarrt, zu beiden ohnmächtig
da ſtehen. Dieſe fället ſein Biß, jene ſtürzen er-

						drückt

deckt in seinen ungeheuren Schlingen, andere ent-
feelt sein giftiger Anhauch.

Es verkürzte bereits die Sonne in ihrer diſſer-
ſten Höhe die Schatten; als Agenors Erzeugter,
verwundert über der Gefährten Verzug, ihnen
nachspürt. Ihn deckt die einem Löwen entriſſene
Haut; sein Gewehr ist eine Lanze mit schimmerl-
dem Eisen, und ein Wurfspieß; allein jegliches
Gewehr übertrift sein Muth. Als er in den Wald
tritt, und die Leichen der Seinen, und auf ihnen
das siegreiche Ungeheuer mit blutiger Zunge ihre
schrecklichen Wunden lecken sieht; da ruft er:

O Ihr, meine Getreuen! Euch räche ich entweder, oder ich folge Euch!

Er spricht es, und erhebt mit der Rechten ein
Felsenstück, gleich einem Mühlsteine, und wirft
es, trotz seiner Größe, aus vollen Kräften auf den
Drachen. Feste Mauren mit hohen Thürmen
hätte dieser Wurf erschüttert; doch der Drache bleibt
davon unversehrt. Von seinem Rücken mit Schuppen und harter, schwarzer Haut, gleichsam gepan-
zert, prellt der mächtige Stein unschädlich zurück.
Aber nicht eben also widersteht die Härte des Balgs
dem Wurfspieße. Dieser dringt durch den mittel-
ſten Bogen des zähen Rückgrats ein, bleibt tief in
den Eingeweiden stecken. Vor Schmerz müthend,
drehet plötzlich das Ungeheuer den Kopf rückwärts,
schaut die Wunde, und beißt in den bebenden
Schaft, bewegt nach allen Seiten ihn mit großer
Gewalt, und entreißt kaum ihn dem Rücken; doch
haftet das Eisen im Gebeine.

Itzt aber, durch die empfangene Wunde noch
mehr zum Zorne gereitzt, schwillt des Drachen Hals
von pochenden Adern; ein weißer Schaum umfließt
75 seinen verpestenden Rachen; rasselnd reiben die
Schuppen den Boden; und dem Stygischen
Schlunde entdampft ein schwarzer Athem, der die
unreinen Lüfte vergiftet. Bald schlingt er sich in
ungeheuren Kreisen zusammen; bald streckt er sich
in die Länge aus, gerader als ein Balken. Nun
schießt er mit Ungestüm, gleich einem vom Regen
angeschwollenen Strome daher, und stürzt mit der
80 Brust die ihm entgegenstehenden Bäume darnieder.

Der Agenoride weicht ihm aus; schützt mit der
Beute des Löwen sich vor dem Angriffe, und hält
mit gefälltem Speere den auf ihn eindringenden
Rachen von sich ab.

85 Der Drache wüthet, versetzt dem harten Eisen
mächtige Wunden, und zerbeißt die Zähne an der
Schärfe. Und schon begann Blut aus geätreicher
Kehle zu fließen, und das umher benetzte grüne
Gras zu färben; doch war die Wunde nur leicht,
weil er immer, den Stoß vermeidend, den verletzten
Hals zurückzog, und also durch Nachgeben die Spitze
tief einzubringen und zu haften verhinderte: Bis
90 endlich der Agenoride, seinem Stoße folgend, dem
Ungeheuer, das bei dem Zurückweichen eine Eiche
aufhält, das Eisen tief in den Schlund senkt,
und mit eins Nacken und Stamm zusammenheftet.

Unter des Drachen Last krümmt sich der
Baum und seufzt, gegeißelt von des Schweifes
Spitze.

Indem

Indem noch der Sieger des überwundenen 95
Feindes Größe betrachtet, läßt sich plötzlich eine
Stimme hören: (es ließ sich nicht entdecken, woher? aber hören ließ sie sich!) „Warum, Agenors
„Erzeugter, beschauest Du diese todte Schlange?
„bereinst wirst Du selbst als Schlange gesehen
„werden! „

Erschrocken bleibt er lange stehen, bleich und
außer sich, die Haare vor kaltem Grauen empor 100
strebend. Siehe! da erscheint des Helden Be-
schützerin, Pallas. Aus den oberen Lüften sank
sie hernieder, und gebot ihm: In umgeäckertes
Land der Schlange Zähne, eines künftigen Volks
Aussaat, zu legen.

Er gehorcht; zieht mit schwerem Pfluge Furchen, und streuet sterbliche Saamen, die gebotenen Zähne, in den Boden. 105

Darauf, o Wunder! beginnen die Erdschollen
sich zu regen, und zuerst erscheinen in den Furchen
Speerspitzen; bald darauf Helme mit bunten wankenden Büschen; itzt Schultern, Brust und Arme
mit Gewehren beschwert. Schon ist eine ganze 110
Saat beschilderter Männer der Erde entwachsen!

Also steigen, wenn auf festlichen Bühnen der
Vorhang sich erhebt, Bilder empor; zeigen zuerst
die Gesichter, dann allmählig das Uebrige, bis sie
endlich, weiter und weiter in die Höhe gezogen, ganz
zu sehen sind, und den unteren Rand mit den Füßen
berühren. *)

H 5

In

*) Dieses Gleichniß gehörig zu verstehen, stelle man
sich vor, daß bei den Alten nicht, wie bei uns, der
Vorhang vor der Schaubühne herniedergelassen, sondern von unten hinauf gezogen wurde.

115   In Furcht gesetzt vor dem neuen Feinde, will
Cadmus die Waffen ergreifen. "laß sie ruhen
"und mische Dich nicht in unsern Streit," ruft
ihm einer der neuen Erdensöhne zu, und streckt sich
fort, mit hartem Schwerdte, einen der erdgebornen
Brüder neben sich zu Boden, fällt aber selbst, aus
der Ferne von einem Wurfspieße, getroffen.
120 Auch dieser, der ihm den Tod gab, überlebt ihn
nicht, sondern verhaucht augenblicklich den eben
empfangenen Athem wieder. Auf gleiche Art raset
der ganze Hause. Es stürzt durch gegenseitige Wunden im Bruderkriege das jäh entstandene Geschlecht
dahin. Schon schlägt die zu kurzem Leben ge-
borne Jugend ihre blutige Mutter, mit pochender
125 Brust. Nun fünf *) sind übrig. Einer von diesen ist Echion. Er wirft nach Tritoniens Gebot
die Waffen nieder, und fodert und leistet des
brüderlicher Eintracht; und insgesamt werden sie
130 des Sidonischen Gastes Gehülfen bei Gründung der
von Phöbus Orakel gebotenen Stadt.

Schon stand Theben, schon konntest Du, Cadmus, **) im Elende glücklich scheinen. Zum Eidam
des

*) Sie hießen: Echion, Udäus, Chthonius, Hyperes-
  nor und Pelor. S. Apollod. III. 4.
**) Zum besseren Verständniß des Folge ist es nöthig, sich
  mit des Cadmus Familie näher bekannt zu machen.
  Dies ist dessen Genealogie, so weit sie hieher gehört:

(Mars		
Venus)	Agenor	
Harmonia	Cadmus	Europa
oder		
Hermione		

des Mars und der Venus erkoren; hatteſt Du Nach-
kommenſchaft mit Deiner erhabenen Gattin; viele
Söhne und Töchter, und theure Liebespfänder, Enkel. Auch dieſe ſchon Jünglinge. Doch ach! im- 135
mer iſt erſt des Menſchen letzter Tag zu erwarten;
vor dem Tode, dieſſeits des Grabes, iſt niemand
glücklich zu preiſen.

Die erſte Urſache zum Leide bei ſo lachenden
Umſtänden, o Cadmus, erhieltſt Du durch den Enkel, deſſen Stirn ein fremdes Gewölhe entſproß;
und durch euch, ihr Hunde, die ihr euch in deſſen 140
Blute, in dem Blute eures Herrn, ſättiget. Und
was war die Urſache? Blos Mißgeſchick, und kei-
nesweges Frevel! - Denn ſich verirret heißt nicht
freveln.

Roth war das Gebirge von erlegten Gewilde,
und ſchon hatte die Sonne, in der Mitte ihrer Laufbahn, der Dinge Schatten um die Hälfte verkürzt: 145
Als der Hyantiſche *) Jüngling den in dem Dickicht
gerſtreueten Gefährten des Weidwerks mit gefälli-
ger Stimme zurief:

„Es trieſen Garn und Eiſen vom Blute der
„Thiere; Ihr Freunde, der heutige Tag iſt ſattſam
„glücklich geweſen. Morgen, wann auf ihrem
„Saffranwagen Aurora das Licht zurückführt, laßt 150
„uns aufs Neue das Werk beginnen. Iſt aber,
„da Phöbus von beiden Grenzen gleich fern iſt, und
„vor Hitze die Fluren berſten: itzt macht der Jagd
„ein Ende, und nehmet das knotenreiche Garn
„hinweg.„

Die

*) d. i. Böotiſche Jüngling, nemlich Actäon. Die
   Hyanten waren ein Böotiſches Volk.

Die Jäger vollbringen das Gebot, und stellen
die Arbeit ein.

155 Da war ein Thal von Tannen und spitzen Cy-
preſſen beſchattet, mit Namen Gargaphie, der auf-
geſchürzten Diana *) Heiligthum.

Im innerſten Grunde iſt eine waldige Höhle,
nicht von der Kunſt gebildet, ſondern von der Natur, die gleichſam Belieben gefunden, der Kunſt
160 nachzuahmen, und aus lebendigem Bimſtein und
leichtem Tof einen zierlichen Bogen gewölbt hat.
Zur Rechten rieſelt eine Quelle, nicht reich an Waſſer, aber klar, und das weite Becken mit einem
Raſenrande eingefaßt.

Hier pflegte die Göttin der Wälder, von der
Jagd ermüdet, die jungfräulichen Glieder mit dem
165 durchſichtigen Thaue zu baden. Sobald ſie dahin
gelangt, übergiebt ſie ihrer Waffenträgerin, der
Nymphen einer, Spieß und Köcher ſamt dem ab-
geſpannten Bogen; eine andere empfängt das abge-
worfene Gewand; zwei löſen die Riemen **) von
den Füßen, während die gelehrtere Ismeniſche ***)
Crocale das den Hals umwallende Haar in einen

Knoten

*) Diana trug ihr Kleid auf der Jagd bis über die
Knie kurz aufgeſchürzt, und zwar vermittelſt zweier
Gürtel, wovon der obere (ſtrophium) das Kleid
gleich unter der Bruſt befeſtigte; der andere aber
(zona) über den Hüften das heraufgezogene Kleid
zuſammenhielt. Alſo gekleidet heißt Diana in der
Kunſtſprache: Diana die Jägerin. (Diana Agro-
tera) S. Deſcr. du cab. de Stoſch, p. 76. n. 286.

**) Diana hatte ihre eigenen Jagdſchuhe oder Halbſtiefeln,
welche Cothurni hießen, und bis an das Schienbein
auf den Seiten mit Riemen befeſtiget waren.

***) Ismenus, ein Fluß in Böotien, war ihr Vater.

Knoten sammelt, obgleich ihr selbst die Locken frei 170
den Rücken niederhangen. Nephele aber, und
Hyale, und Rhanis und Psecas und Phiale,
schöpfen kühlendes Gewässer, und gießen es aus
weiten Gefäßen über die Göttin.

Indem Titania noch mit der gewohnten Flut sich
erfrischet: Siehe, da gelangt der Enkel des Cadmus, nach vollbrachtem Tagwerke, mit ungewissen
Schritten im unbekannten Walde herumirrend, 175
zu diesem Haine. Also wollte es sein Verhängniß.
Sobald er in die duftige Höhle eintritt, und die
nackten Nymphen ihn erblicken, so schlagen sie mit
den Händen ihre Brust, erfüllen mit plötzlichem
Geheul den ganzen Wald, umringen Dianen und 180
decken sie mit ihren Leibern. Allein größer, als sie,
ist die Göttin; mit dem ganzen Haupte ragt sie
über alle hervor. Wie das Gewölke, das von
der gegenüberstehenden Abendsonne getroffen wird,
oder wie die purpurfarbene Aurora *); also glühet 185
Diana, von Männeraugen ohne Gewand gesehen.
So dicht sie auch von der Schaar ihrer Gefährtinnen umgeben, so wendet sie sich dennoch auf die
Seite, beugt rückwärts das Gesicht, und, un-
vermögend der Pfeile habhaft zu werden, schöpft
sie Wasser und spritzt es dem Manne ins Angesicht.
Indem sie sein Haar mit rächerischer Flut netzt 190
sagt sie die unglückweissagenden Worte hinzu:

„Itzt magst Du erzählen, daß Du mich ohne
„Schleier gesehen hast; wenn Du anders noch
„erzählen kannst!„

Mit

*) S. oben I, 112 u. f. auch Anmerk.

Mit diesen Worten läßt sie das nasse Haupt
mit des langlebenden Hirsches Geweihe sich krönen;
195 den Hals sich verlängern; die Ohren sich zuspitzen;
die Hände in Füße, die Arme in lange Läufe sich
verwandeln; den Leib aber sich in eine fleckige Haut
einhüllen. Auch die Schüchternheit läßt sie nicht
fehlen.

Es flieht der Autonoische Held *) und wundert
200 sich im Fliehen seiner Schnelligkeit. Als er aber
im Spiegel des Wassers sein Bild erblickt, da will
er ausrufen: „Ich Unglückseliger!„ allein es erfolgt
keine Stimme. Statt der Stimme läßt ein Seufzer sich hören, und Thränen rinnen über das
fremde Gesicht. Blos die vorige Seele hatte er
behalten.

Was soll er thun? Soll er nach Hause, zur
Königlichen Burg sich begeben? oder sich in den
205 Wäldern verbergen? Dies verbietet die Furcht und
jenes die Scham.

Während dieser Unentschlossenheit erblicken
ihn die Hunde.

Zuerst sieht ihn Melampus ¹) und der feinwit-
ternde Ichnobates ²) und werden laut; Ichnobates von Gnosischer **), und Melampus von Spar-
tanischer ***) Art. Auf dieses Zeichen fliegen, schnel-

ler

*) Des Actäons Mutter war Autonoe, des Cadmus und
   der Harmonia Tochter, und des Aristäus Gemahlin.
1) Schwarzfuß.   2) Spürer.
**) d. i. Crctischer.
***) Die Spartanischen Hunde waren von mäßiger
   Größe, langen Schnauzen, scharfem Geruche und
   großer Geschwindigkeit; und als die besten Spür-
   und Jagdhunde berühmt, so wie heut zu Tage die
   Englischen.

ter als die wehende Luft, die übrigen herbei.   Pamphagus, 3) und Dorceus 4) und Oribasus, 5) alle 210
Arcadier: der wackere Nebrophonos, 6) samt dem
Lälaps, 7) der grässliche Theron 8); der schnellfüßige Pterelas 9) die scharfspürende Agre 10);
und der kürzlich vom Eber geschlagene Hyläus 11);
Nape, 12) von einem Wolfe gezeugt, Pömenis, 13)
eine Heerdenhälterin, Harpyja 14) von ihren zwei 215
Söhnen begleitet; der dünnbäuchige Ladon 15) von
Sicyon, Dromas 16), Canace 17), Sticte 18.);
Tigris 19), Alce 20), der weiße Leucon 21), der
schwarze Asbolus 22), und der starke Lacon 23);
die schnelle Aello 24), Thous 25); die leichte Licisce 26) samt dem Bruder Cyprius 27), der schwarze 220
Harpalos 28) mit weißer Bläße, Melaneus 29)
und die zottige Lachne 30); Labros 31) und Agriodos 32), beide von einem Dictäischen Vater und
einer Laconischen Mutter gezeugt; und der hellstimmige Hylactor 33) nebst anderen, welche zu weitläufig zu nennen.   225

3) Aßfraß.
4) Scharfblick.
5) Berasteiger.
6) Hirschkalbwürger.
7) Sturm.
8) Jäger.
9) Flugschnell.
10) Weidmann.
11) Waldmännin.
12) Bergmann.
13) Schäferin.
14) Harpie.
15) Ladon (ein Fluß.)
16) Läufer.
17) Kläffer.
18) Schecke.
19) Tiger.
20) Stark.
21) Weiß.
22) Ruß.
23) Lacedämonier.
24) Wetter.
25) Rasch.
26) Wölfin.
27) Cyprier.
28) Packan.
29) Schwarz.
30) Pudel.
31) Gier.
32) Weißzahn.
33) Bläße.

lüstern nach Beute, setzt der ganze Schwarm
ihm nach, über Berg und Thal und Klippen und
unzugängliche Felsen; über gebahnte und ungebahnte Steige. Er flieht durch Gegenden, durch
die er so oft sonst der Fährte des Wildes gefolgt
war; ach! vor seinen eignen Thieren flieht er! Zu-
rufen hätte er ihnen mögen: „Ich bin Actäon,
„erkennet doch Euren Herrn!„ aber Worte fehlen
dem Gedanken, und von lautem Gebelle erschallet
der Aether.

Zuerst faßt ihn Melanchätes [34] im Rücken;
dann nacheinander Theridamas [35] und Oresitro-
phos [36]), sich an die Blätter ihm hängend. Später ausgegangen, waren sie über den Berg in die
Richte gelaufen.

Mittlerweile diese ihren Herrn halten, sammelt
sich der übrige Haufen, und zerfleischt ihn mit zahllosen Bissen. Schon fehlt es an Raum zu neuen
Wunden.

Er seufzt — der Laut, den er ausstößt, ist
er nicht menschlich; so gleicht er dennoch auch dem
Laute des Hirsches nicht — und erfülle mit Wehklagen das bekannte Gebirge. Itzt sinkt er vorwärts auf die Knie hin, und drehet sein Angesicht
schweigend im Kreise umher, gleichsam mit aufgehabenen Armen um Mitleid flehend.

Allein die unwissenden Genossen hetzen das
reißende Heer durch den gewöhnlichen Zuruf nur
desto mehr an. Sie forschen mit den Augen nach
Actäon;

34) Schwarzzotte.

35) Wildband. — 36) Bergzucht.

Actäon; sie rufen in die Wette Actäon, als wär
er abwesend; — Bei seinem Namen wendet er 245
das Haupt; und als sie beklagen, daß er nicht
gegenwärtig sei, und träge, des Fanges Schauspiel mit ihnen nicht theile: Da wünscht er zwar
fern zu sein, ist aber zugegen; wünschte er seiner
Hunde grausame Thaten nur zu sehen; aber nicht
zu fühlen! — Allein von allen Seiten umgeben
ihn diese; schlagen ihr scharfes Gebiß in seinen Körper, und zerreißen ihren Herrn unter dem falschen 250
Bilde eines Hirsches *).

Das Gerücht ist getheilt. Den Einen scheint
die Göttin zu grausam; den Andern heißt sie lobens-
werth, und nicht strenger, als es einer Jungfrau
ziemt. Beiden Theilen fehlt es nicht an Gründen. 255

Jupiters Gemahlin allein, ohne noch Lob noch
Tadel zu äußern, freuet sich des Unglücks von
Agenors Hause; und dehnet ihren Haß wegen der
Tyrischen **) Nebenbuhlerin bis auf die sämtlichen
Geschlechtsverwandten aus. Ja, eine neue Ur-
sache entflammt ihn doppelt: Sie hört mit Schmerz 260
Semele ***) sei vom großen Jupiter schwanger.

In ihrem Unmuthe bricht sie also aus:

„Was hat alle mein Schelten wohl je geholfen?
„An meiner Nebenbuhlerin selbst muß ich mich hal-
„ten; sie muß mir büßen, dafern ich die höchste
„Juno

*) Die zwei folgenden Verse sind von den Critikern mit
allem Rechte ausgemerzt.

**) Europa.

***) Tochter des Cadmus. Descr. du Cab. de Stosch. p.
53. n. 135. und 136. und Monum. ined. n. 1. und 2.

„Juno mit Recht heiße, dafern das mit Edelstei-
„nen besetzte Zepter meiner Rechten geziemt; da-
265 „fern ich Königin der Götter, und Jupiters Schwe-
„ster und Gemahlin, wenigstens Schwester, bin!
„Wähnte ich doch, sie würde sich an verstohlener
„Liebelei gnügen lassen, und nur von kurzer Dauer
„würde diese Schmach meines Ehebettes sein! Mit-
„nichten! Sie wird schwanger, (das fehlte noch!)
„Ihr voller Bauch klagt offenbar sie an, und Mut-
„ter — was kaum mir selbst wiederfahren ist, —
„will durch Jupiter sie werden! So weit geht ihr
270 „Stolz auf ihre Schönheit. Aber sie anführen soll
„er; dahin will ich es bringen! Ich bin nicht
„Saturnia, wenn sie nicht von ihrem Jupiter selbst
„zu den Stygischen Wellen hinabgestürzt werden
„soll! „

Mit diesen Worten steht sie vom Throne auf,
und begiebt sich, in eine falbe Wolke gehüllt, nach
Semele's Pallaste. Sie verläßt nicht eher das
Gewölk, bis sie ganz in ein altes Weib verstellt ist;
275 mit grauem Haar an den Schläfen, die Haut mit
Runzeln durchfurcht; gebückt, wankend der Gang,
und die Stimme zitternd.

Sie ist Beroe, der Semele Amme aus Epidauros.

Nach langem Geplauder mit Cadmus Tochter,
280 fällt endlich das Gespräch auf Jupiter. Da spricht
sie seufzend:

„Herzlich wünsche ich zwar, daß es Jupiter
„sein möge; aber ich fürchte, ich fürchte! Schoh
„mancher hat sich unter dem Namen eines Gottes
„in keuscher Mädchen Kammer eingeschlichen.

„Ja,

„Ja, laß es auch Jupiter sein; damit ist es noch
„nicht genug! Er muß durch ein Pfand der Liebe sich
„rechtfertigen, daß er der wahre Jupiter sei. Und wie,
„und wie groß er von der hohen Juno aufgenom- 285
„men wird: also und eben so groß, bitte ihn, daß er
„auch Dich umarme! „

Durch solche Rede der Juno berückt, bittet
die Cadmeide in ihrer Unwissenheit den Jupiter,
ihr einen unbenannten Wunsch zu erfüllen.

„Bitte, was Du willst — antwortet ihr der
Gott — „ich schlage Dir nichts ab; und damit Du
„mir desto sicherer glaubest, so sei die Göttin des 290
„Stygischen Stromes Zeuge; sie, die Furcht, ja,
„die Gottheit der Götter! „

Froh und allzu glücklich durch des Liebenden
Willfährigkeit, ach! welche ihr Unglück und Tod
bringen sollte, spricht Semele:

„So erscheine mir denn eben also, wie Satur-
„nia dich zu umarmen pflegt, wann Ihr zusammen
„den Bund der Liebe schließt! „

Der Gott will ihr den Mund im Reden schlies- 295
sen; doch das rasche Wort ist bereits den Lippen
entflogen.   Er seufzt; denn weder ihre Bitte, noch
seinen Schwur, kann er ungeschehen machen.   Also
steigt er traurig zum hohen Aether empor; zieht
durch einen Wink gehorchendes Gewölk zusammen, 300
fügt Platzregen hinzu, und Sturm und Ungewitter
mit rollendem Donner und unvermeidlichem Blitze.
Doch, so viel er immer vermag, sucht er seine Kraft
zu mindern.   Nicht mit dem Strahle bewafnet er

 sich,

sich, womit er einst den hundertarmigen Typhöus *)
traf; zuviel Gewalt liegt in ihm.   Es ist ein
305 schwächerer Donnerkeil, dem die Rechte der Cyclopen weniger Macht, Feuer und Grimm verliehen;
ihn

*) Typhöus oder Typhon, Gemahl der Echidna und
Vater des Orthus, Cerberus, der Lernäischen Schlange
und der Chimära.   Als Jupiter die Giganten vertilgt
hatte, zeugte die Erde mit dem Tartarus den Typhon,
der eine vermischte menschliche und thierische Natur
hatte, und alle Kinder der Göa an Stärke und
Größe übertraf. Bis an die Hüften war seine Größe
unermeßlich, so daß sie den höchsten Bergen gleich
kam, sein Haupt aber berührte oft die Sterne. Mit
der einen Hand reichte er bis an den Niedergang, und
mit der andern bis an den Aufgang der Sonne; über
sie ragten hundert Drachenköpfe hervor; an den
Schenkeln waren ungeheure Schlangenschweife, deren
Krümmungen bis an den Scheitel reichten, und ein
fürchterliches Gezische von sich gaben. Sein ganzer
Körper war befiedert; der Kopf und die Wangen
starrten von gräßlichen Haaren, und Feuer blitzte aus
seinen Augen. Er schleuderte glühende Felsen gegen
den Himmel; zugleich sprühete ein ganzes Feuermeer
aus seinem Munde. Dieses Ungeheur stritt mit dem
Jupiter um die Oberherrschaft über die Sterblichen
und Unsterblichen, und würde sie auch davon getragen
haben, hätte Jupiter ihm nicht mit seinem Blitze alle
Köpfe verbrannt, es zerstümmelt darnieder geschlagen,
und, nach Homer, unterm Berg Arima in Cilicien,
nach Andern aber unter Aetna begraben. Die Fabel
stammt ursprünglich aus Syrien; von da wurde sie
nach Cilicien verlegt, und endlich nach Sicilien über-
getragen. Im Typhöus, der auch als Vater der
Orcane angegeben wird, sind unterirdische Winde,
Erdbeben und aus der Erde hervorbrechende Feuer,
personificirt. S. Apollodor I. 6. und Hermanns
Mythbl. S. 254. Auch siehe unten V, 321. u. f.
Descript. du cab. de Stosch, p. 52. n. 126. und Lipperts Dactyl. I, 27.

ihn nennen die Götter das kleine Geschoß. Diesen nimmt er, und begiebt sich in die Agenorische Burg.

Allein, wie hätte die Sterbliche die himmlische Herrlichkeit zu ertragen vermocht! Durch das Hochzeitsgeschenk geräth sie in Flammen; das noch unreife Kind *) aber wird dem Schoße der Mutter entrissen.

*) Dieses Kind wurde Bacchus genannt, und nachmals, als es erwachsen, von den Griechen und Römern als ein Gott des Weins verehrt. Bacchus verrichtete während seines Erdenlebens eine Menge rühmlicher Thaten Besonders machte er sich um die Sittenverbesserung, Gesetzgebung und Verbreitung des Handels verdient; erfand den Weinbau und die Bienenzucht und verherrlichte sich auf seinen Heerzügen, besonders in Indien, durch Eroberungen und Siege. Sein Dienst war einer der allgemeinsten so wohl in Griechenland, als im Römischen Gebiete. Unter den besonderen Festen, welche man ihm zu Ehren feierte, waren die Bacchanalien (s. unten B. 703. A.) die vornehmsten. Sie stellten Anfangs den Uebergang der Menschen aus dem Waldleben zu einer gesitteten Lebensart fast pantomimisch vor. Mit der Zeit wurden sie leere, sinnlose Gebräuche, und arteten bald in feierliche Aufzüge mit allerhand Pomp, bald in alle Art von Muthwillen, Kurzweil und Ausgelassenheit aus. Zum Opfer schlachtete man dem Bacchus vornemlich Ziegenböcke und auch Schweine. Außer dem waren ihm auch die Löwen, Tiger, Panther, Schafe und Schlangen, und, außer dem Weinstocke, der Epheu, die Myrten u. a. m. gewidmet. Bacchus war den Dichtern und Künstlern des Alterthums ein schöner, reitzender Knabe, an der Grenze des Jünglingsalters, voller und weiblicher gebildet, als Mercur und Apollo, heiter und ewig jung. Beinamen desselben sind, Dionysios, Lyäus, Liber, Evan u. a. m. Siehe unten IV, 11. Vorstellungen desselben und seines Gefolgs f. in Lipperts Dactyl. I, 350 — 521. Descript. du cab. de Stosch, p. 228. n. 1433 — 1461. und Monum. ined. n. 51 — 54.

310 entrissen. In des Vaters Schenkel eingeschlossen — unglaublich ist es! — harrt das zarte Knäb-
lein bis zur völligen Zeitigung. Heimlich pflegte
alsdann sein die Base Juno, bis es den Nysäi-
schen *) Nymphen **) übergeben wurde, welche es
315 in ihrer Grotte verbargen, und ihm Milch zur Nahrung reichten.

  Mitlerweile nach des Schicksals Schluß dieses
auf Erden geschieht, und nun des zweimal gebornen ***) Bachus Wiege in Sicherheit ist; soll
Jupiter einst, die schweren Sorgen in Nectar er-
tränkend, mit der einmal heitern Juno sich dem
Scherze überlassen und gesagt haben:

320 „Größer ist doch in der That beim Genusse der
„Liebe euer Vergnügen, als das Vergnügen der
„Männer. Die Göttin verneint es, und es gefiel
ihnen, es auf des weisen Tiresias †) Ausspruch an-
kommen zu lassen.

               Dieser

*) d. i. von Nysa in Asien, Jupiter verwandelte sie
 nach der Zeit in Sterne und nannte sie Hyaden.
 (S. unten V. 595. Anmerk.) Apollodor III. 4.

**) Mercur brachte den zum zweitenmale gebornen
 Bacchus erst zur Ino, und bat sie, ihn wie ein Mädchen zu erziehen. Juno wurde hierüber erzürnt und
 versetzte sie in eine Raserei. Darauf brachte Mercur
 den Bacchus zu den Nymphen die sich zu Nysa aufhielten. S. Lipperts Dactyl. I, 320 und 321.

***) Der Zweimalgeborne heißt auf Griechisch Dithyram-
 bus. Eine Benennung, die in der Folge auch den
 bei Bacchus-Festen gesungenen Oden gegeben wurde.

†) Tiresias, ein blinder Wahrsager aus Theben, Sohn
 des Everes und der Nymphe Chariclo. Er stammte
 von dem Geschlecht des Uddus, eines Sparten (d. i.
 eines solchen, der von den durch Cadmus gesäeten Zähnen
                 ent-

Dieser kannte die Wollust beider Geschlechter.
Denn einst, als zwei große Schlangen im Schatten
des Waldes sich begatteten, schlug er sie mit seinem
Stabe; und vom Manne — o Wunder! — ward
er zu einem Weibe. Sieben Herbste verlebte er
also. Im achten sah er sie wieder, und sprach:

„Vermag ein Schlag auf euch seinen Urheber
„in das entgegengesetzte Geschlecht zu verwandeln;
„So schlage ich euch wieder! „

Er schlug die Schlangen wieder, und seine erste
ihm angeborne Gestalt kehrte zurück.

Dieser also, zum Schiedsrichter des kurzweilli-
gen Zwistes erkoren, bestätiget Jupiters Rede.

Mehr als billig und als es die Sache verdiente,
sagt man, habe dieser Ausspruch Saturnia verdros-
sen. Sie verdammte ihres Richters Augen zu
ewiger Nacht. Allein der allmächtige Vater (da
einmal das, was von einem Gotte geschehen, kein
anderer Gott ungeschehen machen kann) ersetzte dessen verlornes Gesicht durch Kunde der Zukunft,
und tröstete ihn also über die Strafe mit Ehre.

In Aoniens *) Städten durch das Gerücht
berühmt, ertheilte er dem fragenden Volke untrüg-
liche Antworten. Den ersten Beweis seiner Glaub-
würdigkeit und Sehergabe erhält die bläuliche Li-
riope. Sie hatte einst Cephisus mit gekrümmtem

J 4

Strome

entstanden war) ab. Seine Tochter hieß Manto.
Tiresias wurde sehr alt. Er starb, nachdem er aus
der Telphussischen Quelle in Böotien getrunken, und
die Kälte des Wassers nicht ertragen konnte. S. Mon.
ined. n. 157.

*) S. I, 313. Anmerk.

Strome umschlungen, und der in seinen Wellen
Gefangenen Gewalt angethan. Die Wunderschöne
345 gebar aus seiner Umarmung einen Knaben, schon
damals der Nymphen Liebe würdig, und nannte ihn
Narciß.

Gefragt, ob dieser das späteste Alter erreichen
werde? giebt der weissagende Seher zur Antwort:
„Wofern er sich selbst nicht erblickt. „

Lange hält man des Wahrsagers Worte für
350 nichtig. Allein der Ausgang, die That, des Jünglings Todesart und Neuheit der Liebe bewähren sie.

Bereits hatte Cephisus Sohn zu dreimal fünf
Ein Jahr hinzugefügt, und konnte eben sowohl
Knabe, als Jüngling scheinen. Ihn begehren
viele Jünglinge, begehren viele Mädchen; allein
bei seiner zarten Schönheit besitzt er einen so spröden
355 Stolz, daß ihn kein Jüngling rührt, kein Mädchen rührt.

Ihn sieht schüchterne Hirsche ins Garn treiben
die laute Nymphe, die weder schwelgen kann, wann
geredet wird, noch selbst zuerst reden gelernt hat,
die wiederhallende Echo.

Noch war Echo ein Körper, nicht Hall; doch
360 bediente sich die Schwätzerin ihrer Zunge nicht anders, denn ißt: Von vielen konnte sie nur die letzten Worte wiederholen. Der Juno Werk war
dies; denn wenn sie oft die Nymphen bei ihrem Jupiter auf'm Gebirge ertappen konnte; so verweilte
Echo schlau mit ihrem Geschwätze die Göttin so
lange, bis die Nymphen entwischt waren. Als
365 Saturnia dies merkte, sprach sie: „Von nun an
„bist Du dieser verschmitzten Zunge minder mächtig;

„tig; höchst eingeschränkt soll hinfort der Gebrauch
„Deiner Stimme seyn!„

Sie bestätiget die Drohung durch die That.
Immer wiederholt die Nymphe seitdem blos das
Ende der Rede, und spricht nur nach, was sie
gehört hat.

Als sie nun Narciß abwegsame Dickichte durch- 370
streichen sieht, entbrennt sie. Verstohlen folgt sie
seinen Fußstapfen; jemehr sie folgt, desto mehr
wird sie von dem näheren Feuer durchglühet. So
lodert an der Spitze der Fackel*) lebendiger Schwefel auf bei herannahender Flamme.

O wie oft will sie ihn mit süßen Worten an- 375
reden, und ihn durch Bitten zu rühren suchen!
aber ihre Natur verbeut es, und gestattet nicht;
daß sie zu reden beginne. Desto aufmerksamer ist
sie auf das, was ihr vergönnt ist, auf Töne, die
sie erwiedere.

Von ohngefehr hatte sich der Jüngling von
seinen treuen Gefährten verloren, und schrie: „Ist
jemand hier?„ „Hier!„ antwortete Echo. 380

Er stutzt, schaut überall umher, und ruft mit
lauter Stimme: „Komm her!„ Sie ruft dem
Rufenden wieder.

Er sieht sich um, und als wieder niemand
kommt; fragt er: „Was fliehst du mich?„ und
so viel Worte als er gefragt, erhält er zurück. Er
beharret, und getäuscht durch den Schein einer 385
Antwort spricht er: „Hier vereinigen wir uns!„

J 5

Echo,

*) Es wird hier die Art von Fackeln verstanden, welche
aus einer Röhre bestand, welche oben weiter als unten,
und mit brennbaren Faden angefüllt war.

Echo; die, wie auf irgend einen Ruf mit mehrrer
Wonne geantwortet, erwiedert: „Vereinigen wir
uns!„ und dem eigenen Worte, geneigt entstürzt
sie dem Walde, und will voll Sehnsucht um des
Geliebten Hals ihre Arme schlagen. Aber er flieht.
390 „Laß mich, ruft er im Fliehen — „eher sterbe ich,
„denn daß ich Dir zu Theile werde,„

„Daß ich Dir zu Theile werde!„ Mehr giebt
sie nicht zurück; und verschmäht, verbirgt sie sich
in Wäldern, deckt ihr Antliß voller Schaam mit
dem dichtesten Laube, und lebt seitdem in einsamen
Höhlen.

395 Aber immer bleibt ihr die Liebe: Der Verachtung Schmerz vergrößert sie nur. Wachsame
Sorgen zehren den elenden Körper aus; vor Magerkeit schrumpft die Haut ein; und alle Säfte
verdünsten in die Luft. Bald sind Stimme nur
und Gebein noch übrig. Die Stimme bleibt.
Das Gebein soll die Gestalt eines Steines ange-
400 nommen haben *).

Also verspottete Narciß diese, also andere in
Wellen und auf Bergen entstandene Nymphen;
also zuvor Schaaren von Liebhabern. Einer von
diesen erhob endlich in seiner Verzweiflung die
Hände gen Himmel und flehete:

„So müsse denn auch dieser Grausame lieben
405 „und nicht glücklich werden!„

Er

*) Hier werden wieder zwei Verse von den Critikern
ausgemerzt, weil die unnützen Wiederholungen, die
sie enthalten, genugsam beweisen, daß sie unächt sind.

Er sprach es, und Rhamnusia *) erhöret die gerechte Bitte.

Es

*) d. i. Nemesis, die Göttin des Maaßes und Einhalts, die strenge Aufseherin und Bezähmerin der Begierden, eine Feindin alles Stolzes, Uebermuths und Uebermaaßes, die dem Sterblichen folgt, still in den Busen blickt, und, so bald sie etwas dergleichen gewahr wird, das Rad kehret und Gleichgewicht herstellt. Sie war der geläuterte Begrif, den die Kunst der Griechen von jener rohen Materie von der Veränderlichkeit des Glücks, von seinem Unwillen an Uebermuth und Stolze, vom Neide des Schicksals u. s. abgezogen. In den übriggebliebenen Abbildungen erscheint Nemesis geflügelt, und ungeflügelt, hebt mit der einen Hand das Gewand von der Brust in die Höhe und blickt in den Busen. Oder sie beugt den Arm zur Brust zurück, als ob sie vom Finger zum Ellenbogen hinab messe. Oder es ist ein Rad unter ihren Füßen, und in der Linken hält sie den Zaum. Oder sie hat Rad, Schleuder, Zaum und den Zweig vom wilden Apfelbaume, kurz so viel Symbole bei einander, als sie zusammenfassen kann. Zuweilen steht sie auch, den Finger gegen den Mund haltend. Rhamnusia, oder Rhamnusische Jungfrau heißt sie wegen ihres Tempels zu Rhamnus bei Athen. Die Statue darin war vom Phidias. Er hatte sie, nach dem Pausanias B. 1. K. 33, aus eben dem Stücke Marmor gehauen, welches die Perser, bei ihrem ersten Einfalle in Griechenland, von Paros zu einem künftigen Siegeszeichen über die Griechen mitgebracht, aber als sie von diesen bei Marathon geschlagen worden, zurückgelassen hatten. Sie war ohne Flügel; auf dem Haupte hatte sie eine Krone nebst Hirschen und anderen Siegesbildern, in der linken Hand trug sie den Zweig von einem Apfelbaume, und in der rechten eine Schale, auf welcher Aethiopier abgebildet standen. Herr Herder hält diese Statue mit der vom Agoracritus, von welcher Plinius B. XXXVI. IV. 3. spricht, und welche erst eine Venus sein sollte, für Eine und eben dieselbe. Nemesis wird auch Adrastea genannt, von dem ersten Tempel, welchen ihr

Es war eine lautere Quelle. *) Zu ihren
Silberfluten drangen weder Hirten, noch am Gebirge weidende Ziegen, noch andere Heerden; kein
410 Vogel, kein Wild, kein vom Baum herabgefalle-
ner Zweig trübte sie.   Genährt von ihrem Nasse,
zog ringsumher sich frisches Gras, und ein Wald,
der sie vor jedem wärmenden Strahl der Sonne be-
schirmte.

Hier sinkt, vor Hitze und vom Jagen ermattet, der Jüngling nieder, angezogen durch den Reiz
des Orts und der Quelle.   Löschen will er seinen
415 Durst; allein ein anderer heftigerer Durst entbrennt
in ihm; denn beim Trinken fängt ihm der Anblick
seines reizenden Bildes das Herz; stracks liebt er
eine körperliche Hofnung, liebt, für einen Körper
ihn haltend, einen Schatten.

Er staunt sich selbst an, und hängt an seinem
Angesichte mit starrem unverwandtem Blicke, gleich
einem Bilde von Parischem Marmor.   Am Bo-
420 den gestreckt, schaut er das Doppel-Gestirn, seine
Augen;

ihre Abrastus am Aesepus erbauet hatte.   Siehe Her-
ders Abhandlung über Nemesis im zweiten Theile
der zerstreueten Blätter. Descrip. du Cab. de Stosch,
p. 294 — 296. Mon. inedit. n. 25. Lipperts
Dactyl. I, 711 — 714.

*) Auf dem Berge Helicon, im Thespischen Gebiete,
zu Donakon wurde die Quelle gezeigt, in deren Wass-
ser sich Narciß gespiegelt. S. Pauf. B. 9. K. 31.
Nach Chandler K. 64. liebt und ziert die Blume,
worin er verwandelt wurde, noch immer ihren Ge-
burtsboden. Die ganze Gegend war im Monat April
voll davon, und duftete sehr lieblich.

Augen; schaut das Haar, des Bacchus *) ja des
Apolls würdig; schaut die unbärtigen Wangen, den
elfenbeinern Hals, und das holde Gesicht, worin
der Rose Purpur sanft, mit der Lilie Schnee ver-
schmelzt ist. Alles entzückt ihn, wodurch er entzückt. Unwissend sehnt er sich nach sich selbst. Be-
wundernd, bewundert; Liebhaber und Geliebter: 425
entzündet und brennt er in eins. Wie oft ver-
schwendet er der täuschenden Quelle die feurig-
sten Küsse! Wie oft taucht er die Arme mitten in
die Flut, den gesehenen Hals zu umfassen, und entwischt sich selbst! Unbekannt ist ihm der Gegen- 430
stand, den er sieht; aber dessen Anblick setzt ihn in
Flammen. Er liebt den Wahn, der seine Augen
täuscht. Leichtgläubiger! was strebst Du umsonst
nach einem flüchtigen Scheinbilde? Nirgends ist,
wonach Du Dich sehnest. Weiche zurück, und
was Du liebst, ist verschwunden; denn nur Deines
Bildes Wiederschein erblickst Du; einen unselbst-
ständigen Schatten, der mit Dir kommt und bleibt, 435
und mit Dir weggehen würde, so Du wegzugehen
vermöchtest.

Nicht Bedürfniß der Gaben der Ceres, noch
des Schlafs, reißt ihn von dannen. In das dunkele Gras hingegossen, schaut er mit unersättlichem
Blicke das anmuthsvolle Blendwerk an, und vergeht durch seine eigne Augen. Endlich richtet er 440
sich etwas auf, streckt die Arme zu den umstehenden
Wäldern aus, und spricht:

„O ihr

*) Apoll und Bacchus waren beide den Dichtern und
Künstlern ewige schöne Jünglinge; doch war die Bildung des Apolls das höchste Ideal männlicher Jugend
und Schönheit.

    „O ihr Wälder! Wer hat wohl je unglückli-
„cher geliebt, als ich? Ihr, die ihr so Manchem
„Schatten und Aufenthalt gabt, ihr wißt es. O
„sagt mir, da Jahrhunderte euer Leben durchdauert,
„sahet ihr in dem langen Zeitraume wohl einen
445 „Jüngling, der, gleich mir, dahinschwand? Welch
„ein Wahn bethört mich? Da steht mein Gelieb-
„ter vor meinem Angesichte; ich sehe ihn mit diesen
„Augen; — und finde ihn nirgends! Ja — o
„Uebermaaß des Leidens! — kein unermeßliches
„Meer, keine Länder, noch Berge, noch Mauren
„mit verschlossenen Thoren liegen zwischen uns;
450 „uns scheidet nichts, als ein geringes Gewässer.
„Auch er sehnt sich, von meinen Armen umschlossen
„zu werden. So oft ich ihm Küsse in der hellen
„Flut darbiete, so oft strebt er aus der Tiefe nach
„meinem Munde empor; wähnen möchten wir,
„uns zu berühren; so wenig ists, was uns Liebende
„trennt. Wer Du auch seist, komm hervor! Was
„täuschest Du mich, Innigstgeliebter? Warum
455 „entziehst Du Dich meiner Sehnsucht? Solltest
„Du vor meiner Gestalt, vor meinem Alter fliehen?
„Doch haben mich Nymphen geliebt! Auch ver-
„heißt mir Dein freundlicher Blick, ich weiß nicht,
„welche süße Hofnung; und mit offenen Armen eilst
„Du immer meiner Umarmung entgegen. Da
„lächelst, wann ich Dich anlache; und bei meinen
460 „Thränen habe ich auch Dich oft weinen gesehen.
„Ja, Du sendest mir jeden Wink der Liebe zurück,
„und soviel ich nach Deines schönen Mundes Be-
„wegung urtheile, so erwiederst Du selbst Worte,
„die leider nicht zu meinen Ohren gelangen. Ach!

ich

„Ich fühle, Du und ich sind Eins; ich erkenne mein
„Bild. Ja in mich selbst bin ich verliebt; für
„mich selbst vor Liebe brennend, entflamme ich mich
„selber zur Gegenliebe. Was soll ich thun? Soll 465
„ich mich erflehen lassen? oder soll ich flehen? ja
„was soll ich endlich flehen? Alles, was ich wünsche,
„habe ich ja selbst; ich darbe vor Ueberfluß! O,
„möcht' ich diesen Körper verlassen können!
„Möchte — — ein neuer Wunsch für einen Lie-
„benden — möchte der Gegenstand meiner Liebe
„fern von mir sein! Schon raubt mir der Schmerz
„die Kräfte; kurz ist meines Lebens Ueberrest; in
„der Blüte der Jahre erlösche ich. Nicht schwer 470
„ist der Tod mir; mit dem Tode endet mein Leiden.
„Aber o, daß mein Geliebter nicht auch mit mir
„sterbe; nicht also zwei Gleichgesinnte mit Einem
„Leben aufhören!„

Also spricht der liebekranke, und wendet sich
wieder zur Quelle. Herabträufelnde Thränen kräu-
seln die Oberfläche, und verdunkelt wird durch 475
des Wassers zitternde Bewegung das Bild. Als
er es verschwinden sah, ruft er:

„Wo fliehest Du hin? O bleib! und verlaß,
„Grausamer, mich Liebenden nicht! Da ich Dich
„nicht berühren darf, sei es mir wenigstens vergönnt,
„Dich zu sehen, und also nieine unglückliche Liebe
„zu weiden.„

In seinem Schmerze reißt er das Kleid herab, 480
und schlägt die entblößte Brust mit marmornen
Händen. Eine sanfte Röthe verbreitet sich über
die geschlagene Brust; so glühet der Apfel auf dieser
Seite, blaß auf der andern; oder so färbt sich an der

bunten

485 bunten Rebe die halbreife Traube mit Purpur.
Sobald er dies in dem wiederruhigen Waſſer erblickt, ſo erliegt er ſeinem Kummer. Wie bei lin-
dem Feuer gelbes Wachs dahinſchmilzt; oder, wie
Morgenreif vor dem wärmeren Sonnenſtrahle verſchwindet; Alſo, vor Liebe abgehärmt, vergeht er;
490 eine geheime Glut verzehrt ihn. Dahin iſt der
Wangen roth mit weiß vermiſchte Farbe; dahin
Munterkeit und Kraft, und alles, deſſen Anblick ihn
ſelbſt erſt entzückte. Auch ſein Körper bleibt nicht
derſelbe, den Echo einſt liebte. Doch, als dieſe
ihn erblickt, hat ſie Mitleid mit ihm, wie ſehr ſie
auch mit Unwillen ſeiner Verſchmähung eingedenk
iſt; und ſo oft der unglückliche Jüngling ſeufzet: ach!
495 ſeufzet ſie nach mit wiederhallender Stimme ach!
Ja jeden der Schläge, womit ſeine Hand in Verzweiflung die Bruſt trift, läßt traurig ſie zurücke
tönen.

Die letzten Worte des unabläſſig in die Quelle
ſchauenden Liebhabers waren:

500 „O Du meine unglückliche Liebe!„ — Jedes
Wort kam zurück — „Leb wohl!„ ſetzt er hinzu,
„Leb wohl!„ erwiedert Echo.

Itzt ſinkt ſein müdes Haupt in das grüne Gras;
Nacht ſchließt die Augen im Anſchauen der Schönheit ihres Herrn. Auch dann, als er zu den unterirdiſchen Sitzen gelangte, liebäugelte er noch mit
ſich ſelbſt im Strome der Styx.

505 Ihn beweinen die Najaden, ſeine Schweſtern,
und ſtreuen auf den Bruder ihre abgeſchnittenen
Locken. Auch die Dryaden beweinen ihn. Mit
ihnen weint Echo.

Schon

Schon bereiteten sie Scheiterhaufen, flammende Fackeln und Bahre: da war nirgends der Leichnam. Statt des Leichnams finden sie eine safranfarbige Blume, deren Mitte rings weiße 510 Blätter umgürten.

Das Wunder ward ruchbar, und es verbreitete sich des Sehers verdienter Ruhm durch die Achäischen Städte. Groß war Tiresias Name. Der Echionide *) allein verachtet ihn dennoch, troß der allgemeinen Verehrung. Ein Verächter der Götter, spottet Pentheus der Weissagungen des Greises, und wirft ihm seine Blindheit, seine des 515 Lichts beraubten Augen vor.

Sein greises Haupt schüttelnd antwortet ihm jener:

„Wie glücklich wärst Du, würde auch Dein „Auge lichtlos, damit Du nicht die Bacchische „Feier **) erblicken möchtest! Ein Tag wird kommen,

*) d. i. Pentheus, Sohn Echions (s. oben V. 126.) und der Agave des Cadmus Tochter. Cadmus hatte ihm das Königreich hinterlassen. Nachdem Bacchus Thracien und ganz Indien durchreiset und Denkmäler daselbst errichtet hatte; so kam er nach Theben, wo er die Weiber nöthigte, ihre Wohnungen zu verlassen und auf dem Cithäron bacchantisch herum zu schwärmen. Pentheus aber widersetzte sich diesem Beginnen. Er gieng deswegen auf den Cithäron, um die Bacchantinnen aufzusuchen; allein seine eigene Mutter, Agave, zerstümmelte ihn in der Raserei, indem sie ihn für ein wildes Thier hielt. S. Apollod. III, 5.

**) d. i. die Orgien, die geheimen gottesdienstlichen Gebräuche des Bacchus, die in der Entfernung von anderen Menschen von den in die Mysterien Eingeweiheten auf dem Berge Cithäron feierlich begangen werden.

Ovid. Verw. I. Th.　　　　K

„men, und ich ahnde er ist nicht fern; da wird
520 „der Semele Sohn, der junge Liber, hier erschei-
„nen. Würdigest Du diesen nicht der Ehre eines
„Tempels, so wirst Du zerrissen, an tausend Orten
„zerstreut werden, und mit Deinem Blute Wald,
„Mutter und Basen besprißen. Es wird ge-
„schehen. Ehren wirst Du den Gott nicht, und
525 „Du wirst klagen, daß ich in meiner Blindheit
„nur zuviel sah. „

      Indem er also spricht, treibt ihn Echions Er-
zeugter von dannen. Aber der Glaube folgt bald
den Worten; die Weissagungen des Sehers gehen
in Erfüllung.

      Liber erscheint. Von festlichem Geheul er-
schallen die Felder. Mit Getümmel stürzt man
hinzu. Männer, und Mütter, und Frauen, und
Pöbel, und Vornehme, unter einander gemischt,
530 werden zur unbekannten Feier hingerissen.

      „Welch eine Raserei befällt euch, ihr Kinder
„des Mavortischen Drachen? spricht Pentheus.
„Vermag Erz an Erz geschlagen, vermögen Krumm-
„hörner und täuschender Zauber so viel, daß die,
„welche kein kriegerisches Schwert, keine Trom-
535 „pete, kein Heer mit entblößtem Gewehre besiegte,
„sich von Weibergeschrei, von taumelndem Wahn-
„sinne, von schnöden Haufen und leeren Trom-
„meln überwältigen lassen? Soll ich mich über
„euch mehr wundern, ihr Greise, die ihr, über
„das weite Meer gefahren, hieher Tyros, hieher
                                        die

„die flüchtigen Penaten *) verpflanzt habt, und
„nun ohne Kampf euch ergebt? oder über euch, 540
„ihr Jünglinge, deren frisches Alter dem Meinen
„das nähere, und denen anständiger wäre, statt
„des Thyrsus, **) die Lanze zu schwingen, und
„statt des Laubes mit dem Helme sich zu bedecken?
„Auf! seid eingedenk, ich bitte, von welchem
„Stamme ihr entsprossen! und ahmet an Muthe
„dem Drachen nach, der allein so viele vertilgte: 545

K 2   Er

*) d. i. Schutzgötter, sowohl des Staats überhaupt,
als auch jedes einzeln Individuums. Sie wurden
im Innern der Tempel und jedes Hauses, im Hofe
(impluvium) verehrt. Wer aber diese Götter gewesen sind, läßt sich auf keine Weise bestimmen, weil
sie sehr geheim gehalten wurden. Mir scheint es
daher sehr wahrscheinlich, daß sie eine besondere Art
mythischer Wesen ausgemacht haben. S. unten XV.
867. Anmerk.

**) Der Thyrsus war nichts anders als ein Spieß, oben
mit Eisen beschlagen, welchen die Gefährten des
Bacchus als ihr Gewehr führten, und auf dessen
Spitze sie Fichtenäpfel steckten, eine Frucht, die unter
ihren holzigen Schelfen Körner hat, die wir noch
heut zu Tage Pinien (von pinus. Fichte) nennen,
und welche in den warmen Ländern zur Vollkommenheit kömmt, welches aber bei unseren Fichten, die
von einer anderen Art sind, nicht geschieht. Die
Körner sind sehr nahrhaft und stärken die Natur,
daher man villeicht diese Aepfel auf die Spieße, als
ein Zeichen der Eroberungen des Bacchus, und der
Länder, worin diese häufig wuchsen, gesetzt hat. S.
Lipperts Dactyl. I. Seite 184. Auch war der
Thyrsus mit Epheu und Weinreben umwunden und
mit Bändern (lemnisci) geziert, welche in der Mitte
eine Schleife machten Ja man findet ihn auch mit
an beide Enden angesteckten Fichtenäpfeln oder
Büscheln von Epheublättern. S. Lipp. I. 349. 460,
Descr. du cab. de Stosch. p. 251. und 237. u. f.

„Er starb für seine wasserreiche Quelle: Sieget ihr
„für eure Ehre! Er tödtete Starke: Verjagt ihr
„Weichlinge, und stellt der Väter Ruhm wieder
„her! Bestimmte einmal das Verhängniß Theben
„den Untergang: o so hätte wenigstens Geschütz *)
„und ein Held die Mauren zertrümmern, und
550 „Feuer und Schwerdt wüthen sollen! Unglücklich
„wären wir zwar, aber auch Vorwurfsfrei; bekla-
„genswerth wäre unser Schicksal, doch nicht schimpf-
„lich; und schämen dürften wir uns der Thränen
„nicht. Allein itzt erobert Theben ein wehrloser
„Knabe, den nicht Krieg vergnügt, nicht Waffen,
„noch das Tummelen der Rosse; sondern myrrhen-
555 „duftende Locken, zarte Kränze, und Purpur,
„und goldgestickte bunte Kleider! Doch laßt nur
„ab von ihm, und bald will ich ihn zwingen, das
„ganze Mährchen seiner Abkunft und seines Dien-
„stes zu offenbaren. Oder kann vielleicht nur ein
„Acrisius **) Muth genug haben, einen nichtigen
560 „Gott zu verachten und vor dessen Ankunft die
„Argolischen Thore zu sperren: und muß Pentheus
„samt ganz Theben vor diesem Fremdlinge zittern?
„Geschwind geht, (also befielt er den Dienern)
„geht, und schleppt mir den Eroberer gebunden
„hieher. Jeder träge Verzug sei fern! „

Ver-

*) d. i. Catapulte und Balliste, Maschinen, womit
bei den Alten Pfeile, Steine und allerhand Geschoß
auf die belagerten Städte abgeschossen wurde.

**) Acrisius, des Abas, Königs zu Argos, und der
Ochalea Sohn. S. IV, 606. u. f.

Vergebens macht der Großvater, *) macht
Athamas **) samt den übrigen Verwandten ihm
Gegenvorstellungen, und bemühen sich sein Vorhaben zu hintertreiben. Nur heftiger wird er durch 565
Zureden; und seine Hitze, durch den Widerstand
gereizt, nimmt nur desto mehr zu. Ihn hindern,
hieß ihn anspornen. So sah ich den Strom, wo
nichts seinen Lauf hemmte, ruhig und sanft rau-
schend dahin fließen; wenn aber Stämme oder 570
Klippen sich ihm entgegen stellten, schäumend und
brausend anschwellen und mit Ungestüm über das
Wehr stürzen.

Siehe, blutig kehren die Diener zurück. Sie
fragt Pentheus, wo Bacchus sei?

Bacchus hätten sie nicht gesehen, antwor-
ten sie. „Doch, diesen seinen Gefährten und
„Priester haben wir gefangen;„ setzen sie hinzu
und übergeben mit auf dem Rücken gebundenen
Händen einen Tyrrhener ***), der einst zu dem 575
Dienste des Gottes übergegangen war.

Mit Augen, aus denen fürchterlicher Grimm
hervorbrach, sieht Pentheus ihn an, und kaum noch
mit der Strafe verziehend, spricht er zu ihm:

„Freveler, dessen Tod straks andern zur War-
„nung dienen soll, sage mir Deinen Namen, 580
„deiner Eltern Namen und Dein Vaterland, und

K 3   warum

---

*) Cadmus; Agave, des Pentheus Mutter, war seine
Tochter.

**) Athamas, der Gemahl der Ino, der Agave Schwe-
ster, also des Pentheus Onkel. S. IV, 420. u. f.

***) Die Tyrrhener, eine Lydische Nation; das Stamm-
volk der Etrurier, oder Tuscier.

„warum Du einem Gottesdienst nach neuer Weise
„zugethan bist? „

      Furchtlos antwortet jener: „Mein Name ist
„Acötes; Mäonien *) ist mein Vaterland; nie‹
„dern Standes sind meine Eltern.   Keine starken
„Jochochsen hinterließ mir der Vater, noch wolle‹
585 „tragendes Vieh, noch andere Heerden.   Er selbst
„war arm, und pflegte den von Schnur und
„Haken getäuschten Fisch zappelnd an schwanker
„Angelruthe aufzuziehen.   Seine Kunst war sein
„Reichthum.   Als er diese mir übergab, sprach
„er: Du mein Nachfolger in der Kunst und Erbe,
„hier empfange alle meine Schätze! und sterbend
590 „hinterließ er mir nichts als das Wasser.   Blos
„dieses kann ich väterlich nennen.   Bald, um
„nicht immer an denselben Klippen zu hangen,
„lernte ich mit lenkender Rechten das Steuer des
„Kiels führen; und beobachtete mit unermüdlichen
„Augen das regenbringende Gestirn der Olenischen
595 „Ziege, **) die Taygete ¹) die Hyaden, ²) und
„den Arctos, ³) auch der Winde Behausung, und
                                             die

*) Mäonien ist der ältere Name von Lydien.

**) d. i. Die Ziege der Amalthäa zu Olenus in Achaia,
     welche den Jupiter gesäugt und unter die Sterne
     versetzt worden.

1) Taygete, Tochter des Atlas und der Plejone; eine
   der Plejaden, welche, unter die Sterne versetzt, das
   Siebengestirn heißen, und deren Aufgang den Schif‹
   fern ein Zeichen zur Erösnung der Schiffahrth war.

2) Die Hyaden sind sieben Sterne am Kopfe des Stiers.
   Ihr Aufgang verkündigt Regen.   S. zuvor V. 311.
   Anmerkung.

3) Arctos, der Bär; ein doppelt nördlich Gestirn.
   Als großer Bär heißt es Helice; als kleiner Bär,
   Cynosura.

„die für die Schiffe bequemsten Hafen. Einst,
„auf der Fahrt nach Delos, steure ich auf Cia *),
„lege dort an das Gestade an, und setze in leichtem
„Sprunge auf den feuchten Sand. Als die Nacht 600
„vorüber, und der Himmel sich zu röthen begann,
„stehe ich auf, erinnere meine Gefährten, frisches
„Wasser zu holen und zeige ihnen den Weg zur
„Quelle. Mittlerweile forsche ich auf einem er-
„habenen Hügel, was ich mir vom Winde zu ver-
„sprechen. Beim Zurückkehren nach dem Schiffe
„rufe ich den Genossen. Hier sind wir, antwor-
„tet das Haupt derselben, Opheltes, und bringt 605
„zugleich, als eine Beute, die er auf dem öden
„Felde gemacht, einen Jüngling von jungfräu-
„licher Schönheit an den Strand; der Wein- und
„Schlaftrunken daher zu taumeln und kaum zu
„folgen vermögend scheint. Ich betrachte Klei-
„dung, Gesicht und Gang, und sah nichts an ihm 610
„was man für eines Sterblichen halten konnte.
„Ich eröfne diesen Gedanken so fort den Genossen.
„Welch eine Gottheit, sag' ich, in dieser Gestalt
„ist, weiß ich nicht; aber eine Gottheit ist darin!
„Wer Du auch seist, sei uns gnädig und stehe uns
„bei; vergieb auch diesen! — Für uns hast
„Du nicht nöthig zu bitten, ruft sogleich Dictys,
„vor allen andern geschickt bis zur höchsten Segel- 615

K 4

stange

---

*) Ich wähle von den verschiedenen Lesearten: Ciae &c.
weil die Lage dieser Insel mit dem, was im Texte
gesagt wird, am besten übereinstimmt. Cia, oder
Cea, oder Ceos, liegt im Aegäischen Meere, denen,
die aus dem Saronischen Busen kommen, gleich zu
Linken; und von hier nach Delos liegt Naxos Rechts.

„stange hinaufzuklettern, und sich an einem ergrif-
„fenen Tau schnell wieder herabzulassen.   Ihm
„stimmt Libys bei, ihm des Vordertheils Schuß,
„der blonde Melanthus, ihm Alcimedon, auch er,
„der mit seiner Stimme *) den Rudern Weise und
„Ruhe gebietet, der muthbelebende Epopeus; kurz
620 „alle übrigen.   So blind ist ihre Begierde nach
„Beute! Nein, versetze ich, nie werde ich zuge-
„ben,   daß diese heilige Last unser Schif drücke;
„hier habe ich das meiste Recht! Ich stelle mich
„vor den Eingang; aber der wildeste der ganzen
625 „Schaar, Lycabas, der aus Thuscischer **)
„Stadt vertrieben, für begangenen Mord im
„Elende büßte — stürmt wüthend auf mich ein,
„trift mich, da ich widerstehe, mit kraftvoller Faust
„an die Gurgel, und würde mich aus dem Schiffe
„in das Meer hinabgestürzt haben, wäre ich nicht,
„von einem Seile zurückgehalten, sinnlos hangen
„geblieben. „

     „Der gottlose Haufe giebt der That Beifall.
„Da begann endlich Bacchus (denn Bacchus war
630 „es) gleichsam als ob er durch das Geschrei aus
                                                          dem

---

*) Die Griechen hatten oft auf ihren Schiffen einen
   besonderen Tonkünstler, dessen Spiel und Gesang die
   Ruderer belebte, und durch Zeitmaaß die Ruderschläge
   in gleicher Ordnung erhielt.

**) Lycabas war aus Thuscien oder Etrurien vertrieben,
   und lebte im Mutterlande, in Asien, im Elende.
   Ich merke dieses an, damit man nicht in den gewöhnlichen Irrthum verfallen möge, die Tyrrhenischen
   Seeräuber überhaupt für Etrurier zu halten.   S.
   Heynii notas ad Apollodri bibliothecam p. 578
   und 579.

„dem Schlafe erwacht sei, und nach dem Rausche
„die Besinnung zurückkehre: Was macht ihr?
„welch ein Geschrei? Sagt mir an, wie komme
„ich hieher, ihr Schiffer? Wohin wollt ihr mich
„bringen? „

  „Sei unbesorgt, antwortet ihm Proreus, und
„sage nur nach welchem Hafen Du gebracht zu
„werden verlangst; da wollen wir Dich ans Land 635
„setzen. „

  „So richtet denn nach Naxos euren Lauf —
„versetzt Liber; dort ist meine Behausung, und
„man wird euch als Gastfreunde dort aufnehmen. „

  „Die Treulosen schwören beim Meere und bei
„allen Göttern, es solle geschehen; heißen mich
„auch die Segel aufspannen. Naxos lag uns zur 640
„Rechten. Als ich nun nach rechter Hand segele,
„da spricht jeder für sich: „Bist Du albern? was
„machst Du, Acötes? Thor, fahre doch links! „
„Die Mehresten geben mir dies durch Winke zu
„verstehen; ein Theil raunt es mir heimlich ins
„Ohr. Ich stutze, und sage: So führe ein ande-
„rer das Steuer! „ und entziehe mich also zugleich
„der Ausübung meiner Kunst und eines Frevels. 645
„Da schelten mich alle, und die ganze Schaar
„murrt. Einer davon, Aethalion, ruft endlich:
„Freilich auf Dich allein beruhet auch unser aller
„Heil! „ Mit den Worten stellt er sich an meinen
„Platz und steuert, aber nicht gen Naxos, sondern
„nach entgegengesetzter Richtung.

  „Itzt schaut der Gott ihrer zu spotten vom 650
„krummen Hintertheile herab ins Meer, und

K 5

gleich-

„gleichsam als entdecke er nun erst den Betrug,
„bricht er in verstellte Thränen aus und spricht: ·

    „Das ist nicht die Küste die Ihr mir ver-
„sprach, ihr Schiffer! ist nicht das Land das ich
„erbat! Wodurch habe ich diese Strafe verdient?
655 „Schande ists für so viele Jünglinge, Einen Kna-
„ben zu täuschen! „

    „Ich weinte mit ihm; allein die Argen lachen
„unsrer Thränen, und schlagen das Meer mit eilen-
„den Rudern. Nun schwöre ich Dir bei diesem
„Gotte selbst, (denn gegenwärtiger als er, ist
„keiner) eben so wahrhaftig ist das was ich Dir
„erzähle, als es allen Glauben übersteigt! Fest
660 „stand das Schif mitten im Meere, nicht anders,
„als ob es auf trockenem Werfte läge. Erstaunt,
„beharren jene dennoch die Flut mit Rudern zu
„peitschen; Sie ziehen die Segel auf und versuchen
„mit verdoppelten Kräften von der Stelle zu rücken.
„Aber Epheu verschränkt die Ruder, und kriecht
„mit sich windenden Beerenreichen Ranken empor,
„umschlingt und zieht fest die Segel zusammen.
665 „Der Gott selbst, mit Traubenschweren Reben die
„Stirne umkränzt, schwingt den Speer mit Wein-
„laub umwunden. Um ihn her hüpfen Tiger,
„und leere Gebilde von Luchsen, und wilden flecki-
670 „gen Panthern. War es Wahnsinn, war es
„Furcht; die Männer springen auf, und von allen
„zuerst wachsen dem Medon schwarze Floßfedern,
„platt wird sein Leib und der biegsame Rückgrad
„krümmt sich. Zu ihm spricht Lycabas: „Du
„wirst ja gar zu einem Wunderthiere! „ aber
„indem er noch spricht, zieht schon sein Mund sich

in

„in die Breite, die Nase biegt sich ein, und die
„verhärtete Haut bekleidet sich mit Schuppen. 675
„Libys aber, der sich mühet die befestigten Ruder
„in Bewegung zu setzen; bemerkt, daß seine Hände
„sich verkürzen, ja bald keine Hände mehr, son-
„dern Floßfedern sind.   Ein anderer will die Arme
„nach den gedreheten Tauen ausstrecken; schon hat
„er keine Arme, und, ein bloßer gekrümmter 680
„Rumpf, dessen Ende sichelförmig, gleich den
„Hörnern des veränderlichen Mondes, springt er
„in die Wellen.   Alle stürzen ihm nach, daß
„hoch die Flut in die Luft spritzt, und als ein dichter
„Thau hernieder sinkt.   Dann kommen sie wieder
„empor, und tauchen sich wieder; hüpfen gaukelnd
„wie im Reigen durch einander; treiben muthwil- 685
„lige Spiele, und schnauben das eingezogene Meer
„in die Luft aus offener Nase.

„Von zwanzigen, die wir kurz zuvor im
„Schiffe waren, bleib' ich allem nur übrig.   Er-
„schrocken, eiskalt, am ganzen Körper zitternd
„und bebend, bin ich kaum meiner selbst bewußt,
„bis endlich der Gott durch diese Worte meinen
„Muth wieder belebt: Laß die Furcht aus Deinem
„Herzen fahren — spricht er, — und steure auf 690
„Dia *) zu! „ — Dahin gelangt, weihe ich mich
„an flammenden Altären Bacchus Dienste. „

„Lange genug, — versetzt Pentheus —
„habe ich Deinem Geschwätze das Ohr geliehen;
„daß wohl mein Zorn sich unterdessen hätte abküh-
len

*) Dia ist ein anderer Name der Insel Naxos, welche
dem Bacchus geheiliget war.

„len Martern gefoltert, fahre er zur Stygischen
„Nacht!„

Stracks schleppt man den Thyrrhenischen Acötes hinweg, und verschließt ihn in einem festen Kerker; allein mittlerweile die schrecklichen Werkzeuge
des anbefohlenen Todes, Eisen und Feuer, bereitet
werden, springen — also sagt der Ruf — von
selbst des Gefängnisses Thüren auf, und von selbst,
ohne jemandes Hülfe, lösen sich von den Armen die
Fesseln. Nichts desto minder beharret der Echionide.
Er sendet itzt niemand mehr, sondern begiebt sich
selbst auf den Cithäron, *) der zur Feier des
Festes erkoren, von Liedern und lautem Jauchzen

der

*) Berg in Böotien, dem Bacchus geheiliget. Auf
ihm feierten die Thebaner zum Andenken des dreijäh-
rigen Zuges des Bacchus nach Indien, alle drei
Jahre ein Fest, die Trieterica (Dreijährige) genannt.
Es herrschte dabei die unsinnigste und schändlichste
Zügellosigkeit. Man ahmte besonders die Handlung
und den Zug des Bacchus selbst nach. Die zu dem
Feste Eingeweiheten kleideten sich in Thierhäute, trugen Thorsus in den Händen, bekränzten sich mit
Weinreben und Epheu, und liefen mit fliegenden
Haaren fast nackend herum. Einige stellten den Silen
und die Satyre vor, andere vereinigten sich in Chören
und riefen Evoe Bacche! Io, Bacche! oder sangen
solche Lieder, deren Inhalt sich auf die Geschichte dieses Gottes bezog, und die der Einkleidung und dem
Gesange nach eben so wild und ausschweifend waren,
als die taumelnden Sänger, die aus vollem Halse zu
schreien pflegten; woraus in der Folge die Dithyram-
ben als eine ähnliche Art solcher Gedichte entstanden.
S. VI, 587. Lipperts Dactyl. I, 934. 938.
944 — 950.

der Bacchanten wiederhallt. Wie das muntere
Roß schnaubt, wann das Zeichen der Schlacht aus
kriegerischer Trompete ertönt, und wie dessen Be- 705
gierde zum Kampfe entbrennt: Eben so tobt Pentheus, als der Aether vom Jubelgeschrei der Ra-
senden erschallt; eben so lodert beim lautem Getümmel sein Zorn von neuem auf.

Rund von Wald eingeschlossen dehnt sich ohngefehr auf des Berges Mitte eine von Bäumen
entblößte, allenthalben übersehbare Ebene aus.
Hier erblickt zuerst den ungeweiheten Zeugen der ge- 710
heimen Gebräuche, und zuerst von Wahnsinn getrieben, wirft mit geschwungenem Thyrsus ihren
Pentheus — die Mutter. *) „— Juch — ruft sie —
„herbei, ihr beiden Schwestern! Sehet hier einen
„ungeheuren Eber auf unseren Feldern umherirren!
„Auf! laßt uns ihn erlegen, den Eber! „

Stracks stürzt das ganze Heer wüthend auf
ihn ein. Alle laufen hinzu, alle verfolgen ihn. 715
Schon zittert er, schon drohet er nicht mehr, schon
klagt er sich selbst an, schon bekennt er, daß er sich
versündiget, und flehet verwundet:

„Hilf mir Autonoe, hilf mir! Deines Actä- 720
„ons Geist rühre Dich zu Mitleiden! „ Allein
nichts weiß sie von Actäon! Dem Flehenden raubt
sie die Rechte; Die Linke fällt durch Ino. Ohne
Arme, die er der Mutter entgegenstrecken könnte,
zeigt ihr der Unglückliche seine verstümmelten Körper, und ruft jammernd: „O Mutter, sieh! „

Bei

*) Agave. Ihre beiden Schwestern, deren sogleich
Erwähnung geschieht, heißen Ino und Autonoe.

725 Bei dem Anblicke jauchzet Agave auf, und
wirft den Nacken und schüttelt das fliegende Haar
im Winde. Endlich entreißt sie dem Sohne das
Haupt, schwingt es in blutigen Händen, und schreit:
„Juch, ihr Gefährten, dieser Sieg ist mein
Werk!„

Nicht schneller stört der Wind die, vom herbst-
lichen Froste getroffenen, nicht fest mehr hangenden,
730 Blätter vom hohen Baume herab; als itzt des
Mannes Glieder von unseligen Händen zerrissen
werden. Durch solche Beispiele gewarnet, besuchen die Ismeniden in Menge den neuen Gottesdienst, bringen Weihrauch dar, und verehren die
heiligen Altäre.

Des

Des
Publius Ovidius Naso
Verwandlungen.
Viertes Buch.

Allein die Minyeide Alcithoe *) ist nicht geneigt, des Gottes Orgien anzunehmen; sondern leugnet noch vermessen, daß Bacchus Jupiters Sohn sei; und ihre Schwestern **) sind ihres Frevels Genossinnen.

Frauen und Mägden befahl der Priester das Fest zu begehen, und von der Arbeit zu feiern; den 5 Busen mit Thierhäuten zu umhüllen, die Haarbinden zu lösen, das Haupt zu bekränzen, und in die Hände den belaubten Thyrsus zu nehmen: und drohete dem Ungehorsam mit dem schrecklichen Zorne des Gottes.

Es gehorchen die Mütter und Schnuren. Sie legen Gewebe, Körbe, und das unvollendete Tagwerk bei Seite, und opfern Dir Weihrauch, o 10 Bacchus, und Dich anrufend nennen sie Dich, Bromius, Lyäus, den Feuerbürtigen, Zweimalgebornen, einzigen Zweimütterigen. Nyseus, begrüßen sie Dich, und unbeschorener Thyoneus, Lenäus, fröhlicher Reben Pflanzer, Nyctelius, Vater Eleleus, Jacchus, Evan, und was Du sonst für Namen 15 unter

*) Alcithoe, Tochter des Minyas, des Orchomenus Sohns, und Königs von Böotien.

**) Ovid macht davon nur Eine namhaft, die Leucoknoe; andere nennen noch die Leucippa und Arsippe.

unter den Griechischen Völkerschaften führest, o
Liber! Denn Du geneußest einer unvergänglichen
Jugend. Du ein ewiger Jüngling, bist der
Schönste, den der hohe Himmel schaut, und jungfräulich erscheint Dein Haupt, so Du die Hörner *)
ablegst. Du besiegtest den Aufgang bis hin, wo
der äußerste Ganges das fahle Indien netzt. Den
Pentheus, Hochverehrter, zerstückest Du, samt
dem Doppelartführenden Lycurgus **), die Verruchten, und stürzest die Tyrrhener ins Meer. Du
lenkest mit schöngesticktem Zaume Deiner Luchse
Zweigespann. Die Bacchantinnen ***) und Satyrs
                                                    sind

*) Die Hörner des Bacchus waren golden und an einer
   Binde befestiget, so daß er sie nach Gefallen umbin-
   den und ablegen konnte.

**) Lycurgus, ein Sohn des Dryas, König der Edo-
   nier, die an dem Flusse Strymon wohnen. Als
   Bacchus durch Thracien nach Indien zog, beleidigte
   Lycurg ihn zuerst und verjagte ihn. Bacchus floh
   hierauf in die See zur Thetis. Die Bacchantinnen
   aber und der Haufe der ihm folgenden Satyre wurden
   gefangen. Die Bacchantinnen kamen jedoch bald
   wieder los; denn Bacchus machte den Lycurg rasend.
   In dieser Raserei schlug er seinen Sohn Dryas mit
   der Art todt, indem er glaubte, er beschnitte eine
   Weinrebe. Er kam endlich wieder zu Verstande,
   als er sich die äußersten Glieder seines Körpers abhieb. Bei anhaltender Unfruchtbarkeit der Erde sagte
   das Orakel, sie würde fruchtbar werden, wenn Lycurg
   gestorben sein würde. Als die Edonen dies hörten,
   führten sie ihn auf das Pangäische Gebirge, und
   fesselten ihn; worauf er denn nach dem Willen des
   Bacchus von Pferden zerrissen wurde. S. Apollodor III, 5.

***) Die Bacchantinnen heißen auch Mänaden, Bassari-
   den, Thyaden.

sind Dein Gefolge; auch der trunkene Alte, *) der
die wankenden Glieder mit einem Stabe stützt, oder
kaum nur auf dem gebückten Esel noch hängt. Wo
Du einhergehst, da erschallt der Jünglinge Frohlocken mit weiblichen Stimmen vermischt; da tönen
Trommeln von Händen geschlagen, es schmettern
eherne Cymbeln und flistern buchbäumene Flöten. 30
Hold und gnädig erscheine uns, flehen die Ismeniden, und vollbringen den ihnen anbefohlenen
Dienst. Nur die Minneiden allein entweihen das
Fest. Heimsitzend befleißigen sie sich zur Unzeit
der Minerva Werke, krämpeln Wolle, drehen Faden
mit dem Daumen, sind geschäftig am Webestuhle
und treiben die Mägde zur Arbeit an.   35

Eine von ihnen, die Wolle mit leichten Fingern spinnend, beginnt:

„Mittlerweile andere müßig gehen, und erdachte
„Feste feiern, laßt uns, welche eine bessere Gottheit,
„Pallas, beschäftiget, das nützliche Werk unsrer
„Hände durch mannigfaltige Gespräche erleichtern;
„und wechselsweise, etwas das uns die Zeit nicht lang 40
„währen läßt, den müßigen Ohren anzuhören geben!„

Die Schwestern geben dem Vorschlage Beifall
und heißen sie zuerst erzählen.

Sie bedenkt sich, welche unter den mancherlei
Geschichten, deren sie viele weiß, sie vor andern

zu

*) d. i. Silen, der Erzieher und Begleiter des
   Bacchus. Er hat in den Kunstwerken ein heiteres
   und fröhliches Gesicht, mit einem langen Barte eine
   kurze, dicke Gestalt, eine Glatze, eine eingedrückte
   Nase, spitze Ohren und einen Geisschwanz. Vorstellungen desselben s. Lippers Dactyliothek 4, 388 u. f.

zu wählen? Sie steht in Zweifel, ob sie von Dir
45 erzählen solle, Babylonische Dercetis, *) die Du,
wie der Palästiner **) glaubt, Deine Gestalt verändert hast, und die Glieder mit Schuppen bekleidet, in einem See wohnest: Oder lieber, wie
Deine Tochter ***) Flügel angenommen, und die
letzten Jahre auf hohen Thürmen gelebt: Oder wie
eine Nais †) durch ihren Gesang und durch allzu-
50 mächtige Kräuter Jünglinge in stumme Fische verwandelt, bis sie dasselbe Schicksal erfahren: Oder
wie ein Baum, der vormals weiße Früchte trug,
seit dem er mit Blut bespritzt worden, schwarz seine
Frucht gefärbt hat?

Diese

*) Dercetis, oder Derceto, eine Syrische Halbgöttin,
   welche nicht fern von Ascalon an einem großen fisch-
   reichen See einen Tempel hatte. Sie hatte die Venus beleidiget. Sich zu rächen, flößte ihr diese eine
   heftige Liebe gegen einen schönen Jüngling ein, mit
   welchem sie die Semiramis zeugte, sich aber vor
   Scham in den See stürzte, wo sie bis auf das Haupt
   in einen Fisch verwandelt wurde. s. Diodor. v. Sic.
   II. 4.

**) Palästina, war ein Theil von Syrien; daher steht
   hier der Palästiner für die Syrer überhaupt.

***) Semiramis. Sie wurde von ihrer Mutter ausge-
   setzt, und lange von Tauben mit geronnener Milch,
   die sie den benachbarten Hirten entwendeten, ernähret.
   Hiervon erhielt sie den Namen Semiramis, welcher
   im Syrischen eine Taube bedeuten soll, und welcher
   denn auch wahrscheinlich die Veranlassung zu der Fabel
   von ihrer nachmaligen Verwandlung in eine Taube
   gewesen. Uebrigens ist dieses dieselbe Semiramis,
   mit welcher sich Ninus vermählt, die Babylon erbauet
   und eine so große Rolle in der Assyrischen Geschichte
   spielte.

†) Man weiß von dieser Nais weiter nichts.

Diese gefällt ihr; diese, da das Mährchen noch nicht gemein, fängt sie also, indem die Wolle dem Faden folgt, zu erzählen an:

„Pyramus, der Jünglinge schönster, und 55
„Thisbe, die reizendste unter den Mädchen des
„Morgenlandes, bewohnten aneinander stoßende
„Häuser in der erhabenen Stadt, *) welche —
„der Sage nach — Semiramis mit Mauren von
„gebackenen Steinen umgeben hat. Die Nachbar-
„schaft stiftet unter ihnen Bekanntschaft, und
„Freundschaft, die mit der Zeit Liebe wird. Gern 60
„hätten sie sich auch durch eheliche Bande verbun-
„ben; allein die Väter verbieten es. Doch kön-
„nen diese auch verbieten, daß nicht beider Herzen,
„von gleicher Liebe eingenommen, brennen? **)
„Sobald sie unbelauscht sind, sprechen sie durch
„Blicke und Zeichen mit einander; und je verbor-
„gener, desto heftiger lodert ihre Flamme. „

. „In der Wand, die beiden Häusern gemein 65
„war, befand sich, von ihrer Erbauung an, ein
„schmaler Spalt. Lange Jahrhunderte hindurch
„hatte niemand diesen Fehler bemerkt; aber was
„sieht die Liebe nicht? ihr entdecket ihn zuerst, ihr
„Liebenden, und bahnet dadurch eurer Stimme
„den Weg; sicher gelangen unter dem leisesten 70
„Geflister eure Liebkosungen hindurch. Oft, wann
„auf dieser Seite Thisbe, Pyramus auf jener steht,

L 2   und

---

*) Babylon.

**) Gegen die gewöhnlichen Lesearten mache ich bei
   patres im Texte einen Punkt, und nehme quod non
   potuere vetare zum Folgenden, weil der Sinn dadurch gewinnt.

„und beide gegenseitig den Athem ihres Mundes
„einsaugen, sprechen sie seufzend: Du neidische
„Wand, warum trennest Du uns Liebende? Wie
„ein Geringes wäre es, daß Du uns, uns zu
„vereinen gestattetest, oder, wäre dies zuviel,
„wenigstens nur so weit Dich öfnetest, daß Du
„uns Küsse vergönntest! Wir sind ja nicht undank-
75 „bar; gern bekennen wir es, daß wir den freien
„Durchgang unsrer Worte zu den geliebten Ohren
„Dir verdanken. Also sprechen sie vergeblich auf
„beiden Seiten; und bei einbrechender Nacht sagen
80 „sie sich Lebewohl! und geben jeder auf seiner Seite
„der Wand Küsse, die, leider! gegenseitig nicht zu
„ihnen gelangen. Wenn von neuem Aurora die
„nächtlichen Lichter entfernte, und die Sonne die
„bethaueten Kräuter mit ihren Stralen trocknete:
„finden sie sich wieder an dem gewohnten Orte ein.
„Einst, nach vielfältigen, sich gegenseitig zuge-
„flisterten Klagen, beschließen sie: bei schweigen-
85 „der Nacht die Wächter zu täuschen aus der Thüre
„zu entwischen; Haus und Stadt zu verlaffen,
„und, um im weiten Gefilde umherirrend sich nicht
„zu verfehlen, beim Grabmale des Ninus im
„Schatten eines Baumes sich still zu erwarten;
„denn dort war ein hoher Maulbeerbaum, voller
„schneeweißen Früchte; daneben eine kühle Quelle.

90 „Der Entschluß gefällt; und lange scheint ih-
„nen der Tag zu verweilen, bevor er in die Fluten
„sinkt, und aus den nemlichen Fluten die Nacht
„steigt. Behend drehet Thisbe ißt die Angel der
„Thüre und entschlüpft in der Finsterniß, von den
„Ihrigen unbemerkt; gelangt mit verschleiertem

Antliße

„Antlitze zu dem Grabmal, und ſetzt ſich unter den
„bezeichneten Baum.   So kühn machte ſie die 95
„Liebe! „

   „Siehe, da kommt eine Löwin, der ſchäu-
„mende Rachen vom Blute eben erwürgter Rinder
„triefend, ihren Durſt in der Flut der nahen
„Quelle zu löſchen. „

   „Die Babyloniſche Thisbe erblickt dieſe in der
„Ferne beim Strahle des Mondes, und flieht mit
„zitterndem Fuße in eine dunkle Höhle; läßt aber 100
„im Fließen das vom Rücken geſunkene Gewand
„zurück.   Nachdem die grimmige Löwin ihren
„Durſt mit vielem Waſſer geſtillt hat, und wieder
„zu dem Walde kehret, findet ſie das verlorne
„Gewand des Mädchens und zerreißt es mit blu-
„tigen Zähnen. „

   „Später ausgegangen, erblickt Pyramus im
„tiefen Sande deutlich die Spur eines wilden Thie- 105
„res, und erblaßt ahndungsvoll.   Als er aber auch
„das blutige Gewand erblickt, ruft er aus: Ha!
„Eine Nacht vertilgt zwei Liebende! Ach! Sie war
„des längſten Lebens würdig; aber ich allein bin
„ſchuldig.   Ich Unglückſeliger, ich habe Dich er-
„mordet; da an einen ſo ſchreckenvollen Ort in der
„Nacht ich Dich kommen hieß, und nicht vor Dir
„da war.   Mich, mich zerreißt, ihr Löwen, die 110
„ihr dieſen Felſen bewohnt! Meine ruchloſen Glie-
„der verzehrt mit wilden Biſſen! Doch, nur ein
„Feiger wünſcht den Tod. „   „Mit den Worten 115
„hebt er Thisbens Gewand auf, und mit ihm be-
„giebt er ſich in den Schatten des verabredeten
„Baums.   Hier netzt er mit Thränen, hier küßt

L 3

er

„er das bekannte Kleid. Endlich spricht er: Itzt
„tränke auch mit meinem Blute Dich! und senkt
„das Eisen, womit er umgürtet war, sich tief in
120 „die Eingeweide, und sterbend reißt er es plötzlich
„wieder aus dampfender Wunde. Als er rück-
„wärts da liegt am Boden, springt hoch das Blut
„empor; nicht anders, als wenn eine beschädigte
„Bleiröhre berstet, zischend aus der Oefnung der
„dünne Wasserstrahl hervor spritzt, und spritzend
„die Lüfte zertheilt.

125 „Die Früchte des Baumes, besprengt mit
„Blute, wandeln so fort ihre Farbe; und mit Blute
„benetzt färbt die Wurzel mit Purpurröthe die her-
„niederhangenden Maulbeeren. „

„Siehe, noch hat Thisbe nicht ganz die Furcht
„abgelegt, so kehrt sie zurück, um nicht den Gelieb-
„ten zu täuschen. Sie sucht den Jüngling mit
130 „Auge und Herz voller Sehnsucht ihm die Gefahr
„zu erzählen, welcher sie entgangen. Als sie Ort und
„Baum erkannt, stutzt sie, da sie die verwandelte
„Frucht bemerkt, und glaubt zu irren. Noch steht
„sie in Zweifel, da sieht sie den zuckenden Leichnam
„den blutigen Boden schlagen. Schattenbleich
135 „bebt sie zurück, schauernd gleich dem Meere, dessen
„Fläche ein leichtes Lüftchen streift. Itzt, nach
„kurzem Verweilen, erkennt sie ihren Geliebten,
„und unter lauter Wehklage zerschlägt sie ihre
„Arme; zerreißt das Haar; umfaßt den geliebten
„Körper; füllt seine Wunde mit Thränen; ver-
140 „mischt ihre Zähren mit seinem Blute, und küßt
„sein kaltes Angesicht; „Pyramus, ruft sie, Py-
„ramus, welch ein Zufall hat Dich mir entrissen,

O ant-

„O antworte, Theurester! Deine Thisbe ruft Dich:
„Höre mich! Blicke nur noch einmal mich an! „
„Bei Thisbens Namen eröfnet die toobeschwer- 145
„ten Augen Pyramus wieder; und schließt sie wie-
„der, als er sie gesehen. „

   „Nun erkennt sie ihr Gewand, erblickt die
„elfenbeinerne Scheide ohne Schwert; da ruft
„sie: Ha, Deine eigene Rechte, Deine Liebe,
„gäb den Tod Dir, Unglückseliger! Blos hiezu
„ist auch meine Rechte stark; auch mich beseelt
„Liebe; sie wird zur Wunde mir Kraft geben.
„Ich folge Dir Erblichenen. Deines Todes Ur- 150
„sache und Gefährtin will ich Unglückselige heissen;
„und der Du allein durch den Tod von mir gerissen
„werden konntest, sollst auch selbst durch den Tod
„nicht von mir gerissen werden. Nur dies Einzige
„fleh’ ich sterbend in unser beider Namen von euch,
„ihr unsre unglücklichen Väter: Uns, welche wahre 155
„Liebe, welche die letzte Stunde vereint, mißgönnt
„uns nicht, in Einem Grabe miteinander zu ruhen!
„Und Du, o Baum, der Du mit mitleidigen Zwei-
„gen ißt dieses Einen Leichnam deckst, aber bald
„unser beider Leichname decken wirst: Behalte ein
„Zeichen unsres Mordes, und trage immer schwarze
„trauerfarbige Früchte, ein Denkmal unsers beider- 160
„seitigen Bluts! „

   „Sie spricht es, setzt die Spitze unten an die
„Brust, und fällt in das Eisen, noch lau von Py-
„ramus Blute. Doch rührte ihr Flehen die Göt-
„ter, rührte die Eltern. Denn schwarz ist die
„Farbe der Beeren, wann sie reifen, und beider 165
„Asche ruhet in Einer Urne. „

Itzt schwieg sie. Nach kurzer Zwischenzeit
beginnt Leuconoe, während daß die Schwestern
schweigen, also ihre Erzählung:

"Auch ihn, der mit himmlischer Klarheit al-
"les erleuchtet, den Sonnengott besiegte die Liebe.
170 "Ich will euch von seinem verliebten Abentheur un-
"terhalten.„

"Der Erste soll dieser Gott Venus *) Liebes-
per-

*) Venus, (im Griechischen Aphrodite, zuweilen
auch Anadyomene, und von verschiedenen Oertern,
die ihr heilig waren, Cythere, Cytherea, Cypria;
oder Cypris, Erycina, Pavia, Gnidia, Idalia,
Amathusia, und Acidalia) ist die Göttin der Liebe
und der Schönheit. Sie wurde aus dem Meer-
schaume geboren, den einige Blutstropfen des Uranos erzeugt hatten, als diesem vom Saturn die
Zeugungsglieder geraubt worden. Homer nennt
sie aber eine Tochter Jupiters und der Dione. Sowohl die Dichter als die Künstler des Alterthums
haben in Beschreibung und Darstellung derselben das
höchste, reizenste Ideal weiblicher Schönheit auszudrücken gesucht. "Venus hat die Augen kleiner, als
Juno und Pallas, und das untere Augenlied, welches in die Höhe gezogen ist, bildet das Liebreizende
und Schmachtende, von den Griechen Higron genannt.„ S. Winkelm. Anmerk. S. 53. Die
Vorstellungsarten derselben sind mannigfaltig, davon
siehe Heynens ant. Aufl. 1. St. S. 115 u. f. Die
vorzüglichsten darunter sind folgende: 1) Nackt, in
der Stellung, daß sie den Unterleib zurück ziehet und
die Hand vorhält. 2) Nackt, mit beiden Händen
das naße Haar ausdrückend (Anadyomene), oder
auf einem Wagen stehend, welchen ein Triton und
eine Nereide ziehen, mit der Linken das Haar trock-
nend, die Rechte ausgestreckt. 3) Nur von hinten
sichtbar, in der linken Hand, um deren Arm das
Gewand doppelt geschlungen ist, den Spieß, in der
Rechten ein Parazonium (Dolch), zu den Füßen
einen Schild, daneben Cupido ihr den Helm reichend.

Oder in der Rechten den Helm, in der Linken einen Pfeil oder Spieß; zu den Füßen das Schild an den Baum gestellt. Oder nackt, den linken Arm auf eine Säule, in der Rechten den Apfel des Eris haltend, welchen sie dem vor ihr stehenden Cupido zeigt, der ihr einen Kranz darreichen will. Unter welchen Abbildungen sie die siegende Venus genannt wird. 4) Nackt, mit der einen Hand einen auf die Erde gelehnten Bogen, in der andern einen Apfel oder Pfeil haltend; Oder statt des Bogens mit dem Schilde, der auch auf die Erde gestemmt ist; Oder bekleidet mit einem Spieß, und in der Rechten eine Erdkugel, zuweilen mit einem Sterne, oder Sonne, auch wohl unten zur Seite Amor: Als himmlische Venus. Venus hatte einen herrlichen, schön gestickten, wundervollen Gürtel, welchen sie um den Unterleib trug, worin alle mächtige Reize eingeschlossen sind, die Liebe, das schmachtende Verlangen, das holde Gespräch, und die sanfte Schmeichelei, die oft selbst des Weisen Herz berückt. Mit diesem Zaubergürtel bezähmt sie Götter und Menschen. Cypern, wo sie zuerst aus dem Schaume hervortrat, ist der Lieblingsort der Venus, weil sie vorzüglich zu Paphos verehrt wurde, und selbst ein Orakel da hatte. Sie hatte einen Tempel daselbst, der in einem Haine stand, wie alle Tempel der Götter, allein da sie eine der feinern Gottheiten ist, so bestehet ihr Hain aus wohlriechenden Stauden und Bäumen. Und weil sie die Göttin der Reize und Anmuth und das höchste Ideal der Schönheit ist, so wird sie von den Grazien bedient. Schwäne oder Tauben oder auch wohl Sperlinge ziehen ihren Wagen. Vulcan war ihr Gemahl, von welchem sie aber keine Kinder gebar.

Venus ist ein sehr zusammengesetzter, alter philosophischer Begrif, bei den man sich bald die schaffende, bald die sich erneuernde und zeugende Kraft der Natur, bald die Natur selbst dachte. Dieser Begrif stammte aus Phönizien, woher ihn die Cyprer hatten, und was bei den Phöniziern die Astarte war, das war bei diesen die Venus. Von Cypern kam diese Venus nach Griechenland. „Am Beispiele der Liebe des Mars und der Venus — sagt H. Heyne Ant. Auss. I. St. S. 161. — läßt sich recht deutlich machen,

wie

„verständniß mit Mars *) gesehen haben. Denn alles
wie eine ursprünglich ganz philosophische Idee, symbolisch ausgedrückt, endlich ein glücklich Sujet für die
Kunst werden kann. In den alten Cosmogonien
ward der vorausgesetzte Streit der Elemente, und
ihre nachherige Vereinigung zur Schöpfung oder Bildung der Welt, auf vielfache Weise vorgestellt. Dahin gehört die Eris, der Eros und endlich Mars und
Venus vereinigt und als Aeltern der Harmonia.
Die Dichter zogen nachher, und zwar schon früh, die
Fabel von der Liebe des Mars und der Venus daraus;
die Künstler verwandelten es in eine angenehme Idee
2 schöner Idealfiguren, einer männlichen und einer
weiblichen, mit verschiedenem Ausdrucke. Von dieser
Art sind 3 bekannte Antiken: eine zu Florenz, eine
schöne Gruppe, Venus unterhalb bekleidet, Mars
nackt, blos mit dem Gürtel und Parazonium; die
2te in Mus. Capitolin.; die 3te in den Borghesi-
schen Gärten; in beiden ist die Venus bekleidet. „
Venus hat auf einem Herculanischen Gemälde ein
fliegendes Gewand von Goldgelber Farbe, die in
dunkelgrün spielet, vielleicht auf ihr Beiwort die
Goldene zu deuten. Wink. A. r. Gesch. d. K. S. 76.
Lipperts Dactyl. I, 237 — 299. Descr. du c. d. C. p.
114 — 121. Monum. ined. n: 30. 31.

*) Mars, oder Mavors, (Griechisch Ares) Sohn
Jupiters und der Juno. Sein Lieblingssitz außer
dem Olymp ist Thracien. Vermuthlich setzen ihn die
Dichter entweder wegen der rauhen Nationen dahin,
oder weil seine Religion daher war. Denn er ist das
Symbol der rohen, brutalen, körperlichen Tapferkeit.
Geht er in das Gefecht, so wandeln die Enyo, seine
Schwester Eris und das Schrecken mit der Flucht
neben ihm. Letztere beiden spannen ihm gewöhnlich
seinen Kriegswagen an, und regieren denselben im
Streite. Die Künstler des Alterthums bildeten den
Mars allemal in einer vollkommenen männlichen Jugend, und gewöhnlich mehr ruhig und gefaßt, als in
heftiger Leidenschaft. Gewöhnlich ist er in kriegerischer Rüstung; zuweilen auch unbekleidet; zuweilen
fortschreitend, als Mars Gradivus. Mars hatte
keine

„les sieht ja dieser Gott zuerst. Er ärgert sich daran,
„und entdeckt der Juno Erzeugten, dem Gatten, so
„fort die Schändung seines Ehebetts, und den Ort
„der That. Der Verstand verläßt diesen bei sol- 175
„cher Entdeckung, und die Arbeit, die ihn eben be-
„schäftigt, entfällt seinen künstlichen Händen.
„Stracks feilt er aus Erz äuserst feine Ketten,
„Netze und Bande, die dem Auge entgehen. Selbst
„der dünnste Faden, ja die Spinnwebe hoch am
„Gebälke schwebend, muß diesem Werke weichen.
„Zugleich richtet er es also ein, daß es leichten Be-
„rührungen und noch so geringen Bewegungen ge-
„horche; und künstlich umzieht und umstellt er damit
„das Bette. „

„Itzt kommen Gattin und Buhle darein zu-
„sammen, und in des Mannes künstlicher neuer-
„fundener Falle werden beide mitten in ihren Um-
„armungen gefangen. In dem nemlichen Augen- 185
„blick aber eröfnet der Lemnier die elfenbeinerne Flü-
„gelthüre, und läßt alle Götter herein. *) Da liegen
„beide schändlich verstrickt! Gleichwohl mochte man-
„cher der lustigen Götter sich wünschen, auch so ge-
„schändet zu werden. Es lachten die Himmlischen,
„und lange trug man sich im ganzen Olymp mit 190
„diesem Geschichtchen.

„Aber

keine eigene Gemahlin. Sein Lieblingsvogel war
der Hahn; auch waren ihm die Spechte heilig. Als
dem Schußgotte der Stadt Rom, war dem Mars
daselbst das Marsfeld gewidmet, und ihm zu Ehren
setzte König Numa die 12 Priester ein, welche man
die Salier nannte. S. Lipperts Dactyl. I, 300—314.
Deser. du cab. de St. p. 159 u. f.
*) Antike Abbildungen dieser Scene s. Winkelmanns mon.
ined. n. 27 und 28. Deser. du cab. de St. p. 125.

„Aber nicht ungeahndet läßt Cytherea die
„Verrätherei; und kränkt ihn, der ihre ver-
„stohlene Liebe gekränket, durch dieselbe Liebe wie-
„der. Was helfen Dir ißt, Sohn Hyperions, *)
„Schönheit, Feuer, samt den strahlenden Augen?
„Der Du alle Lande mit Deinem Strahle erwär-
„mest, entbrennest selbst von neuer Glut: Der Du

195 „alles schauen sollst, siehst nur Leucotheen, heftest
„die Augen, die Du der Welt schuldig bist, nur
„auf ein Mädchen. Bald gehst du zu zeitig am
„Eoischen **) Himmel auf; bald sinkst Du zu spät
„in die Wellen nieder, und verlängerst, im An-
„schauen Dich vergessend, die kurzen Tage des

200 „Winters. Unterweilen erkrankest Du; das Lei-
„den Deines Herzens schwächt Dein Licht, und fin-
„ster, flößest Du Schrecken den Sterblichen ein.
„Nicht, weil Luna's Bild, der Erde näher, Dir
„vortritt, erblassest Du; sondern blos jene Liebe
„macht Dich bleich. Diese Eine liebst Du, und
„fühlst nichts mehr, weder für Clymenen, ***) noch
„für Rhodos, †) noch für die schöne Erzeugerin

205 „der Aeäischen Circe, ††) noch für Clytien, †††)

die

*) Hyperion, Sohn des Uranos und der Gäa, und
Vater des Sonnengottes.

**) Eoisch, d. i. gegen Morgen liegend.

***) Clymene, Mutter Phaethons.

†) Rhodos oder Rhode, eine Tochter Neptuns, und
Geliebte des Sonnengottes. Die Insel Rhodos soll
von ihr den Namen haben.

††) d. i. Perseis, Tochter des Oceans. Die Circe führt
den Beinamen Aeäische, von Aeäa, der Insel,
welche Homer ihr zum Aufenthalte giebt. S. unten
XIII. 968. Anm.

†††) Clytie, Tochter des Oceans und der Tethys.

„die troß aller Verschmähung nach Deiner Umar-
„mung schmachtet, und itzt um so mehr an ihres
„Herzens Wunde siechet. Leucothee macht Dich
„ihrer aller vergessen, sie, welche des wohlgeruchrei-
„chen Landes *) Schönste, Eurynome gebahr; die
„aber, erwachsen, um so viel ihre Mutter übertraf,
„als diese alle übrigen hinter sich ließ. Ihr Vater Or- 210
„chamus beherrschte die Achämenischen Städte; **)
„und war der Siebente in der Reihe der Abkömm-
„linge des Alten Belus. ***)   Unter Hesperischem
„Himmel liegt die Weide der Pferde des Sonnen-
„gottes, welche statt des Grases Ambrosia †) trägt.

Diese

*) d. i. Arabien.

**) Achämenisch d. i. Persisch; denn Achämenien ist ein
Theil von Persien. Vielleicht soll es auch nur heißen
das Land, welches sein Vater Achämenes besessen.

***) Es giebt der Belus verschiedene, und es ist schwer
zu sagen, welcher von ihnen hier eigentlich gemeint
ist. Einige geben des Orchamus Stammbaum also an:

Belus
|
Abas
|
Acrisius
|
Danaë
|
Perseus
|
Bachämon
|
Achämenes
|
Orchamus.

†) Ambrosia heißt bei den spätern Dichtern überhaupt
Götterspeise, und hier insbesondere eine Art von
Kraut. Im Homer aber kömmt Ambrosia häufiger,
als eine köstliche wohlriechende Salbe, womit man
sich parfümirte, denn als eine Speise vor; daher
der dichterische Ausdruck, ambrosische Gerüche.

215 „Diese erquickt die vom Tagwerke ermüdeten Glie-
„der, und stellt sie zur Arbeit wieder her.   Mitt-
„lerweile hier die Rosse das himmlische Futter ver-
„zehren, und die Nacht ihren Wechsellauf voll-
„bringt, begiebt sich der Gott, unter der Mutter
„Eurynome Gestalt, in das Gemach seiner Gelieb-
220 „ten.   Hier siehet er Leucothee bei Lichte unter
„zweimal sechs Mägden an umlaufender Spindel
„glatte Faden drehen.   Er küßt als Mutter die
„theure Tochter, und spricht: Entfernt euch, ihr
„Mägde, und laßt mich ein Wort ins Geheim mit
225 „meinem Kinde reden.   Sie gehorchen, und so-
„bald sich der Gott in der Kammer ohne Zeugen
„befindet, spricht er: „Ich bin der Gott, der des
„Jahres Länge abmißt, der alles sieht, und alles
„sichtbar macht — der Welt Auge. Wisse, ich liebe
„Dich! „
    „Jene erschrickt, und vor Furcht entfällt Rok-
230 „ken und Spindel den nachlassenden Fingern; doch
„auch die Furcht läßt ihr schön.   Länger verweilt
„er nicht, und nimmt seine wahre Gestalt wieder
„an, samt dem gewohnten Glanze.   Da wird die
„Jungfrau, wie sehr sie sich auch über die unerwar-
„tete Erscheinung entsetzt, von des Gottes Schön-
„heit besiegt, und ohne zu klagen, überläßt sie sich
„seinem Willen.
235   „Dies erregt Clytiens Neid, (denn inbrünstig
„hatte der Sonnengott sie geliebt) und aus Eifer-
„sucht macht sie die Begebenheit kund, und ver-
„räth die entehrte Tochter dem Vater.   Der ab-
„scheuliche Unmensch — so sehr sie auch flehet, so
„sehr sie mit aufgehabenen Händen bei dem Lichte

des

„des Sonnengottes betheuert, daß dieser ihr wider
„ihrem Willen Gewalt angethan — begräbt sie
„sonder Mitleiden tief unter der Erde, und erhebt
„noch über ihr einen schweren Sandhügel. Zwar 240
„spaltet diesen mit seinen Strahlen Hyperions Er-
„zeugter, und bahnt Dir Unglücklichen einen Weg,
„das Gesicht aus der Gruft hervorzustrecken; doch
„vermochtest Du schon nicht mehr, o Nymphe, das
„von der Erde Last erdrückte Haupt zu erheben;
„und lagest da eine blutlose Leiche.

„Nichts soll der geflügelten Rosse Lenker seit 245
„der Phaethontischen Feuersbrunst betrübteres ge-
„sehen haben. Durch die Kraft seiner Strahlen
„versucht er zwar in die kalten Glieder, wo möglich,
„die Lebenswärme zurückzurufen; allein, da dem
„kühnen Bemühen das Verhängniß entgegen steht,
„so besprengt er mit duftendem Nectar Leichnam
„und Gruft, und nach vielen Klagen spricht er: 250
„Dennoch sollst Du den Aether berühren!„ Plötzlich
„zerfließt der mit himmlischem Nectar gesalbte Kör-
„per und netzt die Erde mit seinem Wohlgeruch;
„und ein Weihrauch-Sprößlein wurzelt allmählig
„im Boden, treibt, und durchbricht endlich mit
„seinem Wipfel den Hügel. „   255

„Allein Clytien (mochte immer ihre Liebe die
„Eifersucht, und ihre Eifersucht die Verrätherei
„entschuldigen) verläßt so fort der Urheber des
„Lichts; kalt ist für sie sein Herz auf immer. Von
„der Zeit an schwindet sie dahin vor Gram über
„ihre Unbesonnenheit gegen ihren Liebhaber. Ver-
„haßt ist ihr die Gesellschaft der Nymphen. Unter 260
„freiem Himmel sitzt sie so Tag als Nacht in ihrem

Leide

„elbe auf bloßer Erde, ihr entblößtes Haar zer-
„streut; und neun Tage lang sich der Speise und
„des Tranks enthaltend weidet sie nüchtern sich mit
„dem hellen Thaue und ihren Thränen und weicht
„nicht vom kalten Boden.   Nur des über sie hin
„wandelnden Gottes Antlitz schaut sie an und drehet
265 „nach demselben beständig ihren Blick;   Bis zu-
„letzt — also geht die Sage — ihre Glieder fest
„am Boden haften und ein Theil ihrer Todtenfarbe
„in ein blasses Kraut; ein Theil aber in Roth über-
„geht und eine Veilchenähnliche Blume ihr Gesicht
„deckt.   Dennoch — hält gleich eine Wurzel sie
270 „fest — wendet sie sich unaufhörlich nach ihrem
„Sonnengotte hin; und behält auch verwandelt
„ihre Liebe *). „

    Also Leuconoe.   Ihre Wundergeschichte hatte
jedes Ohr ergötzt.   Ein Theil zweifelt jedoch an
der Möglichkeit; ein Theil aber behauptet, wahren
Göttern sei nichts unmöglich; nur Bacchus gehöre
nicht zu diesen.

    Es wird darauf Alcithoe aufgefodert.

    Sobald die Schwestern schweigen beginnt sie
also, indem sie die Reihen der Faden am stehenden
Zettel mit dem Schifchen durchläuft:

275   „Ich schweige von der gar zu bekannten Liebe
„des Idäischen Hirten, Daphnis, **) den —
                                        wie

*) Clytie wurde in eine Sonnenwende (heliotropium)
     verwandelt.

**) Daphnis, von Creta, des Mercur Sohn.   Er
     liebte die Nymphe Thalia, oder wie sie andere nennen
     Echenais.   Diese ward eifersüchtig und bewieß sich
     so unerbittlich gegen ihn, daß er zuletzt vor Liebe in
     einen Stein verwandelt wurde.

„wie weit kann doch die Leidenschaft Liebende trei-
„ben! — die Eifersucht einer Nymphe in einen
„Stein verwandelt hat.

„Noch will ich erzählen; wie einst wider der
„Natur Gesetz der zweideutige Scython *) bald 280
„ein Mann, bald wieder ein Weib geworden.

„Auch Dich, jetzt ein Diamant, aber vordem
„des kleinen Jupiter treuster Gespiele, Celmis **);
„und euch, ihr von einem Platzregen erzeugten
„Cureten ***); samt Crocos †) der mit Smilax in
„kleine Blumen verwandelt worden — übergehe
„ich blos um durch eine neue Erzählung euren Geist
„desto angenehmer zu unterhalten. 285

„Vernehmt, woher Salmacis ††) berüchtiget
„ist, und warum ihr schwaches Gewässer entnervt
                                        „und

*) Scython, wird sonst nirgends erwähnt.

**) Celmis ward mit dem Jupiter auf dem Berg Ida
    erzogen. Er ward von diesem in einen Diamanten
    verwandelt; weil er sich an dessen Unsterblichkeit zu
    zweifeln unterstand, als Jupiter sich das Götter-Re-
    giment anmaßte.

***) Die ältesten Bewohner der Insel Creta.

†) Crocos, ein schöner Jüngling, und Smilax, ein schönes
    Mädchen, liebten einander, wurden aber, da sie zu-
    sammen nicht glücklich werden konnten, Crocos in
    Saffran und Smilax in Stechwinde verwandelt.
    Nach anderen wurde jedoch Crocos vom Mercur beim
    Spiele mit der Wurfscheibe unversehens getödtet und
    von demselben in Saffran verwandelt.

††) Salmacis, eine Quelle in Carien bei Halicarnaß.
    Folgende Stelle aus Vitruv von der Baukunst II, 8
    wo von der Lage der Stadt Halicarnaß die Rede ist,
    kann über die Veranlassung zu dieser Fabel Licht geben:
                                        „Auf

„und die benetzten Glieder erschlaffen macht. Die
„Ursache ist verborgen; allgemein bekannt ist die
„Wirkung.

„In den Höhlen des Ida erzogen die Naiden
„einen Knaben, welchen die göttliche Cytherei§
„dem Mercur geboren. In seinem Angesichte
290 „erkannte man Mutter und Vater; auch bekam er
von

„Auf der äußersten rechten Ecke liegt der Venus
„und des Mercur Tempel, neben der Quelle Sal-
„macis. Diese soll, wie man fälschlich wähnt, denen,
„die daraus trinken, die Liebeskrankheit geben. Ich
„will anzeigen, woher dieser so allgemein ausgebrei-
„tete, falsche Wahn entstanden ist; denn, daß dieses
„Wasser, das so hell und von vortreflichem Geschmacke
„ist, wirklich, wie es heißt, weichlich und unzüchtig
„machen sollte, ist eine Unmöglichkeit. Als Melas
„und Arevanias von Argos und Trözen nach diesem
„Orte eine gemeinschaftliche Colonie führten, verjag-
„ten sie von demselben die wilden Carier und Leleger.
„Diese flüchteten sich in das Gebirge, wo sie sich
„zusammenrotteten, Ausfälle thaten, die neue
„Pflanzstadt beraubten und auf das grausamste ver-
„heerten. Endlich hatte einer der Colonisten den
„Einfall, um etwas zu gewinnen, neben dieser
„Quelle, wegen des schönen Wassers, ein Wirths-
„haus anzulegen. Er rüstete dasselbe mit allem mög-
„lichen Vorrathe aus und sah sich bald so glücklich in
„seinem Unternehmen, daß er so gar die Wilden an
„sich zog. Einzeln und in Haufen kamen sie zu ihm;
„wodurch sie sich nach und nach ihrer rohen und wil-
„den Lebensart entwöhnten, und freiwillig zu der
„Gemeinschaft mit den Griechen und zu ihren milden
„Sitten übergiengen. Da nun also der Wilden Ge-
„müther, zwar nicht durch Mittheilung unzüchtiger
„Seuche, sondern milder Leutseligkeit, sanfter gewor-
„den waren; so ist dadurch dieses Wasser in erwähn-
„ten Ruf gekommen.„

„von beiden den Namen *). Kauth hat dieſen
„dreimal fünf Jahre vollendet, ſo verläßt er die
„vaterländiſchen Gebirge, verläßt den Ida, ſei-
„nen Verpfleger. Ihn zog die Luſt, fremde Gefilde
„zu durchirren, fremde Flüſſe zu ſehen; und ſeine
„Leidenſchaft erleichterte ihm die Mühe. Auch
„nach den Lelſchen Städten kommt er, und zu Lel-
„ens Nachbarn, den Cariern. Hier ſieht er eine
„Quelle, klar und durchſichtig bis auf den Grund.
„Da iſt weder Schilfrohr, noch dürres Rietgras,
„noch Binſen mit ſcharfer Spitze. Ein heller
„Spiegel iſt das Waſſer, und nur am Rande

M 2

umher

*) Er hieß Hermaphrodit, von Hermes und Aphrodite,
den Griechiſchen Namen des Mercur und der
Venus. In der Kunſt giebt es zwei vorzüglich
berühmte antike Hermaphroditen, den Einen in der
Villa Borgheſe, den Andern zu Florenz. Die vielen
Hermaphroditen — ſagt Winkelmann Anm. z. G. d.
K. S. 37 — in verſchiedener Stellung und Größe,
zeigen, daß die Künſtler in der aus beiden Geſchlech-
tern vermiſchten Natur ein Bild hoher Schönheit
auszudrücken geſucht haben, und dieſes Bild war
idealiſch. Denn wenn es auch Geſchöpfe giebt, die
man Hermaphroditen nennet, wie der Philoſoph
Faverinus von Arles in Gallien nach dem Philoſtra-
tus ſoll geweſen ſein; ſo kann doch nicht ein jeder
Künſtler eine ſo ſeltene Abweichung der Natur geſehen
haben, und Hermaphroditen, dergleichen die Kunſt
hervorgebracht hat, ſind vermuthlich niemals erzeuget.
Sie werden mit weiblicher Bruſt, aber männlichen
Geſchlechtstheilen vorgeſtellt; übrigens weiblich in
der ganzen Bildung und in den Mienen. Daß
Polucles einen berühmten Hermaphroditen verfertiget,
erzählt Plinius, N. G. XXXIV. XIX. 20. In
geſchnittenen Steinen ſ. einen Hermaphrodit in Deſcr.
du cab. de Stoſch p. 100, n. 433 — 435. Lipperts Dactyliothek I. 206 u. f.

„umher zieht sich lebendiger Rasen mit immer-
„grünen Kräutern. Eine Nymphe bewohnt die
„Quelle, die aber weder Jagd liebt, noch Bogen
„zu spannen und wettzulaufen pflegt, und der
„Najaden einzige ist, welche der schnellen Diana
305 „unbekannt. Oft, sagt das Gerücht, haben ihre
„Schwestern zu ihr gesprochen: Salmacis, nimm
„doch den Wurfspieß, oder den gemahlten Köcher,
„und untermische Deine Muße mit der ermüdenden
„Jagd! Aber sie nimmt weder Wurfspieß, noch
„gemahlten Köcher, noch untermischt sie mit der
„ermüdenden Jagd ihre Muße; sondern badet lie-
310 „ber in ihrer Quelle die schönen Glieder; kräuselt
„bald mit Cytorischem *) Kamme ihr Haar und
„fragt die spiegelnde Fluth, was ihr wohlstehe?
„bald, von einem durchsichtigen Gewande umflossen,
„ruhet sie auf weichen Blättern oder auf duftenden
315 „Kräutern. Oefters pflückt sie tändelnd Blumen.
„Auch damals pflückte sie Blumen, als sie den
„Jüngling sah, ihn sah und entbrannte; doch
„gieng sie nicht eher zu ihm, obgleich sie zu ihm zu
„gehen eilte, bevor sie nicht sich geschmückt, genau
„ihren Putz gemustert, an ihren Geberden gekün-
„stelt, und über ihre Schönheit sich ganz zufrieden
„gestellt. Itzt beginnt sie also zu reden:

„O Jüng-

*) Cytorisch d. i. Buchsbäumen; von dem Cytorus,
einem Gebirge mit einer gleichnamigen Stadt; in
Paphlagonien am schwarzen Meer, das seiner hohen
und vielen Buchsbäume wegen so berühmt war, daß
man von einer überflüßigen Arbeit im Sprichworte
sagte: er trägt Buchsbaum nach dem Cytorus.

„O Jüngling, werth, für einen Gott angesehen 320
„zu werden! Entweder Du bist ein Gott: so bist
„Du wohl Cupido; Oder Du bist ein Sterblicher:
„Heil denen, die Dich gezeugt haben! und selig
„Dein Bruder; glückselig warlich auch Deine
„Schwester, so Du eine hast; und sie, die Dir die
„Brust gereicht hat, die Amme! Doch weit, weit 325
„beglückter, als alle, die, so Du einer verlobt bist,
„so Eine der Brautfackel Du werth hälst! Hast
„Du dergleichen Eine bereits; so gönne mir heim-
„liche Freuden: Hast Du keine; so sei ichs; und
„laß Ein Bett uns vereinen! „

„Hiemit schweigt die Mais.

„Röthe übergießt das Angesicht des Jünglings,
„der der Liebe noch unkundig ist; aber auch das
„Erröthen steht ihm schön. Solche Röthe schmückt 330
„die Aepfel an sonnigen Bäumen; oder das
„gemahlte Elfenbein; oder Luna, wann ihre
„Silberblässe schwindet, und nun die helfenden
„Becken vergeblich schallen *).

„Da aber die Nymphe ohne Ende nur wenig-
„stens um schwesterliche Küsse flehet, und schon die
„Arme nach seinem elfenbeinernen Nacken aus- 335
„streckt; ruft er: laß; oder ich fliehe und verlasse
„diese Gefilde samt Dir! „

„Dieß jagt Salmacis Furcht ein. „So lasse
„ich Dich hier in Freiheit, o Fremdling!„ spricht sie,
„und wendet sich um, und stellt sich, als ob sie hin-

M 3

weg-

---

*) Aberglaube wähnte: Der Mond werde nur durch
Zauberei verfinstert, und könne solches durch das Zu-
sammenschlagen eherner Becken verhindert werden.
S VII. 207.

„weggehe; blickt aber öfters zurück, verbirgt end-
„lich sich in einem dichten Gesträuche, und läßt dort
340 „auf die Knie sich nieder.

„Er aber, ein Jüngling und unbeobachtet am
„freien Gestade, geht auf und nieder, und taucht
„itzt die äußerste Spitze, itzt den ganzen Fuß in
„die anspielenden Wellen. Bald verführt durch
„des Wassers liebliche Milde, legt er das weiche
345 „Gewand vom zarten Körper ab.

„Wie staunt Salmacis! Entbrannt, ver-
„schlingt sie gierig die entblößten Reitze. Es bren-
„nen der Nymphe Augen, nicht anders, als des
„Phöbus glänzendes Bild, *) wann aus entgegen-
350 „gehaltenem Spiegel es zurückgeworfen wird.
„Kaum leidet sie noch Verzug; kaum noch mag sie ih-
„rem Gelüste Einhalt thun. Schon möchte sie ihn
„umarmen; schon weiß sie, außer sich, ihren Trie-
„ben nicht mehr zu gebieten.

„Unterdessen klatscht jener mit hohlen Händen
„den Leib, und springt schnell in die Wellen, theilt
„sie mit wechselnden Armen, und scheint durch die
„klare Flut hindurch wie elfenbeinerne Bilder, oder
355 „weiße Lilien, von hellem Glase bedeckt.

„Gewonnen! itzt ist er mein! „ ruft die Nais,
„und wirft jegliche Hülle weit von sich, und stürzt
„sich mitten in die Wogen; faßt den Widerstreben-
„den; raubt ihm gewaltsam Küsse; schlägt die Arme
„um ihn; drückt ihn wider seinen Willen an ihre
360 „Brust, und schmiegt sich an den Jüngling an,
„bald hier, bald dort. Endlich, da er immerfort

ihr

*) S. oben I, 73. Anm.

„ihr zu entrinnen strebt, umschlingt sie ihn, wie die
„Schlange den Königsvogel, *) der sie ergriffen
„hat und emporreißt; schwebend verstrickt sie dessen
„Kopf und Füße, und umwindet mit dem Schweife
„die regen Fittige: Oder wie Epheu hohe Stämme 365
„umranket: Oder wie der Polyp im Meere den er-
„haschten Feind festhält in den nach allen Seiten
„ausgespreizten Füßen. Allein der **) Atlantiade,
„beharrt und verweigert standhaft der Nymphe die
„gehosten Freuden. Fest mit ganzem Körper an
„ihm hangend, spricht sie zuletzt: „Sträube Dich,
„wie Du willst, Grausamer; dennoch sollst Du mir 370
„nicht entfliehen. Möchtet ihr also, ihr Götter, ver-
„hängen, daß kein Tag weder ihn von mir, noch
„mich von ihm scheide! „

„„Der Wunsch findet willfährige Götter. Bei-
„der Leiber vermischen sich mit einander, und bekom-
„men Ein Angesicht. Gleichwie aufeinanderge-
„pfropfte Reiser zusammenwachsen, und zu Einem
„Stamme sich erheben: Eben also, nachdem die 375
„Glieder in der festen Umarmung einander einver-
„leibt worden, sind sie nicht mehr zwei; zwar ist
„doppelt ihre Gestalt, doch so, daß sie nicht 380
„Mädchen nicht Jüngling heißen können; son-
„dern keines von beiden, und beides scheinen.

„„Als itzt Hermaphrodit sieht, daß die lautere
„Flut, in die er als Mann gestiegen, ihn in einen

M 4   Halb-

---

*) Königsvogel; der Adler, der Vogel Jupiters, des
    Königs der Götter.

**) Atlantiade, weil des Hermaphroditus Großmutter,
    väterlicher Seits, eine Tochter des Atlas war.

„Halbmann verwandelt und seine Glieder erweicht
„hat; so hebt er die Hände auf und spricht mit
„nicht mehr männlicher Stimme: „O Vater und
„Mutter, gewähret die Bitte des Erzeugten,
„der eurer beider Namen trägt! Hinfort entsteige
385 „jeder, der als Mann in diese Quelle kommt, als
„Halbmann ihr wieder; und entnervt sein stracks
„die von den Wellen benetzten Glieder. „

        „Gerührt, erfüllen die Eltern des Zwitter-
„kindes Bitte, und verleihen der Quelle die unbe-
„kannte Kraft. „

        Die Erzählung ist zu Ende, und noch setzen
des Minyas Töchter die Arbeit fort, verachten den
390 Gott und entheiligen das Fest; Als plötzlich unsicht-
bare Trommeln ihr dumpfes Getön hören lassen,
und krumme Hörner und eherne Cymbelen erschallen.   Myrrhen- und Saffran-Duft verbreitet sich;
und — über allen Glauben ist es — das ganze
Gewebe beginnt zu grünen, und, gleich Epheu, sich
395 der herabhangende Teppig zu belauben.   Ein Theil
wird zum Weinstocke; und was so eben Faden
war, geht in Reben über; aus dem Zettel
brechen Blätter hervor; und der Purpur leihet seinen Glanz bunten Trauben.   Schon war der Tag
400 vollbracht, und die Zeit nahete, die weder Finsterniß noch Licht, sondern beider zweifelhafte Grenz-
scheide zu nennen ist.   Da scheint plötzlich der Pallast zu heben.   Es scheinen harzige Fackeln zu
lodern, und mit röthlichten Flammen das ganze
Gebäude zu erleuchten, und Truggestalten wilder
Thiere ein fürchterliches Geheul zu erheben.

Flugs verkriechen sich im rauchigen Hause die
Schwestern, und fliehen, die Eine hier, die Andern
dort, Feuer und Licht. Indem sie sich aber in
Winkeln verstecken, verbreitet sich ein Häutchen
über die kleinen Glieder, und welcher Flaum überzieht die Arme; auf welche Art sie aber eigentlich
die alte Bildung verlieren, ist wegen der Finsterniß nicht zu bemerken. Ohne sich auf Federn zu
erheben, schweben sie dennoch auf durchsichtigen
Fittigen; und als sie reden wollen, bringen sie,
für ihre Größe, nur eine zu feine Stimme hervor.
Ihre Klage ist nichts, als ein leises Geschwirre.
Seitdem halten sie sich gern in Häusern, nicht in
Wäldern, auf; und das Licht scheuend fliegen sie
nur bei Nacht, und haben von ihrem Geflatter *)
den Namen.

Nun war des Bacchus Gottheit in ganz Theben beglaubiget; und des neuen Gottes Mutter-
Schwester, Ino, erzählt dessen große Macht
überall; sie, die einzige von so vielen Schwestern,
welche noch kein Leid erfahren, außer was ihre
Schwestern ihr verursacht hatten **).

M 5

Juno

---

*) Nemlich Fledermäuse. Im Lateinischen steht eigent-
lich: Sie haben vom späten Abend den Namen, weil
vespertilio, die Fledermaus, von vesper, der Abend,
herkommt. In der Uebersetzung glaubte ich, eine
unsrer Sprache angemessene Ableitung ihres Namens
wählen zu müssen.

**) Die eine Schwester Agave hatte ihren Sohn Pen-
theus und die Andere Autonoë ihren Sohn Actäon
verloren; Semele war in des Zeus Umarmung gestorben.

420 Juno sieht, wie sie hochmüthig sich auf ihre
Erzeugten, auf des Athamas *) Bett und auf
ihren göttlichen Pflegesohn brüstet; und spricht
zürnend bei sich selbst:

"Der Bastard hätte Mäonische Schiffer ver-
"wandelt in das Meer stürzen, einer Mutter den
"leiblichen Sohn zu zerreißen geben, und die drei
425 "Minyeiden mit neuen Fittigen beflügeln können:
"Und Juno könnte weiter nichts, als über unge-
"rächetes Leid klagen? Und damit begnügtest Du
"Dich? Und weiter sollte sich Deine Macht nicht
"erstrecken? Nimmermehr! Er selbst lehrt Dich,
"was Du zu thun hast! Auch von einem Feinde
"kann man lernen. Was Raserei vermag, hat er
430 "durch den Pentheischen Mord genugsam gezeigt:
"So treibe denn Ino zur Raserei, und laß sie also
"dem Beispiele ihrer Verwandten folgen!"

Von schädlichen Eiben umdüstert, senkt sich
durch stummes Schweigen ein jäher Weg zu den
unterirdischen Wohnungen **) hinab. Dort dampft
die träge Styr Nebel aus, und wallen die jüngst-
435 abgeschiedenen Schatten, deren Körper begraben
worden. Bleiches Licht und Winter herrschen in
dieser Oede, und die neuangekommenen Geister
wissen weder den Weg zur Stygischen ***) Stadt,
noch

*) Athamas, König zu Orchomenos, in Böotien.

**) S. oben I, 113. Anmerk. und unten XIV, 110.
Anmerk.

***) Ovid schildert hier die Unterwelt als eine Stadt,
worin die Seligen bei ihrer ehemaligen Lieblingsbeschäftigung in der Oberwelt, nur sonder Leid, leben;
die Verdammten aber in einem Kerker schmachten
und nach Verdienste gestraft werden.

noch zur schauervollen Burg des schwarzen Dis *)

zu

*) Dis d. i. Pluto. Mehrere Namen desselben sind:
Orcus, Stygischer Jupiter, Vejovis, Summanus
d. i. Oberster der Manen; Griechisch, Hades, Aides,
Aïdoneus. Sohn Saturns und der Rhea und Brus
der Jupiters und Neptuns. Bei der Theilung des
Reichs des Saturnus unter diese drei Brüder erhielt
er das Loos der Unterwelt. Er ist also König der
Unterwelt, und als dieser sitzt er auf einem Throne.
Wann er fährt, so fährt er mit schwarzen Rossen.
In der Gesichtsbildung hat er Aehnlichkeit mit Jupi=
ter, doch nicht den gnädigen gütigen Blick, der die=
sem eigen ist. Außerdem unterscheiden sich dessen Köpfe
von denen des Jupiters auch durch die Haare, als
welche über die Stirne herunter hängen, da die
Haare Jupiters sich von der Stirne erheben. Auf
alten Werken hält Pluto einen langen Zepter, wie
andere Götter, welches man unter anderen auf einem
erhobenen Werke in dem Bischöflichen Hause zu Ostia,
und auf einem runden Altare bei dem Marchese Rons
dinini steht, wo Pluto den Cerberus auf der einen
Seite und die Proserpina auf der anderen hat. S.
Winkelm. Anm. S. 43. Des Pluto Gemahlin
war Proserpina. Seine Wohnungen sind öde,
schrecklich, schauervoll, und vor seinem Pallaste liegt
der Cerberus. Mercur ist sein Herold, der ihm die
Schatten aus der Oberwelt zuführt; und wer den
Pluto um Rache über eine Beleidigung anruft, den
erhört er, und straft den Verbrecher durch die Erin=
nyen. Die Cupressen waren dem Pluto heilig. Die
Vorstellung desselben mit einem Scheffel aufm Haupte
ist Aegyptisch, und von der Bildung des Serapis ent=
lehnt. Dieser Scheffel ist übrigens eine Art runder
und oben platter Mützen, dergleichen in Aegypten
und im Orient Könige, auch Priester, zu tragen pfleg=
ten. S. Winkelm. Anm. S. 12. Die Opfer, die
man dem Pluto brachte, waren gewöhnlich von
schwarzer Farbe. S. V, 552. u. f. Antike Vor=
stellungen des Pluto siehe in Lipperts Dactyliothek
I, 83 u. f. Descr. du Cab. de Stosch page 83. n.
351 — 354.

zu finden. Weitläuftig ist diese Stadt, und hat
440 tausend Zugänge, und nach allen Seiten hin offene
Thore. Wie das Meer alle Ströme des Erdbo-
dens, also nimmt sie alle Seelen auf. Nie ist sie
für ihr Volk zu klein, noch merkt sie dessen An-
wachs. Blutlos, ohne Körper und Gebein irren
darin die Schatten umher. Manche besuchen den
Gerichtsplatz; manche den Pallast des untern Herr-
445 schers; manche haben andere Beschäftigungen:
Alles Nachahmung des vorigen Lebens!

Dahin vermochte, (Haß und Zorne zuviel
einräumend) aus ihrem himmlischen Sitze die Sa-
turnische Juno zu gehen. Als sie hineintritt, seufzet die vom heiligen Körper gedrückte Schwelle;
Cerberus *) erhebt sein dreifaches Haupt, und bellt
450 dreimal zugleich.

Sie ruft den von der Nacht erzeugten Schwestern, **) den ernsten, unversöhnlichen Göttinnen.
Vor der, mit einem Diamant verschlossenen, Thüre
eines Kerkers ***) sitzen sie, und kämmen aus ihren
Haaren schwarze Schlangen; Sobald sie aber die
Göttinnen in der Dämmerung erkennen, stehen sie
455 auf. Dieser Kerker heißt die Wohnung der Gott-
losen.

*) Cerberus, der dreiköpfige Höllenhund, ein Sohn
   der Echidna und des Typhon. Er bewachte die Thore
   des Pallastes des Pluto. Cerberus ist ein Dichterbild von der Sitte der Heldenzeit hergenommen, da
   die Fürsten große Hunde am Eingange ihrer Palläste
   liegen hatten.

**) d. i. die Furien; siehe oben I, 241. Anmerkung.

***) d. i. der Tartarus; s. oben I, 113. A. und unten
    XIV, 110. Anm.

lösen. Hier muß Tityus *) sein Eingeweide zerfleischen lassen, indem er auf neun Hufen ausgestreckt daliegt. Du, Tantalus, **) schnappest umsonst nach Wasser, und der Baum entfließt, der

über

*) Tityus, ein Sohn des Jupiters und der Elara,
suchte der Latona, Jupiters Geliebten, Gewalt anzu-
thun, als diese nach Pytho (Delphi) durch Panopeus,
in Phocis, gieng; allein ihre Kinder, die sie zu
Hülfe rufte, erschossen ihn. Auch nach seinem Tode
muß er Strafe leiden für dieses Verbrechen; denn
er lag in der Unterwelt auf dem Boden ausgestreckt,
wo er 9 Acker Landes einnahm; und zwei Geier,
die ihm zu beiden Seiten saßen, fraßen ihm die Leber
aus dem Leibe, welche täglich wieder wuchs. Tityus
war ein alter Heros, dessen Grabhügel im Umfange
den dritten Theil eines Stadiums betrug; er lag
ohnfern von Panopeus in Phocis. Pauf. X. 4.
Vielleicht gaben die auf dem Grabhügel sich aufhalten-
den Geier und die ungeheure Größe, die man ihm
einmal beigelegt hatte, die völlige Ausbildung der
Fabel her. B. Heyne A. Auff. 1. St. S. 56.

**) Tantalus, ein Fürst in Jonien, Sohn des Berggot-
tes Imolus und der Pluto, Tochter des C.onus.
Er war bei den Göttern zu Gaste, und nahm nicht
nur Ambrosia mit und gab sie seinen Freunden, sondern schwatzte auch der Götter Geheimnisse aus; und
bei einem Gastmale, das er den Göttern gab, setzte
er ihnen, um ihre Allwissenheit auf die Probe zu stellen, seinen Sohn Pelops, den er geschlachtet, vor.
Alle Götter erkannten das Gericht; nur Ceres, in
der Betrübniß über Proserpina, merkte nichts und
aß eine ganze Schulter davon. Die Götter belebten
den Pelops wieder, und anstatt der verzehrten Schulter gaben sie ihm eine Schulter von Elfenbein. J.
VI, 403. u. f. Den Tantalus aber verurtheilten
sie zu folgenden Qualen in der Unterwelt: Er steht
in einem See, der ihm das Kinn bespület, und doch
leidet er großen Durst, weil er das Wasser nicht mit
dem Munde erreichen kann; denn wie er sich darnach

büdt,

über Dir herabhängt; und Du Sisyphus *) holest,
oder wälzest den immer aufs Neue zurückrollenden
160 Stein. Es wirbelt Irion im Kreise, **) und
folgt und flieht sich selbst. Und sie, die ihren
Vettern den Tod zu geben wagten, die Beliden, ***)
schöpfen beständig Wasser, das wieder verrinnt.

Nach-

bückt, um zu trinken, versiegt es gänzlich. Ferner
hängen über dessen Haupte die schönsten Früchte von
den Bäumen herab; so oft er aber seine Hand ausstreckt, sie zu pflücken, so oft führt der Wind sie hoch
in die Wolken.

*) Sisyphus, Sohn des Aeolus, und König zu Co-
rinth; ein sehr weiser, verschlagener und listiger Mann.
Als er starb, verbot er seiner Gemahlin, ihn zu begraben. Da er in die Wohnungen der Schatten kam,
beklagte er sich, daß seine Leiche unbestattet läge, und
bat den Pluto um die Erlaubniß, zur Bestrafung
seines Weibes die Erde wieder besuchen zu dürfen.
Sie ward ihm gewähret; doch nun wollte er nicht zu
der Unterwelt zurückkehren; Mercur mußte ihn mit
Gewalt hinunterstürzen, wo das von ihm immer
empor zu wälzende und immer hinabrollende Felsenstück sein schon harrete. S. des Gr. C. v. Stoll-
berg Sophocles. 2. Th. S. 348.

**) Irion, Vater des Pirithous, verliebte sich in die
Juno und wollte ihr Gewalt anthun. Juno schob
an ihrer Statt eine Wolke unter, mit welcher Irion
die ersten Centauren erzeugt haben soll. Zur Strafe
ist er in der Hölle auf ein Rad geflochten, das beständig mit ihm herumläuft. Siehe dieses und der beiden vorhergehenden Strafe vorgestellt Admir. S. Bartoli n. 77.

***) Beliden, d. i. die Danaiden, Enkelinnen des Belus,
dessen zwei Söhne, Danaus und Aegyptus, jener 50
Töchter, und dieser 50 Söhne hatten. Als diese sich
mit einander vermählen wollten, befahl Danaus seinen Töchtern, ihre Männer in der Brautnacht zu
ermorden. Alle, bis auf Hypermenestra, gehorchten;
und deshalb müssen sie in der Unterwelt sich bemühen,
ein leckes Gefäß mit Wasser zu füllen.

Nachdem Juno sie insgesamt ungehalten angesehen, und vor allen Irion; so wendet sie von
diesem ihren Blick wieder auf Sisyphus *) und
spricht: „Warum leidet von den Brüdern dieser 465
„ewige Qualen, und sitzt Athamas stolz in seiner
„reichen Burg, er, der, samt der Gattin, mich
„stets verachtet hat? „

Darauf erzählt sie, warum er ihr verhaßt sei,
warum sie komme, und was sie begehre.

Ihr Begehren war: Cadmus Burg sollte
nicht stehen bleiben; und Athamas sollten die
Schwestern zu einer Missethat verleiten. 470

Sie mischt Befehle, Bitten, Verheißungen
untereinander, die Göttinnen zu erregen.

Als sie ausgeredet, schüttelt Tisiphone ihr greises, straubiges Haar; streicht die zischenden Schlangen aus dem Gesicht zurück, und hebt also an:
„Es bedarf hier keiner großen Umschweife: Denke 475
„Dein Geheiß sei vollbracht! Verlaß nur dies un-
„holde Reich, und begieb Dich wieder zu des bes-
„sern Himmels Lüften zurück. „

Froh kehrt Juno zurück. Bevor sie in den
Himmel eintritt, reiniget sie die Thaumantische
Iris **) mit Thau.

Sonder Verzug ergreift Tisiphone mit Unge- 480
stüm die blutbenetzte Fackel, zieht ein in frisches
Blut getauchtes Gewand an; umgürtet sich mit
einer gewundenen Schlange, und verläßt ihren
Wohnsitz.

*) Sisyphus und Athamas sind beide Söhne des Aeolus,
und Brüder.

**) Iris, Tochter des Thaumas, und Zofe der Juno.
S. I, 272.

Wohnsitz. Gram, Furcht, Schrecken und Wahnsinn mit unstätem Angesicht begleiten sie.

485 Auf der Schwelle der Aeolischen *) Burg
bleibt sie stehen: Da beben die Pfosten; Bläße
überzieht die ahornen Thüren, und die Sonne verbirgt sich.

Ob diesen Zeichen entsetzt sich die Königin,
erschrickt Athamas, und wollen aus dem Pallaste
entfliehen; aber die unselige Erinnys stellt sich ihnen
entgegen und besetzt den Ausgang. Sie breitet die
490 mit Nattern umschlungenen Arme aus, und schüttelt ihr Haupthaar. Die erregten Schlangen rauschen. Theils auf dem Nacken liegend, theils
herab um die Schläfe gesunken, zischen sie und
speien Eiter und schwingen drohend die Zungen.
Darauf reißt sie zwei Ottern mitten aus dem Haar
und schleubert sie mit pestilenzischer Hand auf Ino
495 und Athamas. Flugs durchirren diese beider Busen, und hauchen ihnen Schwermuth ein; doch
verletzen sie nicht die Glieder, nur die Seele fühlt
ihre schrecklichen Wunden.

Noch hatte Tisiphone ein Wundergift mitge-
500 bracht. Geifer aus Cerberus Rachen, und Eiter
der Echidna **), und lange Irren und dumpfe Ver-
gessen-

*) Aeolische Burg, d. i. die Burg des Athamas zu
Orchomen; denn Athamas war ein Sohn des Aeolus,
wie bereits gesagt worden.

**) Echidna, Tochter des Chrysaor und der Callirrhoe,
Tochter des Oceans, ein Ungeheuer, das weder mit
Göttern noch mit Menschen Aehnlichkeit hatte; halb
Nymphe, mit schwarzen Augen und schönem Angesicht,
und halb Schlange. Diese unsterbliche, immer ju-
gendliche Nymphe wohnte auf einer der Plejadischen
Inseln,

gessenheit der Seele, und Bosheit, und Thränen,
und Wuth und Mordlust: alles untereinander
gerieben, und mit frischem Blute vermischt, hatte
sie in ehernem Kessel gekocht, und mit grü- 505
nem Schirling umgerührt. Indem jene erschrocken
dastehen, gießt sie dies höllische Gemisch in beider
Brust, und regt ihr Innerstes auf. Zuletzt
schwingt sie zu wiederholten malen die Fackel im
Kreise herum, und entflammt durch die schnelle
Bewegung die schon lodernde Flamme noch mehr.

Vollbracht war nun das Gebot. Sieghaft
kehrt sie zum leeren Reiche des großen Dis zurück,
und löst die Schlange, die sie umgürtete. 510

Plötzlich schreit rasend der Aeolide mitten in seiner Burg: „He, ihr Gefährten, diesen Wald um-
„stellt mit Netzen! Hier sah ich so eben eine Löwin
„mit zwei Jungen.“

Und, gleich einem wilden Thiere, verfolgt er
wahnsinnig die Gattin, reißt vom Busen der Mutter den lächelnden Learch, der die kleinen Arme ihm 515
entgegenstreckt, schwingt ihn zwei und dreimal, wie
eine Schleuder, in der Luft, und zerschmettert wild
des Knaben Gebein am harten Felsen.

Itzt erst wird die Mutter erregt; es sei nun
Schmerz daran Ursache, oder das eingegossene Gift.
Sie erhebt ein lautes Geheul, und entflieht sinnlos 520
mit zerstreueten Haaren. Den kleinen Melicertes
auf

Inseln, in dem Innersten einer Felsenhöhle. Mit
dem Typhon zeugte sie den Orthus, den Cerberus,
die Hydra, die Chimära und die Sphinx. Sie gehört noch zu den wilden und rohen Dichtungen, die
vor dem Zeitalter der schönen Phantasie vorausgehen.

auf nackten Armen tragend, war: Evoe, *)
Bacchus! ihr Ruf.

Beim Namen des Bacchus lächelt Juno hä=
misch, und spricht: „Ja, dazu taugt auch Dein
„Zögling! „

Ueber das Meer hin hängt ein jäher Felsen.
Am Fuße von den Wellen ausgehöhlt, schützt er die
525 bedeckte Flut vor Regen; aber die Spitze starrt,
und in die offene See ragt die Stirn. **)

Diesen erklimmt Ino, stark durch Raserei,
und stürzt sich furchtlos samt ihrer Last in den blauen
Abgrund herab. Es schäumt die getrennte Flut.
530 Aber Venus jammert der unschuldigen Enke=
lin ***) Leiden. Schmeichelnd spricht sie also zu
ihrem Oheim.

„O Gott der Gewässer, Neptun, dem die
„Herrschaft zunächst dem Himmel zufiel; †) zwar
„fodere ich nichts Geringes, aber erbarme Dich der
Meinen,

*) Ein Wort, das die Bacchantinnen am Bacchusfeste
schrien; etwa Juchhey!

**) Die Scironischen Felsen am Saronischen Meerbu=
sen machen den Beschluß des Eselsgebirges (Oneius)
und werden von der See bespült. Ueber sie gieng die
alte Heerstraße von Megara nach Corinth. Ein hers
vorragender Fels an einer schmalen Stelle hieß Molu=
ris; und von hier soll sich Ino nebst ihrem Sohne
Melicertes in das Meer gestürzt haben. Er ward
daher der Leucothea und dem Palämon heilig gehalten,
mit welchen Namen sie und ihr Sohn unter die Meer=
götter aufgenommen waren. S. Chandlers Reise
in Griechenland K. 44. und Pausanias B. 1. 44.

***) Enkelin; denn Ino's Mutter Harmonia, oder Her=
mione, war eine Tochter der Venus und des Mars.
S. oben III, 132. A.

†) s. I. 114. Anmerkung.

„Mädchen, die Du im weiten Jonischen Meere *)
„herumtreiben siehst, und geselle sie Deinen Göt-   535
„tern zu. Ich bin ja dem Meere auch nicht fremd,
„wenn ich anders einst über der göttlichen Tiefe aus
„Schaum **) gezeugt worden, und davon noch bei
„den Griechen den Namen ***) führe.„

Neptun winkt ihrer Bitte Erhörung, und
nimmt das, was sterblich war, von ihnen; legt ihnen ehrfurchtgebietende Majestät bei, giebt ihnen   540
neue Namen und Bildung, und nennt die Mutter
Leucothea, †) den Sohn aber Gott Palämon ††).

Die Sidonischen †††) Gefährtinnen folgen, so
weit sie nur können, Ino's Spuren, bis sie endlich
die letzten am äußersten Felsen entdecken. Nun
zweifeln sie nicht mehr an ihrem Tode. Hände-
ringend klagen sie das Cadmeische Haus, zerreißen
samt dem Gewande das Haar, und schelten Juno   545
ungerecht und zu rachsüchtig gegen ihre Neben-
buhlerinnen.

N 2

Die

*) Das Jonische Meer, d. i. das Meer zwischen dem
Tyrrhenischen und Aegäischen Meere. Hier wird
aber eigentlich nur der Saronische Meerbusen darunter verstanden.

**) S. in diesem Buche V. 171. Anm.

***) Nemlich Aphrodite.

†) Siehe eine Vorstellung der Leucothea, nach einer
Bildsäule in der Villa Albani, Winkelmanns mon.
ined. n. 54.

††) Palämon soll samt der Mutter von einem Delphine
an dem Corinthischen Isthmus ausgesetzt worden sein;
und ihm zu Ehren wurden die Isthmischen Spiele
gehalten. Siehe Pausanias I, 44.

†††) Sidonische, d. i. Thebanische, weil Ino aus Theben,
und Theben eine Sidonische Pflanzstadt war.

Die Göttin, über diese Lästerung in Eifer,
spricht: „So sollt Ihr denn selbst die größten
„Denkmäler meiner Rachsucht werden!“

550 Dem Worte folgt die That; denn diejenige,
welche der Ino vorzüglich ergeben, ruft: „Auch in
„die Tiefe des Meeres folg' ich Dir, Königin!„
und will itzt hinabspringen, aber kann sich nicht von
der Stelle bewegen, sondern haftet fest am Felsen.

Eine Andere will nach Gewohnheit sich klagend
die Brust schlagen, und fühlt ihre Arme erstarrt.

555 Jene hat eben ihre Hände zu den Wogen des
Meeres ausgestreckt: Zu Stein geworden, bleiben
sie so fort zum Meere hingestreckt. Diese rauft
sich das gefaßte Haar aus der Scheitel; da erstarr-
nen auf einmal versteinert die Finger in den Haaren.

In welcher Stellung jegliche getroffen wird,
darin bleibt sie. Einige aber werden zu Vögeln,
und noch itzt bestreifen diese Ismeriden den Meer-
560 busen auf angenommenen Flügeln.

Dem Agenoriden ist es unbewußt, daß die
Erzeugte samt dem kleinen Enkel Gottheiten des
Meers geworden. Dem Grame, den gehäuften
Unglücksfällen und den Wundern, deren er so viele
gesehen, unterliegend; verläßt er, der Erbauer,
die Stadt, — als ob ihn das Orts und nicht sein
565 eigenes Schicksal drückte — und erreicht, nachdem er, samt seiner mit ihm geflüchteten Gattin,
lange in der Irre herumgetrieben, Jllyriens Küste.

Einst, als sie, gebeugt durch Kummer und
Jahre, die früheren Mißgeschicke ihres Hauses
und ihre eigenen Leiden mit einander im Gespräche
wieder durchgehen; spricht Cadmus:

„Wäre

„Wäre vielleicht der Drache heilig gewesen, 570
„den ich mit meinem Spieße durchbohrte, und
„dessen Zähne ich als einen neuen Saamen in den
„Boden streuete, als ich von Sidon kam? Soll-
„ten mich deshalb die Götter zürnend mit unersätt-
„licher Rache verfolgen: O so wünschte ich, daß
„sogleich mein eigener Leib sich als ein langer
„Drache ausstreckte! „

Also spricht er, und als ein langer Drache 575
streckt sich sein Leib aus. Die verhärtete Haut
fühlt er mit Schuppen bewachsen, und mit blauen
Flecken wird der schwarze Körper gesprenkelt. Vorwärts auf die Brust sinkt er hin; die Beine vereinen sich und enden in einer geschlanken sich windenden Spitze. Noch sind die Arme übrig. Er 580
streckt sie aus, und indem Thränen über sein noch
menschliches Antlitz rinnen, spricht er: „Komm,
„o komm, unglückselige Gattin, berühre mich, so
„lange etwas von mir noch übrig ist; nimm die
„Hand, ehe sie aufhört Hand zu seyn, und bevor
„ich ganz Drache werde! „

Er will noch weiter reden; allein plötzlich zer- 585
spaltet sich die Zunge in zwei Theile. Er vermag
kein Wort mehr zu bilden. So oft er Klagen
hervorbringen will, zischt er. Blos diesen Laut
läßt ihm die Natur.

Mit den Händen die entblößte Brust schlagend,
ruft die Gattin: „Bleibe, mein Cadmus, und 590
„lege, o Unglückseliger, dieses Ungeheuer wieder
„ab! Cadmus, was ist das? wo sind Schultern
„und Hände, und Farbe und Gesicht, und, in-
„dem ich rede, alles? Warum, ihr Himmlischen,

 verwan-

„verwandelt Ihr nicht auch mich in eben solche
„Schlage? „

Sie sprach es; da leckte der Gatte der Gattin
595 Antlitz; kroch, als ob er ihn kannte, in den geliebᵗ
ten Schoost; umfieng sie und schmiegte sich an den
gewohnten Hals an. Alle Anwesende — das
Gefolge war zugegen — erschrecken; doch sie streichelt liebkosend den schlüpfrigen Hals des kamm-
gekrönten Drachen *) — und plötzlich sind beide
Schlangen und kriechen, in einander geschlungen,
600 davon, hin zu des nahen Waldes Dickicht. Noch
itzt fliehen sie weder noch verletzen sie durch Wunden
den Menschen; sondern friedsame Drachen sind
sie eingedenk, was sie erst waren.

Beider größter Trost in der Verwandlung war
605 der Enkel, **) den das bezwungene Indien ver-
ehrte, und welchem Achaia ***) Tempel errichtet.

Blos des Abas Erzeugter, von eben dem
Stamme entsprossen, †) Acrisius, wagt es noch,
dem Gotte die Argolischen ††) Mauern zu wehren,
die

*) B. 598 behalte ich die alte Leseart bei: at illa lubrica
   permulcet colla draconis.

**) Bacchus.

***) Griechenland, der Theil steht poetisch hier für das
   Ganze.

†) Des Acrisius Vater, Abas, war der Sohn des Lynceus und der Hypermnestra, des einzigen Ehepaars,
   das von der berüchtigten Vermählung von Aegyptus
   Söhnen mit den Danaiden übrig geblieben war. S.
   oben B. 467. A. Aegyptus und Danaus aber waren
   Söhne des Belus, des Bruders Agenors, von welchem Cadmus, der mütterliche Großvater des Bacchus
   abstammte.

††) Argos, wo Acrisius König war.

die Waffen gegen ihn zu ergreifen, und zu leugnen,
daß er Jupiters Geschlechts sei. Ja, selbst Perseus, welchen Danae *) im goldnen Regen em- 610
pfieng, hielt er nicht für Jupiters Sohn. Doch
bald, (so groß ist der Wahrheit Macht!) bereuet
Acrisius, so wohl daß er den Gott beleidiget, als
daß er seinen Enkel nicht anerkannt hat. Schon
war der Eine **) in den Himmel versetzt; und der
Andere, das glorreiche Siegszeichen über das
schlangenhaarige Ungeheur ***) zurückbringend,

N 4

durch-

*) Danae, Tochter des Acrisius, der sie einschloß, da-
mit sie keine Kinder bekommen sollte, weil ihm ge-
weissagt worden, daß er von der Hand seines Enkels
umkommen würde. Allein Danae war sehr schön;
Jupiter verliebte sich in sie, und sank als ein goldener
Regen durch das Dach in ihren Schoos, und zeugte
mit ihr den Perseus. Acrisius ließ sie mit ihrem
Sohne in einen Kasten legen und ins Meer werfen.
Dieser Kasten schwamm an die Insel Seriphus, wo
ihn ein Fischer auffieng, und Danae und Perseus zum
Könige Polydectes brachte. Nach einigen soll dieser
die Danae geheirathet, den Perseus aber, als dieser
erwachsen, zu dem Zuge gegen die Gorgo veranlaßt
haben, in der Hofnung seiner loß zu werden, weil er
sich vor ihm fürchtete. Zuletzt wurde Acrisius dennoch
vom Perseus aus Versehen mit einer Wurfscheibe
getödtet. Uebrigens wird die Geschichte der Danae
und des Perseus sehr mannigfaltig erzählt. Eine
antike Vorstellung der Danae, s. in Lipperts Dactyliothek I. 28. Descr. du Cab. de Stosch p. 58. n. 162.

**) Bacchus.

***) d. i. Medusa, eine der drei Gorgonen; die beiden
übrigen heißen Stheno und Euryale. Sie waren
Schwestern der Gräen und Töchter des Phorcus (oder
Phorcys) und dessen Schwester Ceto. Sie hatten
Köpfe mit schuppigen Schlangenschweifen umwunden,
große Zähne, wie Schweine, eherne Hände und
goldne Flügel. Die ältere Fabel setzt sie in eine Insel

des

615 durchschnitt die dünne Luft mit rauschenden Flügel
gen *).   Als der Sieger über der Libyschen Sand»
wüste daher schwebte, entsanken dem Gorgonischen
Haupte blutige Tropfen.   Der Boden fieng sie
auf und belebte sie zu bunten Schlangen; daher
schlangenreich dieses Land ist und gefährlich.

620   Darauf im ungemessenen Raum von zwistigen
Winden getrieben, wird er, gleich einer Regen»
wolke, bald hiehin, bald dorthin getragen; und
sieht vom hohen Aether herab weit von. einander
entlegene Länder; und fliegt über den ganzen Erd»
kreis hin.   Dreimal sieht er die kalten Bären; drei»
mal die Scheeren des Krebses.   Oftmals wird er
625 gen Niedergang, oftmals gen Aufgang davon getra»
gen.   Schon sinkt der Tag.   Der Nacht sich
                                        anzuver»

des Atlantischen Meeres; spätere Dichter aber in das
feste Land von Libyen.   Die einzige Medusa war
sterblich, und ihren Kopf zu holen ward Perseus vom
Polydectes abgeschickt.   Die Gorgonen sind auf kei»
nem alten Denkmale der Kunst vorgestellt, außer
Medusa; doch nicht nach obiger Beschreibung.   Me»
dusa, deren Geschichte Ovid zu Ende dieses Buchs
selbst erzählt, ist den Künstlern ein Bild hoher
Schönheit geworden.   Der schönste Kopf einer erblaß»
ten Medusa in Marmor ist einer sehr ergänzten Sta»
tüe des Perseus, im Pallaste Lanti, in die Hand
gegeben, und einer der schönsten auf geschnittenen
Steinen ist ein Cameo in dem Königlich Farnesischen
Museo zu Napel, ingleichen ein anderer Kopf in einen
Carniol geschnitten.   S. Winkelmann Anmerk. z.
Gesch. d. Kunst, S. 49. und Lipperts Dactyl.
II, 16 — 26.

*) Dem Perseus gab zu dem Zuge gegen die Gorgo
Mercur seine Fußflügel und einen Säbel, Minerva
ihren glänzenden Schild, und Pluto seinen Helm,
der unsichtbar machte.

anzuvertraun Bedenken tragend, läßt er auf der Hesperischen Küste *) im Reiche des Atlas **) sich hernieder, um auszuruhen, bis wieder Lucifer die Stralen Aurorens, und Aurora den Sonnenwagen hervorruft.

Hier war der Japetonide Atlas, der alle 630 Menschen an Größe des Körpers übertraf. Er beherrschte als König das Ende der Erde, und das Meer, welches des Sonnengottes keuchende Pferde und müde Achsen in seinen Schooß aufnimmt. Ihm weideten tausend Heerden Schafe und eben so viele Heerden Rinder; und kein Nachbar lastete 635 dem Lande. Das grünende goldstrahlende Laub seiner Bäume ***) deckte goldene Zweige und goldene Früchte.

R 5						Freund,

*) Der äußerste Horizont nach Westen, wo man sich das äußerste Ende der Erde dachte.

**) Atlas, Sohn des Japetus (eines Sohs des Uranos und der Erde) und der Clymene (Tochter des Oceans), König von Mauritanien, ein Riese, und Vater der Plejaden, und der Calypso. Für die alten Griechen war in der Sprache der Cosmogonie Atlas der Ausdruck, mit dem sie den äußersten Horizont nach Westen zu benennen pflegten. Durch die Erweiterung der Erdkunde hörte man, daß in der äußersten Westgegend des festen Landes ein hohes Gebirge sei, auf welchem das Gewölke des Himmels gleichsam als eine Last zu ruhen scheinen konnte. Hieraus entstand das Dichterbild: Atlas ist ein großer Riese, der mit Kopf und Händen den Himmel trägt. Homer läßt ihn die Säulen halten, die den Himmel von der Erde trennen, legt ihm zugleich die Kenntniß der ganzen See bei, und nennt ihn den weisen, klugen Atlas. S. Descr. du Cab. de Stosch p. 426. n. 112.

***) Andere geben diese Gärten mit Bäumen, welche goldene Aepfel trugen — den Hesperiden. Diese heißen
Töchter

„Freund, spricht Perseus zu ihm; schätzest
„Du eine hohe Abkunft; mein Stammvater ist
„Jupiter.   Reißen Dich große Thaten; Du wirst
640 „die Meinigen bewundern: Gönne mir Herberge
„und Rast! “

Der König war eines alten Orakels eingedenk,
das er einst von der Parnasischen Themis *) erhalten.   „Eine Zeit wird kommen, o Atlas, lautete
„es — da sein Gold Deinem Baume geraubt
„wird; und den Ruhm der That wird ein Sohn
„Jupiters **) davon tragen. “

Dies fürchtend, hatte Atlas seine Gärten mit
645 festen Mauren eingeschlossen, und einem großen
Drachen zur Verwahrung übergeben; und ließ keinen Fremden über seine Gränzen.   Itzt giebt er
denn auch Perseus zur Antwort:

„O mache Dich ja fort von hier, damit nicht
„der Ruhm Deiner erlogenen Thaten, samt Dei-
„nem Jupiter fern von Dir weichen! “

650   Ja er fügt Gewalt zu Drohungen hinzu, und
will den zaudernden, der unter glimpfliche Worte
starke mit einmischt, zur Thüre hinaustreiben.   An
Kräften schwächer (denn wer war dem Atlas an
Kräften gewachsen?) spricht endlich Perseus:

„Da

Töchter der Nacht, weil sie in den äußersten Westen,
oder in die Inseln, oder an den Atlas in Africa gesetzt
werden.   S. unten IX, 190. Anm.

*) S. oben I, 321.

**) Hercules hat dieses Orakel in Erfüllung gebracht.
Da aber Perseus sagte, daß er vom Jupiter ab-
stamme; so konnte der besorgte Atlas nicht wissen,
ob nicht vielleicht dieser damit gemeint sei.   S. IX,
190. Anmerkung.

"Da Du meine Freundschaft verschmähest; so
nimm wenigstens dieses Geschenk an."

Und rückwärts sich wendend, zeigt er ihm linke
Medusens scheußliches Angesicht. So groß er war, 655
ist auf einmal Atlas ein Berg! Gleich wandeln sich
Bart und Haupthaar in Wald; zum Felsenrücken
werden Schultern und Hände; was vorher das
Haupt war, ist nun des hohen Gebirges Scheitel;
und das Gebein wird zu Felsen. Dann dehnte er sich
nach allen Seiten aus, und wuchs unermeßlich und
(also war eure Schickung, ihr Götter!) ißt ruht samt 660
allen Gestirnen der Himmel auf ihm.

Hippotades *) hatte die Winde in den ewigen
Kerker verschlossen; und der Ermahner zur Arbeit,
Lucifer, war hell am Himmel aufgegangen: Als
Perseus seine Fersenflügel wieder an beide Füße
anlegt, das gekrümmte Schwert umgürtet, und 665
mit regen Schwingen die flüssige Luft theilt. Nachdem er unzählige Länder um und unter sich liegen
gelassen, erblickt er die Aethiopischen **) Völker

und

---

*) Hippotades d. i. Aeolus, König der Winde. Nach
einigen Sohn, nach andern Enkel des Hippotes,
eines ehemaligen Beherrschers der Liparischen Inseln.
S. I, 262. Anmerkung.

**) In den ganz alten Zeiten waren die Aethiopen noch
nicht auf Südafrica eingeschränkt. Man dachte sich
auch Völker darunter, welche im östlichen Asien wohnten. Daher nennt auch Homer den König der Aethiopen, Memnon, den Schönsten der Feinde, ohne seiner
Schwärze zu gedenken; und sagt, er sei ein Sohn
der Morgenröthe gewesen, d. i. er sei von Morgen
her gekommen. So setzt man auch das Reich des
Cepheus an die Phönicische Küste, bei Joppe. S.
Plinius d. ä. VI. 35. Auch s. unten XIII. 577. 2.

und die Erythäischen Gefilde. Hier sollte unschuldig der mütterlichen Zunge Frevel Andro-
670 meda, *)   nach dem grausamen Ausspruche: Ammons, **) büßen.   Es steht sie, an den harten
Felsen die Arme geschlossen; der Abantiade, und
hätte nicht ein Lüftchen ihre Haare geregt, wären
nicht heiße Thränen ihren Augen entströmt; er
hätte sie für ein Marmorbild gehalten.
675   Unwissend fängt er Feuer. Er stutzt, und
eingenommen vom Reitze der gesehenen Schönheit;
vergißt er fast in der Luft die Flügel zu regen,
Als er sich niedergelassen, spricht er: ***) „O Du,
„nicht solcher Bande, nur der Bande, welche
„zärtlich Liebende vereinen, würdig! Entdecke mir,
„ich bitte, Deinen und dieses Landes Namen,
680 „und warum Du diese Fesseln trägst?
        Lange schweigt sie, jungfräulich schüchtern mit
einem Manne zu reden; und gern hätte sie mit
                                                        ihren

*) Andromeda, Tochter des Cepheus, Königs der
Aethiopen, und der Cassiope. Ihre Mutter rühmte
sich, schöner zu sein, als die Nereiden. Diese bewogen
daher den Neptun, das Land durch ein Seeungeheuer
zu verwüsten. Cepheus fragte das Orakel des Ammons,
wie diesem Unglück zu steuern? und erhielt zur Antwort: das Unglück würde aufhören, wenn Andromeda dem Wallfische zu verschlingen gegeben würde.
Cepheus, von den Aethiopen gezwungen, band die
Tochter an einen Felsen. Der Rest der Fabel wird
oben erzählt.

**) Ammon, oder Jupiter Ammon, ein König in Libyen.
Er wurde nach seinem Tode in Menschengestalt mit
Widderhörnern am Haupte verehrt, und in seinem
Tempel war ein berühmtes Orakel. S. V, 325. u. f.

***) S. Lipperts Dactyliothek II. 14. 15.

ihren Händen das bescheidene Antlitz bedeckt, wäre
sie nicht angefesselt gewesen; Schwellende Thränen
aber füllen ihre Augen.

    Endlich, da Perseus öfter mit Bitten in sie
bringt, und es scheinen mochte, als habe sie eigene
Verbrechen zu verschweigen; endeckt sie des Landes 685
und ihren Namen; und wie ihre Mutter sich ihrer
Schönheit überhoben. Und noch hat sie nicht alles
erzählt, da rauschen die Wogen auf, und empor
aus der unermeßlichen Tiefe ragt ein Ungeheuer,
und deckt mit der Brust das breite Meer.

    Die Jungfrau erhebt ein Geschrei. Der 690
traurende Vater, die trostlose Mutter — beide
unglücklich, doch mit mehr Recht, als diese —
stürzen herbei. Allein nicht Hülfe bringen sie, sondern Thränen und Wehklagen, dem Unglücke angemessen; und hangen an der gefesselten Tochter.
Da spricht also der Fremdling:

    „Zu Thränen bleibt immer noch Zeit übrig;
„aber flüchtig ist der Augenblick der Rettung. 695
„Freiete ich um diese, ich Perseus Jupiters Sohn,
„wie jener, welche verschlossen mit befruchtendem
„Golde Jupiter erfüllte; Perseus, der Schlangen-
„haarigen Gorga Ueberwinder, der sich erkühnte
„auf geschwungenen Flügeln durch die ätherischen
„Lüfte zu wandeln: Sicher würde ich von euch
„allen als Eidam vorgezogen. Ich wage es, zu 700
„diesen großen Vorzügen, so die Götter mir hold
„sind, noch ein Verdienst zu fügen: Allein sie sei
„auch mein, wenn ich durch meine Tapferkeit sie
„errettet, das bedinge ich.

                       Die

Die Eltern nehmen den Vorschlag an, (was
hätte auch Bedenken getragen?) und flehen und
versprechen noch obenein ihr Reich zur Mitgift.
705 „ Siehe, wie ein Schif mit spitzem Schnabel
schnell die Fluten durchfurcht, von schwitzenden
Armen der Jünglinge getrieben: Also theilt das
Ungeheuer mit drängender Brust die Wellen. Es
war nicht weiter von dem Felsen entfernt, als eine
Balearische *) Schleuder das geschwenkte Blei
710 durch die Lüfte zu versenden vermag: Da erhebt
sich plötzlich der Jüngling, mit den Füßen die Erde
zurückstoßend, hoch in die Wolken. Als in dem
Wasser des Helden Ebenbild erscheint, sieht das
Ungeheuer den Schemen und wüthet dagegen.
Aber wie Jupiters Vogel den Drachen, den er auf
freiem Felde den bläulichen Rücken sonnen sieht,
715 hinterrücks anfällt, und, daß er den giftigen Rachen
nicht umdrehe, ihm in den schuppigen Nacken die
gierigen Klauen einschlägt: Eben so schießt in
schnellem Fluge durch das Leere der getheilten Luft
gerade auf den Rücken des Ungeheuers hernieder,
und birgt in des Tobenden rechten Schulter der
Inachide **) sein Eisen bis an den gekrümmten
720 Vogel. Schwer verwundet, erhebt es sich bald
hoch in die Lüfte, bald taucht es unter; bald wendet es sich im Kreise, gleich dem grimmigen Eber,
von lauten Hunden rings umgeben. Jener weicht
													den

*) S. II, 728.

**) Inachide, d. i. Perseus, weil er aus Argos gebür-
	tig, und Inachus der Stifter des Argivischen Reichs
	war.

ten gierigen Bissen mit schnellen Fittigen aus, und wo er immer Blöße entdeckt, itzt auf dem Rücken mit hohlen Muscheln übersäet, itzt in den Seiten, itzt auf dem spitzig auslaufenden Fisch- 725 schweife; dahin trift sein Sichelschwerdt. Das Ungeheuer speit mit purpurnem Blute vermischte Ströme aus dem Rachen. Itzt trieft das Gefieder, und bekommt durch die Nässe Gewicht, und Perseus wagt es nicht länger, den gebadeten Fersen- fittigen sich anzuvertrauen; als er eben eine Klippe 730 erblickt, deren oberster Scheitel, aus ruhiger See hervorragend, von empörten Wellen bedeckt wird. Auf diese stellt er sich, faßt des Felsens äußerste Spitze mit der Linken, und treibt wiederholt drei und viermal das Eisen durch des Unthiers Einge- welbe. Da hallet lautes Jauchzen und Hände- klatschen vom Gestade bis zu dem hohen Sitze der Götter empor. Es frohlocken Cassiope und Vater 735 Cepheus; und grüßen ihn Eidam, und preisen ihn als ihren Erretter, als den Erhalter ihres Hau- ses. Der Fesseln entbunden, geht itzt die Jung- frau *) einher, sie, der Arbeit Dank und Zweck. Er aber wäscht mit geschöpftem Wasser die sieg- reichen Hände; und daß nicht der blaße Sand das schlangentragende Haupt verletze, bedeckt er den 740 Boden mit weichem Laube, streuet im Meere ge- borne Pflanzen hin, und setzt der Phorcynide Me- dusa Kopf darauf. Die lebendigen Pflanzen sau-

gen

*) S. Admiranda etc. S. Bartoli, n. 30 und 34.

gen in das frische Mark desselben Wunderkräfte *)
ein, verhärten sich sofort durch die Berührung; und
745 fühlen in Zweigen und Blättern ein ungewohntes
Erstarren. Da versuchen die Nymphen des Meers
das Wunder an mehreren Pflanzen, freuen sich,
als sich das Nemliche eräugnet, und streuen davon
zu wiederholten Malen Saamen in die Wellen.
Daher haben die Korallen noch itzt die Beschaffen-
heit, daß sie, von der Luft berührt, eine Härte
750 annehmen; und was Pflanze im Meere ist, außer
dem Wasser zu Stein wird.

Itzt errichtet Perseus dreien Gottheiten eben-
so viele Altäre aus Rasen. Den linken dem Mercur, den rechten Dir, kriegerische Jungfrau; Jupiters Altar aber stellt er in die Mitte. Es wird
der Minerva eine Färse, dem Gotte mit geflügelten
755 Füßen ein Kalb, Dir, höchster der Götter, ein
Stier geschlachtet. Dann führt er voll Sehnsucht
Andromeda heim, auch ohne Mitgift Belohnung
einer so großen That.

Hymenäus **) und Amor schwingen die Fackeln
vor ihm her; überfüllt wird die Flamme mit Wohl-
gerüchen; Kränze hangen vom Dache der Burg
hernieder;

*) Die Wunderkraft des Medusen-Hauptes bestand
eigentlich darin, daß ein jeder, der es ansah, in Stein
verwandelt wurde. Hier dehnt sie der Dichter aber
weiter aus.

**) Hymenäus oder Hymen, Gott der Ehe. S. oben
L 480. A. Uebrigens beschreibt hier der Dichter die
gewöhnlichen Hochzeitsgebräuche der Griechen und
Römer.

hernieder; und es erschallen Schalmeien, *) Lei- 760
ern, Flöten und Lieder, die heitern Verkündiger
fröhlichen Gemüths.

Die Thore der weiten goldenen Hallen stehen
offen, und zu dem stattlich gerüsteten Mahle des
Königs gehen die Cepheischen Fürsten ein. Nach-
dem sie geschmauset, und mit des edeln Bacchus
Gabe sich das Herz erweitert haben; fragt nach den 765
Sitten und Gebräuchen des Landes der Aban-
tiade. **) Auf seine Frage giebt der Anwesenden
Einer Bericht, und setzt dann hinzu:

„Itzt, o tapferer Perseus, bitt' ich, erzähle
„uns, auf welche Weise Dein Muth dieses schlan-
„genbehaarte Haupt davongetragen hat. „ 770

Da erzählt der Abantiade: Unten am frostigen
Atlas liege ein Ort, mit einem festen Walle rings-
um verschanzt. Am Eingange desselben hätten
zwillingsähnliche Schwestern, des Phorcys Töchter, ***) gewohnt, welche unter Anander den Gebrauch

*) Im Texte steht loti, d. i. Pfeifen, aus Lotos-Holze
oder Rohre.

**) Ich lese mit Heinsius: quaerenti protinus unus
Quae simul edocuit, Nunc &c. und merze den 767
V. aus.

***) Die Töchter des Phorcys (Phorcus) und der Ceto
heißen Gräen, weil sie von ihrer Geburt an grau
waren. Sie sind Schwestern der Gorgonen, deren
Hüterinnen sie waren, und hatten alle drei nur Einen
Zahn und Ein Auge, die sie wechselweise brauchten.
Ihre Namen waren, nach Apollodor: Ento, Pem-
phredo und Dino; aber nach Hygin: Pamphedo,
Enyo und Chersis. Die Fabeln von den Gräen und
Gorgonen scheinen — nach Herrn Heyne — theils aus
Phöni-

brauch Eines Auges getheilt hätten. Dieses habe
er mit behender List heimlich ihnen entwendet, indem er seine Hand untergeschoben, als es Eine der
Andern hingereicht. Darauf sei er durch tiefe
Klüfte, und entlegene Heiden, über schroffe Fel-
senstrecken, grausig durch krachende Forste, zur
Gorgonischen Wohnung gelangt; und hin und wieder auf den Feldern und Wegen habe er Bildungen
von Menschen und wilden Thieren gesehen, welche
in Stein verwandelt worden durch den Anblick der
Medusa. Er selbst habe der schrecklichen Medusa
Gestalt nur im spiegelnden Erze des Schildes, den
er an der linken Pforte, erblickt; und während daß
ein schwerer Schlummer sie samt ihren Schlangen
drückte, habe er des Haupts den Nacken beraubt.
Der flügelschnelle Pegasus *) und sein Bruder **)
sein aus der Gorgo ***) Blut entstanden.

Er

Phönicien sich herzuschreiben, aber sehr verstümmelt
zu sein; theils aus Schiffernachrichten aus den westlichen Gegenden Spaniens und Africa, theils aus
Dichterideen und Dichterschmuck; aus den Gedichten
von den Thaten des Perseus und Hercules und der
Argonauten, entstanden zu sein. Ueberhaupt aber
zeugen diese Fabeln von dem höchsten Alterthume,
wo die Einbildungskraft noch zügellos und unausge-
bildet war. Daher sind sie ferner auch gänzlich von
der Griechischen Mythologie zu trennen.

*) Pegasus, ein geflügeltes Pferd. Er flog auf den
Helicon, und von seinem Hufschlage entstand dort die

Er beschreibt auch die nicht erdichteten Gefahren seiner weiten Luft-Reise; welche Meere, welche Länder er aus der Höhe unter sich gesehen, und welche Gestirne er mit den geschwungenen Fittigen berührt. Doch schweigt er noch, bevor man es erwartet.

Einer der Fürsten nimmt da das Wort und fragt: Warum denn unter den Schwestern nur diese 796 Eine mit Schlangen vermischtes Haar gehabt habe?

Ihm erwiedert der Gast: „Wonach du for„schest, ist erzählenswerth; vernimm also, wie es „zugieng. Sie war die berühmteste Schönheit, „und die beneidete Hofnung unzähliger Freier, diese „Eine; nichts aber an ihr war schöner, als das 795 „Haar — ich habe selbst noch jemand, der es mir „als ein Augenzeuge bekräftiget, angetroffen. Der „Beherrscher des Meers, heißt es, schändete sie „im Tempel der Minerva. Zwar wandte sich Jupi„ters Erzeugte hinweg, und bedeckte ihr keusches „Gesicht mit der Aegis; *) damit jedoch der Frevel „nicht ungestraft bliebe, so verwandelte sie der „Gorgo Haar in häßliche Hydern. Und noch ißt 800 „trägt sie, zum Schrecken ihrer Feinde, die von „ihr geschaffenen Schlangen vorn an der Brust. „**)

*) Aegis, heißt hier der Schild der Minerva; sonst bedeutet es den Brustharnisch der Götter und besonders der Minerva mit dem Gorgonen-Haupte. S. II, 755. Anmerkung.

**) Nemlich am Brustharnische. Nach Apollodor II, 4. aber, setzte Minerva das Medusenhaupt in ihren Schild. Uebrigens scheint es, als ob unser Dichter hier vergesse, daß der Erzähler selbst noch im Besitze des Medusenhaupts war.

Des

Publius Ovidius Naso
Verwandlungen.

Fünftes Buch.

Indem dieses im Kreise der Cepheischen Fürsten
der Danaeische Held erzählt, drängt auf einmal in die königlichen Hallen ein Getümmel von
Menschen, und Stimmen erschallen, die nicht hochzeitliche Freuden feiern, sondern Krieg verkünden.

5   Plötzlich ist das Gastmahl in einen Aufruhr
verwandelt, dem Meere vergleichbar, das, ruhig,
mit einmal die Wuth stürmender Winde zu hohen
Wogen aufstört.

Au der Spitze von allen schwingt Phineus, *)
des Krieges verwegener Urheber, den eschenen Speer
mit eherner Spitze.

10   „Sieh, da bin ich, schreit er, den Raub meiner
„Braut zu rächen! und weder Fittige noch der in
„erlogenes Gold verwandelte Jupiter sollen dich
„mir entreißen!“

Schon will er den Speer absenden, als Cepheus ruft:

„Bruder! was machst Du! Welche Raserei
„treibt Dich zu dieser That? Wäre dies der Dank
15 „für so große Verdienste? Dies das Lösegeld für
„die Erhaltung ihres Lebens? Nicht Perseus hat sie

Dir

---

*) Phineus, des Belus und der Anchinoe Sohn, und
des Cepheus Bruder. Ihm war vorher Andromeda
versprochen gewesen.

„Dir ja entriſſen, wenn Du die Wahrheit wiſſen
„willſt; ſondern die zürnenden Nereiden, der hör-
„nertragende Ammon, und das Ungeheuer, das,
„ſich mit meinen Eingeweiden zu ſättigen, aus dem
„Meere hervorkam. Damals wurde ſie Dir ge-
„raubt, als ſie ſterben ſollte. Oder verlangſt Du
„Grauſamer eben ihren Tod, und kann nur meine
„Betrübniß Troſt für Dich ſein? Freilich, iſt es
„noch nicht genug, daß Du ſie ruhig anſchließen
„ſaheſt, und, Oheim und Bräutigam, ihr dennoch
„nicht Hülfe leiſteteſt: Kränken muß es Dich noch,
„daß ein Anderer ſie errettet, und an Dich reißen
„mußt Du, die Belohnung! Scheint dieſe Dir ſo
„begehrenswerth; ſo hätteſt Du ſie von dem Felſen,
„wo ſie angefeſſelt war, holen ſollen: Itzt laß dem,
„der ſie geholt, und durch den mein Alter nun nicht
„kinderlos iſt, was er ſich errungen und bedungen
„hat! und bedenke, daß er ja nicht Dir, ſondern dem
„gewiſſen Tode vorgezogen worden! “

Jener erwiedert nichts; ſondern ſieht wechſels-
weiſe bald den Bruder, bald Perſeus an; ungewiß,
auf wen er zielen ſoll. Nach kurzem Verzuge
wirft er mit allen Kräften, die ihm der Zorn giebt,
den geſchwungenen Speer gegen Perſeus; doch vergebens, er haftet im Polſter *). Itzt erſt ſpringt
Perſeus auf, und gewiß hätte er mit rüſtig zurück-
geworfenem Geſchoſſe des Feindes Bruſt durchbohrt, wenn nicht Phineus hinter den Altar **) ge-

O 3

wichen,

*) Worauf die Alten bei Tiſche lagen.

*) Dieſer Altar war der Altar der Penaten, oder der
  Feuerherd, der, nach der Bauart der Heldenzeit,
  mitten

wichen, und den Bösewicht (o Schande!) der Altar geschützt hätte.   Dennoch ist der Wurf nicht
vergeblich; es durchbringt die Spitze die Stirn des
Rhötus. *) Dieser stürzt; und als man das Eisen
40 dem Schedel entreißt, da zuckt er sterbend am Boden, und bespritzt die Tafel mit seinem Blute.

Nun entbrennt der Rotte ungezähmter Zorn;
aus allen Händen fliegen Pfeile, und einige rufen
laut: „Sterben soll Schwäher und Eidam.‟ Allein
Cepheus hatte sich bereits aus dem Pallaste geflüchtet, indem er Treue und Redlichkeit samt den Göttern des Gastrechts zu Zeugen angerufen, daß die-
45 ses alles gegen sein Geheiß geschehe.

Die kriegerische Pallas ist zugegen, bedeckt mit
der Aegis den Bruder, **) und giebt ihm Muth.
Ein Inder war da, Athis, den des Flusses Ganges
Erzeugte, Limnate, in kristallner Grotte geboren
haben soll; ausgezeichnet durch seine Schönheit,
welche reicher Schmuck noch erhöhete, bei zweimal
50 acht noch unvollendeten Jahren; — er trug eine
Tyrische Chlamys ***) mit goldgesticktem Rande;
Gold-

mitten im Saale angebracht war, und worauf die
Penaten verehrt wurden. Ueber diesem Herde war
in der Decke eine Oefnung, wodurch der Rauch zog.
S. unten B. 155. die Anmerkung.
*) Einer aus dem Gefolge des Phineus.
**) d. i. den Perseus, Jupiters Sohn.
***) d. i. einen Purpurmantel. Tyrus, Stadt in Phö-
nicien, war wegen seines Purpurs berühmt; und
Chlamys war ein runder Kriegsmantel, der durch
einen großen Knopf insgemein auf der rechten Achsel
zusammengeheftet wurde, und über die linke Achsel,
welche er bedeckte, herunterhieng, so daß der rechte
Arm frei blieb. S. Winkelm. Gesch. d. K. S. 306.

Goldgeschmeide zierte den Hals, und das von
Myrrhen duftende Haar umwand eine Binde. ——
Dieser war zwar geübt mit dem Wurfspieße ein noch
so entferntes Ziel zu treffen; doch geschickter noch
wußte er den Bogen zu spannen. Itzt auch 55
krümmt er das zähe Horn mit der Hand, als Perseus
ihn mit einem dampfenden Brande, vom Heerde *)
mitten im Saale genommen, trift, und durch den
zerschmetterten Schedel sein Gesicht entstellt. Als
ihn der Assyrische Lycabas, sein unzertrennlicher Ge-
fährte, der von der innigsten Liebe für ihn brannte,
das schöne Antlitz im Blute wälzen sieht: da be- 60
weint er den unter herben Schmerzen das Leben
aushauchenden Athis, nimmt den Bogen, den er
gespannt, und spricht:

„Itzt kämpfst Du mit mir, und lange sollst
„Du Dich nicht über eines Knaben Tod erfreuen,
„welcher Dir mehr Schande, als Ruhm, bringt. „ 65

Noch hatte er nicht ausgeredet, als schon der
Senne der spitze Pfeil entfliegt, aber, vermieden,
nur im weiten Kleide hangen bleibt. Auf ihn kehrt
itzt den, durch Medusens Mord berühmten, Säbel
der Acrisioniade, und durchbohrt ihm die Brust. 70
Jener sterbend, blickt mit schon in nächtlichem Dunkel schwimmenden Augen nach Athis, und lehnt sich
an ihn, und nimmt mit zu den Manen den Trost,
vereint mit ihm zu sterben, hinunter.

Siehe, der Syenite, **) Methions Erzeugter,
Phorbas, und der Libyer Amphimedon, von Streit- 75
D 4 begier

*) S. V. 36. die Anmerkung.
**) d. i. von Syene in Aegypten.

begier hingerissen, gleitend im warmen Blute, das
weit den Boden überströmt, fielen hin; das
Schwerdt verwehrt beiden das Aufstehen, des Phorbas Kehle und des andern Rippen durchdringend.
Aber den Actoriden Erithos, der mit einer breiten
80 Streitaxt bewafnet war, trift Perseus nicht mit
dem krummen Säbel; sondern eine große Schale*)
mit hocherhabenen Bildern, und schwer von Gewicht, erhebt er mit beiden Händen, und wirft damit den Helden. Dieser speiet rothes Blut aus,
und rücklings schlägt er sterbend mit der Scheitel
den Boden. Darauf fällt er den, aus Semira-
mischem Blute entsprossenen, Polydämon und den
85 Caucasischen Abaris und den Sperchioniden Lycetus
und Elyces mit wallendem Haar, und Phlegias
und Clytus, und schreitet über hohe Haufen Sterbender einher.

Selbst Phineus wagt es nicht, mit dem Feinde
in der Nähe zu treffen, sondern schleudert einen
90 Spieß nach ihm; welcher fehlend Idas erreicht, der,
vergebens des Krieges untheilhaftig, keiner Partei
gefolgt war. Dieser sieht den wilden Phineus mit
grimmigen Blicken an, und spricht:

„Mit Gewalt ziehest Du mich in den Streit? So
„habe denn den zum Feinde, Phineus, den Du die
„dazu gemacht hast, und empfange Wunde für
95 „Wunde zur Vergütung!“ Und schon wollte er
den aus dem Leibe gerissenen Spieß zurückschicken,
als ohnmächtig er darnieder sinkt.

Hier

*) Im Texte Crater; d. i., ein großes vertieftes Ge-
fäß, worin die Alten den Wein mit Wasser vermischten und daraus in die Becher schöpften. S. dergl.
Lipperts Dactyl. II, 1082.

Hier fällt auch Odites, nach dem Könige Cepheus der Erste, durch das Schwerdt des Clyme-
nus; es tödtet den Protenor Hypseus; den Hypseus
der Lyncide. Unter ihnen ist auch der alte Ema- 100
thion, des Rechtes Freund und ein Verehrer der
Götter. Ihm verbieten die Jahre zu fechten, aber
mit Worten streitet er, und greift er jeden an, und
rathet er ab von den heillosen Waffen. Als er
eben mit zitternden Händen den Altar umfaßt,
hauet Chromis mit dem Schwerdte ihm das Haupt
ab; es fällt auf den Altar, stößt dort mit schwerer
Zunge Worte des Fluchs aus, und verathmet die 105
Seele mitten in die Glut. Darauf sinken zwei
Brüder Broteas und Ammon, beide auf Schlagriemen *) unüberwindlich, — nur daß Schlagriemen nicht Schwerdter überwinden! — unter
Phineus Hand, samt der Ceres Priester Amphcus, 110
mit weißer heiliger Binde **) die Schläfe umwunden.

Auch Du, Japetide, nicht zu solchen Geschäf-
ten geschickt, sondern, des Friedens Werk, in die
Leier zu singen, übend, — das Gastmahl und das

O 5

Fest

*) Schlagriem (cæstus) eine Art lederner Handschuhe,
worin Blei war, und welche mit starken Riemen an
den Armen befestiget wurden. Die Alten schätzten die
Geschicklichkeit im Kampfe mit Schlagriemen, welcher
mit zu den Uebungen bei ihren Spielen gehörte.

**) Diese breite aus Wolle oder wollenen Faden gefloch-
tene Binde (Vitta) war ein Theil des priesterlichen
Schmucks, so wie auch heilige, den Göttern geweihete, Dinge, oder Opfer und opfernde Personen damit
behängt wurden.

Feſt mit Geſange zu feiern *)! berufen, findeſt
den Tod. Als er von ferne, das unkriegeriſche
Plectrum **) haltend, da ſteht, ſpricht lachend zu
ihm Pettalus:

115			„Geh, und ſinge das Uebrige den Stygiſchen
Schatten!“ und ſtößt ihm die Spitze durch den
linken Schlaf. Fallend greift er noch mit ſterben-
den Fingern in ſein Saitenſpiel, und ein Klageton
begleitet ſeinen Fall. Nicht ungerächt läßt ihn
der trotzige Lycormas fallen. Er reißt einen ſtar-
120 ken Riegel vom rechten Thürpfoſten herab, und
ſchlägt damit den frevelhaften Spötter mitten in
das Genick. Da ſtürzt er zur Erde, gleich einem
geſchlachteten Stiere. Auch dem linken Thürpfoſten verſucht der Cinyphiſche Pelates den Riegel
zu entreißen; aber des verſuchenden Rechte wird
vom Wurfſpieße des Marmariden Corythus durch-
125 bohret und an das Holz geheftet. Alſo feſtgehalten
durchſticht ihm Abas die Seite; doch fällt er nicht
darnieder, ſondern bleibt ſterbend mit der Hand am
Pfoſten hangen.

			Dahingeſtreckt wird auch Melaneus, des Per-
ſeus Anhänger, und Dorylas, unter den Naſamo-
130 niern ***) an Ländereien der reichſte. Den reichen
Dorylas, der mehr Felder beſaß und mehr Korn-
haufen errichtete, als irgend einer, trift das abge-
ſchoſſene Eiſen ſeitwärts in die Weichen. Eine
											tödliche

<hr>

*) Die Alten hatten Tafelſänger, welche unter Beglei-
		tung eines Inſtruments die Geſchichte der Vorwelt,
		und Hymnen ſangen.
**) Inſtrument, womit man die Saiten rührte.
***) Naſamonier, ein Volk in Libyen, an den Syrten.

tödliche Stelle! Als der Wunde Urheber, der
Bactrische Halcyonens ihn röchelnd und mit ver-
dreheten Augen die Seele aufgeben sieht, ruft er:
„Itzt begnüge Dich von Deinem so vielen Lande 135
„mit dem wenigen, das Dein Körper bedeckt! „
und verläßt den todten Leichnam. Aber auf ihn
wirft als Rächer der Abantiade den aus der warmen Wunde gerissenen Spieß. Dieser trift die
Nase, durchdringt den Nacken, und ragt zu beiden
Seiten hervor.

  Unter Beistand Fortunens *) erlegt Perseus noch 140
Clytius und Clanis, von Einer Mutter geboren, durch
verschiedene Wunden. Denn durch Clytius beide Hüften wird die mit starkem Arme geschwungene Lanze getrieben; ein Wurfspieß aber haftet in Clanis Munde.

Es

*) Fortuna, (Griechisch Tyche), die Göttin des Glücks,
   der man die Ertheilung und Lenkung so wohl guter,
   als widriger Schicksale zuschrieb. Bei den Griechen
   hatte sie zu Elis, Corinth und Smyrna besondere
   Tempel; wurde von ihnen aber bald mit der Nemesis,
   bald mit den Parcen (s. Paus. VII, 26.) vertwechselt.
   In Italien wurde sie schon vor Roms Erbauung zu
   Antium verehrt. Auch zu Präneste hatte sie einen
   berühmten Tempel. Sie wird unter der Gestalt eines
   jungen Frauenzimmers vorgestellt, insgemein in der
   Stola, die bald wie ein Talar herabhängt, bald mit
   dem Arme aufgefaßt wird; seltner nur halb bekleidet.
   Am häufigsten ist der Kopf blos; oft aber auch mit
   einem Modius (Scheffel) oder mit einer Thurmkrone,
   mit der Blume des Lotus, oder mit Sonne und Mond
   geziert. In der Rechten hält sie ein Steuerruder,
   in der Linken ein Füllhorn. Auch sieht man sie mit
   Flügeln vorgestellt, ein Rad zu ihren Füßen. S.
   eben II, 140. A. S. Descrpt. du cab. de Stosch
   page 297. n. 1816 — 1821. und Lipperts Dactyl.
   I, 700 — 705.

Es fällt auch Celadon, der Mendefier; *) es fällt,
Aſtreus, der von einer Paläſtiniſchen Mutter, aber
145 einem zweifelhaften Vater gezeugt war; und Aethion,
ſonſt ein Seher der Zukunft, iſt durch falſche Vögel getäuſcht; und Thoactes, des Königs **) Waffen-
träger; und der durch Vatermord berüchtigte Agyr-
tes.   Noch mehr bleibt jedoch dem Erſchöpften
übrig; denn Alle wollen den Einen unterdrücken.
150 Verſchworene Haufen kämpfen rings um ihn für
die Sache, welche Verdienſt und gegebenes Wort
beſtreitet; während daß ſeine Sache blos der Schwäher, vergebens gewiſſenhaft, und die Neuvermählte
ſamt der Erzeugerin begünſtigen, und mit Geheule
die Hallen erfüllen.   Doch das Geräuſch der Waffen ſiegt ob, und das Geächſe der Sterbenden;
155 und die einmal entheiligten Penaten benetzt mit
Strömen von Blut Bellona, †) und verwirrt den
erneueten Kampf.   Phineus ſamt tauſend, die ihm
gefolgt, umringen den Einen.   Die Pfeile fliegen
dichter, als winterlicher Hagel, zu beiden Seiten,
um Augen, um Ohren.

Iſt

*) Mendes, Stadt in Aegypten.

**) d. i. des Königs Phineus.

†) Bellona, eine Gefährtin des Mars. Sie wird für
    deſſen Mutter oder Schweſter gehalten, und iſt bald
    mit einem blutigen Spieße, bald mit einer Peitſche
    oder brennenden Fackel gebildet, auch wohl mit einem
    dicken Leibe, als wenn ſie ſchwanger wäre. Auch ſaß
    ſie auf dem Wagen des Mars und regierte die Pferde,
    und tobete in der Schlacht auf und nieder. Auf dem
    Haupte trägt ſie einen Helm, oft auch erſcheint ſie
    mit bloßen fliegenden Haaren. S. Lipperts Dactyl
    I, 124. und Mon. ined. ant. pag. 33 u. 36.

Itzt lehnt er die Schultern an eine große stei- 160
nerne Säule, und also den Rücken gedeckt, wendet
er sich gegen das feindliche Heer, und besteht dessen
Anfall.

Es drangen zur Linken der Chaonische Molpeus, zur Rechten der Nabathäische Ethemon auf
ihn ein. Wie der Tiger, der, von Hunger getrieben, an den beiden Enden des Thales das Ge- 165
brüll der Herden hört, nicht weiß, nach welcher
Seite er zuerst stürzen soll; und brennt, nach beiden
zugleich zu stürzen: Eben so in Zweifel, ob er zur
Rechten oder zur Linken ausfalle, scheucht Perseus
den Molpeus mit einem Stoße durch das Schienbein zurück, und begnügt sich mit dessen Flucht;
denn Ethemon läßt ihm nicht Zeit, sondern wüthet, 170
und voller Begierde, ihn oben am Halse zu verwun-
den, zerbricht er das mühsam aus allem Vermögen geschwungene Schwert, indem er damit eine
Säule trifft, daß die Klinge zerspringt, und in ihres Herrn Gurgel stecken bleibt. Doch ist zum
Tode noch keine hinreichende Ursache diese Wunde.
Den Zitternden, als er vergebens die wehrlosen 175
Arme gegen ihn ausstreckt, durchbohrt Perseus mit
dem Cyllenischen *) Säbel.

Als aber Perseus sieht, daß seine Tapferkeit
dennoch der Menge unterliegen müsse, so spricht er:

„Weil Ihr mich denn selbst dazu zwingt, so
„will ich beim Feinde Hülfe suchen! Jeder, der
„mein Freund ist, wende das Gesicht hinweg!“

Mit den Worten zieht er der Gorgo Haupt 180
hervor.

„Schrecke

*) S. IV, 615. Anmerk. und I, 713. Anmerk.

„Schrecke einen Andern mit Deinen Wun-
„dern!„ versetzt ihm Thescelus, und will den tödlichen Spieß auf ihn abschießen, bleibt in derselben
Stellung aber stehen, ein Marmorbild! Diesem zunächst stößt Ampyx nach des großmüthigen Lynci-
den Brust mit dem Degen; und im Stoße erstarrt
die Rechte, und bewegt sich weder vor- noch rückwärts. Nileus aber, der für des siebenfachen Nils
Erzeugten sich ausgab, im Schilde auch die sieben
Ströme, theils in Silber, theils in Gold, erhaben
führte, spricht: „Schaue, Perseus, den Urheber
„meines Geschlechts, und nimm den großen Trost
„mit zu den verschwiegenen Schatten hinab, daß
„Du durch solch einen Mann gefallen.„; Da
stockt mitten in der Rede die Stimme. Man
glaubt, der offene Mund wolle reden; allein die
Worte finden keinen Ausgang. Sie schilt Eryx
„Vor Feigheit — spricht er — „erstarrt Ihr,
„und nicht durch die Kraft des Gorgonischen Haars
„Greift nur mit mir an, und des seiner Zauber-
„waffen soll der Jüngling zu Boden!„

Er will angreifen, aber fest hält die Erde seine
Füße, und er steht da, als ein unbeweglicher Stein,
eine bewafnete Bildsäule.

Alle diese werden jedoch verdientermaßen also
gestraft; nur Aconteus, ein Streiter des Perseus,
wird, indem er für ihn sicht, durch der Gorgo Anblick versteinert. Ihn haut Astyages, während
daß er noch lebt, mit langem Schwerte; und hell-
klingend prallt der Stahl ab. Indem Astyages
darüber stutzt, nimmt er dieselbe Natur an, und es
bleibt

bleibt im marmornen Gesichte die Miene des Er-
staunens.

Zu langweilig wär' es, aller niederen Streiter
Namen zu nennen. Aber zweimal hundert waren
noch vom Kampfe übrig; und zweimal hundert erstarren auch zu Stein, als sie die Gorgo erblicken.

Itzt erst ist Phineus des ungerechten Krieges 210
müde. Allein, was soll er thun? Er sieht lauter
„Bildsäulen in verschiedenen Stellungen; erkennt
die Seinen; ruft ihnen bei Namen; flehet um Hülfe,
ungläubig, berühret er die nächsten mit Händen —
sie waren Marmor. Er drehet sich um, und so,
flehend, die sich überwundnen, bekennenden Hände und 215
Arme seitwärts ausstreckend, spricht er:

„Du siegst, Perseus! Entferne, ich bitte, das
„schreckliche Unheil, und verbirg das versteinernde
„Angesicht Deiner wunderbaren, Medusa. Nicht
„Haß, noch Herrschsucht treibt mich zum Kriege;
„um einer Gattin willen ergreif' ich die Waffen. 220
„Deine Ansprüche sind zwar durch Deine Ver-
„dienste, aber, der Zeit nach, die Meinigen gülti-
„ger. Ich schäme mich nicht, Dir zu weichen.
„Nichts, o Held, als dies Leben laß mir; alles
„übrige sei Dein!"

Als er so spricht, und sich den, zu dem er flehet,
nicht anzusehen getrauet, erwiedert Perseus!

„Was ich Dir gestatten kann, Du furchtsamer
„Phineus, — ein großes Geschenk für einen Fei-
„gen — das (lege nur die Furcht ab) sei Dir ge- 225
„währt: Kein Eisen soll Dich verletzen! Ja ich will
„Dir sogar ein unvergängliches Denkmal stiften:
„Ewig soll man Dich im Hause meines Schwähers
schauen,

„schauen, damit meine Gattin sich wenigstens mit
„dem Bilde ihres Bräutigams tröste!“

230 Er sprichts, und hält die Phorcynide auf die
Seite, nach welcher Phineus sein zaghaftes Angesicht gekehret. Da erstarrt sein Nacken, indem er
noch den Blick hinwegzuwenden sich bemühet, und
zu Stein verhärtet sich der Augen Sehe. Aber
auch im Marmor bleibt sein Gesicht furchtsam, seine
Miene bittend; demüthig seine Geberde, und seine
235 ganze Stellung die Stellung eines Schuldigen.

Siegreich begiebt sich darauf der Abantiade
mit seiner Gattin nach seiner Vaterstadt, *) und
Retter und Rächer seines unschuldigen Ahnen, **)
greift er Prötus an. Denn dieser hatte den
Bruder durch die Gewalt der Waffen vertrieben,
und sich der Acrisischen Burg bemächtiget. Aber
240 weder seine Waffen, noch die Burg, die er unrecht-
mäßig erobert, vermögen, ihn vor den gräßlichen Augen des schlangehtragenden Scheusals zu schützen.

Dennoch rührt Dich, o Polydectes, ***) Beherrscher des kleinen Seriphos, †) nicht des Jünglings

---

*) Argos, wo itzt Prötus, der Bruder des Acrisius, und
Perseus Groß-Onkel, der sich das Reich angemaßt,
regierte.

**) Einige wollen hier immeritae parentis lesen, und
diese Worte auf Danae deuten, weil Acrisius doch
nicht des Perseus Vater, sondern Großvater gewesen;
da aber parens bei den Römern auch Großvater ja
sogar Eltervater heißt, so bleibe ich lieber bei der alten
Leseart immeriti parentis; weil dadurch die Erzählung planer wird.

***) S. IV, 610. Anmerkung.

†) Seriphos, Insel im Aegäischen Meere, eine der
Cycladen. Der Kasten, worin Acrisius die Danae mit
dem

lings durch so große Thaten bewährte Tapferkeit,
nicht seine erduldete Leiden; sondern hartnäckig
übest Du einen unversöhnlichen Haß, und Dein 245
ungerechter Zorn ist ohne Gränze. Ja, Du schmä-
lerst noch seinen Ruhm und beschuldigest ihn, der
Medusa Mord sei erdichtet.

„Hier hast Du den Beweis der Wahrheit! — — versetzt Perseus — Ihr andern
sehet hinweg!“

Sofort hält er dem Könige das Medusenhaupt
vors Gesicht, und ein blutloser Kiesel ist er!

Bis hieher war des goldgezeugten *) Bru- 250
ders Begleiterin Tritonia **). Itzt, in eine
Wolke gehüllt, verläßt sie Seriphos, läßt zur Rechten Cythnus ***) und Gyaros, und begiebt sich des
kürzsten Wegs über das Meer nach Theben, und
dem jungfräulichen Helikon †). Auf diesem Berge
verweilt

dem Perseus, als Kind, eingeschlossen hatte, wurde
hier ans Land getrieben. S. IV, 610. Anmerkung.
Uebrigens sollen, nach Plinius VIII. 82, die Frösche
auf Seriphos stumm gewesen sein; daher pflegte man
einen Menschen, der im reden und singen unerfahren
war, sprichwörtlich einen Seriphischen Frosch zu nennen.

*) Weil Danae vom Jupiter in Gestalt eines goldenen
Regens geschwängert worden.

**) Minerva, S. II, 553. Anmerkung.

***) Zwei Cycladen.

†) S. II, 219. Anmerkung. Pausanias sagt IX. 29.
Ephialtes und Otus haben, nach einer alten Sage,
zuerst den Musen auf dem Helicon geopfert und ihnen
den Berg geheiliget, welcher einer von den frucht-
barsten und waldigsten Bergen in Griechenland war.
Die Thäler des Helicons sind, nach Wheler Beschreibung, im Frühlinge grün und beblümt, und werden
von lieblichen Cascaden und Bächen, und von klaren
Quellen und Brunnen belebt.

Ovid. Verw. I. Th. P

255 verweilt sie, und spricht also zu den gelehrten Schwestern *).

„Mir

*) d. i. die Musen. Sie sind die Besitzerinnen und Bewahrerinnen alles dessen, was man weiß und versteht; das Symbol der schönen Künste und Wissenschaften. Der Begrif der Musen kam ohne Zweifel aus Thracien. Die Dichter schmückten die Idee derselben aus, und wie es mit Gegenständen zu geschehen pflegt, die von vielen behandelt worden, die Fabeln von ihnen wurden mannigfaltig und widersprechend. Die Aloiden, ein reicher und mächtiger Stamm in Orchomen, kannten drei Musen, Mneme (Gedächtniß), Melete (Fleiß in Nachdenken und Uebung) und Aoide (Gesang); Namen, aus denen deutlich erhellt, daß man die ganze Weisheit der damaligen Zeiten in Lieder setzte; daß man noch kein Mittel kannte etwas aufzubewahren, als das Gedächtniß, und keinen Weg sich von etwas zu belehren, als die Ueberlieferung. „Nach der Zeit, sagt Pausanias IX. 29. soll der Macedonier Pierus, von dem auch ein Berg in Macedonien den Namen hat, nach Thespien gekommen und neun Musen eingeführt, ihnen auch die noch' itzo gebräuchlichen Namen gegeben haben. Andere sagen, Pierus habe neun Töchter gehabt, diesen wären die Namen der Göttinnen beigelegt worden.“ Die Namen und bestimmten Geschäfte der neun Musen sind folgende: Clio (die rühmende), die Geschichte; Calliope (die Schönstimmige), das Heldengedicht; Melpomene (die Singende), das Trauerspiel; Thalia (die Muntere, Lustige), das Lustspiel; Erato (die Liebenswürdige), Tanz und Musik; Euterpe (die Wohlergötzende), das Flötenspiel; Terpsichore (die Tanzende), die Cither; Polyhymnia (die Vielbesingende), der Gesang; Urania (die Himmlische), die Sternkunde. Die bestimmten Geschäfte aber, welche man einer jeden Muse zueignet, scheinen eine Erfindung späterer Zeit zu sein. Ihre eigene Namen zeigen hinlänglich, daß man zur Zeit ihrer Erfindung noch keine Philosophie und freien Künste in Griechenland kannte. Alle beziehen sich auf Poesie, Gesang und Tanz, und der Name der Clio hatte anfänglich

gewiß

„Mir ist das Gerücht von der neuen Quelle zu
„Ohren gekommen, welche das Medusische Flügel-
„roß *) durch einen Hufschlag eröfnet; darum
„komme ich hieher.   Ich möchte dies Wunder

                         P 2   schauen;

gewiß keinen Bezug auf die Geschichte; sondern auf
das epische Gedicht.   Vielleicht könnte man noch den
Namen der Urania ausnehmen, der auf die Astrono-
mie zu deuten scheint.   Aber es ist eben so möglich,
daß die, welche ihn zuerst brauchten, auf den göttlichen
Ursprung der Musen und ihre Chöre im Olymp Rücksicht nahmen.   Den älteren Musen werden Uranos
und die Erde zu Eltern gegeben, wahrscheinlich nur,
um dadurch das Alterthum des Gesangs anzudeuten.
Die jüngern Musen aber heißen Töchter Jupiters und
der Mnemosyne (Gedächtniß).   Ihre Amme war
Eupheme (guter Ruhm).

     Apoll war der Anführer der Musen und heißt da-
her Musageta.   Von den Künstlern werden die Musen oft einzeln, oft beisammen, aber immer jung und
schön, mit Kränzen auf dem Haupte und mit allerlei
musikalischen auch geometrischen Instrumenten in den
Händen, gebildet.   Ihnen waren die Berge Helicon,
Parnaß, Pindus und Pierius geheiliget; auch waren
ihnen bei den Griechen und Römern viele Tempel
errichtet.   Zu Trözene stand (nach Pauf. 2. 31:)
neben ihrem Tempel ein Altar, auf welchem ihnen
und dem Schlafe geopfert wurde, weil man glaubte,
daß der Schlaf den Musen gewogen sei. — Siehe
Pausanias und Heyne.   Herr Ramler hat die Verrichtungen der Musen in folgende Gedenkverse gebracht:

Clio lehrt die Geschichte der Völker; tragische Spiele
Sind der Melpomene heilig, comische liebet Thalia;
Schlachtgesänge tönt der Calliope stolze Drommete;
Tänzer beschützt Terpsichore, Flötenspieler Euterpe;
Erato singet der Liebenden Glück; Urania wandelt
Unter den Sternen; Polymnia herrscht im Reiche der
                                        Redner.

  * Antike Vorstellungen derselben siehe in Lipperts Dact
  . tul. I. 742 — 761. Mon. ined. 42. 45. 46. Admi-
    randa etc. Bartoli n. 81.

*) d. i. Pegasus.   S. IV, 784. Anmerkung.

„schauen; da ich den Pegasus selbst aus mütterli-
„chem Blute entstehen sah. „

260   Ihr antwortet Urania: „Welche Ursache Dich
„auch zu unsrer Behausung führet, o Göttin, sie
„ist uns höchst erfreulich. Das Gerücht aber ist
„wahr, und Pegasus ist wirklich der Quelle Ur-
„heber. „

Darauf führt sie Pallas hin zum heiligen
Borne *). Diese verwundert sich lange über das
durch einen Hufschlag entsprungene Gewässer; aber
endlich wendet sie auch ihren Blick umher auf des
265 heiligen Haines vieljährige Bäume, auf die Höhlen und mit zahllosen Blumen geschmückten Wiesen; und preißt die Mnemoniden, **) sowohl ihrer
Beschäftigungen, als dieses Aufenthalts wegen,
glücklich. Da spricht der Schwestern Eine also
zu ihr:

„O Tritonia heischte Dein hoher Beruf nicht
270 „erhabenere Werke, nur allzuwürdig, Dich zu
unserem

(*) Man legte der Hippocrene die Eigenschaft bei, daß,
wer daraus tränke zum Dichter begeistert würde. Es
ist gewiß, daß ihr Wasser, welches aus geschmolze-
nem und durch Salpeter und Kalksteinlagen durchge-
seigtem Schnee entsteht, so übermäßig kalt ist, daß
man die Hände nicht lange darin halten kann; und
diejenigen, die in der Mitte des Sommers daraus
trinken, empfinden, wenn sie nicht eine sehr feste Lei-
besbeschaffenheit haben, einen kalten Schauder, worauf bald eine fieberhafte Hitze folgt, welche von Leuten, die die natürlichen Ursachen und Wirkungen nicht
kannten, für eine Begeisterung der Musen, oder des
Apollo selbst gehalten werden konnte. S. pauw's
Philosophische Untersuchungen über die Griechen,
(in Villaume's Uebers.) 1. Th. S. 114.

**) d. i. Töchter der Mnemosine, — Musen.

„unserem Reigen zu gesellen! Du sagst die Wahr-
„heit, und mit Recht lobst Du sowohl unser Ge-
„schäft, als unsern Aufenthalt.   Ja, wir haben ein
„angenehmes Loos; wenn wir nur sicher wären.
„Allein, da dem Laster alles frei steht; so müssen
„wir Jungfrauen beständig in Furcht leben.   Noch
„schwebt mir der grausame Pyreneus vorm Gesicht,
„und noch bin ich nicht ganz wieder von mei-
„nem Schrecken zu mir gekommen.   Daulis *) 275
„und Phocis *) Gefilde hatte mit Thracischen
„Kriegern der Wütherich erobert, und übte unge-
„rechte Herrschaft.   Wir begaben uns zu den Hö-
„hen des Parnaß.   Er sieht uns gehen, erweißt
„uns als Göttinnen täuschende Verehrung und
„spricht: „Ihr Mnemoniden (denn er kannte uns) 280
„verweilet doch hier, und tretet, ich bitte, bei dem
„schlimmen Wetter und Regen (es regnete eben.)
„in mein Haus ein! Auch niedrigere Hütten haben
„oft Himmlische beherberget. “   Durch seine Rede
„und durch das Wetter bewogen, nehmen wir den
„Vorschlag an,   und treten in sein Haus ein.
„Vorüber war der Regen.   Die Nordwinde hat- 285
„ten den Südwind besiegt; die düsteren Wolken
„zogen hinweg und der Himmel war wieder heiter.
„Itzt wollen wir weiter gehen; allein Pyreneus
„verschließt die Thüre und bereitet Gewalt, der wir
„aber durch angenommene Flügel entfliehen.   Als
„wolle er folgen, stellt er sich da oben auf seines
„Pallasts Zinne, ruft: „Der Weg, der Euch er- 290

P 3   laubt

*) Daulis eine Stadt in Griechenland, in der Landschaft
  Phocis, nahe am Parnaß.

„laubt ift, ftebt auch mir offen!"   und ftürtzt ſich,
„der Thor! von der höchſten Spitze der Burg herab;
„fällt aufs Angeſicht, und ſchlägt ſterbend mit zer-
„ſchmettertem Schedel den von ſeinem verruchten
„Blute gefärbten Boden. "

    Noch ſprach die Muſe; als man in der Luft
ein Geräuſch von Fittigen, und von den Bäumen
295 herab grüßende Stimmen vernahm.   Jupiters
Tochter ſieht empor, forſcht, woher die deutliche
Rede komme, und meint, ein Menſch habe geſpro-
chen.   Allein Vögel waren es, neun an der Zahl,
Ihr Geſchick beklagend ſaßen da auf den Zweigen
alles nachplaudernde Elſtern.

300   Zu der ſich wundernden Göttin beginnt die
    Muſe:

    „Jüngſt haben auch dieſe, im Wettſtreite
„überwunden, die Zahl der Vögel vermehrt.   Sie
„hat der reiche Pieros in den Pelläiſchen *) Geſil-
„den gezeugt.   Die Päoniſche **) Evippe war
„ihre Mutter.   Dieſe rief die mächtige Lucina ***)
305 „neunmal, bei neunmaliger Schwangerſchaft, an.
    „Stolz auf ihre Anzahl kommt der Schwarm der
„thörichten Schweſtern durch alle Hämoniſche, durch
„alle Achaiſche †) Städte hieher, und fodert uns
„alſo zum Wettſtreite auf:

                         „Hört

*) Pella war eine Stadt in Macedonien.

**) Päonien gränzt an Macedonien.

***) Lucina, d. i. Juno als Helferin der Gebährenden.

†) Hier iſt dasjenige Achaia zu verſtehen, das zwiſchen
    Theſſalien und dem Iſthmus lag.   Ein anderes
    Achaia lag im Peloponnes.

„Hört auf, den ungelehrten Pöbel mit süßem
„Wahne zu täuschen; und waget mit uns, so Ihr
„Vertrauen in Euren Gesang setzt, einen Wett-
„streit, Ihr Thespische *) Göttinnen! Weder
„an Stimme, noch an Kunst weichen wir euch; ja, 310
„wir sind auch unser eben so viele. Entweder Ihr
„tretet besiegt den Medusischen Born **) und die
„Hyantische Aganippe uns ab; oder wir überlassen
„euch die Emathischen ***) Fluren bis hin zu den
„verschneieten Päonen. Unsre Schiedsrichterin-
„nen sein Nymphen! “

     „Schimpflich war es freilich, den Wettstreit ein- 315
„zugehen; doch schimpflicher noch schien es uns, ihn
„auszuschlagen. Also werden Nymphen gewählt.
„Sie schwören beim Strome der Styx und lassen
„sich auf Sitze von lebendigem Steine nieder.
„Darauf, ohne zu losen, beginnt die erste, welche
„sich zum Wettstreite aufwarf. Sie singt die
„Kriege der Himmlischen, streicht die Giganten †)
„durch falsche Lobeserhebungen heraus, und wür-
„diget die Thaten der großen Götter herab. Ty- 320

P 4   phöus,

*) Von der Stadt Thespia unten am Berge Helicon,
   welcher den Musen geheiliget.

**) Wenn man auf den Helicon nach dem Hain der
   Musen geht, findet man zur Rechten die Quelle
   Aganippe. Die Aganippe wird für eine Tochter des
   Permessus gehalten. Der Permessus fließt um den
   Helicon. — — Zwanzig Stadien von dem Haine
   weiter hinauf ist die Hippocrene. Pausanias, IX,
   19 und 20.

***) Emathien war der alte Name von Macedonien.
   Nachmals wurde auch Thessalien darunter verstanden.

†) S. oben I, V. 150 u. f.

„phöus, *) fingt fie, aus dem Schooße der Erde
„hervorgegangen, habe die Götter fämtlich in Furcht
„gefetzt; alle wären bebend entflohen, bis Aegyp-
„ten die Ermüdeten aufgenommen und der durch
„fieben Mündungen ausftrömende Nil.   Auch hie-
325 „hin fei der Erdgeborne Typhöus gekommen.   Da
„hätten fich die Himmlifchen unter erlogenen Ge-
„ftalten verborgen.   Der Leiter der Heerde, fagt
„fie, wird Jupiter; daher bis jetzt noch der Libyfche
„Ammon mit krummen Hörnern gebildet wird.
„Der Delier verfteckt fich in einen Raben; Seme-
„lens Sohn in einen Bock; In eine Katze des
330 „Phöbus Schwefter; Saturnia in eine weiße
„Kuh; In einen Fifch Venus, und der Cyllenier
„unter den Flügeln einer Ibis **).

„Alfo fang fie in die Zither.   Itzt werden wir
„Aoniden ***) aufgerufen. — Doch vielleicht haft
Du

*) Siehe von ihm oben III. 303. Anm. und gleich unten
345. u. f. Auch Apollodor I. 6. erzählt, daß, als
die Götter diefen Himmelsftürmer fahen, fie nach
Aegypten flohen, und, als fie auch da von ihm verfolgt wurden, ihre Geftalten in Thiere verwandelten.
Eine Dichteridee, die aus den hieroglyphifchen Thier-
geftalten, worunter in Aegypten die Götter verehrt
wurden, entftanden.

**) Ibis, ein Aegyptifcher fchwarzer Storch, der mit zu
den heiligen Thieren gehört, welche in Aegypten verehrt wurden.   Kein Menfch durfte bei Lebensftrafe
einen folchen Vogel tödten.   Er frißt Schlangen und
foll überhaupt fo gefräßig fein, daß er, um mehr
freffen zu können, fich mit feinem Schnabel felbft kli-
ftiret. S. Lipperts Dact. I. 891. u. 892.

***) d. i. Böotiérinnen. Nach dem Paufanias IX, 5.
fand Cadmus die Aonier in Böotien, als er dahin
kam. Er erlaubte ihnen, nachdem er die Hyanther
über-

„Du weder Lust, noch Zeit, unsren Liedern Dein
„Ohr zu leihen."

„Sonder Bedenken theile euren ganzen Gesang 335
„mir mit!" versetzt Pallas, und sitzt in des Haines wankenden Schatten nieder.

Die Muse nimmt also das Wort wieder:

„Wir übertragen unsren Wettgesang Einer
„von uns. Ihr langes Haar mit Epheu umwun-
„den, erhebt sich Calliope, versucht mit zärtlichem
„Finger die Saiten, und itzt begleitet sie ihren künst- 340
„lichen Wohllaut mit diesem Liede:

„„„Ceres *) riß zuerst mit krummem Pfluge

P 5   das

überwunden, da zu bleiben und sich mit den Phöni-
ciern zu vereinigen. Sie behielten ihre Wohnungen
auf den Dörfern.

*) Ceres, (im Griechischen Demeter, auch Deo) Toch-
ter des Saturns und der Rhea. Mit dem Jupiter
zeugte sie die Proserpina, und mit dem Neptun, außer
einer Tochter, auch noch den Arion, ein sehr schnelles
Pferd, das mit der Sprache begabt war. Jasion, ein
Sohn Jupiters und der Electra, war ihr Liebling, den
ihr aber Jupiter aus Eifersucht durch den Blitz ent-
riß, nachdem sie von ihm den Plutus, den Gott des
Reichthums, geboren. Sicilien, eines der frucht-
barsten Länder, und in demselben die Gegend der
Stadt Enna, wurde für ihr Vaterland gehalten.
Hier verbreitete sie zuerst den Ackerbau, dessen Erfindung, so wie auch die Gesetzgebung und Anordnung
der bürgerlichen Gesellschaft, man ihr zuschreibt. Sie
wurde gemeiniglich als eine wohlgebildete Frau in
einer ehrbaren Kleidung vorgestellt. Ihre Attribute
sind Fruchtkorb, Aehren, Mohnköpfe, Füllhorn,
Eichel, und Scheffel. Oft wird sie auch mit der
Fackel in der Hand gebildet, in Beziehung auf ihr
Aufsuchen der Proserpina. Ihr Gewand ist von gel-
ber Farbe. S. Winkelm. mon. ined. 19. 20. Lipperts Dactyl. I, 93. u. f. Descr. d. Cab. de Stosch
page 67, n. 221 — 279.

„das Land auf; erfand zuerst das Getreide, eine
„milde Nahrung den Sterblichen; gab zuerst Ge-
„setze. Ceres haben wir alles zu danken! Sie
„singe ich. O, daß mein Lied der Göttin eben so
345 „würdig sei; als die Göttin würdig ist des Liedes!

„Das große Eiland Trinacris, *) auf des
„Typhöus **) Glieder geworfen, drückt mit unge-
„heurer Bürde den Giganten, welcher die ätheri-
„schen Wohnungen zu hoffen sich erfrechte. Zwar
„strebt dieser, und ringt oftmals sich wieder empor zu
350 „heben; Allein es liegt seine Rechte unterm Auso-
„nischen ***) Pelorus, die Linke, Pachynus, unter
„Dir; Lilybäum drückt die Beine, und das Haupt
„beschweret Aetna. Typhöus, hingestreckt auf den
„Rücken unter diesem Berge, wirft Sand aus, und
„speiet Flammen aus fürchterlichem Schlunde. Oft
„bemühet er sich, die drückende Last abzuwerfen,
355 „und Land, Städte und Gebirge von seinem Kör-
„per zu wälzen. Dann bebt die Erde, und selbst
„der Beherrscher der Schatten †) zittert, daß nicht
„der Boden zerreiße, weite Klüfte sich öfnen, und
das

*) Trinacris ob. Trinacria, Sicilien, wegen der drei
Vorgebirge Pelorus, (Capo di Faro), Pachynus
(Capo Passaro) und Lilybäum, (Capo Boco, oder
Marsala) welche die äußersten drei Punkte des Tri-
angels bezeichnen, wovon die Insel die Figur hat.

**) S. III. 303. und kurz vorher.

***) d. i. welches nach Ausonien (Italien) hinwärts liegt.
Italien heißt den Dichtern Ausonien von den Auso-
niern, einer alten Nation, die erst ganz Unteritalien,
hernach aber nur einen kleinen Strich an der Grenze
Latiums und Campaniens inne hatte.

†) d. i. Pluto. S. oben IV. 438. Anmerk.

„das einfallende Licht die schüchtern Schatten
„erschrecke.

„Dies Unglück befahrend, hatte die düstre
„Behausung der König verlassen, und umfuhr ge-
„flissen auf einem Wagen, von Rappen gezogen, die 360
„Grundfeste des Siculischen *) Landes. Nach-
„dem er genugsam erforscht, daß nirgends wandel-
„bare Stellen vorhanden, und seine Furcht nun
„geschwunden, erblickt den Spähenden Erycina **)
„von ihres Berges Gipfel, und spricht liebkosend
„zu ihrem geflügelten Sohne:

„„Sohn, Du meine Waffen, Hände und 365
„Macht! nimm Dein alles besiegendes Geschoß,
„Cupido; und verwunde mit einem schnellen Pfeile
„die Brust des Gottes, dem das letzte Loos des
„dreifachen Reiches zufiel. Du bezwingst ja die
„Himmlischen und Jupiter selbst; Dir sind die
„Gottheiten des Meers samt ihrem Beherrscher 370
„unterthan: Und der Tartarus sollte Dich nicht für
„seinen Herrn erkennen? Auf, erweitere Dein und
„Deiner Mutter Reich! Es gilt ein Drittheil der
„Welt! Wiewohl — Dank sei unsrer Langmuth! —
„auch im Himmel verachtet man uns, und verrin-
„gert man unsre beiderseitige Macht. Siehest Du
„nicht, daß Pallas und Diana, die Schützin, 375
„uns entgangen sind? Auch Ceres Tochter ***) bleibt
Jung-

*) Sicilien erhielt seinen Namen von den Siculern,
die dahin von Italien übersetzten.

**) d. i. Venus, von dem Berge Eryx in Sicilien, auf
dessen Gipfel sie einen berühmten Tempel hatte, also
genannt.

***) d. i. Proserpina. Ihr Vater war Jupiter.

„Jungfrau, wenn wir es zulassen; denn sie schmei-
„chelt sich mit gleichen Hofnungen.   Aber wenn
„ich als Mitgenossin Deines Reichs etwas bei
„Dir gelte; so verbinde die Göttin mit ihrem
„Oheime. *) “

      „Also spricht Venus.   Er löset den Köcher,
580 „und wählt, nach dem Willen der Mutter, unter tau-
„send, den allerspitzesten, sichersten, unfehlbar-
„sten Pfeil; spannt am Knie den biegsamen Bogen,
„und schießt mit widerhakigem Rohre den Dis ins
„Herz.

585   „Nicht weit von den Mauren von Enna **)
„liegt ein tiefer See, mit Namen Pergus.   Mehr
„als er hört nicht der Cayster ***) Lieder der Schwä-
„ne auf sanft rinnenden Wellen.   Ein Wald, der
„das Gestade umzieht, bekränzt das Gewässer,
„und schützt mit seinem Laube, gleich einem Schleier,
„vor Phöbus Strahle.   Kühle wohnt unter den
590 „Zweigen; den gewässerten Boden schmücken pur-
„purne Blumen; ein ewiger Frühling herrscht hier.

      „Als in diesem Haine Proserpina spielt, und
„Veilchen, und weiße Lilien pflückt; und mit ju-
„gendlicher Emsigkeit so Korb als Schoos mit ihren
595 „Gespielinnen in die Wette füllt; sieht, liebt und
„raubt sie Dis fast in dem nemlichen Augenblicke †).
„So rasch betreibt er die Liebe!

                                        „Die

*) Nemlich Pluto.
**) Enna, Stadt in Sicilien, wobei Ceres einen Tempel
      hatte.   Itzt Castro Giovanni.
***) Cayster, Fluß in Klein-Asien, bei Ephesus, der
      wegen der vielen Schwäne, welche sich darauf befan-
      den, berühmt war.
†) S. Admiranda Bartoli n. 53.

„Die Göttin, erschrocken, ruft ängstlich itzt
„der Mutter, itzt den Gefährtinnen, doch öfter der
„Mutter; und zerreißt, vom obern Saum an, das
„Gewand. Die gesammelten Blumen entsinken
„dem geöfneten Schooße und — o der jugend- 400
„lichen Unschuld! — auch dieser Verlust erregt
„den Schmerz der Jungfrau.

„Aber ihr Räuber fährt schnell davon, ermun-
„tert die Rosse, ein jegliches bei seinem Namen
„nennend, und treibt sie an mit den schwarzen,
„über Hals und Mähne verhängten Zügeln. Er
„wird dahin getragen über tiefe Seen, über die 405
„Schwefel ausdampfenden Brunnen der Palicer,*)
„die aus gespaltener Erde hervorsprudeln; den
„Mauren zu, **) welche die vom zweimeerigen
„Corinth ***) abstammenden Bacchiaden zwischen
„ungleichen Häfen erbaut haben.

„Es

*) Die Palicer, Söhne des Jupiters und der Nymphe
Aetna, oder Thalia. Aus Furcht vor der eifersüchtigen Juno verbarg sich ihre Mutter, als sie mit ihnen
schwanger war, unter der Erde. Zur Zeitigung der
Kinder that sich die Erde auf, und die Zwillinge tra-
ten hervor. An dem Orte, wo dies geschah, blieben
zwei unergründliche Brunnen, die nach ihren Namen
genannt wurden, und sich in der Nähe des Flusses
Symäthus (itzt Giarretta ob. Fiume di Catania) in
Sicilien befanden.

**) Die Stadt Syracus. Sie war eine Colonie der
Corinther. Die Bacchiaden stammen vom Bacchias,
einem Sohn des Dionysius zu Corinth, her.

***) Corinth lag auf einem Isthmus zwischen zwei
Meeren; zwischen dem Aegäischen gen Osten, und
dem Jonischen gen Westen.

„Es liegt mitten zwischen der Quelle Cyane *)
„und der Pisischen Arethusa, **) von schmalen
410 „Landzungen eingeschlossen, eine Bucht. Hier
„befindet sich Cyäne, die berühmteste unter den
„Sicilischen Nymphen, nach deren Namen auch
„jene Quelle benannt worden. Mitten aus dem
„Schlunde erhebt sie sich bis zur Hälfte des Leibes,
„und erkennt den Gott. „Weiter darfst du nicht,
„spricht sie. Du kannst nicht wider Ceres Willen
„ihr Eidam werden. Erbitten, und nicht rauben,
415 „solltest Du ihre Tochter. Auch mich — darf ich
„anders Geringes mit Großem vergleichen — liebte
„Anapis ***); allein blos auf sein Bitten und nicht,
„wie diese, auf gebrauchte Gewalt, gewann er
„mich zum Weibe.“ Also spricht sie, und stellt sich
420 „ihm mit ausgebreiteten Armen entgegen. Itzt
„vermag der Saturnier sich des Zorns nicht zu ent-
„halten. Er ruft den schrecklichen Pferden zu, und
„in die innerste Tiefe stößt er das von kräftigem
„Arme geschwungene Königszepter. Die getroffene
„Erde eröfnet ihm einen Weg zum Tartarus und
„der Abgrund verschlingt den stürzenden Wagen.
425 „Da jammert Cyane über die geraubte Göttin, und
„über die verletzten Rechte ihrer Quelle. Untröstbar
blutet

*) Cyane, eine Quelle, oder vielmehr ein kleiner Pfuhl
unweit von Syracus. Der Fluß Anapis (l'Alfeo)
fließt hindurch. Anitzt heißt sie la piscina di Cirino
oder nach andern la Pisina.

**) S. unten V: 496.

***) Anapis od. Anapus, Fluß, der in dem großen Ha-
fen von Syracus ins Meer fällt. Heut zu Tage
l'Alfeo genannt.

„Muret ihr das Herz in Stillen. Sie verzehrt sich
„in Thränen, und zerrinnt endlich in dasselbe Ge-
„wässer, dessen große Gottheit sie bisher gewesen.
„Man hätte die Glieder sich erweichen, das Gebein
„biegsam werden, und die Nägel ihre Härte able-
„gen, sehen mögen. Zuerst beginnen des Körpers 430
„dünnsten Theile zu zerfließen, die bläulichen
„Haare, die Finger, die Beine, die Füße; denn
„kurz ist der Uebergang von so zarten Gliedmaßen
„zu kaltem Gewässer. Darauf schmelzen Rücken,
„Schultern, Seiten, und Brust, zu flüssigen 435
„Bächen hinweg. Endlich, anstatt des lebendigen
„Blutes entfließt den springenden Adern Wasser,
„und nichts, was man ergreifen kann, bleibt übrig.

„Mittlerweile sucht *) die bekümmerte Mut-
„ter ihre Erzeugte vergebens in allen Landen; sucht
„sie in allen Meeren. Die kommende Aurora mit 440
„goldenen Locken sieht sie nicht feieren, nicht Hes-
„perus; ja, mit beiden Händen ergreift sie zwei
„Fichten, entzündet sie am flammenden Aetna,
„und irrt rastlos damit umher in reifiger Finsterniß.
„Wann wieder der holde Tag die Gestirne bleicht,
„sucht sie nach die Tochter bis zum Niedergange vom
„Aufgange der Sonne. Ermüdet von der Arbeit 445
„ward sie durstig. Als sich nirgends eine Quelle,
„sich zu erquicken, fand, erblickt sie von ohngefähr
„eine Hütte, mit Stroh gedeckt. Sie pocht an
„die kleine Thüre, und ein altes Weib **) kommt
„heraus, sieht die Göttin, und reicht ihr, statt

des

*) S. Admiranda - Bartoli n. 54.

**) Sie hieß Baubo.

„des Wassers, warum diese bittet, ein süßes Ge-
450 „tränk, welches sie eben aus geröstetem Malze ge-
„brauet hatte. Indem es die Göttin nimmt und
„trinkt, stellt ein frecher muthwilliger Knabe *) sich
„vor sie hin und verhöhnt sie, als gierig. Belei-
„diget, gießt die Göttin dem Schalke die Neige
„samt den Hefen ins Angesicht. Das Gesicht
455 „nimmt jeden Fleck an; an der Stelle der Arme
„entstehen Beine; ein Schwanz fügt sich an die
„veränderten Glieder; klein wird der Körper, da-
„mit die Macht zu schaden nicht groß sei; und ein
„winzige Eidechse ist er! Als die Alte erstaunt und
„weinend das Wunderthier betasten will, entschlüpft
„es und verbirgt sich. Ueber den ganzen Körper,
„mit bunten Sternchen besäet, entspricht dessen
460 „Farbe der Name. **)

„Welche Länder, welche Gewässer die Göttin
„durchirrte, zu singen, verweilte zu lange. Der
„Suchenden war der Erdkreis zu klein.‟

„Sie kehrt nach Sicanien †) zurück, und indem
„sie unterwegs alles durchforscht, gelangt sie auch
465 „zur Cyane; die, wäre sie nicht verwandelt gewesen,

ihr

*) Jacchus, nach einigen.

**) Der lateinische Name ist Stellio, so viel als Stern-
Eidechse: doch soll im Deutschen dieses Thierchen
Dorn-Eidechse heißen, Uebrigens bedeutet Stellio auch
einen Schalk.

†) d. i. Sicilien, Sicanien von den Sicaniern genannt; von denen man jedoch nicht weiß, wo sie
hergekommen sind.

„Ihr alles erzählt hätte.　Aber weder Mund, noch
„Zunge hatte sie, als sie sprechen wollte, und es ge-
„brach ihr alles zum Reden.　Dennoch macht sie
„sich durch Zeichen verständlich: Denn der Mutter
„wohlbekannten Gürtel der Persephone *) wel-
„cher von ohngefehr dort in die heilige Flut gefallen
„war, zeigt sie oben auf dem Wasser.　Sobald die 470
„Göttin diesen erkennt, zerrauft sie ihr ungeschmück-
„tes Haar, als ob sie itzt erst ihrer Tochter Raub
„erführe, und schlägt wiederholt sich die Brust mit
„den Händen.　Noch weiß sie nicht, wo sie sei;
„aber den ganzen Erdboden verflucht sie und heißt
„ihn undankbar, und des Geschenkes der Feld- 475
„früchte unwürdig; vorzüglich Trinacrien, wo sie
„die Spuren ihres Verlusts entdecket.　Ja, mit
„zürnender Hand zerbricht sie dort den Erdumwüh-
„lenden Pflug; raft, ergrimmt, durch tödtliche
„Seuchen beides den Landmann und den ackernden
„Stier hinweg; gebietet den Feldern, um die an- 480
„vertrauete Frucht zu täuschen, und verderbt den
„Samen.　Dahin ist des Landes über den ganzen
„Erdboden so gepriesene Fruchtbarkeit! Im ersten
„Keime erstirbt die Saat, oder erliegt itzt dem
„Sonnenbrande; itzt dem zu häufigen Regen; oder
„Hagel und Sturm verwüstet sie.　Auch fressen
„gierige Vögel den ausgestreueten Samen, und
„Trespe und Quecken und unvertilgliches Unkraut 485
„vereiteln die Waizenernde.

　　　　　　　　　　　　　　　　„Da

*) Der Griechische Name Proserpinens.

Ovid. Verw. I. Th.　　　　　Ω

„Da erhebt des Alpheus *) Geliebte **) ihr
„Haupt aus den Eleischen ***) Wellen; streicht
„die thauenden Haare von der Stirn nach dem
„Nacken zurück, und spricht also:

„„O Göttin, der auf der ganzen Erde gesuch-
490 „ten Jungfrau und des Getraides Mutter! laß
„ab vom ewigen Herumirren und zürne nicht so
„heftig auf dieses Dir treue Land.   Dies Land hat
„nichts verschuldet; nur gezwungen hat es sich zur
„Entführung geöfnet.   Nicht für mein Vaterland
„flehe ich. Aus der Fremde kam ich hieher; Pisa †)
„ist mein Vaterland, und in Elis entspringe ich.
„Eine Ausländerin wohne ich auf Sicanien; allein
495 „angenehmer, als irgend ein Land, ist mir dieser Bo-
„den.   Hier habe ich, Arethusa, itzt meine Be-
„hausung, hier meinen Sitz; wolle ihn, Du
„Milde, erhalten!   Warum ich meinen Ort ver-
„ändert, und über diese große Meeresfläche nach
Ortygia

---

*) Alpheus, ein Fluß, der aus Arcadien mit einem
vollen und sehr angenehmen Strome vor Olympia
vorbei floß, und in die Sicilische See lief.   Man
glaubte, daß ein Arm dieses Flusses sich unter die
Erde verliere, unter das Meer hinweglaufe und auf
Ortygia bei Sicilien, mit der Quelle Arethusa vereint,
wieder hervorkomme.   Daher gieng die Sage, was
zu Olympia in den Alpheus geworfen würde, komme
in der Arethusa wieder zum Vorschein.

**) d. i. Arethusa.

***) S. sogleich V. 494. und die Anmerkung.

†) Pisa, eine Stadt in Pelopones, in der Landschaft Elis,
nahe bei Olympia, wo die Olympischen Spiele gefeiert
wurden, von deren Siegern man glaubte, daß sie
die höchste Stufe menschlicher Glückseligkeit erreicht
hätten.

„Ortygia *) gekommen bin; dies Dir zu erzählen,
„wird sich schon eine schicklichere Stunde finden,
„wann Du Deiner Sorgen entlediget und heiterern 500
„Gemüths sein wirst.   Aber mir verstattet die Erde
„einen Durchgang; unter ihren untersten Klüften
„hinweg wandele ich, hebe hier mein Haupt empor
„und schaue wieder die entwohnten Gestirne.   Als
„ich nun am Stygischen Pfule unter der Erde da-
„hinrann, sah' ich mit diesen meinen Augen dort
„Deine Proserpina, zwar traurig, und noch nicht
„furchtlos in ihren Mienen; doch bereits Königin, 505
„höchste Gebieterin des dunkeln Reichs; bereits
„allvermögende Gattin des Beherrschers der Unter-
„welt. “

   „Die Mutter steht, gleichsam zu einem Steine
„erstarrt, bei Anhörung dieser Worte da; und ist
„lange, wie vom Donner gerührt.   Endlich, als sie 510
„vor dem heftigen Schmerz ihre sinnlose Betäubung
„entweicht; erhebt sie sich auf einem Wagen in die
„ätherischen Lüfte, und tritt mit bewölkter Stirn
„und zerstreueten Haaren eifernd vor Jupiters
„Angesicht:

   „„Für Dein und mein Blut, o Jupiter,
„spricht sie, erscheine ich flehend vor Dir.   Ist
„die Mutter Dir gleichgültig; so möge die Tochter sich
„wenigstens den Vater rühren! und laß, ich bitte,
„sie darum nicht ferner von Deinem Herzen sein,
„weil Ich sie Dir gebar. Siehe, mein lang gesuch-
„tes Kind habe ich endlich gefunden; wenn anders

Q 2

finden

—————

*) Kleine Insel an der Sicilischen Küste, welche mit
   Syracus durch eine Brücke vereinigt war.

„finden sie besto gewiſſer verlieren heißt; obſc.
520 „wenn wiſſen, wo ſie iſt, finden zu nennen.   Es.
„ſei darum, daß ſie geraubt! nur gebe er ſie zurück;
„denn hätte auch ſchon meine Tochter, ſo hat doch.
„die Deinige keinen Räuber zum Gemahl verdient!‟

„Jupiter verſetzt:

„„Ein gemeinſchaftlicher Gegenſtand der Liebe
„und Sorge iſt unſre Tochter mir mit Dir; allein, —
„jedem Dinge ſeinen rechten Namen beizulegen —
525 „ſo iſt dieſe That nicht Frevel, ſondern blos Liebe.
„Auch haben wir uns dieſes Eidams nicht zu ſchä-
„men, o Göttin! ſo fern er Dir ſonſt nicht mißfällt.
„Fehlt' ihm auch alles übrige; iſt er nicht Jupiters
„Bruder? Ja, alles übrige fehlt ihm auch nicht
„einmal, blos im Loſe ſteht er mir ja nur nach!
530 „Jedoch, beſtehest Du ſo ſehr auf Scheidung: ſo.
„kehre Proſerpina zum Himmel zurück; nur unter
„der unumſtößlichen Bedingung, dafern dort ihr
„Mund noch keine Speiſe berührt hat; denn alſo
„beſtimmt es der Schluß der Parcen. ‟

„Er ſprichts. Da iſt Ceres gewiß, ihre Toch-
„ter abzuholen: jedoch nicht alſo geſtattet es das
„Verhängniß.   Gebrochen hatte die Jungfrau
535 „bereits das Faſten; hatte, beim harmloſen Herum-
„irren im kunſtvollen Garten, einen purpurn
„Apfel *) vom gekrümmten Baume gepflückt, aus
„blaſſer Hülſe ſieben Kerne genommen und ſie ge-
„koſtet! Niemand ſah es, als Aſcalaphus, den einſt
540 „Orphne, die berühmte Averniſche **) Nymphe,
ihrem

*) Einen Granatapfel.
**) Avernus, eigentlich ein See in Campanien, un-
weit von Bajä. Seine Ausdünſtungen, und die dicken

„ihrem Acheron *) in dämmrigen Höhlen geboren
„haben soll.　Er sah es, und der Grausame raubte
„ihr durch seine Anzeige die Rückkehr.

　„Es erseufzt die Königin des Erebus **), und
„macht den Verräther zu einem Unglücksvogel.
„Sie besprißt sein Haupt mit Phlegethontischem ***)
„Wasser; urplötzlich bekommt es Schnabel, und
„Federn, und große rollende Augen.　Sich selbst 545
„entrissen, wird er mit falben Flügeln bekleidet,
„reckt hoch den Kopf in die Höhe und spreitzet lange
„gebogene Krallen; regt aber kaum die aus den
„trägen Armen entstandenen Fittige: ein häßlicher
„Vogel, Verkündiger künftiger Trauer, Sterb-
„lichen von böser Vorbedeutung — ein feiger Uhu! 550
　„Dieser kann jedoch noch durch seine verräthe-
„rische Zunge diese Strafe verdient zu haben schei-
„nen.　Aber woher bekamt Ihr, Acheloiden †),

Q 3

Federn

Wälder, die ihn umgaben, machten die Luft ungesund,
so daß weder Fische in ihm, noch Vögel auf ihm lebten.　Er war dem Pluto geheiliget, und man hielt
ihn nicht allein für Einen der Eingänge zur Hölle,
sondern sein Name gilt auch oft so viel, als die Hölle
selbst.　S. X. 51. Anmerkung.

*) Acheron, ein See von sehr schwärzlichtem Wasser
in derselben Gegend, heut zu Tage lago Fusaro oder
Coluccio genannt.　Bei den Dichtern gilt er für den
Höllenfluß, über welchen der Charon die Seelen in die
Hölle und die Elisäischen Felder fuhr.

**) Erebus steht hier für Unterwelt.　Sonst ist Erebus
in der Fabel des Chaos Sohn, der Nacht Gemahl,
des Aethers und Tags Vater.

***) Phlegethon, ein Höllenfluß.

†) Töchter des Flußgottes Achelous, (von dem unten
VIII, 545. u. f.) und der Muse Melpomene, die
Sirenen

„Federn und Füße von Vögeln bei jungfräulichem
„Angesicht? Ist's, weil Ihr, als Proserpina
„Frühlingsblumen las, unter ihre zahlreiche Ge-
550 „spielinnen gemischt waret, Ihr Sirenen? und,
„nachdem Ihr sie vergeblich auf dem ganzen Erdkreise
„gesucht, auf daß auch das Meer eure Sorge er-
„führe, wünschtet, daß Ihr über seine Fluten auf
rudern-

Sirenen. Ovid macht sie hier zu Vögeln mit jungfräulichen Gesichtern. Homer setzt die Sirenen, deren
Bildung er weiter nicht beschreibt, auf eine Insel
nicht weit von Sicilien. Ihm sind sie ihrer zwei an
der Zahl; sie wissen alles, was auf der Erde vorgeht,
und durch ihren Gesang bezaubern sie alle Menschen,
die zu ihnen kommen. Wer von dem Reitze ihrer
Stimme unweislich sich hinreißen ließ, der vergaß die
Rückreise; ja sogar Speise und Trank, und kam um:
das Ufer ihrer Insel war daher ganz weiß von Mens
schengebeinen. S. Ilias XII 41. u. f. und 180 u. f.
Nach anderen sind der Sirenen drei, ja fünf. Sie
schläferten durch ihren Gesang die angelockten Reisens
den ein, und stürzten sie nachmals vom Felsen herunter, oder zerfleischten sie. Als aber Orpheus mit den
Argonauten, oder, nach Andern, Ulysses mit seinen Gefährten vor ihrer Insel vorbeifuhr, ohne sich zum Lans
den reitzen zu lassen: so stürzten sich die Sirenen aus
Verzweiflung ins Meer, und wurden in Felsen verwandelt. Drei kleine felsige Inseln an der Italiäni-
schen Küste, nahe bei dem Vorgebirge Minervens,
oder Surrentum, das durch Schifbrüche sehr berüchtiget ist, werden Sirenusen, oder auch schlechtweg
Sirenen, genannt, und unten XIV, 87 und 88. erwähnt Ovid derselben unterm Namen der Klippen
der Sirenen. Die alten Künstler bildeten sie entweder, so wie Ovid sie hier beschreibt, f. Lipperts Dactyl.
I, 91. und II, 173. oder als Mädchen mit Flügeln
und Füßen der Vögel, f. Winkelm mon. ined. n. 46.
Doch haben die Künstler zu merken, daß es falsch sei,
wenn man die Sirenen als Weibspersonen mit Fisch-
schwänzen bildet.

„zaubernden Fittigen getragen werden möchtet? und
„die Götter waren euch willfährig, und Ihr sahet
„so fort Eure Glieder mit bräunlichem Gefieder 560
„bekleidet; damit aber Euer Gesang, dieser Zau-
„ber der Ohren, diese unschätzbare Gabe des Mun-
„des, nicht der Zunge Gebrauch verlöre, so behiel-
„tet Ihr jungfräuliches Antlitz und menschliche
„Stimme?

„Aber nicht minder günstig dem Bruder, als
„der betrübten Schwester, theilt Jupiter das rol-
„lende Jahr in gleiche Hälften. Nun ist Proser- 565
„pina, *) zweier Reiche gemeinschaftliche Göttin:
„eben so viele Monde bei der Mutter, eben so viele
„beim Gemahl. Es verändert augenblicklich ihr
„Gemüth und Antlitz das Ansehen; denn sie, die
„so eben noch selbst dem Dis unfreundlich vorkom-
„men konnte, heiter ist itzt der Göttin Stirn, wie 570
„die Sonne, welche vorher von schwarzem Gewölke
„bedeckt war, und nun hinter gebrochenen Wol-
„ken hervortritt.

„Die allernährende Ceres, zufrieden, daß sie
„die Tochter wieder erhalten, verlangt itzt zu wissen:
„warum Du, Arethusa, Dein Vaterland verlas-
„sen, und eine heilige Quelle bist? Es schweigen
„die Wellen; aus ihrem tiefen Borne erhebt die
„Göttin das Haupt, trocknet die grünen Haare mit 575
„der Hand, und erzählt dann des Eleischen Flusses
„alte Liebe.

„Ich war der Achajischen Nymphen eine, —
„spricht sie — eifriger, als ich, besuchte keine den

Q 4   Berg-

*) Proserpina ist das Symbol des in die Erde gewor-
fenen Saamen.

580 „Bergwald, eifriger stellte keine das Garn. Allein,
„so wenig ich auch nach dem Ruhm der Schönheit
„strebte; so sehr ich mich nur wacker zu sein befliß:
„so hieß ich dennoch schön. Doch mein hochge-
„priesenes Angesicht machte mir keine Freude. Kör-
„perliche Vorzüge, welche andere stolz machten,
„beschämten mich in meiner ländlichen Einfalt; ich
„hielt es sogar für ein Verbrechen, zu gefallen. Er-
„müdet, erinnere ich mich, kehrt' ich einst aus dem
585 „Stymphalischen *) Walde. Es war heiß, und
„Arbeit hatte noch die große Hitze verdoppelt. Ich
„finde ein Gewässer, ganz ohne Strudel, ohne
„Geräusch, dahinfließen; so durchsichtig, daß jeder
„Kiesel unten auf'm Grunde zu zählen; so ruhig,
„als ob es stände. Blaßgrünes Weidengebüsche
590 „und wassergenährte Pappeln, freiwillig auf-
„gewachsen, beschatten das abhängige Ufer.
„Ich gehe hinzu, netze erst die Fußsohlen, trete
„endlich bis an die Kniekehle hinein. Auch hier-
„mit nicht zufrieden, löse ich den Gürtel, hänge
„das weiche Gewand über eine krumme Weide, und
595 „tauche mich nackend ins Wasser. Indem ich
„darin plätschere, und auf tausenderlei Weise her-
„umschwimme, mit regen Armen die Flut zerthei-
„lend; weiß ich nicht, was für ein Geräusch ich
„mitten im Strome höre, und springe erschrocken
„an das nächste Ufer. „Wo eilst Du hin, Are-
„thusa?“ — ruft Alpheus aus seinen Wellen hin-
„ter mir her. „Wo eilst Du hin?“ ruft er noch-
600 „mals mit heiserem Tone. Ich fliehe davon, so

wie

*) In Arcadien. S. IX. 187. Anm.

„wie ich war, ohne Kleider; denn am anderen Ufer
„hatte ich die Kleider gelassen. Um so mehr eilt er
„mit Feuer mir nach; nackt dünkt' ich ihm desto
„bereiter. Also lauf' ich, also verfolgt der Unge-
„stüme mich, wie den Habicht mit bebendem Fittig 605
„die Taube zu fliehen; wie der Habicht der beben-
„dem Taube nachzueilen pflegt. Bis gen Orcho-
„men, *) und Psophis, hinwärts nach dem Cyl-
„lene, **) den Mänälischen Klüften, dem kalten
„Erimanthus, ja nach Elis ***) vermocht' ich zu lau-
„fen; und er war nicht schneller, denn ich. Allein
„lange konnte ich nicht im Laufe, schwächer an 610
„Kräften, ausdauren; da er hingegen so leicht nicht
„zu ermüden war. Doch renne ich über Felder,
„waldige Berge, Felsen und Klippen, wo Weg
„und wo kein Weg ist. Ich hatte die Sonne im
„Rücken; schon sehe ich meines Verfolgers langen
„Schatten vor meinen Füßen — wenn anders 615
„Furcht mich nicht täuschte; wenigstens hörte ich
„voll Schreckens dicht hinter mir seinen Fußtritt,

Q 5

und

*) Orchomen und Psophis, Städte in Arcadien, einer
   Landschaft auf der Halbinsel Peloponnes.

**) Cyllene, Mänalus, und Erimanthus, Berge in
    Arcadien.

***) Elis, Stadt in der Landschaft desselbigen Namens,
    welche an Arcadien gränzet. Sie war nicht unmittel-
    bar mit einer Mauer umgeben; denn sie hatte die
    Besorgung des Tempels zu Olympia, und ihr Gebiet
    war dem Jupiter feierlich gewidmet worden. Sie
    anzufallen, oder nicht zu vertheidigen, ward für
    Gottlosigkeit gehalten. Es war daselbst die Kampf-
    schule merkwürdig, in welcher alles, was die Kämpfer,
    ehe sie nach Olympia kamen, verrichten mußten,
    beobachtet warde. Pausan. B. 6.

„und fühlte in meiner Haarbinde das Schnauffen
„seines Mundes.   Da ruf' ich, vom Laufen ermü-
„det: Ich bin verloren, rette Deine Waffenträ-
620 „gerin, Dictynna, *) der Du so oft Deinen Bo-
„gen samt den im Köcher verschlossenen Pfeilen hin-
„gabst! " Die Göttin läßt sich rühren, und wirft
„eine der dichtesten Wolken um mich.   Als Fin-
„sterniß mich deckt, sieht der Flußgott sich allent-
„halben nach mir um, sucht verwundert rings um-
„her um das hohle Gewölk; und umgeht zweimal
„vergeblich den Ort, wo mich die Göttin verbirgt;
625 „und ruft zweimal Arethusa! Arethusa! Wie war
„mir Armen da zu Muthe? Vielleicht wie dem
„Lamme, das die Wölfe um die hohen Schafställe
„her heulen hört; oder dem Hasen, der, im Dorn-
„strauche verborgen, die feindlichen Schnautzen der
„Hunde sieht, und sich nicht zu rühren und zu regen
630 „wagt.   Doch weicht er nicht von dannen, da er
„die Spur meiner Füße nicht weiter gehen sieht;
„sondern bewacht Ort und Wolke. Also belagert,
„bringt mir ein kalter Schweiß aus allen Gliedern;
„blaue Tropfen fallen vom ganzen Körper herab,
„wo ich den Fuß hinsetze, rinnt ein Bach; auch
„von den Haaren sinkt Thau hernieder; und ge-
635 „schwinder, als ich Dir itzt meine Schicksale wieder
„erzähle, werde ich in Wasser verwandelt.   Aber
„der Flußgott erkennt das geliebte Gewässer, legt
„die angenommene männliche Gestalt ab, und
„wandelt sich, mit mir sich zu mischen, in seine
„eigenen Wellen. Da spaltet Delia den Boden

unter

*) Beiname der Diana, als Erfinderin der Netze.

„unter mir, ich versinke, und gelange durch dunkle
„Höhlen nach Ortygia *); diese, meiner Göttin 640
„wegen des gemeinschaftlichen Namens **) ange-
„nehm, bringt mich wieder zu den oberen Lüften
„empor.“ So weit Arethusa.

„Zwei Drachen spannt die Göttin der Frucht-
„barkeit an den Wagen; bezähmt ihre Mäuler durch
„Gebiß, und fährt, zwischen Himmel und Erde,
„durch die Luft dahin. Darauf sendet des leichte 645
„Gefährt sie auf Tritoniens ***) Burg dem Tripto-
„lem †); und gebietet ihm dabei, theils in urbar
„gemachtes Land den erhaltenen Samen zu streuen;
„theils in brachgelegenen Boden.

„Schon ist hoch über Europens und Asiens
„Ländern der Jüngling dahingefahren und lenkt
„nach Scythiens ††) Gränzen. Lyncus war da 650
„König. Er kehrt in des Königes Pallast ein.
„Gefragt, woher er komme, welches der Zweck

seiner

*) S. vorher V. 499. Anmerk.

**) S. I, 694. Anmerk.

***) Die Acropolis, die Burg zu Athen, wo Minerven
der prächtige Tempel, das Parthenon genannt, geweihet war.

†) Triptolem, des Celeus Sohn, ein Athener. Er
soll zuerst Getreide gesäet haben. Zur Dankbarkeit
wurde er von den Athenern göttlich verehrt, und hatte
auch zu Eleusis nebst der Ceres einen eigenen Tempel.
Siehe den Triptolem auf dem Wagen der Ceres von
Drachen gezogen, in Lipperts Dactyl. I. 101; noch
andere Vorstellungen desselben aber ebend. I. 98 u. 99.

††) Scythien wurde bei den Alten in einem so ausge-
dehnten Verstande genommen, daß fast alle nördli-
che zumal Asiatische Länder unter dieser Benennung
begriffen waren.

„seiner Reise, wie sein Name und wo sein Vater-
„land sei? antwortet er: „Mein Vaterland ist das
„berühmte Athen; Triptolem mein Name.   Mich
„trug hieher weder über das Meer ein Schif; noch
„zu Lande mein Fuß; sondern mir öfnete der Aether
„einen Weg.   Ich bringe Geschenke der Ceres,
655 „welche, in weite Gefilde gestreuet, kornreiche Ern-
„den und milde Nahrung geben. “

„Dies erregt den Neid des Barbaren *), und
„um selbst der Geber eines so großen Geschenks zu
„werden, nimmt er ihn gastfreundlich auf, fällt
„ihn aber, als er vom Schlafe beschwert, mit dem
„Schwerte an.   Schon will er die Brust ihm
„durchboren; da verwandelt den Ruchlosen Ceres
660 „in einen Luchs, und läßt den Mopsopischen **)
„Jüngling wieder das heilige Gespann durch die
„Lüfte treiben. “

„Hier endete unsre älteste Schwester ihren Ge-
„sang.   Sofort sprechen die Nymphen den Göt-
„tinnen des Helicons einstimmig den Sieg zu.   Da
665 „schmähen die Besiegten; aber Clio spricht:

„So habt Ihr Euch denn noch nicht genug
„durch Auffoderung zu dem Wettstreit versündiget?
„Ihr häuft noch Frevel mit Lästrungen? Das über-
„steigt alle Langmuth! Wohlan, so fühlt die Strafe,
„die Ihr unserem gerechten Zorn abnöthiget! “

„Es

---

*) Den Griechen und Römern hießen alle andere
Nationen Barbaren; so wie wir die Völker, welche
noch nicht civilisirt sind, Wilde nennen.

**) d. i. Athenischen; von dem alten Athenischen König
Mopsopus.   S. Heynii Tib. l. 1. E. 7. v. 54. n.

„Es lachen die Emathiden *) und spotten der
„Drohung; als sie aber antworten, und mit großem 670
„Geschrei die frechen Hände gegen uns aufheben
„wollen: sehen sie Federn aus ihren Nägeln hervor-
„wachsen, ihre Arme sich mit Gefieder bedecken;
„sehen sich einander, den Mund zu einem harten
„Schnabel verlängert, umgestaltet in neue befiederte
„Bewohner der Wälder. Itzt wollen sie die Brust
„sich schlagen, da schweben sie, durch die bewegten 675
„Arme erhoben, in der Luft — der Haine Schimpf,
„Elstern! Noch itzt besitzen diese Vögel die alte
„Geschwäßigkeit, und krächzen und plappern ohne
„Ende. “

*) d. i. die Töchter des Pierus, Königs von Macedonien,
    welches mit dem alten Namen Emathien hieß.

Des
Publius Ovidius Naso
Verwandlungen.

Sechstes Buch.

Als Tritonia diese Erzählung angehört, und der
Aoniden *) Gesang und gerechten Zorn gelobt hatte, spricht sie also bei sich selbst:

„Lob ertheilen, ist etwas geringes; Du mußt
„auch selbst Lob verdienen! Darum laß Deine
„Gottheit nicht länger ungestraft verachten!"

5   Mit diesen Worten richtet sie ihre Gedanken
auf den Untergang der Mäonischen **) Arachne,
von der sie vernommen hatte, daß sie ihr den Ruhm
in der Kunst zu weben streitig mache.

Arachne war nicht des Standes, noch der Abkunft, sondern blos der Kunst wegen berühmt.
Ihr Vater, der Colophonische ***) Idmon, tränkte
mit dem Blute der Phocäischen †) Purpur-
schnecke

---

*) S. V, 533. Anmerkung.

**) Mäonien, eine Landschaft in Klein-Asien, die
nachmals Lydien hieß. Zuweilen wurden aber die
Mäonier von den Lydiern unterschieden; da denn
Mäonien Ober-Lydien hieß, worin der Berg Tmolus und der Fluß Pactolus war. Als in Nieder-
Lydien die Colonie der Jonier überhand nahm, bekam
von ihr dieses Land den Namen Jonien.

***) Colophon, Stadt in demjenigen Theile Mäoniens,
der nachmals Jonien genannt wurde.

†) Kann heißen von Phocäa, Stadt an der Küste in
Jonien, unweit der Aeolischen Gränze; und für diese
Deutung

schnecke Wolle. Ihre Mutter war todt; aber auch 10
sie war von gemeiner Herkunft und dem Manne
gleich gewesen. Doch hatte sich jene in den lydi-
schen Städten durch ihre Geschicklichkeit einen
großen Namen erworben; wohnte sie gleich, von
niederem Geschlechte entsprossen, in dem kleinen
Hypäpä *). Ihre bewundernswürdige Arbeit zu 15
sehen, verließen oftmal die Nymphen die Weingär-
ten ihres Tmolus; **) es verließen die Pactoli-
schen ***) Nymphen ihre Wellen. Ja, nicht allein das vollendete Werk zu sehen war eine Freude;
sondern selbst auch das Verfertigen: mit solchem
Anstande paarte sie die Kunst! Sie mochte nun
die rohe Wolle auf Knäuel winden, oder mit Fingern schlichten und die, dünnem Gewölke ähnli- 20
chen,

Deutung spräche die Nachbarschaft von Colophon.
Aber es kann auch heißen von Phocis, Landschaft in
Griechenland am Corinthischen Busen; und für diese
Deutung bestimmt mich folgende Stelle im Pausanias X.
35. „An der Gränze des Landes Phocis liegt die Stadt
„Bulis — — Die mehresten Einwohner beschäfti-
„gen sich mit der Fischerei der Purpurschnecken. "

*) Die kleine Stadt Hypäpä oder Hypäpa, lag in
Mäonien, am Fuße des Tmolus, herab auf dem
Wege nach der Caystrischen Ebene. Sie ist gegen-
wärtig eine Stadt, die Birghé heißt. Chandler
Reisen in Klein-Asien. S. 363. S. unter B. XI.
151 und 152.

**) Tmolus, ein Berg in Klein-Asien. S. kurz vorher
B. 5. Anmerk. Im Texte wird er eigentlich Tymo-
lus genant. Doch ist dieser Name zu ungewöhnlich
und vielleicht gar nur des Versmaßes wegen da.

***) Pactolus, ein Fluß, der auf dem Tmolus entspringt,
und Gold mit sich führt.

chen, Fließe leicht auseinander zupfen; sie mochte
mit leichtem Daum die glatte Spindel drehen; sie
mochte sticken: Man wähnt, sie sey von Pallas
unterwiesen.   Jedoch leugnet sie es, und, einer so
hohen Meisterin sich schämend, spricht sie:

25 ·   „Sie wetteifere nur einmal mit mir! Allem
„möglichen unterwerfe ich mich, so sie singt!“

        Pallas verstellt sich in ein altes Weib; setzt
falsches graues Haar an ihre Schläfe; ja stützt so
gar die gebrechlichen Glieder auf einen Stab.
Darauf hebt sie also zu reden an:

        „Hohes Alter hat auch sein Gutes.   Mit den
„Jahren kommt Erfahrung.   Darum verachte
30 „meinen Rath nicht! Begnüge Dich mit dem
„Ruhme, unter den Sterblichen die größte Wirke-
„rin zu heißen; aber weiche der Göttin, und bitte
„sie reuig wegen Deiner vermessenen Rede um
„Verzeihung.   Gern wird sie Dir vergeben; so Du
„sie darum anflehest.“

        Seitwärts blickt Arachne sie an, läßt den an-
gefangenen Faden fahren, und mag kaum ihre
35 Hände zurückhalten.   Aus allen ihren Mienen
bricht Zorn, und sie erwiedert der verstellten Pallas:

        „Albernes, altes Gerippe, hat es Dir nicht
„mehr gefrommet, so lange gelebt zu haben?
„Spare Deine Weisheit für Deine Schnur, für
„Deine Tochter auf, wenn Du welche hast; für
„mich, ich will mir schon selbst zu rathen wissen.
40 „Glaube ja nicht, daß Du mit Deinen Ermahnun-
„gen etwas ausgerichtet; ich bleibe fest bei mei-
„ner Meinung. Warum kommt sie nicht, Deine
                                        Göttin?

„Göttin? Warum vermeidet sie denn, einen Wett-
„streit mit mir einzugehen?“

„Hier ist sie!“ spricht itzt die Göttin; wirft
des alten Mütterchens Gestalt ab, und steht da als
Pallas. Es verehren ihre Gottheit die Nymphen,
und die Mygdonischen *) Töchter. Die Jungfrau allein bleibt unerschrocken. Doch erröthet sie.
Wider ihren Willen überzieht eine plötzliche Röthe
ihr Antlitz, verschwindet aber sogleich wieder; so
pflegt die Luft sich purpurroth bei Aurorens Ankunft
zu färben, und nach kurzer Weile wieder am
Strahle der Sonne zu erbleichen. Aber sie beharrt bei ihrem Vorsatze, und, bethört von Begierde nach dem Siege, rennt sie in ihr Verderben.
Denn Jupiters Erzeugte schlägt den Wettstreit
nicht aus, mahnet sie auch weiter nicht ab, noch zögert sie.

Sonder Verzug wählt eine jede sich einen besondern Platz, und zettelt ein feines Gewebe an.
Der Aufzug wird um den Baum gewunden; es
scheidet die Faden der Kamm. Mit spitzigen
Schifchen schießen die behenden Finger mitten hindurch den Einschlag, und zwischen dem ausgespann-
ten Aufzuge schlagen diesen des Rieths geschnitzte
Stäbe fest.

Beide säumen nicht. Das Kleid unterm Bu-
sen gegürtet, sind mit Geschicke die Arme geschäftig,
und

*) Mygdonien, und Mäonien, werden öfters von den
Dichtern verwechselt; weil die Mygdonen, welche
vormals in Thracien wohnten, nach Asien übergegangen sind.

Ovid. Verw. I. Th. R

und Eifer verkürzt die Arbeit.　Hier wird Purpur,
der den Tyrischen *) Kessel empfunden, gewebt,
und sanfte Schatten, die sich unmerklich verlaufen.
Also spannt sich, der Sonne gegen über, in uner‹
meßlicher Krümme über den ganzen Himmel der
Regenbogen; er prangt mit tausend mannigfaltigen
Farben, doch wie eine in die andere übergeht, ist
dem beobachtenden Blicke verborgen; und so ganz
65 gleich immer die neben einanderstehenden, so ganz
sind dennoch die entfernteren verschieden.　Dort
durchziehen sie mit Goldlohn die künstliche Arbeit,
und jedes Gewebe wird ein Gemälde alter Ge‹
schichten.

　Neben der Cecropischen Burg **) bildet Pal‹
70 las des Mavors Hügel, ***) und den alten
Streit †) um die Benennung des Landes.　Zwei‹
mal

*) Der Tyrische Purpur war der beste.

**) d. i. die Acropolis zu Athen, deren Erbauer Cecrops
war, von dem sie auch Cecropia genannt wurde.
Im Lateinischen steht eigentlich auf des Cecrops Burg;
allein da dieses gegen die Topographie wäre, weil
doch der Areopagus nicht auf, sondern neben der
Acropolis liegt, so bin ich von den Buchstaben ab‹
gewichen.

***) d. i. den Areopagus, einen Hügel, der von dem
Mars (Ares) den Namen hat; weil das erste Gericht
daselbst über den Mars gehalten worden, da er den
Halirrhothium erschlagen hatte. Hier versammelte
sich der höchste und ansehnlichste Senat der Athener,
dessen Mitglieder daher Areopagiten hießen.

†) Unter Regierung des Cecrops, (welcher der erste
König in Attica war, und dessen Körper aus einer
Manns ‹ und Drachengestalt zusammengesetzt war.
S. oben II, 555. Anmerk.) sollen zuerst die Götter
beschlossen haben, sich zu Besitzern von gewissen Städ‹
ten

mal sechs Himmlische, Jupiter in der Mitte, sitzen
auf erhabenen Thronen in ernster Majestät. Jeden
der Götter bezeichnet unverkennbar seine eigne Gestalt. Des Jupiters Bildung ist königlich. Den
Gott des Meeres läßt sie stehen, und mit langem
Dreizacke einen schroffen Felsen schlagen, dessen 71

R 2   Wunde

ten zu machen, in denen jeder von ihnen auf eine
besondere Art verehrt werden sollte. Neptun kam
also zuerst nach Attica, und schlug mit seinem Dreizack
mitten an die Burg, daß ein Meer entstand, welches
jetzt Erechtheis genennt wird. Nach ihm kam Minerva, und brachte, indem sie den Cecrops zum Zeugen ihres Unternehmens machte, den Oelbaum hervor,
den man noch itzt im Pandrosium zeiget. Als hernach über die Landschaft zwischen der Minerva und
dem Neptun ein Streit entstand, so schlichtete ihn
Jupiter so, daß er Richter verordnete, nicht, wie
einige sagen, den Cecrops und Cranaus, noch den
Erichtheus, sondern die zwölf Götter; auf deren
Entscheidung dann das Land der Minerva zuerkannt
wurde, nachdem Cecrops bezeugt, daß sie zuerst den
Oelbaum hervorgebracht habe. Von der Minerva
(im Griechischen Athene) wurde also die Stadt Athen
genennet. Der hierüber aufgebrachte Neptun setzte
hernach die Thriasische und Attische Gegend unter
Wasser. „ Also Apollodor III, 14. Auch Pausa-
mus I, 26. erzählt, daß noch zu seiner Zeit zum
Denkmale von diesem Streite, welchen Neptun mit
der Minerva wegen des Landes gehabt, im Erechtheum auf der Acropolis zu Athen, ein Brunnen mit
Seewasser, und an dem Felsen die Figur einer drei-
zackigen Gabel; im Tempel der Minerva Polias
aber (I, 27.) ein Oelbaum gezeigt wurde. Die Capelle der Pandrosos (das Pandrosium, wohin Apollodor den Oelbaum versetzt) stieß an den Tempel der
Minerva Polias, und das Erechtheum desgleichen.
S. Chandlers Reise in Griechenland. K. XI.

Wunde sofort ein Meer *) entströmt, zur Ur-
kunde, daß ihm die Stadt gebühre. Sich selbst
aber giebt sie einen Schild; giebt sie einen scharfge-
spitzten Speer; giebt sie einen Helm aufs Haupt,
und von der Aegis wird die Brust beschirmt. Sie
stellt sich vor, wie sie mit der Spitze ihrer Lanze die
Erde schlägt; wie diese samt den Beeren den grünenden Oelbaum hervorbringt, und wie es die Götter
bewundern. Ihr Sieg beschließt das Werk. Damit
jedoch aus Beispielen ihre Gegnerin lerne, welchen
Lohn sie für ihr unsinniges Beginnen zu gewarten:
so fügt sie in die vier Zipfel noch vier Wettstreite
hinzu, in die Augen fallend durch ihre Farben, doch
nur im Kleinen vorgestellt. Die Thracische Rhodope **) erscheint in dem ersten Zipfel, und Hämus,
itzt kalte Gebirge; vormals sterbliche Wesen, welche
sich der höchsten Götter Namen anmaßten. Der
anbere

*) Warum ich der Leseart fretum folge, erhellet aus
vorhergehender Anmerkung. Andere lesen jedoch ferum,
und verstehen darunter ein Roß, in welchem Falle
denn die Fabel also lautet: Bei erwähntem Streite
um die Benennung der neuen Stadt Athen entscheiden die Götter, daß sie nach dessen Namen genannt
werden sollte, der für die Menschen das nützlichste
Geschenk hervorbringen würde. Neptun schlug die
Erde mit dem Dreizacke, und es sprang das kriegerische Roß hervor. Minerva warf ihren Speer; wo
er fiel, sproßte der friedliche Oelbaum Dies Geschenk ward für das heilsamste erkannt, und die Stadt
führte der Minerva griechischen Namen Athene.

**) Rhodope und Hämus, zwei Geschwister in Thracien,
die sich den Namen Juno und Jupiter gaben, und
zur Strafe ihres Frevels in Gebirge verwandelt
wurden.

andere Zipfel enthält das klägliche Schickſal der
Mutter der Pygmäen, *) welche Juno, nach davon 90
getragenem Siege im Wettſtreite, zu einem Kranich werden, und ihr eigenes Volk bekriegen hieß.
Auch Antigone **) ſtellt ſie vor, welche dereinſt
ſich vermaß, mit des großen Jupiters Gatten zu
wetteifern, aber von der königlichen Juno in einen
Vogel verwandelt wurde, und weder Ilion, ***) noch 95
Vater Laomedon, vermochten zu hindern, daß ſie
nicht Flügel bekam, und, ein weißer Storch mit
klapperndem Schnabel, ſich ſelbſt Beifall ertheilte.
Endlich im letzten Zipfel zeigt ſie den Cinyras †)
kinderlos. Die Stufen des Tempels, ſeiner Töchter Gliedmaßen, umfaſſend und auf dem Steine 100
liegend, ſcheint er zu weinen. Des Gewebes äußer-
ſten Rand ziert ſie mit friedlichen Oelzweigen. Nun

R 3

iſt

*) Gerana war ihr Name. Uebrigens waren die Pyg-
   mäen ein ſabelhaftes Volk, das nicht größer als ein
   Fuß war, im Innern von Africa ſeinen Sitz hatte,
   und beſtändig mit den Kranichen im Kriege befangen
   war, welche in großen Truppen von Thracien aus
   über Griechenland und das mittelländiſche Meer dahin
   fliegen, um dort zu überwintern.

**) Antigone, Laomedons, Königs in Troja, Tochter
   und Priams Schweſter. Ihr ſchönes langes Haar
   machte ſie ſo ſtolz, daß ſie ſich der Juno verglich.
   Dieſes mißfiel der Juno, und ſie verwandelte der Antigone Haar in ſchädliche Schlangen. Aus Mitleid
   machten ſie darauf die Götter zu einem Storch. S.
   Burmann, aus dem Servius.

***) Troja. S. XI. 200. Anmerkung.

†) Dieſer Cinyras ſoll ein Aſſyriſcher König geweſen
   ſein, deſſen Töchter ſich der Juno vorgezogen haben,
   weshalb Juno ſie in Tempel-Stufen verwandelt.

ist sie am Ziel, und mit ihrem Baume hat auch
die Arbeit ein Ende.

Die Mäonierin stellt die durch das Bild eines
Stieres getäuschte Europe *) dar; man glaubt einen wahren Stier, ein wahres Meer zu sehen; sie
selbst scheint nach dem verlassenen Gestade zurückzu-
105 blicken, ihren Gefährtinnen zu rufen, die Berührung des emporspringenden Wassers zu scheuen,
und schüchtern die Füße an sich zu ziehen.

Auch Asterie **) bildet sie vom ringenden
Adler festgehalten. Sie bildet Lede ***) auf dem
Rücken liegend, unter des Schwanes Flügeln. Sie
110 fügt hinzu, wie, unter eines Satyrs Gestalt verborgen, Jupiter die schöne Nycteide †) mit Zwillingen
beschenkt;

*) S. oben II, 836. u. f.

**) Asterie, Tochter des Titanen Cöus und der Phöbe;
  sie ward vom Jupiter unter der Gestalt eines Adlers
  geliebt, und nachher in eine Wachtel verwandelt.

***) Leda, oder Lede, Tochter des Thestius und Ge-
  mahlin des Laconischen Königs Tyndarus oder Tyn-
  dareus. Sie war schon von diesem schwanger, als
  Jupiter sie unter der Gestalt eines Schwans liebte;
  worauf sie zwei Eier zur Welt brachte, in deren
  einem Pollux und Helena, als Kinder Jupiters, im
  anderen aber Castor und Clytämnestra, als Kinder
  des Tyndarus, enthalten waren. S. Lipperts Dactyl.
  I, 32 — 39.

†) Antiope, des Nycteus Tochter, und durch Jupiter
  Mutter des Amphion und Zethus. (Siehe eine Vorstellung hievon in Lipperts Dactyl. I, 31. und 274.)
  Diese wurden am Fuße des Cythäron, in Böotien,
  ausgesetzt und unter den Hirten erzogen. Lycus,
  König von Theben, und Bruder des Nycteus, behan-
  delte die Antiope, auf Anreizen seiner Gemahlin, der
  Dirce, sehr übel; sie entfloh, und der Zufall führte
  sie zu ihren Söhnen auf den Cythäron, die sie endlich

beschenkt; wie er Amphitryon *) gewesen, als er Dich Tirynthierin **) belistete; wie er, als Gold, Danaen; ***) als Feuer die Asopide ****) getäuschet; als Hirt Mnemosynen; †) die Deoide ††) als bunter Drache.

Dich auch, Neptun, in einen grimmigen ‖‖ Stier verwandelt, setzt sie auf die Aeolische †††) Jungfrau. In Enipeus ††††) Gestalt, zeugst Du die Aloiden, †††††) als Widder betrügst Du die Bi-

R 4

saltide.

lich für ihre Mutter erkannten, und ihre erlittenen Kränkungen an der Dirce auf eine grausame Weise rächten; sie banden nemlich diese an einen wilden Ochsen und ließen sie schleifen. Diese Fabel ist das Sujet des berühmten antiken Kunstwerks, des Farnesischen Stiers. S. hievon Heynens ant. Auff. II. St. 182 u. f.

*) Amphitryon, König zu Theben. Jupiter hintergieng unter seiner Gestalt dessen Gemahlin Alcmene, und zeugte mit ihr den Hercules. S. IX. 23. Anmerk.

**) d. i. Alcmene, von der Stadt Tiryns in der Landschaft Argolis, in Griechenland, welche ihr von ihrem Vater Electryo, des Perseus Sohn, und König zu Mycen, als Mitgift mitgegeben wurde.

***) S. IV, 610. Anmerkung.

****) Tochter des Asopus, Königs in Böotien, mit Namen Aegina; ihre Söhne mit Jupiter, hießen Aeacus und Rhadamant. Von ihr hat die Insel Aegina den Namen. S. VII. V. 474. u. V. 616.

†) Mnemosyne, Tochter des Uranos und der Erde. Jupiter zeugte mit ihr die Musen. S. V. V. 255. Anmerkung.

††) d. i. Proserpina, Tochter der Ceres, welche dem Beinamen Deo führte.

†††) Einige nennen sie Canace; andere Arne.

††††) Ein Fluß in Thessalien.

†††††) Othus und Ephialtes, Riesen. Sie heißen Aloiden, weil ihre Mutter, Iphimedia, die Gemahlin des Aloeus war.

faltibe *). Es fühlt Dich des Getreides milde
Mutter **) mit blondem Haar, als Hengst; Dich
fühlt als Vogel die schlangenhaarige Mutter ***)
120 des Flügelroffes; fühlt als Delphin Melantho †).
Diese Alle, samt dem Ort der Handlung, macht sie
nach dem Leben.

Man

*) Diese Tochter des Bisaltes hieß Theophane. Aus
Neptuns Umarmung soll sie den Widder Chrysomallus
mit dem goldenen Fließe zur Welt gebracht haben,
auf welchem Phryxus nach Colchis ritt, und um deß
sen Fließ die Argonauten den Zug eben dahin unter-
nahmen. S. V. 720. Anmerkung.

**) „Als Ceres herum zog, ihre Tochter zu suchen, soll
ihr Neptun nachgegangen sein, sie verliebt zu umarmen. Sie verwandelte sich, wie man sagt, in ein
Pferd, und gieng mit den Pferden des Oncus (des
Herrn des von ihm benannten Orts Oncium im Theß
sufischen, in Arcadien) auf der Weide. Neptun
merkte den Betrug, verwandelte sich in einen Hengst,
und erreichte seinen Zweck. Anfänglich gerieth die
Ceres darüber in Zorn; einige Zeit darauf legte sich
der Zorn, und es gefiel ihr, sich in dem Ladon zu
baden. Von dem Zorne bekam sie den Zunamen
Erinnys; von dem Ladon den Zunamen Lufia. Unter
dem Namen der Erinnys trägt sie die so genannte
Lade, und in der Linken eine Fackel. Ceres soll von
dem Neptun eine Tochter, deren Namen Ungeweihete
nicht wissen dürfen, und das Pferd Arion geboren,
auch Neptun zuerst bei den Arcabiern den Zunamen
Hippius, der angeführten Ursache wegen, bekommen
haben. “ Pausan. 8. B. 25. S. IX. 404. Anm.

***) d. i. Medusa. S. IV. B. 784. u. f.

†) Melantho, Tochter Deucalions, mit welcher Neptun
den Delphus gezeugt; welchen andere zwar für einen
Sohn des Apolls ausgeben, und nach ihm Delphi
nennen.

Man sieht auch Phöbus *) in bäurischer Gestalt, und wie er sich itzt in Habichtsgefieder, itzt
in eine Löwenhaut hüllt; **) auch wie er als Hirt
die Macareide Isse ***) küßt. Man sieht, wie Liber 125
als eine falsche Traube Erigone †) verführt; wie
Saturn ††) als Pferd den doppelten Chiron erzeugt.

Ein schmaler Saum und ein Blumenkranz,
mit Epheuranken durchflochten, umgeben das ganze
Gewebe.

Nicht Pallas, nicht der Neid vermag das
Werk zu tadeln. Es kränkt die blonde Göttin, 130
daß es sowohl gerathen, und zornig zerreißt sie die
gewirkte Schandgeschichte des Himmels, und
schlägt drei- und viermal mit dem Cythorischen
Schifchen, das sie in Händen hielt, die Icmoni-
sche Arachne ins Angesicht. Verschmerzen kann 135
dies die Unglückselige nicht, und in Verzweifelung
knüpft sie stracks ein Seil um die Gurgel. Schwebend hält jedoch Pallas aus Mitleid die Hangende
empor, und spricht:

R 5 „Nein

*) Als Jupiter einst des Phöbus Sohn Aesculap mit
   dem Blitze getödtet hatte, erschoß Phöbus, sich zu
   rächen, die Cyclopen, welche die Donnerkeile für den
   Jupiter geschmiedet hatten. Zur Strafe wurde er
   auf einige Zeit aus dem Olymp verstoßen, und mußte
   sich auf der Erde aufhalten. S. II, 679 u. f.

**) Von Verwandlungen des Phöbus in Habicht und
   Löwe ist uns weiter nichts bekannt.

***) Isse, Tochter des Macareus, Königs auf Lesbos.

†) Erigone, Tochter des Icarus. S. X, 451.

††) S. II, 630. u. f. auch die Anmerkung.

†††) S. IV. V. 310. Anmerkung.

„Nein· lebe; doch hange immerdar, Du Fre-
„velerin! und dies Strafurtheil — um Dich auch
„mit der Zukunft zu züchtigen — sei zugleich hie-
„mit Deinem ganzen Geschlechte und Deinen späte-
„sten Enkeln gesprochen!"

      Mit diesen Worten besprengt sie sie mit dem
Safte von Hecate's Kraut,*) und geht hinweg.

140   Stracks fallen, vom traurigen Gifte berührt,
die Haare samt Nase und Ohren vom Haupte:
Ganz klein wird der Kopf, klein auch wird der
Rumpf.   Zur Seite hangen dünne Finger statt
der Beine herab.   Alles übrige ist Bauch.   Doch
145 aus diesem zieht sie Faden, und, eine Spinne, fährt
sie fort zu weben.

      Ganz Lydien bebt; auch Phrygiens **) Städte
durchläuft das Gerücht der That, und verbreitet
sich endlich über den weiten Erdkreis.

      Vor ihrer Vermählung, da sie noch als Jung-
frau in Mäonien am Sipylus ***) wohnte, hatte
Niobe †) Arachnen gekannt;   doch läßt sie sich
                              durch

*) Einige halten es für Wolfsmilch, andere für Teu-
   felswurz.

**) Ein großes Land in Asien, das Ostwärts an Lydien
   angränzt.

***) Sipylus, Berg in Mäonien.

†) Niobe, aus Mäonien, Tochter des Tantalus, und
   Schwester des Pelops, mit welchem sie wahrscheinlich
   nach dem Peloponnes aus Lydien kam.   Hier ward
   sie die Gemahlin des Amphion (siehe zuvor V. 110
   und 111. und die Anm.), Königs zu Theben, und
   eines so großen Tonkünstlers, daß beim Klange seiner
   Leier die Steine sich von selbst zur Erbauung der
   Mauer von Theben herbeiwälzten.   Die Fabel der
   Niobe ist vorzüglich wegen eines der schönsten Werke

durch ihrer Landsmännin Strafe nicht warnen, den 150
Himmlischen zu weichen, und in ihren Reden sich
zu mäßigen.

Vieles erhebt ihren Muth. Allein weder die
Kunst ihres Gemahls, noch ihr beiderseitiges Geschlecht, noch die Macht des großen Reichs schmeichelt ihr so sehr (obgleich auch dieses alles ihr
schmeichelt), als ihre Kinder; und die glückseligste 155
der Mütter hätte Niobe geheißen, hätte sie es sich
nicht selbst gedünkt. Denn Tiresias *) Erzeugte,
die Seherin der Zukunft, Manto, weissagte mitten
in den Gassen, durch göttlichen Antrieb erregt:

„Ihr Ismeniden! **) erhebt euch in Menge,
„und opfert Latonen, ***) samt ihren beiden Erzeug. 160
ten,

der Bildhauerei aus dem Alterthume berühmt, welches die Niobe mit ihren Kindern vorstellt, und sonst
zu Rom in der Villa Medicis stand, itzt aber zu Florenz
befindlich, und von Angelo Fabroni beschrieben ist.
Siehe davon Winkelmanns Gesch. d. Kunst S.
170. 205. 226. und desselben Anmerk. z. G. d. K.
S. 92. Auch siehe Winkelmanns mon. inedit. ant.
n 89. nach einem basrelief in der Villa Borghese.

*) S. III. V. 323. u. Anmerkung.

**) Ismeniden, d. i. Thebanerinnen, von dem Flusse
    Ismenos, woran Theben liegt.

***) Latona, Geliebte Jupiters und Mutter des Apollo
    und der Diana. Nach Hesiod ist sie die Tochter des
    Cöus und der Phöbe, trägt ein meerfarbenes Gewand,
    und ist eine sanftmüthige freundliche Göttin gegen
    Götter und Menschen. Von einigen wird sie unter
    die oberen Gottheiten gezählt. Als sie vom Jupiter
    schwanger war, beschwor Juno aus eifersüchtiger Rach-
    gier die Göttin Erde, ihr keinen Platz zur Geburt
    einzuräumen. Jupiter ließ sie aber durch den Mer-
    cur

„ten, Weihrauch unter frommem Gebet, und
„durchflechtet mit Lorbeer das Haar! Durch mei-
„nen Mund gebietet es Latona. "

Man gehorcht, und alle Thebaiden schmücken
ihre Schläfe mit dem gebotenen Laube, streuen Weihrauch in die heilige Flamme, und sprechen Worte
165 der Anbetung.   Siehe, da erscheint Niobe mit stol-
zem Hofgeleit, schimmernd in Phrygischem, *)
goldgesticktem Gewande, und, so weit es der Zorn
zuläßt, reißend; ihr schönes Haupt, ihr Haar, das
über beide Schultern herabfällt, in zierlicher Bewegung.   Sie bleibt stehen, und, mit Hoheit ihr stolzes Auge umherwendend, spricht sie:

„Welche Raserei, verkündigte Götter den sicht-
170 „baren vorzuziehen! Oder warum weihet man La-
„tonen Altäre, und versagt noch meiner Gottheit
„Weihrauch? Mein Vater ist Tantalus, **) dem
„allein ***) es vergönnt gewesen, an der Götter Tafel

zu

cur nach Delos bringen, welches damals eine schwim-
mende Insel im Archipelagus soll gewesen sein, wo-
selbst sie ihrer gedachten Kinder entbunden wurde.
Uebrigens dachte man sich auch die Göttin Nacht unter ihrem Namen, der vielleicht selbst diesem Begriffe
(von latere, verborgen sein) seinen Ursprung zu danken hatte, indem man sich die Natur vor Erschaffung
der Sonne und des Mondes (Apolls und Dianens)
in tiefes Dunkel versenkt vorstellte. S. Lipperts
Dactyl. I. 54.

*) „Die Phrygier erfanden die Stickerei, daher gestickte
„Kleider Phrygische genannt werden. " Plinius
d. Aelt. VIII. 74.

**) S. IV. V. 457. u. f. und die Anmerkung.

***) Auch Irion und Pelops haben an der Tafel der
Göttern gespeist; aber beide sind jünger als Niobe,
und sie konnte also mit Recht sich rühmen, daß diese
Ehre blos ihrem Vater wiederfahren sei.

„zu speisen.   Der Plejaden Schwester ist meine
„Erzeugerin *).   Meiner Ahnherren Einer ist der
„hohe Atlas, der auf seinem Nacken die ätherische
„Achse trägt; der Andere ist Jupiter **).   Auch als 175
„Schwäher rühme ich mich dessen.   Mich fürchten
„die Völker Phrygiens; ***) mir ist des Cadmus
„Burg †) unterthan; und die durch meines Man-
„nes Saiten erbaueten Mauren samt ihren Be-
„wohnern werden von mir und meinem Gemahle
„beherrscht.   Wohin ich auch in meinem Pallaste
„den Blick wende, trift er auf unermeßliche Schätze. 180
„Hierzu kommt noch ein Antliß, einer Göttin wür-
„dig; Ja, es kommen noch sieben Töchter hinzu,
„und eben so viele Söhne, ††) und bald Eidame

und

*) Nach einigen die Plejade Tayqete, nach anderen die
Hyade Dione; beide Töchter des Atlas.   S. I. V.
670. Anmerk. und III. V. 595 und Anmerkung.

**) Nach einigen gilt Jupiter für den Vater des Tantalus.

***) Phrygien steht hier vermöge einer poetischen Freiheit
für Mäonien, woran es gränzte, und wo eigentlich
des Tantalus Reich war.   S. VI. V. 149.   Die
Hauptstadt Mäoniens, Sipylum, hatte nicht allein
vor Alters Tantalis geheißen (S. Plinius den Aelt.
V. 31.) sondern es war auch noch zu Pausanias Zeiten des Tantalus Grab in der Gegend bekannt.   S.
Pauf. 5. K. 13.

†) Die Burg zu Theben.

††) Homer giebt der Niobe zwölf Kinder; sechs Söhne
und eben so viel Töchter.   Hesiodus zählt zehen Söhne
und zehen Töchter.   Herodotus zwei Knaben und drei
Mädchen.   Auch in der Angabe der Namen derselben
herrscht bei den Schriftstellern eine große Verschieden-
heit.   Apollodor nennt die vom Ovid Ilioneus und
Alphenor genannten Minytus und Agenor.   Die
Töchter heißen dem Apollodor: Ethodda, oder Thera,
Cleodoxa, Astyoche, Phthia, Pelopia, Astycratea,
Ogygia.   S. Apoll. III. 5.

„und Schnüre.   Fragt nun, worauf mein Stolz
„sich gründe? und wagt es, die, wer weiß von wel-
185 „chem Cöus *) erzeugte, Titanide **) Latona mir
„vorzuziehen; da selbst die weite Erde ihr ehedem
„ein geringes Plätzchen zur Niederkunft versagt hat!
„Weder Himmel, noch Land, noch Wasser nahm
„Eure Göttin auf.   Weltverbannt irrte sie umher,
„bis endlich Delos aus Erbarnien zu ihr sprach:
„Laß uns Gemeinschaft machen, Du eben so flüch-
190 „tig zu Lande, als ich auf den Wogen! “ und ihr
„einen unstäten Aufenthalt verstattete.   Hier wurde
„sie Mutter zweier Kinder, zweier — des Sie-
„bentheils meiner Erzeugten! Daß ich glücklich
„bin, wer mag das wohl leugnen und wer mag es
„bezweifeln, daß ich es bleiben werde? Meine Fülle
195 „stellt mich sicher! Ich bin zu groß, als daß das
„Schicksal mir etwas anhaben könnte.   Mag es
„mir auch noch so viel entreissen; immer bleibt mir
„weit mehr noch übrig.   Es übersteigen bereits
„meine Güter alle Furcht.   Gesetzt auch, das Volk
„meiner Erzeugten würde um etwas vermindert, so
„werde ich doch, troß alles Verlusts, nicht gleich auf
200 „zwei herabgesetzt werden, wie Latona.   Ein Paar
„und ganz kinderlos, ein geringer Unterschied!
„Hinweg denn, eilig hinweg von den Altären, und
„werft den Lorbeer vom Haupte! “

Alle legen den Kranz ab, und lassen das Opfer
unvollendet, und verehren blos, wie es ihnen vergönnt ist, mit heimlichem Gemurmel die Gottheit.

Die

---

*) Cöus, Sohn des Cölus und der Erde.
**) Weil ihre Mutter Phöbe eine Tochter des Uranos
und der Erde war.

Die Göttin wird darüber unwillig, und auf
der Spitze des Cynthus *) redet sie ihr Zwillings- 205
paar mit diesen Worten an:

„Hört, Ihr Kinder! Ich, Eure Mutter, die
„stolz darauf bin, daß ich Euch gebar, und die,
„außer der Juno, keiner der Göttinnen weiche,
„muß itzt, ob ich eine Göttin sei? in Zweifel ziehen
„sehen! und, so ihr nicht helfet, werde ich von mei-
„nen durch alle Jahrhunderte hindurch verehrten
„Altären verbannt. Ja, dies ist noch nicht all 210
„mein Leiden. Frevel häuft die Tantalide mit
„Lästerungen, und erfrecht sich, ihren Kindern Euch
„nachzustellen, und nennt mich, o daß dies Unglück
„auf sie selbst zurückfalle! — kinderlos, und be-
„weiset also, die Verruchte, die Lästerzunge ihres
„Vaters. "

Bitten wollte itzt Latona zu dieser Erzählung
hinzufügen; Phöbus aber fällt ihr ein und spricht:
„Höre auf zu klagen, schon zu lange verzögerst Du 215
„ihre Strafe! "

Dasselbe spricht Phöbe, und schon, wie im
Fluge durch die Lüfte dahin geglitten, stehen beide,
in Wolken gehüllt, oben auf der Cadmeischen
Burg.

Eine weite Fläche dehnte sich nahe den Mauren
aus, beständig mit stampfenden Rossen bedeckt,
und wo der Räder Menge und die harten Hufe jede 220
Ungleichheit des Bodens geebenet. Hier besteigen
zwei der sieben Söhne Amphions rüstige Hengste,

drücken

*) Cynthus ein Berg auf Delos, von welchem Apoll
   der Cynthier und Diana Cynthia heißen.

drücken von Thrischem Purpur glühende Decken,
und lenken Zügel, von Golde schwer. Als der Eine
von ihnen, Ismenos, einst der Mutter erste Bürde,
225 eben sein Pferd umher im Kreise tummelt, daß es
schnaubt und schäumt; ruft er: Wehe mir! und
mitten in der Brust steckt ein Pfeil ihm. Er läßt
aus sterbender Hand den Zügel fahren, und seitwärts sinkt er gemach über des Pferdes rechtes Blatt
hinunter auf den Boden. Neben ihm vernimmt
230 in der Luft das Gerassel des Köchers Siphlus, und
verhängt dem Rosse die Zügel, und flieht, gleich
dem Schiffer, der beim Anblicke eines aufsteigen-
den Gewölks Sturm ahndet, und alle Segel aus-
spannet, damit auch kein Lüftchen entschlüpfe. Er
flieht mit verhängten Zügeln, aber den Fliehenden
235 ereilt dennoch der unvermeidliche Pfeil, und bebend
haftet im Genicke der Schaft, indem vorn aus der
Kehle das bloße Eisen hervorragt. Vorwärts
geneigt, stürzt er über des Läufers ausgestreckten
Hals und Mähne, und färbt mit warmem Blute
die Erde.

Der unglückliche Phädimus und des ahnherr-
lichen Namens Erbe, Tantalus, feiernd von der
240 gewohnten Arbeit, übten itzt jugendlich froh im Ringen die glänzenden Glieder; und schon waren sie
fest im Kampfe mit einander verschlungen, und
drängte sich Brust an Brust: als, vom gespannten
Bogen abgeschossen, beide, vereint, ein Pfeil durchbohrt. Sie erseufzen zugleich; zugleich sinken sie,
245 vor Schmerz sich krümmend, auf den Boden; zugleich bricht ihr sterbendes Auge; zugleich hauchen
sie die Seele aus.

Sie

Sie sieht Alphenor, und, die zerrissene Brust
schlagend, fliegt er herbei, in seiner Umarmung
die kalten Leichen zu erwärmen, und bei diesem
Beweise frommer Bruderliebe fällt er. Denn der 250
Delier verwundet ihm die innersten Eingeweide
mit tödtlichem Eisen. Er zieht es heraus; da
haftet ein Theil der Lunge an den Widerhaken,
und mit dem Leben ergießt sich das Blut in die Lüfte.

Allein nicht eine einfache Wunde verletzt den
unbeschorenen Damasichthon. Getroffen, wo das
Schienbein beginnt, und wo die nervigte Kniekehle 255
das zarte Gelenke bildet, bückt er sich, das verderb-
liche Geschoß herauszureißen; indem wird ein
zweiter Pfeil ihm bis an das Gefieder durch die
Gurgel getrieben. Es drängt ihn das Geblüt zurück, sprißt hoch empor, und schießt einen röthlichten Stral weit durch die Luft. 260

Ilioneus, der Letzte, erhebt umsonst flehend
seine Arme und spricht: „O ihr Götter alle insge-
„samt (er weiß nicht, daß er nicht alle zu bitten
hat) „schonet!“ Zwar rührt er den Schützen,
aber schon ist der Pfeil unwiderruflich. Durch 265
die kleinste Wunde wird er jedoch getödtet. Nur
die Spitze dringt in das Herz.

Das Gerücht von dem Unglück, des Volkes
Wehmuth, die Thränen der Ihrigen verkündigen
nur gar zu bald den so plötzlichen Verlust der
Mutter, welche erstaunt, daß es die Götter vermocht, und zürnt, daß sie es gewagt, und daß sie
so große Gewalt haben; denn Vater Amphion 270
hatte mit dem Schwerte bereits sich die Brust durch-

boret, und sterbend mit dem Leben zugleich seinen
Schmerz geendet.

O wie sehr ist Niobe itzt von jener Niobe verschieden, welche so eben von den latoischen Altären
275 das Volk hinwegtrieb, und mitten durch die Stadt
stolzgebläget einhergieng: damals von Freunden
beneidet: itzt selbst Feinden bejammernswerth!

Auf die kalten Leichname stürzt sie dahin; und
küßt ohne Ordnung zum letztenmal alle ihre Söhne.
Darauf streckt sie gen Himmel die blaugerungenen
Arme und ruft:

280 „So weide Dich denn, grausame Latona, an
„meinem Schmerze; weide Dich, und sättige Dein
„Herz an meinem Jammer! Ja, sättige das wilde
„Herz! Der Tod sieben meiner Kinder rafft auch
„mich dahin! Frohlocke, triumphire: Du hast
„Deine Feindin besiegt! Doch wie besiegt? Un-
„glücklich habe ich ja mehr noch übrig, als Du in
285 „Deinem Glücke. Nein! Selbst nach so viel-
„facher Beraubung sieg ich!"

Also spricht sie; da ertönt des gespannten Bogens Senne, und alle durchdringt Schrecken, außer
Niobe, vor Leid herzhaft. Es standen in schwarzen *) Gewändern am Trauergerüste der Brüder,
mit

*) In der Trauer giengen in den alten Zeiten bei den
Römern, sowohl als bei den Griechen, die Weiber
schwarz gekleidet, wie es bereits zu Homers Zeiten
war, wo Thetis, den Tod des Patroclus zu betrauern,
das schwarzeste Tuch nahm. Unter den Römischen
Kaisern änderte sich dieser Gebrauch, und die Weiber
trauerten in Weiß. Die Männer bei den Römern
giengen beständig in schwarzer Trauer. S. Winkelmanns Anmerk. zur Geschich. d. K. S. 77.

mit niederhangendem Haare, die Schwestern. Eine
davon, einen in den Eingeweiden haftenden Pfeil 290
herausziehend, sinkt mit erblaßtem Angesichte auf
den Bruder und verscheidet.   Eine andere will die
unglückselige Mutter trösten, und verstummt plötzlich, zwiefach zusammensinkend durch eine verborgene Wunde.   Diese stürzt, vergebens fliehend,
entseelt nieder; jene stirbt auf der Schwester; es 295
verbirgt sich diese; ängstlich sieht man jene umher
irren, bis endlich, als ihrer sechs durch verschiedene
Wunden den Tod empfangen,   nur die Jüngste
noch übrig ist.   Mit ganzem Leibe, mit ganzem
Gewande sie bedeckend, schreit die Mutter:

„O nur diese Einzige, die Jüngste, laß mir,
„ich flehe! ach, von so vielen die Jüngste, die 300
„Einzige!“

Aber indem sie noch flehet, sinkt schon die, für
welche sie flehet, dahin.   Kinderlos, sitzt sie nieder zwischen den Leichen der Söhne, der Töchter
und des Gemahls; und erstarrt vor Gram. Kein
Haar regt sich an der Luft.   Ihre Gesichtsfarbe ist
blutlos.   Unbeweglich stehen die Augen zwischen
den trauernden Liedern; im ganzen Bilde ist kein 305
Leben.   Ja selbst im Munde erstarret eiskalt die
Zunge samt dem harten Gaum; und die Adern
hören auf zu schlagen.   Weder der Nacken vermag
sich mehr zu beugen, noch ein Arm sich zu regen,
noch ein Fuß zu gehen.   Auch ihr Inneres ist
Stein.   Dennoch weint sie, und, von eines mäch- 310
tigen Windes Wirbel gefaßt, wird sie davon in die

Heimat getragen. Hier, an eines Berges *) Spitze
gehaftet, zerrinnt sie in Thränen; und Thränen ver-
gießt der Felsen noch itzt.

Itzt aber scheuet einer so großen Gottheit offenbaren Zorn so Weib, als Mann. Allgemein verehrt man die göttliche Zwillingsmutter desto eifriger; und, wie es zu geschehen pflegt, bei Gelegenheit der neuen Geschichte werden die alten wieder
erzählt.

„Auch des fruchtbaren Lyciens **) alte Bewoh-
„ner — spricht jemand — „haben nicht ungestraft
„die Göttin verachtet. Die Begebenheit ist zwar
„nicht sehr berühmt, wegen der Leute Niedrigkeit,
„aber dennoch wunderbar. Ich habe Teich und
„Ort, wo das Wunder geschehen ist, selbst gesehen.
Denn

*) Sipylus. „Von eben dieser Niobe habe ich das Bild-
„niß gesehen, als ich auf den Berg Sipylus zurück-
„gieng. In der Nähe ist sie ein steiler Fels; und
„wenn man dabei stehet, sieht man keine Gestalt einer
„Frau, oder traurenden Person; aber in einer ge-
„wissen Entfernung glaubt man eine weinende und
„niedergebückte Weibsperson zu sehen.“ Pauſ. I. 21.
„Dieses Phantom — sagt Chandler in der Reise
„in Klein-Asien K. 79. — ließe sich erklären als
„die Wirkung einer gewissen Masse von Licht und
„Schatten auf einen Theil des Sipylus, die man aus
„einem besondern Gesichtspuncte wahrnimmt. Der
„Reisende, der, nach diesem Fingerzeig, Magnesia
„besucht, wird gebeten, auf eine steile in die Augen
„fallende Klippe ungefehr eine Meile von der Stadt
„besonders Acht zu haben, und seine Distanz zu ver-
„ändern, indeß Sonne und Schatten, die nach und
„nach näher kommen, darüber weggehen. Ich habe
„Ursache zu glauben, daß er Niobe sehen wird.“

**) Lycien, eine am Meere liegende Landschaft in Klein-
Asien, zwischen Pamphylien und Carien.

„Denn mein Vater, der vor Alter nicht mehr so
„weit gehen konnte, schickte mich, Rinder zu holen,
„dahin, und gab mir einen Führer aus jenem Lande
„mit auf den Weg.   Als ich mit diesem die Trif-
„ten durchwanderte, siehe da stand mitten in einem
„Teich ein alter, vom Opferrauche schwarzer, Altar,
„rings mit wankendem Rohr umgeben.   Mein 325
„Führer bleibt stehen, und betet mit andächtigem
„Gemurmel: „Sei mir gnädig!“ Sofort bete
„auch ich mit ähnlichem Gemurmel: „Sei mir
„gnädig!“ Doch frage ich: Ob dieser Altar den
„Najaden*), oder dem Faunus**), oder irgend
„einem einheimischen Gotte errichtet sie? Darauf 330
„giebt mir der Fremdling zur Antwort: „„Nein, o
„Jüngling, keinem Berggotte ist dieser Altar
„gewidmet. Ihr gehört er zu, welcher einst die
„königliche Juno die Welt verbot, und welche
„flehendlich bittend kaum das irrende Delos auf-
„nahm, als es noch, ein leichtes Eiland, umher-
„schwamm. Da, gegen Pallas Baum***) und

S 3   eine

*) S. I. V. 191. Anmerk.

**) Der Name Faunus ist in Italien einheimisch, und
bezeichnete anfangs eine eigenthümliche Gottheit, die
man als Orakel befragte. Nachher verglich man sie
mit dem Pan, der auch Orakelsprüche ertheilte, und
so entstanden Faune, wie Pane und Satyre. Welches die ursprüngliche Vorstellung der Faune in Italien
gewesen sei, ob mehr oder weniger thierisch, läßt sich
nicht entscheiden. Aber die Namen findet man nachher überall verwechselt; und man findet Faune mit
und ohne Geißfüße angeführt, so daß sich auf den
Namen überhaupt nichts bauen läßt. S. I. V. 193.
Anmerkung.

***) Der Oelbaum. S. XIII. 634 u. 635.

335 „eine Palme gestämmt, gebar Latona Zwillinge,
„troß der Stiefmutter. Doch auch von hier, er-
„zählt man, floh sie, nach der Geburt, vor Juno,
„und nahm in ihrem Schooße die zwei neugebor-
„nen Götter mit sich. Die Sonne sengte bereits
„die Fluren, als die Göttin des Chimära *) tra-
340 „genden Lyciens Gränzen betritt, und müde vom
„langen Wege, und ausgetrocknet von der bren-
„nenden Hitze vor Durst schmachtet. Auch die
„Kinder hatten lechsend die säugenden Brüste aus-
„geleert. Von ohngefehr erblickt sie unten im Thale
„einen Teich vortreflichen Wassers. Die Landleute
„schnitten daneben die Weidengebüsche nebst dem
345 „Binsen und sumpfliebenden Rohr. Sie geht
„hinzu, und, ein Knie auf den Boden gesetzt, will
„sich die Titanide einen kühlenden Labetrunk schöpfen;
„aber der Bauernschwarm verbietet es. Die Göt-
„tin spricht darauf zu ihnen: Warum verweigert
„ihr mir das Wasser? Des Wassers Gebrauch ist
350 „ja allen vergönnt. Weder Sonne, noch Luft,
„noch Wasser hat die Natur zu irgend jemandes
„Eigenthum gemacht. Was ich begehre, ist ein
„allgemeines Gut; doch beschwöre ich Euch, mir
„es zu verstatten. Ich will ja nicht durch ein Bad
„die ermüdeten Glieder hier erquicken; sondern blos
„meinen Durst löschen. Ganz trocken ist mir der
355 „Mund, ausgedörrt die Zunge, kaum vermag ich
„noch ein Wort hervorzubringen. Ein Trunk fri-
„schen Wassers wird mir Nectar sein, und mir neues
Leben

*) Chimära, ein feuerspeiender Berg in Lycien. S.
IX. 646.

„leben geben. Ja das Leben schenkt Ihr mir zu-
„gleich mit dem Wasser. Auch von diesen laßt
„Euch rühren, die hier in meinem Schooße gegen
„Euch ihre kleinen Arme ausstrecken.“ Und wirk-
„lich streckten durch Zufall die Kinder die kleinen
„Arme aus! Wen hätten der Göttin schmeichelnde
„Worte nicht gerührt? Doch diese beharren beim 360
„Verbot, und fügen schnöde Worte zu Drohungen,
„wofern sie sich nicht hinweg begebe. Ja, was
„noch mehr ist, mit Händen und Füßen trüben sie
„den Teich, und rühren, boshaft von allen Seiten
„hineinspringend, aus der untersten Tiefe den 365
„Schlamm auf.

„Itzt vertreibt Unwille den Durst. Schon
„verliert des Cöus Tochter bei den Nichtswürdigen
„keine Bitten mehr; noch läßt sie sich zu Worten
„herab, die unter einer Göttin sind; sondern, die
„Hände gen Himmel hebend, spricht sie:

„Möchtet Ihr doch ewig in diesem Teiche leben!“
„Der Göttin Wunsch geht in Erfüllung. Ih- 37
„nen ist es eine Lust unter das Wasser zu tauchen;
„und itzt ganz sich im Sumpf zu verkriechen, itzt
„nur den Kopf hervorzustecken; bald oben auf den
„Wellen zu schwimmen, bald am Ufer zu sitzen,
„bald wieder in die kühle Flut zu springen. Auch
„itzt noch üben sie ihre schmähsüchtigen Zungen im
„Zanke, und, schamlos, sind sie gleich unterm 375
„Wasser, schimpfen sie selbst unterm Wasser.
„Schon ist auch ihre Stimme heiser; die aufgebla-
„sene Kehle geschwillt, und das Schimpfen selbst
„macht die breite Oefnung des Mundes noch weiter.
„Der Kopf stößt an den Rückgrad, der Hals

S 4

scheint

„scheint dazwischen hinweggenommen. Grün ist
„der Rücken, der Bauch aber, ihres Körpers
380 „größter Theil, ist weiß. In den schlammigten
„Sumpf hüpfen sie, neue Frösche. "

Indem irgend einer also den Untergang der
lycischen Bauern erzählt; erinnert ein Anderer sich
jenes Satyrs *), der, als ihn auf Tritonischem **)
Rohre Latonens Sohn überwunden und bestraf-
385 te, ***) rief:

„Warum

*) Marsyas. Auf den alten Werken, selbst auf Mün-
zen, erscheint er blos mit gespitzten Ohren. Man
muß daher hier mit dem Worte Satyr die frühere
Vorstellung der Griechen verknüpfen. S. Heyne ant.
Auff 2 Bt. S. 69.

**) d. i. die Flöte, welche Tritonia (Pallas) erfand,
aber bald wieder wegwarf, als sie gewahr worden,
daß sie sich dabei durch das Aufblasen der Backen ver-
unstaltete. S. Mon. ined. n. 18. Marsyas fand diese
Flöte und ward ein so großer Künstler darauf, daß er
endlich gar den Apollo zu einem musikalischen Wettstreit herausfoderte. Allein Apollo überwand ihn,
indem er zugleich in seine Leier sang, welches ihm
Marsyas nicht nachthun konnte. Er hieng hierauf
den Marsyas an eine hohe Fichte, und tödtete ihn,
indem er ihm die Haut abzog. „Unterhalb Celend,
die sonst die Hauptstadt von Phrygien war, lag ein
See, wo das Rohr wuchs, das man zum Mundstück
des Aulos, oder der Flöte, brauchte, und wo man
vom Olympus und Marsyas und seinem Streite mit
dem Apollo fabelte. " S. Chandlers Reise in Klein-
Asien S. 332.

***) Eine antike Vorstellung dieser Bestrafung des Mar-
syias s. in Lipperts Dactyl I. 187. und in Winkelmanns mon. ined.; bei welcher Gelegenheit Winkelmann es im beigefügten Terte mehr als wahrscheinlich macht, daß der berühmte Schleifer zu Florenz
nichts anders als den Scythen vorstelle, welcher hier
ein Messer schleift, um den Marsyas damit zu schinden,
s. Parte I. p. 50.

„Warum entziehest Du mich mir selbst? Ach,
„verzeih! ich bereue es ja!“ — Schrie: „Ach, so
„viel ist ein Lied auf der Flöte nicht werth!“

Indem er so schrie, ist schon die Haut von den
äußeren Gliedern gerissen! Ueber und über ist er
nichts, als Wunde. Das Blut strömt überall.
Die Nerven liegen entblößt, und unbedeckt von der
Haut schlagen die Adern. Man hätte die wallen- 390
den Eingeweide, und in der Brust die durchsichtigen Fiber zählen können. *) Ihn beweinen die
Bauer des Feldes, die Gottheiten der Wälder,
die Faune, und die Satyre, seine Brüder; auch
der schon damals berühmte Olympus, **) und die
Nymphen, und in den Gebirgen jeder Hirt wolle-
tragender Schaafe oder gehörnter Rinder. Die 395
fruchtbare Erde wird mit Thränen benetzt: sie fängt
jegliche auf, so wie sie herabfällt, und trinkt sie in
ihre innersten Adern; hier verwandelt sie sie in
Wasser, und läßt sie in die freie Luft wieder hervor-
strömen. Daher führt Phrygiens lauterster Strom, 400

S 5

der

*) Wer kann die Strafe des Marsyas sich ohne Em-
pfindung des Ekels denken? Aber wer empfindet auch
nicht, daß das Ekelhafte hier an seiner Stelle ist?
Es macht das Schreckliche gräßlich; und das Gräß-
liche ist selbst in der Natur, wenn unser Mitleid dabei
interessirt wird, nicht ganz unangenehm; wieviel weniger in der Nachahmung? S. Lessings Laocoon,
S. 253.; neue Ausgabe.

**) Olympus, der Schüler und Liebling des Marsyas.
S. Lipperts Dactyl I. 186 — 189. und 458. und
Pitt. d'Ercol. Tab. 8. Desc. du Cab. de Stosch.
p. 250.

der sich schnell durch abschüssige Ufer nach der Ebene hinabstürzt, den Namen Marsyas *).

Nach solchen Gesprächen kehrt endlich das Volk wieder zur gegenwärtigen Begebenheit zurück, und betraurt den mit seinem Stamme erloschenen Amphion; nur Niobe ist ihm ein Gräuel.

Doch Pelops **) soll auch diese beweint, vor Betrübniß von den Schultern, bis zur Brust herab,

die

*) Der in der Anm. zu V. 384. erwähnte See war der Behälter, oder der Ursprung des Mäander und des Marsyas, welche beide unterhalb desselben und von einander abgesondert entsprangen, und von allen Phrygiern dieser Gegend verehrt wurden. Sie opferten jedem einzeln oder beiden zusammen, indem sie den Flußgott anriefen, dem sie das Opfer brachten, und die Schenkel der Opferthiere in die Quelle warfen, wo das Geschenk von dem Strudel hinuntergeführt und, nach ihrer Sage, dem Strome gebracht, dem es bestimmt war, oder getheilt wurde, wenn es beiden gelten sollte, indem keiner von beiden Strömen das Eigenthum des Anderen angrif. Der Fluß Marsyas verlor sich, nicht weit von seinem Ursprunge, in einem Thale, das Aulokrene hieß, zehn Meilen von Apamea auf dem Wege in Phrygien hinein gelegen, und die Scene des fabelhaften Streits mit dem Apollo war. Der Strom stürzte sich mit einem heftigen abschüssigen Lauf in die Vorstadt von Apamea, floß durch die Mitte dieser Stadt, welche nicht weit von seinem Ausflusse lag, und vereinigte sich, 25. Fuß breit und ohne Krümmungen, mit dem Mäander, welcher mild und sanft durch die Ebene floß. Man hat den Marsyas den durchsichtigsten Strom von Phrygien und den Katarakt genannt, weil er mit mächtigem Geräusche den Felsen herabfällt. S. Chandlers Reisen in Klein-Asien. S. 333. u. f.

**) Pelops, der Sohn des Tantalus und Bruder der Niobe. S. IV. V. 457. die Anmerk. Er wurde durch den Trojanischen König Tros aus seinem väter-

lichen

die Kleider gerissen, und also an der linken das Elfenbein entdeckt haben.   Gleichfärbig war diese 405
Schulter bei seiner Geburt mit der rechten, auch
fleischern.   Als aber nachher, wie man erzählt,
von des Vaters Händen seine Glieder zerstückt worden, hätten die Götter sie aufs Neue zusammengesetzt, und da sie alle übrige Gliedmaßen bis auf
das Stück zwischen Gurgel und Achsel wiedergefun-
den; so hätten sie an die Stelle des fehlenden Theils 410
Elfenbein genommen, und auf solche Weise den Pelops ergänzt.

Die benachbarten Fürsten kommen insgesamt,
ihr Beileid zu bezeugen; und alle umliegende Städte
bitten ihre Könige, zu Pelops zu gehen, ihn zu
trösten; Argos ") sowohl, als Sparta, und das Pelo-
peische **) Mycen, das, der erzürnten Diana noch) 415

nicht

lichen Reiche vertrieben, und gelangte nach Pisa in
Elis, auf der großen Griechischen Halbinsel, welche
nachher, als er sich derselben fast gänzlich bemächtiget,
von ihm den Namen Peloponnes erhielt, vorher aber
Apia und Pelasgia geheißen (S. Plinius d. Aeltern
IV. 5.) und itzt Morea genannt wird. Pelops hatte
nach seinem Tode einen eben solchen Rang unter den
Heroen, als Jupiter unter den Göttern. Innerhalb
des heiligen Haines Altis zu Olympia war ihm ein
mit einer steinernen Mauer umgebener Platz, Pelo-
pium genannt, geheiliget, welcher in hohen Ehren
gehalten wurde. (S. Pausanias 5. K. 13.) Pelops
Söhne waren Atreus und Thyest; seine Gemahlin
aber Hippodamia, Tochter des Oenomaus, zu Pisa.

") Alle folgende Städte liegen im Peloponnes, Calydon
ausgenommen.

**) Weil es durch die Pelopiden vergrößert und
berühmt worden.

nicht verhaßte, Calydon, *) und das fruchtbare
Orchomen; auch Corinth, wegen seines Erzes **)
berühmt, das trozige Meffen, Paträ, das niedere
Cleonä, das Neleiſche ***) Pylos, das noch nicht
Pittheiſche ****) Trözen; kurz die geſamten Städte,
welche der zweimeerige Iſthmus †) in ſich ſchließt,
ſamt denen, welche man vom zweimeerigen Iſth-
420 mus, außerhalb deſſelben gelegen, ſehen kann.
Wer ſollt' es glauben? Du allein, Athen, biſt
ſaumſelig! Krieg ſteht Deiner Leutſeligkeit entgegen;
denn über das Meer gekommene barbariſche Schaaren ſchreckten die Mopſopiſchen ††) Mauren.   Der
Thraciſche Tereus †††) ſchlug dieſelben mit ſeinen
Hülfs-

*) Stadt außerhalb des Peloponnes, in Aetolien.
    S. VIII. V. 270 u. f.

**) Das Corinthiſche Erz war das edelſte Erz des
    Alterthums. Es war Bronze, aus Gold, Silber und
    Kupfer zuſammengeſetzt. Daß dieſe Miſchung von
    ohngefehr entſtanden ſei, als Mummius Corinth ero-
    berte und einäſcherte, iſt eine Fabel, welche ſchon
    vom älteren Plinius XXXIV. 3. widerlegt wird.

***) Vom Neleus, des Neſtors Vater, der es erbauet
    hat, alſo genannt.

****) Weil Pittheus, des Theſeus mütterlicher Groß-
    vater, noch nicht daſelbſt regiert hatte.

†) Hier iſt wohl Iſthmus in einer ausgedehnteren Be-
    deutung zu nehmen, und die ganze Halbinſel Pelopon-
    nes darunter zu verſtehen.

††) S. V. V. 661. Anmerkung.

†††) Tereus, des Mars und einer Biſtonierin Sohn,
    König in Thracien. Es läßt ſich nicht beſtimmen,
    gegen welche Feinde, die über das Meer gekommen,
    er dem Pandion beigeſtanden. Nach dem Apollodor
    rief Pandion bei einem über die Grenzen des Landes
    entſtandenen Krieg mit dem Labdacus, einem Sohne
    Polydors, und Könige von Theben, den Tereus aus
    Thracien zu Hülfe.

Hülfsvölkern, und erwarb sich durch den Sieg einen berühmten Namen. Ihn, der an Schätzen und Leuten reich, und sein tapferes Geschlecht vom großen Gradivus *) ableitet, verbindet sich Pandion **) durch Vermählung mit Procne. Allein weder Juno, der Ehe Vorsteherin, noch Hymenäus ist bei diesem Beilager zugegen, noch eine Grazie ***). Die Eumeniden tragen von Leichenbegäng-

*) Gradivus, ein Beiname des Mars, von der fortschreitenden Stellung, worin er zuweilen vorgestellt wurde.

**) Pandion, des Erichthonius Sohn, König zu Athen. Seine Töchter waren Procne und Philomela. Sein Sohn Erechtheus folgte ihm in der Regierung.

***) Die Grazien, Töchter, nach einigen, Jupiters und der Eurynome, nach andern, des Sonnengottes und der Aegle, nach noch andern, des Bacchus und der Venus. Die Lacedämonier und Athener kannten nur zwei Grazien, welche jene Phaenna (Schimmernde) und Kleta (Ruhmvolle); diese aber, Hegemone (Führerin) und Auxo (Mehrerin) nannten. Bei den Orchomenern führte Eteocles die Anbetung dreier Grazien ein, deren Namen ungewiß, aber vielleicht dieselben sind, die ihnen späterhin Hesiodus ertheilte: Aglaja (Glänzend) Thalia (Muntere) Euphrosyne (Erfreuende). Auf diese hat die neuere Dichtkunst ihre Zahl eingeschränkt. Homer aber weiß von keiner bestimmten Zahl der Grazien. Ihm zufolge hat Juno über ein ganzes Heer jüngerer, sowohl als älterer, Grazien zu gebieten; auch gesellt er der Venus Grazien zu, welche sie umtanzen, baden, salben, ankleiden und ihre Gewänder sticken. Ueberhaupt waren die Grazien ursprünglich eine Menge geringerer Gottheiten, welche, ohne eben zu ewiger Jungfrauschaft oder Keuschheit bestimmt zu sein (denn Homer läßt eine Grazie, Charis genannt, mit dem Vulcan das Lager theilen), ausersehen waren, die Tage der Götter als häusliche Gesellschafterinnen zu beglücken, und für

den Pallast läßt eine Eule sich nieder, und wieder-

hol

für den Olymp das zu sein, was die Nymphen für
den Ocean waren, nemlich Geschöpfe, die ihn ver-
schönerten und belebten, und zum angenehmen Aufenthalt der Unsterblichen umschufen. — Die Verfei-
nerung der sinnlichen und geistigen Freuden überhaupt
war der Grazien vornehmste Bestimmung; daher
heißen sie Göttinnen der Anmuth. Endlich warten
sie auch, — aber mehr dem Weltweisen als dem Dichter — Göttinnen der Dankbarkeit und des Wohl-
thuns, d. i. Huldgöttinnen. Die Verschwisterung
der Grazien mit den Musen ist alt. Schon Hesiodus
läßt beide auf dem Gipfel des Olymps neben einander
wohnen, und die Aemter und Verdienste der Unsterblichen aus Einem Munde besingen. Die zahlreichen
Tempel, welche die Grazien theils allein, theils mit
anderen Gottheiten zugleich, namentlich mit der
Venus und den Musen, nicht weniger auch mit dem
Amor, Mercur und Apollo bewohnten, lehren deutlich genug, was für eine ausgezeichnete Hochachtung
Griechenland für sie hegte. In den ältesten Zeiten
waren ihre Bilder, wie die Bilder der mehresten
Götter, rohe, unbearbeitete Steine. So wie die
Kunst sich zu erheben anfieng, stellte man die Grazien
zierlicher, aber völlig bekleidet vor. Eben so standen
sie im Tempel zu Elis; zwei von ihnen hielten, die
Erste eine Rose, die Andere einen Myrtenzweig (die
Symbole der Schönheit und ihrer Gebieterin der Venus), die Dritte einen Würfel, das Sinnbild harm-
loser Jugend. Auf erhabenen Arbeiten und geschnittenen Steinen erscheinen sie gewöhnlich nackend, in
der dreifachen Zahl; die Eine vor, die Andere seit-
und die Dritte rückwärts gewendet, ihre Arme in
einander geschlungen, in den Händen Blumen und
Zweige, auf dem Gesichte sanfte Heiterkeit und Ruhe
der Seele, meistens in der Stellung der Tanzenden.
Siehe Manso's Abhandlung über die Grazien.
S. Lipperts Dactyl. I. 763 — 767.

holt über dem Brautgemache ihr unglückweiſſagen-
des Geſchrei. Unter ſolchen Vorbedeutungen knüpfen
Procne und Tereus das eheliche Band; unter
ſolchen Vorbedeutungen werden ſie Vater und
Mutter! Freude bezeugt ihnen gleichwohl Thracien; *) und ſie ſelbſt danken den Göttern, und
heißen den Tag, an welchem Pandions Erzeugte
dem berühmten Herrſcher zum Theil ward, ſamt
dem, an welchem Itys geboren, als Feſttage feiern: So verborgen bleibt uns doch immer, was
frommet!

Schon hatte Titan das ſich immererneuende
Jahr durch fünf Herbſte geführt, als Procne alſo
ſchmeichelnd zu ihrem Gemahle ſpricht:

„Wenn Du mich irgend liebſt, ſo gieb meiner
„Sehnſucht nach, und geſtatte, daß entweder ich
„meine Schweſter beſuche, oder ſie hieher komme.
„Du darfſt nur ihre baldige Zurückkehr dem Vater
„verheißen und, gleich einem Gotte, wirſt Du mich
„durch der Schweſter Anblick beſeligen. ‟

Tereus läßt ſofort Schiffe ins Meer ziehen,
und mit Segeln und Rudern läuft er in den Ce-
cropiſchen Hafen ein, und landet am Piräiſchen
Geſtade.

So-

*) Thracien, Land in Europa zwiſchen dem Berge
Hämus, Macedonien, dem Aegeiſchen Meere, dem
Propontis, und dem Pontus Euxinus. Es war ſehr
rauh und gebirgig, ſo wie deſſen Einwohner zwar
ſehr kriegeriſch waren, aber wild. Die Berge Hämus und Rhodope waren wegen der Bacchiſchen
Orgien berühmt, welche darauf gefeiert wurden, nachdem Orpheus Thracien darin eingeweihet hatte.

Sobald er beim Schwäher vorgelassen, schlägt
Rechte in Rechte, und unter günstiger Vorbedeutung beginnt ihr Gespräch. Eben fängt er an, die
Ursache seiner Ankunft zu erzählen; sich seiner Gattin Aufträge zu entledigen, und für den Urlaub der
450 Schwester schleunige Rückkehr zu versprechen:
Siehe da tritt Philomela ins Gemach, reich an
Schmuck, reicher noch an Schönheit: so sollen Naiden und Dryaden in den Wäldern einhergehen; nur
daß sie an Kleidung, daß sie an Schmucke verschieden.

455 Als Tereus die Jungfrau erblickt, entbrennt
er nicht anders, als wenn man Feuer unter gereifte
Kornähren legt, oder dürres Laub und auf Böden
verwahrte Kräuter anzündet. Zwar ist sie schön;
doch reißt ihn noch angeborne Lüsternheit; denn das
460 Menschengeschlecht dieser Gegend hat einen Hang
zur Wollust. Er brennt durch eigene und seines
Volkes Schuld.

Er mögte flugs die Wachsamkeit ihres Gefolgs, die Treue ihrer Amme *) bestechen; möchte
sie selbst durch große Geschenke versuchen; ja für sie
sein ganzes Reich hingeben oder sie entführen, sollte
er auch den Raub mit dem blutigsten Kriege ver-
465 theidigen müssen. Seine zügellose Liebe ist alles
zu wagen bereit; und sein Herz vermag die verborgene Glut nicht mehr zu fassen.

Schon

*) Außer der gewöhnlichen Bedeutung hieß bei den
Alten Amme auch die Kinderwärterin, und bei dem
weiblichen Geschlechte, die Erzieherin, Sitten- und
Tugendwächterin.

Schon treibt ihn der Verzug zur Ungeduld.
Mit glühendem Gesicht wiederholt er Procnens
Auftrag, und betreibt unter dem Scheine seine eigenen Wünsche.   Liebe macht ihn beredt.   So oft
er zu weit in seinen Bitten gehet, wendet er vor,
Procne wolle es also; ja, er fügt Thränen hinzu, 470
als ob sie auch dieses geheißen.

Ach ihr Götter, welch eine schwarze Nacht umhüllt doch das menschliche Herz! Selbst bei Aus-
führung eines Bubenstücks gilt Tereus für einen
Biedermann; und Schandthat gereicht ihm zum
Lobe! Ja, was noch mehr ist, Philomela tritt sel-
nen Wünschen bei! Am Halse des Vaters mit lieb- 475
kosenden Armen hangend, flehet sie unaufhörlich,
bei ihrem eignen Heil — — leider zu ihrem Unglücke! — um Erlaubniß, die Schwester zu besuchen.   Es sieht sie Tereus und täuscht durch Ein-
bildungen seine erhitzten Begierden; und jeder zärtliche Kuß, jeder geschlanke Arm, den er sieht, ist
für seine Wuth Sporn, Zunder und Nahrung. 480
Ja, so oft sie den Vater umarmt, möchte er der
Vater sein, seiner Heillosigkeit unbeschadet.

Endlich wird durch beider Bitten der Erzeuger
besiegt.   Es freuet sich die Arme, dankt dem Vater, und wähnt, wie sehr ihr und der Schwester das
geglückt, was betrübt sein wird für beide.   485

Schon blieb nur noch eine geringe Arbeit Phöbus übrig; Olymp abwärts liefen bereits seine Rosse.
Man richtet ein königliches Mahl an, und stellt
Bacchus Gaben in goldenen Bechern auf. Darauf
ergiebt sich ein jeder dem sanften Schlummer.

490 Nur der Odrysische *) König findet nicht
Ruh im Schlafgemach. Immer und immer
schaut er in seinen Gedanken ihr Antlitz, ihre Geberde, ihre Hände; bildet sich nach Gefallen, was
er nicht gesehen, und nährt also selbst, vor Liebe
schlaflos, seine Flamme.

Es war Tag, und des scheidenden Eidams
495 Rechte ergreifend, empfiehlt Pandion ihm also unter
hervorbrechenden Thränen die Gefährtin:

„Da — spricht er — nimm sie hin, lieber
„Eidam! Aus Zärtlichkeit gebe ich nach, da sie
„beide es wollen, und auch Du es willst, o Tereus!
„Aber bei Deinem gegeben Worte, bei den Ban-
„den des Bluts, bei allen Göttern beschwöre ich
„Dich; wache mit väterlicher Liebe über sie! und
„sende mir bald — o jeder Verzug wird mir lang
„deuchten — bald diesen süßen Trost meines kum-
500 „mervollen Alters zurück! Und Du, meine Toch-
„ter, — ist es nicht genug, daß Deine Schwester
„entfernt von mir lebt? — so Du die geringste
„Zärtlichkeit für mich fühlst, so kehre bald wieder!"

Also spricht er beim Abschied, und küßt zugleich
505 die Tochter, und milde Thränen thauen von des
Greisen Wangen. Ißt fodert er beider Rechte
zum Pfand der Treue; legt sie in einander; heißt
dann beide, die abwesende Tochter samt dem Enkel
in seinem Namen grüßen; und vermag das letzte
Lebewohl kaum hervorzubringen vor Schluchsen, be-
510 ängstiget durch die Ahndungen seines Herzens.

So-

*) Aus poetischer Freiheit für Thracisch; von Odrysa,
einer Stadt in Thracien.

Sobald nur Philomela das gemahlte Schif
bestiegen, das Meer unter den Rudern rauscht, und
das Gestade zurückweicht: ruft Tereus: „Nun habe
„ich gewonnen; meine Wünsche begleiten mich!“
Er frohlockt in seinem Herzen, mag seine Freude
kaum verzögern, und verwendet kein Auge von ihr. 513
Nicht anders, als Jupiters räuberischer Vogel,
wenn er mit gekrümmten Krallen in sein hohes Nest
den Hasen getragen; unmöglich ist dem Gefangenen
die Flucht: es weidet den Blick an seiner Beute der
Räuber.

Schon war die Reise vollbracht; schon waren
sie mit ermüdetem Kiel auf seiner Küste gelandet: 520
Als der König Pandions Erzeugte zu einem hohen,
von bejahrten Wäldern umdüsterten, Aufenthalte
schleppt; sie dort, trotz ihres Erblassens, ihres Be-
bens, ihrer ahndenden Furcht, ihrer Thränen und
wiederholten Fragen, wo die Schwester sei? ein-
sperrt; seine sträflichen Absichten entdeckt, und gegen sie — ein Mädchen und allein! — Gewalt 525
braucht; wie oft sie auch, leider vergebens! zu ihrem Vater, zu ihrer Schwester und vor allen zu den
großen Göttern um Hülfe ruft. Sie zittert, gleich
dem schüchternen Lamme, das verwundet dem
Rachen des grauen Wolfes entrissen worden, und
noch nicht sich in Sicherheit glaubt; und gleich der
Taube, die, mit eigenem Blute das Gefieder benetzt,
noch schaudert, und die gierigen Klauen fürchtet, 530
denen sie sich entwunden.

Bald, als sie wieder zu sich gekehrt, zerrauft
sie ihr fallendes Haar, zerfleischt sich den Busen,
und spricht mit aufgehabenen Händen:

T 2

„Wehe

„Wehe Deiner gräulichen That, Du Barbar!
„Wehe Dir selbst! Und nicht des Vaters Bitten,
„nicht seine zärtliche Thränen vermochten Dich zu
535 „rühren, noch die Liebe der Schwester, noch meine
„jungfräuliche Ehre, noch die Rechte der Gattin?
„Alles hast Du auf einmal gekränkt, verwirrt! hast
„mich zum Kebsweibe neben meiner Schwester,
„Dich zu unser beider Gatten gemacht.   Solche
„Strafe habe ich nie verschuldet! Warum entreißest
„Du Bösewicht mir nicht auch dies Leben, damit
„keine Missethat Dir ungethan bleibe? O, daß Du
540 „es vor der blutschänderischen Entehrung gethan;
„so wäre mein Schatten doch Vorwurfs frei! Aber
„wenn des Himmels Bewohner dies sehen; wenn
„der Götter Gottheit etwas ist, wenn nicht alles
„mit mir vergeht: So wirst Du mir, es sei wann
„es wolle, für Deine Bosheit büßen.   Ich selbst,
545 „alle Schaam bei Seite setzend, will Deine That
„laut verkündigen, so es mir vergönnt ist, mitten
„unterm Volke; wenn Du mich aber in den Wäl-
„dern verschließest, so sollen wenigstens die Wälder,
„es sollen die Felsen als Vertraute meine Klagen
„hören; bis zum Himmel sollen sie erschallen, und
„zu jedem Gotte, so irgend einer darin ist!“

Nachdem durch solche Worte der Zorn des
Wütherichs erregt, und seine Furcht so hoch, als
550 sein Grimm, gestiegen war, entreißt er, von beiden
gleich stark angespornt, das Schwert, womit er
umgürtet, der Scheide, ergreift Philomela beim
Haar, beugt ihr die Arme rückwärts, und fesselt sie
gewaltsam.

Itzt

Itzt streckt Philomela die Kehle ihm hin, beim
Anblick des entblößten Schwertes Hofnung zum
Tode schöpfend; aber mit einer Zange faßt er, mit- 555
ten unter ihrem Sträuben, mitten unter ihren Aus-
rufungen des väterlichen Namens, und unterm
Bestreben zu reden, ihre Zunge, und entreißt sie
mit dem mörderischen Schwerte dem Munde. Noch
regt die Wurzel der Zunge sich; sie selbst liegt zuk-
kend und murmelnd am blutigen Boden; zappelt,
gleich dem Schweife der verstümmelten Schlange, 560
und sucht sterbend der Eignerin Spur.

Selbst nach dieser That, erzählt man, (kaum
ists glaublich), mißbraucht er noch oft des verstümmelten Körpers zu schnöder Wollust. Ja, trotz
solches Gräuels vermag er wieder zu Procne zu kehren. Kaum erblickt diese den Gemahl; so fragt sie
schon nach der Schwester. Er heuchelt Seufzer, 565
lügt ihren Tod, und seine Thränen erwerben ihm
Glauben. Da reißt Procne ihr, von breitem Golde
schimmerndes, Gewand von den Schultern; zieht
Trauerkleider an; erbauet ein leeres Grabmal,
bringt Sühnopfer den falschen Manen, und betraurt das, nicht also zu betrauernde, Geschick der 570
Schwester.

Der Sonnengott hatte bereits zweimal sechs
Zeichen durchwandert, und ein Jahr vollendet.
Was soll Philomela thun? Eine Wacht verschließt
ihr die Flucht; von festem Stein erbaut, starren ih-
res Aufenthalts Mauren; und ihrem stummen
Munde fehlt ein Anzeiger der Unthat.

Einen anschlägigen Kopf hat das Elend, und 575
Noth macht erfinderisch. Schlau zieht sie Faden

aus einem Phrygischen Gewebe, und stickt in pur-
purnen Zeichen, auf weißem Grunde, ihre traurige
Geschichte *). Dies Werk vollbracht, giebt sie
es jemand, durch Gebehrden bittend, es zur König-
gin zu tragen. Dieser bringt das Gebetene zu
580 Procne, ohne zu wissen, was er bringt. Es ent-
wickelt die Gemahlin des wilden Tyrannen das Gewand; liest der Schwester Klagelied und (wunderbar, daß sie es vermocht!) schweigt. Wehmuth
verschließt ihr den Mund; Worte kann zu ihrem
Unwillen die Zunge nicht finden; selbst Thränen
585 fehlen ihr. Aber wüthend erhebt sie sich, Recht
und Unrecht zu vermischen bereit; ihr einziger Ge-
danke Rache.

Es war die Zeit, wo des Bacchus dreijährli-
ches Fest **) Sithoniens ***) Mütter feierlich zu
begehen pflegen. Nacht ist die Vertraute der heiligen Feier; Nachts ertönt Rhodope vom Schalle
590 klingender Becken: Nachts begiebt sich aus ihrem
Pallaste die Königin, wird nach des Gottes Bräuchen ausgerüstet, und empfängt die begeisternden
Waffen. Reben bedecken ihr Haupt, von der linken Seite hängt eine Hirschhaut herab; ein leichter
Spieß

*) Philomela stickte Buchstaben in ein Peplum, und
machte dadurch der Procne ihr Unglück bekannt. S.
Apollodor III, 14.

**) Die Trieterica wurden anfänglich nur von den The-
banern auf dem Cithäron; hernach aber auch von anderen Völkern, an anderen Orten, gefeiert. S. III,
702. Anm.

***) Sithonien, eigentlich der Theil Thraciens, der vom
Berge Hämus sich nach dem Pontus Euxinus hin-
neigt. Hier steht es poetisch für ganz Th—

Spieß ruht auf der Schulter. *) Schnell und schrecklich eilt durch die Wälder, von den Ihrigen um-
schwärmet, Procne, daher getrieben von des Schmer-
zes Wuth, indem sie, o Bacchus, die Deinige lügt. 595
Endlich gelangt sie zu Philomelens abgelegenem Aufenthalte.   Ein lautes Geheul erhebt sie hier; läßt
das Evohe **) erschallen, sprengt die Pforten auf,
und raubt die Schwester.   Sie legt der Geraubten
die Bacchischen Kennzeichen an; verbirgt ihr Gesicht unter Epheublättern, und reißt sie betäubt mit 600
sich hinfort in ihren Pallast.

· Als Philomela merkt, daß sie die heillose
Schwelle betreten, schaudert die Unglückliche zurück, und erblaßt im ganzen Gesichte.

Mit ihr allein, nimmt Procne der bejammerns-
werthen Schwester die Zeichen der heiligen Feier ab,
enthüllt ihr verschämtes Gesicht, und schließt sie in 605
ihre Arme.   Allein diese vermag kein Auge gegen
sie zu erheben, fühlt sich die Nebenbuhlerin ihrer
Schwester, und will, den Blick auf den Boden geheftet, schwören und die Götter zu Zeugen anrufen,
daß sie gewaltsamerweise geschändet worden — —
Geberden vertreten die Stimme.

· Procne glühet, und weiß die Empörung ihrer 610
Seele · nicht zu mäßigen.   Sie verweiset der
Schwester die Thränen, und spricht:

„Mit Weinen nicht, nein, mit dem Schwerte,
„oder wenn Du sonst noch etwas schrecklicheres
„weißt, als das Schwert, laß hier uns thätig er-
T 4 weisen!

*) S. Descr. du cab. de Stosch p. 251, n. 1553.

**) Heißt so viel als: Heil! — nemlich dem Bacchus.

„weisen! Schwester, zu jedem Gräuel bin ich be-
„reit.   Entweder ich setze den königlichen Pallast
„mit Fackeln in Brand, und stürze den blutschände-
615 „rischen Tereus mitten in die Flammen: Oder mit
„dem Schwerte raube ich ihm die Zunge, oder die
„Augen, oder die Glieder, die Dich entehrt: Oder
„durch tausend Wunden mache ich seinem ruchlosen
„Leben ein Ende.   Ja, irgend etwas Großes voll-
„bringe ich, nur in der Wahl schwankt noch mein
„Entschluß. “

　　　　Noch spricht Procne also, als zur Mutter
620 Itys *) kommt.   Sein Anblick erinnert sie, was
sie vermöge.

　　　　Mit wildem Blicke sieht sie ihn an, und ruft:
„Ha, wie ähnlich dem Vater! „ und verstummt,
zur traurigen That entschlossen und schnaubend vor
innerem Grimm.   Doch als zu ihr hin der Sohn
625 tritt, sie Mutter grüßt, mit seinen kleinen Armen
an ihren Hals sich schmiegt, und unter kindischen
Liebkosungen sie küßt; da fühlt sie ihr Mutterherz
sich regen, ihr gebrochener Eifer stockt, und wider
ihren Willen füllen ihre Augen sich mit Thränen.

　　　　Allein, so bald sie fühlt, daß mitleidsvoll die
630 Mutter wankt: wendet sie vom Sohne wieder den
Blick auf die Schwester, und, wechselsweise beide be-
trachtend, spricht sie:

　　　　„Warum spricht dieser Mund Schmeicheleien,
„und schweigt jener, der Zunge beraubt? Da dieser
„mich Mutter nennt, warum nennt jener mich nicht
„auch Schwester? Schau, Pandions Tochter, wel-

chem

---

*) Itys, des Tereus und der Procne Sohn.

„chem Manne Du vermählt bist! Du artest aus.
„Zärtlichkeit für einen Gatten, wie Tereus, ist Ver- 635
„brechen!"

Stracks schleppt sie Itys davon, wie eine Gan-
getische *) Tigerin den Säugling der Hindin durch
düstere Wälder. So bald sie sich in einem entlegenen Theile des hohen Pallastes befinden: Da —
mochte er immer die Arme ihr entgegenstrecken, und,
seinen Tod schon voraussehend, rufen: „Erbar- 640
men, o Mutter, Erbarmen!" und zustreben ihrem Halse! — durchstößt Procne ihm mit dem
Schwerte die Seite, da, wo sie an die Brust sich an-
schließt, und verwendet den Blick nicht.

Schon genug zum Tode des Knaben war Eine
Wunde; doch schneidet ihm Philomela die Kehle
mit dem Schwerte noch ab. Darauf zerstücken sie
die noch halblebenden Glieder; ein Theil hüpst auf
in hohlen Kesseln; ein Theil zischt an Spießen. 645
Der Boden schwimmt von Blute.

Zu diesem Mahle ladet den unbefangenen Tereus die Gemahlin; und, ein Opfer nach väterlicher **) Weise lügend, wobei blos der Gatte zugegen sein darf, entfernt sie Gefolge und Diener.

Tereus, hoch, auf ahnherrlichem Throne sitzend, 650
ißt, und füllet seinen Leib mit eigenem Fleische;
und — so schwarze Nacht umhüllt seinen Sinn —
spricht:

„Holet Itys her!"

Itzt vermag Procne ihre Schadenfreude nicht
mehr zu bergen; und froh, ihm die Unglücksver-

T 5 künderin

*) D. i. am Ganges in Indien.
**) d. i. Athenischer.

kinderin selbst zu sein, antwortet sie: „Was Du
655 foderst, ist schon bei Dir!" Er sieht sich um, und
fragt, wo er sei? aber auf sein Fragen, auf sein
wiederholtes Rufen springt Philomela hervor, das
Haar vom wüthenden Morde noch zerstreut, und
schleudert Itys blutiges Haupt in des Vaters Angesicht, itzt, mehr als irgend jemals, wünschend,
660 reden zu können, um in angemessenen Worten ihre
Freude zu bezeugen.

Mit schrecklichem Geschrei stößt der Thracer
die Tafel zurück; ruft aus dem Stygischen Thale
herauf die schlangenhaarigen Schwestern *); strebt,
bald aus geöfneter Brust die abscheuliche Kost, sein
eigen verzehrtes Fleisch, hervorzuwürgen; bald weint
665 er und nennt sich das leidige Grab seines Erzeugten;
endlich verfolgt er mit bloßem Schwerte Pandions
Töchter.   Da hätte man gewähnt, der Cecropiden
Leiber schwebten auf Flügeln, und in der That
schwebten sie auf Flügeln! Die Eine **) sucht den
Wald; die Andere ***) schlüpft unter Dächer,
670 und von dieser Brust sind noch itzt die Spuren des
Mords

*) Die Furien, Rachgöttinnen.

**) Philomela, als Nachtigall. Nach dem Homer aber
hieß die Nachtigall vorher Aedon, Tochter des Pan-
dareus. Sie hatte mit ihrem Gemahl Zethus, Amphions Bruder, nur Einen Sohn, Namens Itylus
gezeugt. Neidisch auf Amphions Gemahlin, Niobe,
die viele Kinder hatte, beschloß sie, deren ältsten Sohn,
der mit Itylus in einem Bette schlief, zu ermorden.
Aus Versehen traf sie ihren eigenen Sohn, und ward
von den Göttern aus Mitleid in eine Nachtigall verwandelt.

***) Procne, als Schwalbe.

Mords nicht verſchwunden, mit Blut bezeichnet
iſt ihr Gefieder.

Tereus aber, durch Schmerz und Rachbegier
beflügelt, wird zu einem Vogel, auf deſſen Scheitel ſich ein Federbuſch erhebt, und der, gleich einem
langen Spieße einen ſpitzigen Schnabel vor ſich hin-
ſtreckt. Wiedhopf heißt der Vogel; ſein Antlitz
ſcheint bewehrt.

Dieſer Kummer ſandte vor der Zeit, bevor er 675
das äußerſte Ziel des Alters erreicht, Pandion zu
den Tartariſchen Schatten hinab. Itzt übernimt
des Landes Zepter und Regierung Erechtheus *).
Zweifelhaft iſt es, ob er durch Gerechtigkeit oder
Waffen mächtiger. Vier Jünglinge **) zeugte
er, und eben ſo viele Mädchen, ***) worunter zwei 680

von

*) Erechtheus, König zu Athen, und Sohn Pandions
mit der Zeuxippe. S. Apollodor III. 14. Er war
ein Zögling der Minerva, welche oft bei ihm als ihrem Lieblinge einkehrte. Auch wurde er von ihr in
ihren Tempel geſetzt; d. i. er wurde göttlich verehrt
und ſeine Capelle zu Athen (Erechtheum) ſtieß an den
Tempel dieſer Göttin. Von ihm heißen die Athener
Erechthiden. Er lebte vor Chriſti Geburt 1397, und
unter ihm, wird in das Jahr 1383. die Epoche der
Getreideſaat geſetzt, und er zum Stifter der Eleu-
ſinien gemacht. S. Hermanns Handbuch der
Mythol. S. 133.

**) Nemlich Cecrops II., Panderus, Metion und,
nach einigen, Thespis, nach anderen, Orneus.

***) Nemlich Procris, Orithyja, Creuſa und Chtho-
nia. In einem Kriege wider die Thracer verhieß
ihrem Vater das Orakel den Sieg, wenn eine von
ſeinen Töchtern geopfert würde. Sie wetteiferten darauf unter einander, welche von ihnen dieſe Ehre haben
ſollte; und wegen dieſer edlen Verachtung des Todes
für das Vaterland wurden ſie verehrt. S. Cic.
pro Sext. 48. u. *De N D.* 3. 19. Apollodor erzählt
(III.

von gleicher Schönheit waren. Eine von diesen,
o Procris, beglücktest Du als Gattin den Aeoliden
Cephalus *). Dem Boreas **) schadeten Tereus
samt den Thracern ***), darum seufzete der Gott
lange vergebens um die geliebte Orithyja; denn er
flehete nur, und wollte lieber Bitten als Gewalt
685 brauchen. Endlich, als er mit Schmeicheleien nichts
ausrichtet, spricht er mit der Heftigkeit, welche diesem Winde gewöhnlich und nur allzu eigen ist:

„Deine Schuld! Warum begiebst Du Dich
„Deiner Waffen, des Sturms, Ungestüms,
„Grimms und Trotzes, und läßt Dich auf Bitten
„ein, die Dir übel anstehen? Dir ziemt nur Ge-
690 „walt. Gewaltsam verscheuchst Du die finstern
„Gewölke; gewaltsam erregst Du das Meer, stür-
„zest knotige Eichen nieder, machst Schnee gefrie-
„ren, und verheerest Länder durch Hagelwetter.
„Du — so Du Deinen Brüdern am freien Him-
„mel, Deinem Tummelplatze, begegnest; Du tobest
695 „also im Kampfe, daß bei eurem Zusammentreffen
„zwischen euch der Aether kracht, und aus bersten-
„den Wolken Feuer hervorspringt. Du, fährst
Du

(III. 15.): Als Erechtheus die jüngste seiner Töchter
schlachtete, hätten sich die übrigen selbst umgebracht;
denn sie hatten sich, wie einige sagen, verschworen,
sich einander selbst zu tödten.

*) S. VII. V. 685. u. f.

**) d. i. der Nordwind. Die Griechen wiesen ihm
seine Wohnung in Thracien an, weil es ihnen gegen
Mitternacht lag Boreas war nach einigen ein Sohn
des Thracischen Flusses Strymon; nach andern aber,
wie alle Winde, des Asträus und der Aurora.

***) Ein Thracer hieß bei ten Griechen so viel, als
ein roher, ungesitteter, von allen Leidenschaften be-
herrschter Mensch.

„Du in die weiten Schlünde der Erde hinunter,
„und stämmest wild Deinen Rücken gegen die unter-
„sten Höhlen: Du erregst Erschütterungen, daß die
„Manen zusamt dem ganzen Erdkreise bestürzt sind. 700
„Mit gleicher Macht hättest Du auch des Mädchens
„Kammer bestürmen sollen, und mit Bitten nicht;
„sondern mit Gewalt Erechtheus zu Deinem
„Schwäher machen!“

Als Boreas also, oder wenigstens nicht sanft-
müthiger, bei sich selbst gesprochen, schwingt er sein
Gefieder, daß die ganze Erde sein Wehen fühlt
und das weite Meer empört wird.   Sein staubiger
Mantel wallet über die höchsten Gebirge hernieder 705
und schleppt am Boden; und in Finsterniß gehüllt
umfängt der Liebende die vor Furcht zitternde
Orithyja mit falben Fittigen.   Des Räubers Flug
fachet das Feuer seines Busens desto mehr an; dennoch hemmt er nicht eher seinen Lauf durch die Lüfte
bis er der Ciconen *) Volk und seine Stadt erreicht 710
hat.   Hier wird die Actäerin **) die Gemahlin
des frostigen Herrschers, und Mutter. Sie gebiert
Zwillinge, welche alles übrige der Mutter, nur das
Gefieder des Erzeugers, hatten. Doch entsteht dieses,
wie man erzählt, nicht mit dem Körper zugleich;
sondern, so lange der Bart noch neben den blonden 715
Locken fehlt, sind Calais und Zethes, die Knaben,
unbefiedert.   Darauf beginnt zugleich, wie bei
Vögeln,

*) Die Ciconen, ein Thracisches Volk am Ismarus,
  um den Ausfluß des Hebrus.
**) d. i. die Athenerin Orithyja; S. II. 720. Sie
  war (nach Apollodor III. 15.) auch die Mutter der
  Chione, welche mit dem Neptun den Eumolpus zeugte,
  den Schüler des Orpheus und Stifter der Eleusini-
  schen Geheimnisse. S. unten XI. 93. Anm.

720 hen beide mit den Minyern,*) das von goldener
Wolle

*) Minyer war der gemeinschaftliche Name der Argo=
nauten; entweder — sagt Hygin Fabel XIV. — weil
der meiste Theil derselben Kinder von Töchtern des
Minyas; oder weil Jasons Mutter, Alcimede, eine
Tochter der Clymene und des Minyas war. Aus
Pausanias aber erhellet, daß sie füglicher darum
Minyer genannt werden, weil in und um Jolkos in
Thessalien, woher Jason war, Minyer wohnten,
welche aus Böotien dahin gewandert waren, und vom
Minyas, einem Böotischen Könige und Enkel Nep=
tuns, den Namen hatten. Uebrigens war der Zug
der Argonauten die berühmteste Unternehmung wäh=
rend des heroischen Zeitalters der Griechen, die in
ihrer Geschichte eine merkwürdige Epoche, und gewis=
sermaßen die Gränzscheidung der Fabel und wahren
Geschichte macht. Von den Griechen, die auf uns
gekommen, haben Orpheus, Pindar und Apollonius
Rhodius den Argonautenzug besungen, und letzteren
besonders hat Ovid im folgenden Buche wohl benutzt.
Valerius Flaccus, dessen Lateinisches Gedicht eben
diesen Verwurf hat, ist jünger als Ovid. Die Ver=
anlassung und der Zweck dieses Zuges waren nach
Apollodor I. 9. folgende:

Jason, Sohn des Aeson und Enkel des Cretheus,
(s. dessen Geschlechtsregister VII. 5. A) lebte zu Jol=
cos, wo, nach dem Cretheus, Pelias regierte. Dieser
fragte wegen seiner Regierung das Orakel um Rath,
und bekam vom Apollo die Antwort, er solle sich vor
dem Manne hüten, der nur Einen Schuh trüge.
Anfangs konnte er den Sinn des Orakels nicht ein=
sehen, bald aber erfuhr er ihn. Denn, als er am
Meere dem Neptun ein Opfer bringen wollte, so bat
er viele, und unter diesen, den Jason dazu. Dieser
brachte aus Lust zum Ackerbau seine Zeit auf dem Lande
zu, und eilte zum Opfer. (Dieses Umstandes wegen
erklärt Winkelmann die vermeinte Bildsäule des Quin=
tus Cincinnatus zu Versailles für einen Jason.) In=
dem

dem er aber über den Fluß Anaurus gieng, kam er nur mit Einem Schuh herüber, und hatte den andern im Wasser verloren. Pelias sah ihn, verstand das Orakel, gieng auf ihn zu und fragte: was er, wenn es in seiner Gewalt stünde, thun würde, wenn ihm das Orakel gesagt hätte, es würde ihn einer seiner Landsleute umbringen? Nun mochte es seyn, daß es ihm von ohngefehr einfiel, oder daß es der Zorn der Juno wollte, daß Medea dem Pelias zum Unglück werden sollte, weil er die Juno verachtete, kurz, Jason sprach: ich würde ihm befehlen, das goldene Fließ zu holen. — Gut, sagte Pelias, du kannst es holen. Dies goldene Fließ war zu Colchi in dem Haine des Mars an einer Eiche aufgehängt, und von einem immer wachen Drachen verwahrt. Zu diesem Geschäfte ließ Jason den Argos, einen Sohn des Phryxus kommen. Dieser bauete auf Anrathen der Minerva ein Schif von funfzig Rudern, das von dem Werkmeister Argo genennt wurde. An dem Vordertheile desselben, befestigte Minerva ein Stück redendes Buchenholz aus dem Walde zu Dodona. Als das Schif fertig war, so gab das Orakel die Erlaubniß zum Absegeln, nachdem Jason die tapfersten Griechen versammelt hatte, deren Namen hier folgen. (Es ist jedoch zu bemerken, daß die Schriftsteller weder in den Namen noch in der Zahl übereinkommen.)

Tiphys, Sohn des Hagnius, der Steuermann; Orpheus, S. des Oeagrus; Zetus und Calais, S. des Boreas, Castor und Pollux, S. des Jupiters; Telamon und Peleus, S. des Aeacus; Theseus, S. des Aegeus; Idas und Lynceus, S. des Aphareus; Amphiaraus, S. des Oicles; Cäneus, S. des Coron; Palämon, S. Vulcans oder des Aetolus; Cepheus, S. des Aleus; Laertes, S. des Accesius; Autolycus, S. Mercurs; Atalante, Tochter des Schöneus; Menötius, S. Actors; Actor, S. des Hippasus; Admetus, S. des Pheres; Acastus, S. des Pelius; Eurytus, S. Mercurs; Meleager, S. des Oeneus; Ancäus, S. Lycurgs; Erginus, S. Neptuns; Pöas, S. des Thaumacus; Butes, S. des Teleons; Phanus und Staphylus, S. des Bacchus; Euphemus, S. Neptuns; Periclymenus, S. des Neleus; Augeas, S. des Eleus; Iphiclus, S.
der

Wolle strahlende Fließ *) über das unbefahrene
Meer im ersten Schiffe zu holen.

des Thestius; Argos, S. des Phrynus; Euryalus,
S. des Mecisteus; Peneleos, S. des Hippalmus;
Leitus, S. des Alectors; Iphitus, S. des Naubo-
lus; Ascalaphus und Hialmenus, S. des Mars;
Asterius, S. des Cometes; Polophemus, S. des
Elatus. Diese schiften unter Anführung des Jason
ab. Die vornehmsten Begebenheiten und den Erfolg
des Zuges siehe im folgenden Buche.

*) Die Geschichte des goldenen Fließes ist folgende:
Athamas, einer von den Söhnen des Aeolus, war
König in Böotien, und zeugte mit der Nephele einen
Sohn, Phryxus, und eine Tochter, Helle. Hierauf heurathete er die Ino, mit welcher er den Learch
und Melicertes zeugte. Ino, feindselig gegen die
Kinder der Nephele, beredete die Weiber, den Weitzen zu rösten, die dies auch ohne Wissen ihrer Männer thaten. Die mit geröstetem Weitzen besäete Erde
trug in diesem Jahre keine Früchte. Athamas schickte
deswegen nach Delphi, und ließ das Orakel um Befreiung von der Unfruchtbarkeit um Rath fragen.
Auf Anstiftung der Ino brachten die Abgesandten die
Antwort zurück, die Unfruchtbarkeit würde aufhören,
wenn Phryxus dem Jupiter würde geopfert werden.
Auf diese Nachricht wurde Athamas von den Landleuten überredet, den Phryxus vor den Altar zu bringen.
Allein Nephele nahm ihn nebst der Tochter weg, und
gab ihnen einen vom Mercur geschenkten Widder mit
einem goldenen Fell (den Chrysomallus s. W. 117 dieses Buchs, Anmerkung.), auf welchem sie durch die
Luft über Land und Wasser getragen wurden. Als sie
aber an die Meerenge zwischen Sigeum und Cher-
sonesus kamen, stürzte Helle in den Abgrund und kam
um. Von ihr wurde das Meer der Hellespont (Meer
der Helle) genennt. Phryxus aber kam zu den Col-
chern, welche Aeetes beherrschte Aeetes nahm dem
Phryxus auf, und gab ihm eine von seinen Töchtern
die Chalciope. Er selbst opferte den Widder mit dem
goldenen Felle dem Jupiter Phryius, und das Fell
gab er dem Aeetes, der es in dem Haine des Mars
an eine Eiche nagelte. Siehe Apollodor I, 9.

Des

Des
Publius Ovidius Naso
Verwandlungen.
Siebentes Buch.

Schon hatten die Minyer das Meer mit Paga-
säischem Kiele *) durchschnitten, und hatten
den Phineus **) besucht, der in ewiger Nacht ein
darbendes Alter hinschleppt; und durch Boreas
Erzeugte waren von des unglücklichen Greises Tafel
die jungfräulichen Vögel ***) verjagt worden: Als
nach

*) Das Schif der Argonauten, die Argo, war zu
Pagasä, einer am Meere gelegenen Stadt in Thessalien gebauet worden.

**) Phineus, König in Thracien, Sohn Agenors, und
Schwager des Calais und Zethes, deren Schwester
Cleopatra er zur Gemahlin hatte. Apollo schenkte ihm
die Gabe zu weissagen; da er aber Jupiters geheimsten Willen zu unbedachtsam offenbarte, machte dieser ihn blind und schickte ihm die Harpyjen zu, die
ihm, so oft er essen wollte, die Speisen von der Tafel
raubten, und dafür ihren Unflat zurückließen. Die
Argonauten landeten auf ihrem Zuge nach Colchis an
der Thracischen Küste zu Salmydessus, und bei dieser
Gelegenheit befreieten Calais und Zethes ihren Schwager von dieser Plage, indem sie die Harpyjen ver-
jagten und ihnen bis an die Strophadischen Eilande
(d. i. Wiederkehr-Eilande) auf ihren Flügeln nach-
setzten. S. Pierr. gr. du C. de Stosch 3. Cl 65.

***) d. i. die Harpyjen. Diese waren, nach einigen,
Töchter des Typhon, nach anderen des Thaumas.
Auch ihre Anzahl wird verschieden angegeben. Har-
pyjen-Namen sind Aëllo, Ocypete, Cäleno und
Podarge. Virgil schildert die Harpyjen als Vögel mit
jung-

nach vielen bestandenen Unfällen unter Jasons *)
5 Leitung sie endlich des schlammigen Phasis **)
                                        reißende

jungfräulichen, vor Hunger bleichen Gesichtern, und
Händen mit krummen Krallen, die alles, was sie
fraßen, gleich den Raubvögeln, gleich wieder von sich
gaben. Ursprünglich bedeuteten sie mehr nichts, als
gewisse Wirbelwinde, die in dem Meere zwischen
Asien und Griechenland häufig sind. So wird (in
der Odyssee) Ulysses von den Harpyjen im Meere
herumgetrieben; so wird auch (in der Ilias) eine derselben dem Zephyr zur Gemahlin gegeben. Nach dem
Homer waren sie geflügelte Pferde; daher läßt er die
Pferde des Achilles von ihnen abstammen. S. Her-
nens antiq. Auff. I St. S. 54. u. dessen Exc. VII.
ad Aen. III.; auch Hermanns Mythologie S. 400.
Siehe Lipperts Dactyl. I. 912. u. 913.

*) Die Geschichte des Jasons ist eine von den berühm-
testen aus der ältern Welt. S. VI. 720. Anmerk.
Dies ist dessen Geschlechtsregister:

```
                              Aeolus, Fürst in Thessalien.
   ┌──────────────┬───────────────────────────┬──────────────┐
Sisyphus       Athamos                     Salmoneus        Cretheus
          1. Gem. Nephele. 2. Jno           Neptun
Glaucus      Phryxus Helle   Learch Melicert        Tyro
                                              1.          2.
Bellerophon
                    Pelias          Neleus              Aeson
                                                     G. Alcimede
   Acastus, mehrere Töchter, Periclymen Nestor
                                                        Jason.
                                                    1. G. Medea.
```

Jason wurde beim Chiron erzogen. S. Lipperts
Dactyl. II. 68 — 73. u. Pierr. gr. de Stosch. 3.
Cl. 61 — 67.

**) Phasis, der Hauptfluß in Colchis. Er entspringt
in Armenien, und heißt itzt bei den Einheimischen
Rione und bei den Franken il Fazo. Von ihm haben
die Fasanen den Namen. Die Argonauten sollen sie
zuerst von seinen Ufern nach Griechenland verpflanzt
haben. Colchis aber war ein Land in Asien am
schwarzen Meer. Heut Mingrelien.

reißende Wellen erreichten.   Indem sie sich zum
Könige *) begeben, des Phryxus goldenes Fließ
fodern, und die schreckliche Vorschrift **) der
großen Arbeiten erhalten: So ergreift die heftigste
Liebe Aeetes Tochter ***).   Nachdem sie lange ge-
kämpft, und Vernunft ihre Leidenschaft nicht zu
besiegen vermag; spricht sie:

„Umsonst, Medea, widerstrebst Du; irgend
„ein Gott ist Dir entgegen.   Irre ich nicht sehr,
„so ist dies, oder wenigstens etwas ähnliches, das,
„was man Liebe nennt.   Warum scheint Dir sonst
„Deines Vaters Gebot so hart? Ist es denn so hart

U 2

in

*) Aeetes, sein Stammbaum ist dieser:

**) Die Bedingungen, welche Aeetes dem Jason vor-
legte, waren: 1) mit feuerschnaubenden Ochsen ein
abgemessenes Stück Feldes umzupflügen.   2) Dra-
chenzähne in den umgepflügten Acker zu säen und die
daraus erwachsenden Männer zu überwinden.   3)
Das goldne Fließ einem schrecklichen Drachen, der es
bewachte, zu rauben.

***) d. i. Medea.   Sie war eine große Zauberin, und
gab dem Jason, in den sie verliebt war, die Mittel
an die Hand, des Aeetes Foderungen Genüge zu leisten und das goldne Fließ zu erobern.   Ihre Geschichte
folgt.   S. Winkelmanns monum. ined. n. 90 u. 91.

15 „In der That? *) Warum fürchtest Du auch für
„das Leben eines Jünglings, den Du so eben nur
„zum erstenmale sahst? Woher diese so große Furcht?
„Unglückliche, vertilge aus Deiner jungfräulichen
„Brust die auflodernde Flamme, so Du kannst! —
„Ach, wenn ich es könnte, würde es besser um mich
„stehen! Aber wider meinen Willen reißt mich eine
„unbekannte Macht dahin; und ein Anderes räth mir
20 „das Herz, ein Anderes die Vernunft. Ich sehe das
„Bessere; billige es, und thue doch das Böse. Du,
„des Königs Erzeugte, brennst für einen Fremd-
„ling? strebst nach auswärtiger Ehe? Kann dieses
„Land Dir nichts Liebenswerthes darbieten? Ob
„Jason lebe, ob er sterbe, laß bei den Göttern ge-
25 „stellt. — Nein, er lebe! Auch ohne Liebe darf
„ich dieses wünschen; hat er doch nichts verbrochen!
„und welches Mädchen, das anders nicht unem-
„pfindlich, sollte nicht von seiner Jugend, seiner
„Abkunft, seiner Tapferkeit, — sollte nicht, so das
„Uebrige auch fehlte, von seiner Schönheit zu Mit-
„leid bewegt werden? Mein Herz wenigstens ist da-
„von gerührt. Ja, stehe ich ihm nicht bei, so ver-
„zehrt ihn der Stiere feuriger Odem; oder er erliegt
30 „seiner eignen Saat, den erdgebornen Feinden;
„oder wird des gierigen Drachen schrecklicher Raub.
„So Du das duldest, so gestehe nur, daß ein Tiger
„Dich gezeugt, und daß Du ein Herz von Eisen
„und Stein im Busen führest. Oder sieh ihn lieber

*) Nach meinem Gefühl erfodert hier der Sinn eine
Frage, und diesem gemäß übersetze ich; ohnerachtet
meine Ausgaben des Originals, und Baniers und
Safts Uebersetzungen gegen mich sind.

„ber gar sterben, und weide Deine heillosen Augen
„noch an seinem Tode; heße gar noch die Stiere
„samt den wilden Erdensöhnen und dem schlummer-
„losen Drachen gegen ihn an! — Solchen Gräuel
„verhüten die Götter! Doch Gebet nicht, hier
„brauchts That! — — Aber willst Du denn an
„Deinem Vater zu einer Verrätherin werden, und
„einem unbekannten Fremdling Beistand leisten,
„auf daß er endlich, wenn er durch Dich geret-
„tet ist, ohne Dich davonsegele, sich eine andere
„zur Gattin wähle, und Dich der Strafe über-
„lasse? — Wäre er dessen fähig; vermöchte er
„Medea eine andere vorzuziehen — o so sterbe
„der Undankbare! Aber nein! Dies lese ich nicht
„in seinem Gesichte. Zu edel ist seine Seele; seine
„Bildung zu holdselig: Von ihm befahre ich we-
„der Betrug, noch Undank. Auch soll er mir vor-
„her sein Wort geben; soll die Götter zu Zeugen der
„Treue anrufen. Hinweg dann mit unzeitiger Furcht!
„Auf, nicht gesäumt! Dir wird Jason sich ewig für
„verbunden erkennen; nur Dich wird er feierlich ehe-
„lichen, und als Erretterin wirst Du in den Pelas-
„gischen *) Städten von den versammelten Müt-
„tern hoch gepriesen werden. — Also Schwester,
„Bruder, Vater, Götter und Vaterland willst Du,
„von den Winden davongetragen, verlassen? Ja;
„denn mein Vater ist grausam, barbarisch ist meine
„Heimath, und mein Bruder noch Kind; meiner

U 3		Schwester

*) d. i. Thessalisch. Der Busen, woran Jolcos, des
Jasons Vaterstadt, lag, hieß der Pelasgische Busen.
Sonst wird Pelasgisch auch oft überhaupt für Grie-
chisch gesetzt.

„Schwester Wünsche aber sind für mich, und in
55 „mir trage ich den allergrößten Gott.   Was ich
„verliere, ist nicht viel; viel ist, was ich gewinne.
„Mir wird die Ehre einer Erhalterin der Achivi-
„schen *) Jugend, die Bekanntschaft mit einem
„bessern Lande, und mit Städten, deren Bewohner
„Ruhm, Sitten und Künste so gar bis hieher er-
„schollen sind; mir wird der Aesonide, für den ich
60 „alle Schätze der Welt vertauschte, durch dessen
„Besitz beseliget, ich für einen Liebling der Götter
„gelten, und mit stolzer Scheitel die Gestirne be-
„rühren werde.   Doch, sollen nicht, ich weiß nicht,
„welche Klippen **) mitten in den Wogen gegen
„einander stoßen, und Charybdis, ***) den Schiffen
                                        gehässig,

*) d. i. Griechischen.

**) d. i. die Cyaneischen Eilande oder Klippen, auf dem
    schwarzen Meere, sonst Symplegaden genannt, zwei
    große Inseln oder Klippen, von denen man glaubte,
    daß sie nicht fest wären, sondern von der Heftigkeit
    der Winde gegen einander gestoßen würden, welches
    die Schiffahrt hemmte; bis sie endlich nach der Durch-
    fahrt der Argonauten nicht länger getrennt blieben,
    und fest in den Boden einwurzelten. S. des Apol-
    lonius von Rhodos Argonautica II. S. 73. von
    Bodmer übers. und Apollodor L 9.

***) Charybdis ist ein ungestümer Anschlag der Wellen,
    von Norden gegen Süden an einen Felsen auf der
    Sicilischen Küste bei Messina, besonders bei heftigem
    Südwind, der sie zurücktreibt; ein Meerstrudel oder
    ein Thal, wo das Wasser große Wirbel schlägt, welche
    die Sicilische Meerenge, die große Bewegungen macht,
    und besonders die täglich dreimalige Ebbe und Fluth,
    die hier sehr stark ist, noch vermehrt. Sie schlürft
    das Wasser ein, wenn sich das Meer zur Zeit der
    Ebbe unter den Fels zurückzieht, wo es dann die
    nahen Schiffe mit hineinzieht; und bei eintretender
                                        Fluth

„gehässig, das Meer itzt einschlürfen, itzt wieder
„ausspeien; und mit wilden Hunden umquetet,
„die räuberische Scylla*) im Siculischen Sunde 65
„bellen? Sei's! An des Geliebten Seite, in Ja-
„sons Armen, durchfahre ich getrost die weiten
„Meere. Furchtlos bin ich an seiner Brust, oder
„fürcht' ich ja etwas, so ist es blos für den Gatten.
„Gatten? O Medea, wie beschönigest Du Deine
„Schuld! Oefne die Augen, sieh, zu welcher Un- 70
„that Du bereit bist! und — noch ist es Zeit, —
„flieh vor des Verbrechens Vollbringung!„

Also spricht sie, und es standen vor ihren Augen Tugend, kindliche Pflicht, und Ehre, und
besiegt entfloh bereits Cupido. Sie begab sich zu
der Perseide Hecate **) alten Altären, welche ein

U 4   schatten-

Fluth sprudelt es wieder hervor; also speiet sie das
Wasser wieder aus. Uebrigens wird sie als eine Gottheit geschildert, welche auf einem Felsen unter einem
großen Baume wohnt. S. Hermanns Mythol.
S. 374. 1. Theil.

*) Scylla ist ein Fels an dem Ufer Itallens, Charybdis
gegenüber, der hoch über dem Meere erhaben, gleich
dem menschlichen Körper aufgerichtet, steht. Die
Alten dachten sich darunter das Bild eines Weibes.
Der beständige Wasserschlag an den Fuß des Felsen
machte Hölen in demselben, die beim heftigen Brau-
sen des Windes und donnerndem Anschlagen der Wellen ein Geheul verursachen. Daher die Dichtung vom
Meer-Ungeheuer, worin sich das Mährchen endiget.
S. Bartels Br. über Calabrien 1. Th. S. 391.
u. f. Der Scylla Legende f. unten XIII. 730. u. f.
und XIV. 10. u f.

**) Hecate, Tochter des Perses (eines Sohns des Tita-
nen Crius) und der Asteria. Sie war vom Jupiter
begünstiget, und ist die einzige Göttin Titanischer
Herkunft, da alle die übrigen vom Jupiter in den
Tartarus

75 schattenreicher heiliger Hain verbarg. Schon fühlte
sie sich stark, und gelegt hatte sich das gedämpfte
Feuer; als sie den Aesoniden erblickt, und die er-
loschene Flamme wieder auflebt. Ihre Wangen
erröthen, und erblassen wechselsweise. Wie ein
80 kleiner Funke, der unter der Asche glimmt, vom
Winde Nahrung erhält und zunimmt, und, angefacht, wieder in heller Flamme emporlodert: Eben
so entbrennt ihre unterdrückte ja fast ersterbende
Liebe, als sie den Jüngling sieht, durch dessen Gegenwart aufs neue. Auch war zufällig schöner
85 als je, des Aesons Erzeugter an diesem Tage. Desto
verzeihlicher der Liebenden Rückfall!

Sie sieht ihn, und auf sein Gesicht, nicht anders als sähe sie ihn itzt zuerst, heftet sie starr die
Augen, glaubt in süßer Bethörung einen Gott zu
sehen, und kann von ihm keinen Blick verwenden.
Als aber der Fremdling auch zu reden beginnt; ihre
Rechte ergreift, mit sanfter Stimme um Beistand
sie

Tartarus geworfen, und ihrer Würde entsetzt worden.
Ihre Macht erstreckte sich über Erde und Meer, und
sie hatte einen Platz unter den Gestirnen. Die ganze
Fabel von der Hecate ist aus der Orphischen Religion,
in welcher die Hecate die mächtigste Gottheit war.
Auf sie sind sehr viele Dinge transferirt, die theils
auf die Natur, theils auf die Nacht und den Mond
sich bezogen, dessen Einfluß auf die Fruchtbarkeit der
Erderzeugnisse so wohl, als auch auf das Schicksal,
Glück, die Gewerbe und Beschäftigungen der Menschen, von dem Alterthum ganz ungemein hoch ange-
schlagen wurde. Und daher wurde dieser Göttin von
den Dichtern so viel und mancherlei beigelegt, vorzüglich die höchste Wissenschaft in der Magie, wegen ihrer
Bekanntschaft mit den geheimeren Kräften der Natur.
S. Hermanns Mythologie S. 43 und 44.

sie anflehet, und ihr die Ehe gelobt: da spricht sie 90
mit hervorbrechenden Thränen:

„Ich weiß, was ich thue, und kein falscher
„Schein verführt mich, blos Liebe. Mein Bei-
„stand sei Dir gewährt; aber, gerettet, erfülle auch
„Deine Verheißung.!“

Er schwört bei dem Heiligthume der dreigestal-
tigen Göttin *); bei jeder Gottheit des Haines; 95
bei des zukünftigen Schwähers alles, auch sein
Schicksal, schauendem Vater **); bei den ihm dro-
henden Gefahren. Er findet Glauben, erhält so
fort die Zauberkräuter, wird von ihrem Gebrauche
belehrt, und kehrt vergnügt zum Lager.

Kaum hatte die folgende Morgenröthe die flim- 100
mernden Sterne verjagt; als schon das Volk auf
dem geheiligten Marsfelde sich versammelt, und die
Anhöhen einnimmt. Mitten darunter setzt sich der
König, ***) kennbar am Purpurgewande und elfenbeinernen Zepter.

Siehe! aus diamantenen Nüstern blasen die
Stiere mit ehernen Füßen Feuer, und versengen 105

U 5

das

*) d. i. Hecate, als Vorsteherin der Scheidewege
(Trivia). Man bildete sie alsdann mit drei Gestalten; nach jedem der drei Zweige des Wegs, Eine
Gestalt mit zwei Armen hingekehrt, von welchen ein
jeder etwas in Händen hat, als Fackeln, Dolche,
Schlüssel und dergleichen. Andern leiten die Benennung, dreigestaltige Göttin, von ihrer vermeinten
Dreieinigkeit her, da sie im Himmel die Luna (Mond)
auf Erden die Diana, und in der Hölle die Proserpina vorstelle. S. Lipperts Dactyl. I. 224.

**) d. i. der Sonnengott.

***) Aeetes.

das von ihrem Hauche berührte Gras.   Wie an-
gefüllte Feueressen zu krachen und zu prasseln pflegen; oder Kalksteine, wenn sie, im irdenen Ofen
gebrannt, itzt mit Wasser begossen werden, und
Feuer fangen: Eben so tobt in ihrer Brust, und
im glühenden Schlunde sich wälzend, die verschlos-
sene Flamme.   Dennoch geht ihnen Aesons Erzeugter beherzt entgegen.   Sie drohen dem Na-
henden mit wildem Blicke und gestählten Hörnern;
stampfen mit den gespaltenen Klauen den staubigen
Boden, und erfüllen die Gegend mit dampfendem
Gebrülle.   Die Minyer erstarren vor Furcht.   Unerschrocken tritt er hinzu, und fühlt nicht ihren feuri-
gen Hauch (so viel vermag die magische Salbe).
Er streichelt die herabhangenden Wammen mit küh-
ner Rechten; legt ihrem Nacken das Joch auf, und
zwingt sie, den schweren Pflug zu ziehen, und das
ungewohnte Feld mit eiserner Pflugschaar aufzu-
reißen.   Es staunen die Colcher; die Minyer jauchzen laut, und vermehren seinen Muth.

Darauf nimmt er aus ehernem Helm Drachen-
zähne, *) und säet sie in die gepflügten Aecker.   Das
Land erweicht den vorher mit kräftigem Gifte benetzten Samen; er keimt, und jeder gesäete Zahn
wird ein Mensch.   Wie das Kind in Mutterleibe
schon die Menschengestalt annimmt; darinnen voll-
ständig sich ausbildet, und nur erst gezeitiget an die
freie Luft hervorgeht; Also erheben sich, im Innern

*) Nach Apollonius und Pherecydes hat Minerva des
   vom Cadmus in Böotien getödteten Drachen Zähne
   dem Aeetes zur Hälfte gegeben; und diese Aeetes
   vom Jason säen lassen.

nern der schwangern Erde bereits vollendete, menschliche Bildungen auf der kreißenden Flur; und, 130
was wunderbarer noch ist, schwingen angeborne
Waffen.

Bei dem Anblicke der Menge scharfgespißter
Speere, welche dem Haupte des Hämonischen
Jünglings drohen, lassen die Pelasger vor Furcht
Blick und Muth sinken.   Sie selbst, die ihn sicher
gemacht hat, erbebt, und erblaßt, und sitzt plötzlich 135
kalt und blutlos da, als sie so unzählbare Feinde
alle nur auf den Einen zielen sieht.   Ja, damit die
gegebenen Kräuter nicht zu wenig wirken, murmelt
sie noch Zaubersprüche zu seinem Beistand, und
ruft ihre geheimsten Künste zu Hülfe.   Er aber
schleudert einen schweren Stein mitten unter die
Feinde, und lenket also die auf ihn gerichteten Waf- 140
fen auf sie selbst unter einander.   Das erdgeborne
Geschwister ermordet sich gegenseitig, und fällt im
Bruderkampfe.

Ißt wünschen die Achiver dem Sieger Glück,
umringen ihn freudig, und hängen an ihm in brün-
stigen Umarmungen.

Auch Du, Medea, hättest gern den Sieger umarmet, *) doch Besorgniß für Deine Ehre hielt 145
Dich zurück.   Allein desto inniger freuest Du Dich
heimlich, und dankest Deinen Zauberliedern und
den Göttern, die sie Dir eingaben.

Noch war mit Kräutern der immerwachende
Drache einzuschläfern, **) der, mit fürchterlichem

Kamme

*) V. 145. merze ich mit dem M. Heinsius aus.
**) Nach anderen wurde dieser Drache vom Jason
getödtet.

150 Kamme, dreifacher Zunge und gekrümmten Zähnen
ausgerüstet, des goldenen Fließes schrecklicher Hüter war. Als er diesen mit dem Safte lethäischer *)
Kräuter besprißt, und dreimal süßen Schlummer
bringende Worte, welche selbst das empörte Meer
zu stillen, und stürzende Flüsse zu hemmen vermö-
155 gen, über ihn ausgesprochen, beschleicht der Schlaf
die ihm unbekannten Augenlieder des Wächters,
und so fort bemächtiget sich der Aesonische Held des
goldenen Kleinods.

Stolz auf diese Beute, nimmt er die Verleihe-
rin des großen Geschenks, eine zweite Beute, mit
sich, und erreicht als Sieger, samt der Göttin, den
Jolcischen **) Hafen. ***)

Hämoniens Mütter und bejahrte Väter bringen dankbar für der Söhne Rückkehr den Göttern
160 Geschenke. Weirauch in Fülle dampft auf den Altären; und mit vergoldeten Hörnern fallen ange-
lobte Schlachtopfer.

Unter den Frohlockenden fehlt allein Aeson, bereits dem Tode nahe, und unter der Jahre Last er-
liegend. Da spricht also der Aesonide:
165 "O Du, der ich meine Rettung danke; o Gattin,
"gabst Du mir gleich alles, und übersteigt der Inbegrif
Deiner

*) Lethäisch, d. i. Vergessenheit wirkend.

**) Jolcos, eine Seestadt mit einem Haven, am Pelas-
gischen Busen in Thessalien. Jasons Vaterstadt.
Nach einigen giengen auch von hier aus die Argonauten in See.

***) Nach seiner Zurückkunft gab Jason dem Pellas das
goldene Fließ, und segelte mit den Helden nach dem
Isthmus, und widmete das Schif dem Neptun.

„Deiner Verdienste um mich allen Glauben: — ist
„es möglich, — und was wäre Deinem Zauber un-
„möglich? — so nimm von meinen Jahren einige
„ab, und lege sie dem Leben meines Vaters zu!“

Indem er spricht, kann er sich der Thränen
nicht entwehren. Sie wird von der kindlichen
Liebe des Bittenden gerührt, und vor ihre ungleich-
artige Seele tritt der verlassene Aeetes; doch ver- 170
birgt sie die innere Regung:

„Welche Abscheulichkeit entfährt aus kindlicher
„Zärtlichkeit Deinen Lippen? “ — erwiedert sie
Ihrem Gemahle — „Ich sollte einem Anderen
„etwas von Deinem Leben zulegen können? Das
„verhüte Hecate! und unbillig ist solch ein Wunsch!
„Aber wohl etwas größeres noch, als was Du be- 175
„gehrest, o Jason, will ich Dir zu gewähren ver-
„suchen. Blos durch meine Kunst, und nicht auf
„Kosten Deiner Jahre, will ich den Schwäher ver-
„jüngen; dafern nur die dreigestaltige Göttin hilft,
„und dem kühnen Unternehmen hold ist. “

Drei Nächte fehlten noch, ehe des Mondes
Hörner *) sich schlossen und einen Kreis bildeten. 180
Als er mit vollem Lichte scheint und Luna auf die
Erde mit ganzer Scheibe herabsieht: geht Medea
aus dem Pallast, das Kleid umgegürtet, Ein Fuß
entblößt **), die Haare frei über die nackten Schul-

tern

*) S. I, 11. Anmerkung.

**) Ich benutze Baniers Bemerkung, daß die Zauberin
   beim Magischen Processe nur Einen Fuß entblößte;
   da er sie hinlänglich durch die Worte Virgils: unum
   exuta pedem vinclis Aen. IV. 518. beweiset.

tern gegossen; und einsam schweift ihr Fußtritt
185 umher durch der Mitternacht stummes Schweigen.

Menschen, Vögel und Wild, erquickte der süße
Schlaf; es regt sich keine Hecke, säuselt kein Blatt;
es schweigt die duftige Luft.   Blos die Sterne
schimmern.   Zu ihnen wendet sie sich dreimal mit
ausgestreckten Armen; dreimal besprengt sie mit
190 Flußwasser das Haar; löst dreimal den Mund zu
lautem Geheul, dann kniet sie auf den harten Boden nieder und spricht:

„Nacht,*) der Geheimnisse treue Bewahre-
„rin! und Ihr, die Ihr samt dem Monde das Ta-
„geslicht vertretet, goldene Sterne! und Du drei-
„köpfige **) Hecate, Vertraute und Gehülfin mei-
195 „nes Beginnens! Ihr, magische Sprüche und
„Künste! Und Du Erde, die Du die Zauberin-
„nen mit mächtigen Kräutern ausrüstest! und Ihr
„Lüfte, Winde, Berge, Flüsse, Seen und sämt-
„liche Götter der Wälder, sämtliche Götter der
„Nacht, stehet mir bei! Unter Eurem Beistand
„treibe ich, so ich will, zur Verwundrung der
200 „Gestade, Ströme zu ihren Quellen zurück; stille
„das empörte, empöre das ruhige Meer durch Ge-
„sang; verscheuche Gewölke und ziehe sie zusam-
„men; gebiete den Winden zu kommen und zu
                                        gehen;

*) S. unten XIV. 404. Anmerkung.

**) Nach Orpheus Gedicht von den Argonauten hatte
   Hecate drei Köpfe; einen Pferde- Hunde und Schwei-
   nekopf.   Doch läßt sich diese Benennung auch aus
   gleichem Grunde herleiten, wie die dreigestaltige Göttin.   Man sehe die Anmerk. zu V. 94. dieses Buchs.

„gehen; reiße durch Kräuter *) und Sprüche der
„Vipern giftigen Rachen auf; heiße lebendige Fel-
„sen, und Eichen und Wälder, aus dem Boden
„gerissen, sich bewegen; heiße Gebirge erbeben, die 205
„Grundfeste brüllen, und die Geister aus den Grä-
„bern hervorgehen. Auch Dich, Luna, ziehe ich
„herab, trotz der Temesäischen **) Erze ***), wel-
„che Deine Wehen zu lindern bemüht sind. Selbst
„meines Ahnen Wagen †) erblaßt durch mein
„Lied; es erblaßt Aurora durch meinen Zauber. 210
„Ihr, die Ihr mir der Stiere Flammen stumpfen
„halfet, und ihren ungebändigten Nacken unter das
„krumme Joch zwingen; die Ihr die Drachen-
„söhne unter sich selbst in blutigen Krieg verwickel-
„tet; den schlummerlosen Wächter einschläfertet;
„und die goldene Beute, nachdem der Hüter ge-
„täuscht, nach den griechischen Städten versandtet:
„Reichet mir ißt Säfte, welche das Alter, erneuet, 215
„zur Blüte, und zu den Jahren der Jugend zu-
„rückführen. Ihr reichet sie mir; denn nicht um-
„sonst blinken die Sterne; nicht umsonst ist, vom
„Nacken geflügelter Drachen gezogen, der Wagen
„da!"

Aus den Lüften herabgekommen stand ein Wagen
da. Sie besteigt ihn, streichelt der Drachen gezäumte 220
Hälse, und ergreift mit den Händen die leichten Zügel.

Ißt

*) Ich lese mit Heinsius anstatt verbis, herbis.

**) Temesäisch d. i. von Temesa, einer Stadt in Cypern,
   die ihres Erzes wegen berühmt war.

***) S. IV, 333. Anmerkung.

†) Die Sonne.

Itzt fährt sie empor. Aus der Höhe herab sieht sie
auf das Thessalische Tempe; *) lenkt ihr Gespann
nach den kräutereichen Gegenden hin; mustert alle
Kräuter, welche Ossa, welche der hohe Pelion
225 samt dem Othrys und Pindus und der Olympus, **)
höher noch als dieser, hervorbringen; und reißt
die, so ihr gefällig, theils mit der Wurzel aus;
theils schneidet sie sie ab mit krummer eherner Sichel.
Viele liest sie auch an des Apidanus ***),
viele an des Amphrysus Gestade. Auch Du
bleibst nicht verschont, Enipeus! Etwas muß des
230 Peneus, auch des Spercheus Gewässer zollen und
das binsenreiche Ufer des Böbeis. †) Ja selbst
beim Euböischen Anthedon ††) pflückt sie jenes bele-
bende Kraut, das damals durch des Glaucus Verwandlung †††) noch nicht berühmt war.

Und schon hatte sie auf ihrem Wagen, und auf
den Flügeln der Drachen, der neunte Tag und die
neunte Nacht alle Gefilde durchsuchen sehen. Als
235 sie zurückkehrt, hat gleich nichts, als der Geruch, die
Drachen berührt, streifen diese des bejahrten Alters
Hülle ab.

Bei

*) S. I. B. 569.

**) Ossa, Pelion, Othrys, Pindus und Olympus,
Berge in Thessalien.

***) Apidanus, Amphrysus, Enipeus, Peneus, Sper-
cheus, Flüsse in Thessalien.

†) Böbeis, See in Thessalien, woran die Stadt
Böbe lag.

††) Anthedon, äußerste Stadt in Böotien, Euböa
gegenüber.

†††) S. XIII. 905. u. f. XIV. V. 9. u. f.

Bei ihrer Ankunft überschreitet sie nicht die Thürschwelle; sondern bleibt vor dem Pallaste unter freiem Himmel, enthält sich der männlichen Umarmung, und errichtet zwei Altäre aus Rasen, einen 240 zur Rechten der Hecate, und einen zur Linken der Jugend. *) Als sie diese mit Eisenkraut und wildem Strauchwerke bekränzt, und in die Erde zwei Gruben gegraben, opfert sie daneben; senkt einem schwarzen Lamme das Messer in die Gurgel, und beströmt mit dem hervorsprißenden Blute die weiten Gruben. 245 Darauf gießt sie Becher lautern Rebensafts darein, gießt darein laue Milch aus ehernen Schalen, und ruft der Erde Mächte an, und beschwört den König der Schatten samt der geraubten Gemahlin, die Glieder des Greises nicht so bald des Lebens zu be- 250 rauben.

Nachdem sie dieselben durch Gebete und langwierig Gemurmel versöhnt, läßt sie Aesons erschöpften Körper zu den Altären bringen; schläfert durch Zauberlieder ihn ein, und streckt ihn dann, einem Entseelten gleich, auf untergestreute Kräuter hin.

Ißt heißt sie den Aesoniden, heißt sie die Die- 255 ner von hinnen gehen, und warnet sie, von den Geheimnissen

*) d. i. Hebe, die Tochter der Juno, und Göttin der Jugend. Sie war zugleich Mundschenkin der Götter, bis Ganymedes sie in diesem Amte ablösete, weil sie eines Tags auf dem glatten Boden im Saele Jupiters ausgeglitten und in einer unehrbaren Stellung nieder- gefallen war. Als Hercules in den Himmel aufge- nommen ward, bekam er die Hebe zur Gemahlin. Sie wird mit einem Rosenkranze um das Haupt und mit einer Trinkschale in der Hand abgebildet. S. Lipperts Dactyl. L. 40 u. 41. und 644 — 649.

heimniſſen die ungeweiheten Augen zu heben. Alle
entfernen ſich auf ihr Gebot.

So fort umtanzt Medea mit flatternden Haaren, nach Bacchanten Weiſe, die lodernden Altäre;
tunkt vielfachgeſpaltene Fackeln *) in die von
260　Blute ſchwarzen Gruben, und zündet ſie alsdann
auf beiden Altären an. Dreimal reiniget ſie den
Greis mit Feuer, dreimal mit Waſſer, dreimal mit
Schwefel. Mittlerweile ſiedet im aufgeſetzten Keſ-
ſel das kräftige Zaubermittel, und wallet auf, und
bedeckt ſich anſchwellend mit weißem Schaume.
Nun miſcht ſie die in Hämoniens Thälern geſam-
265　melten Wurzeln, Samen, Blüten und wirkſamen
Säfte darunter; wirft Steine hinein, welche aus
dem entfernteſten Morgenlande geholet, und Sand,
den das ebbende Meer beſpühlt hat; thut bei Mond-
ſchein aufgefangenen Thau hinzu, und berüchtigtes
Eulengefieder ſamt dem Fleiſche, nebſt den Eingeweiden eines Wärwolfs, der vom Thiere zum Men-
270　ſchen ſich zu verwandeln pflegt; Auch läßt ſie es
nicht an der ſchuppigen Hülle der Cinyphiſchen **)
Waſſerſchildkröte fehlen, noch an der Leber eines
langlebenden Hirſches, noch an den Eiern und dem
Kopfe

*) Die Fackeln beſtanden bei den Alten gewöhnlich aus
Bündeln geſpaltenen Kiens, oder anderen fetten oder
mit einer Fettigkeit beſchmierten Holzes. Beim Got-
tesdienſte aber bediente man ſich einer Röhre, die,
nach der obern Mündung zu, immer weiter und weiter wurde, und mit Faden, wahrſcheinlich Schwefel-
faden, angefüllt war. S. *Mon. inedit. p.* 205.

**) Cinyphius, oder Cinype, ein Fluß in Africa, unweit
von den Garamanten.

Kopfe einer Krähe, welche neun Jahrhunderte gesehen hat.

Nachdem sie mit diesen und tausend anderen 275
namenlosen Dingen, allezumal in marmornem
Mörsel klein gestampft, das gewünschte Verjün-
gungsmittel verstärkt; rührt sie die ganze Masse mit
einem längst vertrockneten Oelzweige untereinander,
und vermengt das Unterste mit dem Obersten.
Siehe! da beginnt im heißen Kessel der dürre Ast
zu grünen; nach einer Weile bekleidet er sich mit
Laub; bald darauf ist er mit schweren Oliven bela- 280
ben; und wo nur überwallender Schaum oder ein
heißer Tropfen auf die Erde fällt, da verjüngt sich
der Boden, und sprießen Blumen hervor und weiche
Weide.

So bald als Medea dies gewahr wird, schlitzt 285
sie mit gezücktem Schwerte des Greises Kehle auf,
und nachdem sie das alte Blut herauslaufen lassen,
erfüllt sie ihn mit verjüngendem Safte. Kaum hat
Aeson diesen theils durch den Mund, theils durch
die Wunde eingetrunken; so legen auch Bart und
Haupthaar die graue Farbe ab, und färben sich
schwarz; die Magerkeit entflieht; es verschwinden 290
Blässe und Runzeln; von Fülle des Bluts strotzen
die so eben noch hohlen Adern; und üppig schwellen
die Muskeln. Aeson staunt, und erinnert sich,
daß vor viermalzehn Jahren er also gewesen.

Vom Himmel herab sah Liber *) dieses große
Wunder, und konnte dem Wunsche nicht widerste- 295
X 2
hen,

*) Bacchus.

hen, seinen Erzieherinnen *) ebenfalls die jugendlichen Jahre wiedergeben zu können; er erbat also
diese Gunst von der Aeetide.

Damit jedoch ihre Ränke nicht feieren, stellt
sich ihr Phasias, **) als sei Feindschaft zwischen ihr und
ihrem Gemahle entstanden, flieht zu des Pelias
Pallast und bittet demüthig um Schutz.   Da Pelias von Alter gedrückt, nehmen die Töchter ***) sie
300 auf.   Gar bald hat die schlaue Colcherin diese durch
gleißnerische Freundschaft eingenommen, streicht in
ihren Gesprächen immer gegen sie, als ihr größtes
Verdienst um Jason, seines Vaters Verjüngung
heraus, und verweilt dabey so lange, bis zuletzt in
Pelias Kindern die Hofnung erwacht, daß auch
305 wohl ihr Vater durch gleiche Kunst wieder jung zu
machen sei.

Schon flehen sie darum, und bieten ihr dafür
unermeßliche Reichthümer zum Lohne. Sie schweigt
erst ein Weilchen; scheint unentschlossen, und läßt
also durch erdichteten Ernst die Herzen der Bittenden zwischen Furcht und Hofnung schweben.   Endlich jedoch verheißt sie es ihnen; und fügt hinzu:

„Um Euch aber erst noch mehr Vertrauen zu
„meiner Kunst einzuflößen; so will ich zuvor durch
„Zauber

*) d. i. die Myseischen Nymphen.   S. III, 214.

**) d i. Medea, vom Flusse Phasis in Colchis.   Uebri-
gens nach Apollodor I. 9. geschah der Medea folgende That, auf Anstiften des Jason, um sich am
Pelias wegen Ermordung seiner Eltern und seines
Bruders zu rächen.

***) Asterope und Antinoe.   S. Apollodor I, 9.

„Zauber den ältesten Widder in Eurer Heerde zum 310
„Lamme verjüngen!"

Sogleich wird ein zottiger Schafbock, unter
der Bürde der Jahre wankend, bei ten, um die hohle Schläfe gewundenen, Hörnern herbeigezogen.
Als sie dessen welke Kehle mit Hämonischem Messer
durchstochen und mit dem wenigen Blute den Stahl 315
geröthet; versenkt die Zauberin des Thieres Glieder
nebst kräftigen Kräutern in einen tiefen Kessel. Zu-
sehens verkleinern sich des Körpers Gliedmaaßen,
es schwinden die Hörner, und samt den Hörnern die
Jahre, und mitten aus dem Kessel erschallt ein zar-
tes Blöcken.   Bald, während der Bewunderung 320
über das Blöcken, springt ein Lamm heraus; entflieht hüpfend, und suchet säugende Euter.   Pelias Erzeugte erstaunen; und nachdem also die Verheißung bewährt, bitten sie desto inständiger.

Dreimal hatte Phöbus die Pferde in die Jbe-
rischen Fluten *) getaucht, und sie vom Joche gelöset; schon blinkten in der vierten Nacht die strah- 325
lenden Gestirne: Als die falsche Aeetiade über das
flammende Feuer in bloßem Wasser unkräftige
Kräuter setzt.   Ein Todtenschlaf, durch Zauber-
gesang und magische Worte erzeugt, fesselte bereits 330
den König samt der königlichen Wacht: Da treten
auf der Colcherin Geheiß die Töchter mit ihr in das
Schlafgemach, und umringen das Bett des Vaters.
„Jtzt, spricht sie, ohne Bedenken die Schwerter

E 3

„gezückt

*) d. i. das Abendländische, sogenannte Atlantische, Meer,
worin, nach der Meinung der Alten, die Sonne un-
tergieng.

„gezückt und das alte Blut aus den Adern gelassen,
„damit ich sie wieder mit jugendlichem Geblüte an-
335 „fülle! Eures Erzeugers Wohlfahrt und Lebenskraft
„liegt itzt in Euren Händen.   Habt Ihr nur die
„geringste Liebe für ihn, und hängt Ihr nicht leeren
„Hofnungen nach: So heischt es itzt Eure kindliche
„Pflicht,   von ihm mit dem Schwerte das Alter zu
„verjagen,   und durch Wunden ihn von der hohen
„Jahre Unvermögen zu befreien. “

     Nach solcher Aufmunterung ist die liebevollste
der Töchter die erste lieblose;   und übt eine jede an
340 ihm Frevel,   um nicht frevelhaft zu scheinen;   Doch
mag keine sehen,   wohin sie stößt: Sie wenden die
Augen hinweg,   und versetzen blindlings die Wunde
mit grausamen Rechten.

     Von Blute überströmt,   stützt Pelias sich auf
den Elbogen;   versucht halbzerrissen sich auf dem
Bette zu erheben;   streckt mitten unter so vielen
345 Schwertern die bleichen Arme aus,   und ruft:
„Töchter, was macht Ihr? was wafnet euch gegen
„eures Vaters Leben? “

     Da sinkt ihnen Muth und Hand.   Er will
noch mehr sprechen;   doch die Colcherin durchschneidet ihm samt der Rede die Kehle, und wirft ihn
zerfleischt in den siedenden Kessel.

350   Wäre Medea nicht so fort mit geflügelten
Schlangen durch die Lüfte davongefahren,   sie wäre
nicht ungestraft geblieben.   Aber sie flieht hoch
über den schattigen Pelion,   Chirons Aufenthalt, dahin,   und über den Othrys und die durch des alten

Ceram-

Cerambus *) Abentheuer bekannte Gegend; denn,
durch Hülfe der Nymphen auf Flügeln in die Luft
erhoben, war dieser, als das ergoſſene Meer die
ganze Erde überſchwemmte, hier den Deucalioni-
ſchen Fluten glücklich entronnen. Das Aeoliſche
Pitane **) läßt ſie zur linken liegen; ingleichen
das ſteinerne Bild jenes großen Drachen, ***) und
den Idäiſchen ****) Wald, wo des Sohnes †)
Raub, einen Stier, lieber unter der falſchen Geſtalt eines Hirſches verbarg, wo des Corythus ††)
Vater ein geringer Sandhügel deckt; auch die
Felder, welche Mára †††) durch neues Gebell in

360

X 4

Schrecken

---

*) Des Cerambus Geſchichte iſt unbekannt. Uebrigens
bedeutet das Wort Cerambus einen Käfer.

**) Pitane, Stadt in Aeolien in Klein-Aſien.

***) Auf der Inſel Lesbos. Siehe unten XI. 55 — 60.

****) Der Wald auf dem Berg Ida, in Klein-Aſien.

†) Man findet ſonſt nirgends etwas von dieſer Fabel,
und kann ſie daher nicht genauer erklären. Einige
wollen dennoch wiſſen, dieſer Sohn des Bacchus habe
Thyoneus geheißen; er habe den Hirten einen Stier
weggetrieben, und als dieſe ihm nachgeſetzt, habe ihn
Bacchus in einen Jäger, den Stier aber in einen
Hirſch verwandelt, und alſo ſeinen Sohn gerettet.

††) Des Corythus Vater war Paris, des Priamus
Sohn.

†††) Man weiß nicht, auf welche Geſchichte Ovid hier anſpielet; denn die Geſchichte des Hundes des Icarus,
Mára, (S. unten X. 450. Anmerk.) trug ſich in
Attica zu; auch war derſelbe ein natürlicher Hund,
anſtatt daß die Mára, welche hier gemeint iſt, nach
dem Ausdrucke neues Gebell, erſt in einen Hund verwandelt worden.

Schrecken ſetzte; Eurypylus *) Stadt, wo die
Coiſchen Mütter Hörner bekamen, als des Hercules Heer von dannen zog; das Phöbeiſche Rho-
365 dos **) und die Jalyſiſchen Telchiner, ***) welche
Jupiter, ihren Augen, die durch ihren Anblick
alles vergifteten, gehäſſig, unter des Bruders
Fluten erſäufte.

Auch vor des alten Cea Cartheiſchen †) Mauern fährt ſie vorüber, wo Vater Alcidamas ††)
ſich dereinſt wundern ſollte, daß aus ſeiner Töchter
370 Leiche eine ſanfte Taube entſtehen können.

Darauf

*) Eurypylus, ein Sohn Neptuns und der Aſtypaläa.
Er regierte in der Hauptſtadt der Inſel Cos. Hercules wurde auf ſeiner Rückreiſe von Troja durch Juno
von einem Sturme dahin verſchlagen. Von der Verwandlung der Coerinnen läßt ſich gleichfalls nichts
Beſtimmtes ſagen.

**) Die Inſel Rhodos, Carien gegenüber, war dem
Sonnengotte heilig. Das Bild in Coloſſaliſcher Größe,
welches demſelben daſelbſt gewidmet war, und unter
dem Namen der Coloß von Rhodus berühmt iſt, wurde
unter die ſieben Wunderwerke der Welt gezählt.

***) Die Telchiner wanderten von Creta nach Cypern,
und von hier nach Rhodos, wo ſie die Stadt Jalyſus
bewohnten. Sie ſollen ſo böſe geweſen ſein, daß ſelbſt
ihr Blick geſchadet. Andere machen ſie hingegen zu
Erfindern allerlei nützlicher Künſte, und ſagen, nur
aus Neid habe man ihnen ſoviel Böſes nachgeſagt.

†) Carthäa, Stadt auf der Inſel Cea, unweit der
Attiſchen Küſte.

††) Von dieſem Alcidamas weiß man weiter nichts,
eben ſo wenig, als von deſſen Tochter. Die mehreren unbekannten Geſchichten, worauf hier und ander-
wärts Ovid anſpielet, dienen zum Beweiſe, daß viele
von den Quellen, aus welchen er ſchöpfte, nicht bis
auf uns gekommen ſind.

Darauf erblickt sie den See *) der Hyrie, und
das Tempe, **) welches Cycnus, ***) plötzlich
zum Schwan geworden, besuchte; denn auf dieses
Knaben Geheiß bezähmte hier Phyllius †) Vögel
und einen wilden Löwen, und schenkte sie dem Liebling; er bändigte auf dessen Geheiß auch einen
Stier; allein, böse wegen seiner so oft verschmähe- 375
ten Liebe, versagte er demselben diese letzte Gabe,
den Stier. Trotzig spricht da der Knabe: „Du
„sollst wohl noch wünschen, mir ihn geben zu kön-
„nen!“ und stürzt sich von einem hohen Felsen
herab. Jedermann glaubte, er sei in den Abgrund
gefallen; allein, in einen Schwan verwandelt,
blieb er auf schneeweißen Fittigen in der Luft schweben. Doch zerfließt Mutter Hyrie, dessen Erhaltung unbewußt, in Thränen und bildet diesen nach 380
ihrem Namen genannten See. Nahe dabei liegt
Brauron, ††) wo des Ophius Tochter, Combe, †††)

E 5   auf

*) In Böotien.

**) Dieses Tempe ist nicht das Thessalische, welches oben
I. 569. u. f. beschrieben worden; sondern das Böoti-
sche, sonst das Teumessische, vom Berge Teumessus
in Böotien, genannt.

***) Cycnus, Sohn des Apollo und der Hyrie.

†) Ich finde weiter nichts von ihm, als was hier vor-
kömmt.

††) Ich lese mit dem J. Mycillus also, anstatt Pleu-
ron, welches in Aetolien und viel zu weit abwärts
liegt von Medeens Wege, der nach Corinth gieng.
Brauron aber lag an der Attischen Küste, Euböa
gegen über.

†††) Auch diese Fabel ist unbekannt. Nach einigen soll
Combe zuerst Waffen von Kupfer erfunden haben,
und daher Chalcis (wovon die Hauptstadt in Euböa
den Namen führet,) genannt worden sein.

auf eilenden Schwingen den Wunden ihrer Kinder entfloh.

Von hier schaut sie des Latoischen Calaurea *) Gefilde, des Königes eingedenk, der samt der
385 Gemahlin in einen Vogel verwandelt **) worden. Ihr zur Rechten liegt Cyllene ***) auf welchem dereinst Menephron †) bei seiner Mutter schlafen sollte, nach wilder Thiere Weise. Rückwärts aber sieht sie, ganz in der Ferne, den Cephisus ††) das Schicksal seines Enkels beweinen, welchen Apollo zu einem dicken Meerkalbe umgestaltet, und den
390 Sitz des Eumelus, †††) der um seine Tochter in den Lüften trauert.

Endlich

*) Calaurea, Insel im Saronischen Busen, itzt Pora. Sie heißt Latonisch, weil sie zuerst der Latona zugehört, welche sie gegen Delos an den Neptun vertauschet hat. — Uebrigens ist diese Insel berühmt, weil Demosthenes sich daselbst im Tempel des Neptuns, wohin er geflüchtet, mit Gift das Leben nahm, als des Antipater Abgesandter, Archyas, ihn nach Macedonien abholen sollte.

**) Diese Anspielung weiß man nicht zu erklären.

***) Berg in Arcadien.

†) Hygin CCLIII. nennt ihn Menophrus, und erzählt, er habe mit seiner Tochter Cyllene in Arcadien, desgleichen mit seiner Mutter Blias, Blutschande getrieben. Das ist alles, was man von ihm weiß.

††) Fluß in Böotien. Welcher Enkel desselben hier verstanden werde, ist ungewiß. Aber Söhne desselben sind Narcß (von welchem S. III. 346. u. f.) und Eteocles, welcher zuerst den Grazien soll geopfert haben.

†††) Es ist nicht leicht zu entscheiden, welcher von den vielen, die in den Fabeln vorkommen, hier gemeint sei. Ist der zu verstehen, welcher den Triptolem bei
sich

Endlich gelangt sie mit Hülfe ihrer fliegenden Drachen nach dem Pirenischen Ephyre, *) allwo, laut einer alten Sage, im ersten Weltalter die Menschen aus Regenbilßen entstanden. Als aber hier durch Colchischen Zauber **) die Neuvermählte

ver-

sich aufnahm und von ihm den Getreidebau erlernte; so bedeutet hier des Eumelus Sitz Paträ, eine Stadt in Achaia, die von ihm erbauet worden. Pausanias erzählt VII. 18: Als Triptolem schlief, habe deßen Sohn Antheas (andere lesen Tochter Anthea) deßen mit Drachen beipannten Wagen bestiegen, um selbst zu säen, sei aber aus der Luft herabgefallen, und habe das Leben eingebüßt. Ihm (oder ihr) zum Gedächtnisse hätten Triptolem und Eumelus die Stadt Anthea erbauet. — Indessen des Ovids Ausdruck scheint eher zu verrathen, daß des Eumelus Tochter in einen Vogel verwandelt worden.

*) Ephyre ist der alte Name von Corinth. Pirenisch heißt es von dem Brunnen der Pirene, welcher sich daselbst befand. Pirene ist — nach Pausanias II. 3. — vor Thränen aus einem Menschen in eine Quelle verwandelt worden, da sie ihren Sohn Cenchrias beweinte, als ihn Diana aus Versehen des Lebens beraubt. Die Quelle war mit weißem Marmor geziert, und man hatte einige künstliche Grotten angelegt, aus welchen das Waßer sich in den Brunnen ergoß.

**) Jason flüchtete mit der Medea zugleich nach Corinth, lebte mit ihr zehn Jahre daselbst in einträchtiger Ehe, und zeugte mit ihr zwei Söhne. Endlich aber verstieß er Medeen, um sich mit der Creusa, Creons, Königs zu Corinth, Tochter, zu vermählen. Medea, bevor sie Corinth verließ, sandte der Creusa durch ihre Söhne einen Mantel und ein Halsband zum Hochzeitgeschenk. Beides war durch Zauber mit einer sehr brennbaren Materie bestrichen. Als Creusa, damit geschmückt, dem flammenden Altar nahete, entzündete sich plötzlich beides, und sie sowohl, als auch ihr Vater, der ihr helfen wollte, verbrannten samt

dem

395 verbrannt, und beide Meere des Königes Pallaſt
in Flammen ſahen; in der Söhne Blute Medeens
mörderiſches Eiſen *) ſich färbte, und ſie nach ſo
unmütterlicher Rache vor Jaſons Waffen flüchtete: Begab ſie ſich, von den Titaniſchen **) Drachen von hinnen getragen, nach Pallaß Burg ***)
welche Dich, gerechter Phineus, †). und Dich,
400 greiſer Periphas, †) fliegen; auch Polypemous †)
Enkelin ſich auf neuen Fittigen wiegen ſah.

Hier nimmt Aegeus ††) ſie auf, blos dieſer
einzigen That wegen tabelnswerth. Ja, nicht zufrieden, ihr das Gaſtrecht zu geſtatten, vereinigt
er ſie ſogar mit ſich durch den Bund der Ehe.

Ißt

dem Pallaſte, der auch in Feuer gerieth. Hierauf
ermordete Medea noch die Kinder, die ſie mit Jaſon
gezeugt, und floh nach Athen. Jaſon erſtach ſich aus
Verzweiflung. S. Mon. ined. n. 90 und 91.

*) Des Timomachus Kindermörderin, Medea, war ein
berühmtes Gemählde im Alterthume. Er hatte die
Medea nicht in dem Augenblicke genommen, in welchem ſie ihre Kinder wirklich ermordet; ſondern einige
Augenblicke zuvor, da die mütterliche Zärtlichkeit noch
mit der Eiferſucht kämpft.

**) Weil ſie aus dem Blute der Titanen entſtanden.

***) d. i. Athen.

†) Von dieſen drei hier genannten iſt weiter nichts zu
ſagen, als was aus dieſer Stelle erhellt — daß ſie in
Vögel verwandelt worden.

††) Aegeus, König zu Athen, Sohn Neptuns, und
Vater des Theſeus. Er zeugte dieſen zu Trözen mit
des Pittheus Tochter Aethra; und als er darauf zu
Schiffe nach Athen zurückgehen mußte, verbarg er
blos mit Wiſſen der Aethra ein Schwert unter einem
großen Steine, und verhieß ihr, wenn ſie einen
Sohn zur Welt brächte, und dieſer nach erreichten
gehörigen Jahren dieſen Stein aufheben, das Schwert
hervor-

Ist erscheint, vom Vater nicht gekannt, Theseus, nachdem er durch seine Tapferkeit auf dem 404
zweimeerigen Isthmus die Sicherheit hergestellt *).
Zu seinem Untergange mischt Medea Wolfswurz **), die sie ehemals von der Scythischen
Küste mitgebracht hatte. Man erzählt, dieses
Gift habe aus dem Rachen des Echidnischen Hundes ***) seinen Ursprung genommen. Es ist eine
schwarze Höhle †), vom Eingange an finster; ein
abschössiger Weg führt hinab. Durch sie schleifte
Der

hervornehmen und nach Athen kommen würde, so
werde er selbigen für seinen Sohn erkennen. Die
Folge erhellt aus dem Texte. S. Lipperts Dactyl.
II. 48. 49. und Mon. ined. n. 96.

*) Indem er die berüchtigten Straßenräuber Periphe-
tes, Sinis, Cercyon, Procrustes, Sciron, getödtet,
welche den Isthmus unsicher machten. Theseus hat
auf Denkmälern eine bestimmte Gestalt. Er ist als
ein junger Held vorgestellt, und durch die am Vorder-
haupte abgeschornen Haare kenntlich gemacht worden.
S. Lipperts Dactyl. II. 44 und 45. Andere Künstler
haben jedoch dieses nicht beobachtet; wenigstens läßt
sich an den Vorstellungen, die sich erhalten haben,
(so viel H. H. Heyne sich erinnert) so etwas nicht
bemerken. Die Bildsäulen müssen sonst häufiger von
ihm vorhanden gewesen sein, als man nach demjenigen,
was von ihm übrig geblieben ist, glauben sollte. Er
stand, nebst dem Hercules und Mercur, fast in allen
Ringplätzen, wie Pausanias IV. 42. versichert. S.
Heyne Ant. Auff. St. 1. S. 21.

**) Nach dem Plinius, N. Gesch. XXVII. 2., das
allerschnellste Gift.

***) d. i. Cerberus. S. IV, 449. und V. 500. die
Anmerkung. S. Lipperts Dactyl I. 596.

†) Diese Höhle wurde in Pontus bei Heraclea gezeigt.
Siehe unten X. 51. Anmerkung.

410 der Tirynthische *) Held, mit diamantenen Ketten
gefesselt, Cerberus herauf, wie sehr er auch sich
stemmte, und am Tageslichte und an den Stralen
der Sonne mit den funkelnden Augen blinkte.   Vor
wildem Zorne wüthend, erfüllte er die Luft mit
dreifachem Gebell, und benetzte die grünenden Fel-
415 der mit schäumendem Geifer. Man wähnt, dieser sei geronnen, im fruchtbaren Boden gediehen,
und als ein gifterfülltes Kraut aufgegangen, welches der Landmann, weil es auf lebendigen Felsen
wächst, Aconiton **) nennt.

      Dies reicht, auf arglistiges Anstiften der Gattin,
Aegeus, der leibliche Vater, wie einem Feinde,
420 dem Sohne dar. Schon hält mit unwissender
Rechten Theseus den gegebenen Becher; als noch
der Vater am elfenbeinern Gefäße des Degens die
Zeichen seines Geschlechts erkennt, und das mör-
derische Gift ihm vom Munde hinweg stößt.

      Es entgieng Medea ***) durch einen erregten
Zaubernebel dem Tode.   Allein der Erzeuger,
425 zwar froh des erhaltenen Sohnes, doch bestürzt
über die Gefahr, worin er geschwebt, eine so große
Missethat zu begehen, — entzündet auf den Altä-

ten

*) d. i. Hercules; von der Stadt Tiryns in Argolis,
wo er erzogen worden sein soll Das Hinabsteigen
des Hercules in die Unterwelt ist eine bloße Dichteridee, weil die Poeten den Hercules seinen Muth und
Tapferkeit auch in der Unterwelt wollten zeigen lassen.
S. Lipperts Dactyl. I. 593 — 597.

**) d. i. Felskraut — Wolfswurz, auch Sturmhut, Ei-
senhütlein, Mönchskappe genannt.

***) Was ferner aus Medeen geworden, ist ungewiß.
Verschiedene Sagen davon s. Pausan. II. 3.

ten loderndes Feuer, spendet dankbar den Göttern
Geschenke, und schlachtet Stiere mit hangenden
Wammen, die Hörner mit heiligen Binden *)
umwunden.

Kein Tag **) soll den Erechthiden ***) feier- 410
licher erschienen sein, als dieser. Es schmausen
die Fürsten mit dem Volke vermischt, und vom
Weine begeistert singen sie:

„Dich, großer Theseus, staunte Mara-
„thon †) an im Blute des Cretischen ††) Stiers;
und

*) Man schmückte das Opferthier mit einer Vitta, einer
breiten weißen Binde, welche die Insula um die
Stirne befestigte und zu beiden Seiten vor den Augen
herabhieng; damit das Opferthier den erhobenen
Schlag der Art oder des Hammers nicht sähe, und
zum bösen Zeichen zurückführe. Insula war ein wol-
lener Hauptschmuck, von weißen und rothen, oder, bei
traurigen Opfern, von dunkelblauen Faden gewirkt.

**) Die Athener nannten dieses Fest, zum Andenken der
Ankunft der Theseus zu Athen, Ogdalion; weil sie es
am achten Tage des Monats feierten; denn Theseus
war am 8ten des Monats Hecatombäon, d. i. July,
nach Athen gekommen.

***) S. VI. V. 677. die Anmerkung.

†) Marathon, Ort und Gegend in Attica, bekannt
durch den Sieg, den Miltiades über die Perser erhielt.

††) Dieser wilde Stier war vom Hercules aus Creta
lebendig zum Eurystheus nach Mycena gebracht worden. Eurystheus ließ denselben wieder frei. Er kam
darauf durch die Corinthische Landenge in die Landschaft
Attica, und zwar in die Marathonischen Gefilde, wo
er viele Verwüstungen anrichtete. Theseus erlegte
ihn endlich. S. IX. 186. Anmerkung.

435 „und daß, der Sau unbekümmert, Cromyons *)
„Gefilde der Landmann pflügt, ist Dein Geschenk,
„Dein Werk. Dir sah das Epidaurische Land
„Vulcans **) keulentragenden Erzeugten; sah
„des Cephisus Gestade den grausamen Procru-
„stes; ***) sah den Cercyon †) der Ceres Eleusis,
440 „erliegen. Du straftest Sinis, ††) der seiner Kraft
„mißbrauchte; der Bäume zu krümmen vermochte,
„und hohe Fichten zur Erde niederbeugte, damit
„sie, freigelassen, von einander gerissene Leiber weit
„umher verstreueten. Sicher ist nach Alcathoens †††)
Lelegischen

*) Cromyon, ein Flecken in Peloponnes bei Corinth. Die wilde Sau, welche die Cromyonischen Gefilde ver-wüstete, hieß Phäa, und soll die Mutter des Calydo-nischen und Erymanthischen Ebers gewesen sein.

**) d. i. Der Räuber Periphetes, ein Sohn Vulcans und der Anticlia. Er führte eine eiserne Keule, welche Theseus nachher beibehielt.

***) Procrustes legte diejenigen, welche in seine Hände fielen, in sein Bett, und dehnte sie gewaltsam aus, wenn sie kürzer; wenn sie aber länger waren, schnitt er ihnen das darüber hinausragende ab.

†) Cercyon nöthigte alle Fremde mit ihm zu ringen, und brachte sie um, bis endlich Theseus ihn mehr durch Kunst als Stärke überwand. Theseus hat zu-erst die Kunst zu ringen erfunden, und erst nach ihm hat man die Kampfschulen angelegt. Vorher brauchte man nur die Größe und Stärke im Ringen. S. Pausanias I. K. 39.

††) Sinis pflegte die, welche er überwunden hatte, auf die hier beschriebene Weise zu zerreißen. Theseus richtete ihn auf eben die Weise hin. S. monum. ined. n. 98.

†††) Alcathoe, d. i. Megara, nach Alcathous, des Pe-lops Sohn, der sie mit Hülfe des Apolls mit Mau-ren umgab, — Stadt in Attica; sie heißt Lelegisch von den Lelegern, einer Nation, welche sich in Asien und in dieser Gegend Griechenlandes ausgebreitet hatte.

„Lelegischen Mauren der Pfad, *) seit Du Sciron
„überwältiget. Des Räubers zerstreueten Ge-
„beinen versagte so Erde als See eine blei- 445
„bende Stätte; lange umhergeworfen, soll end-
„lich die Zeit sie in Klippen verwandelt haben,
„welche noch itzt des Scirons Namen **) führen."
„An die Zahl Deiner Thaten reichen Deine Jahre
„nicht hinan. Für Dich, o Held, thun wir öffent-
„liche Gelübde; und für Dich kosten wir die Gaben 450
„des Bacchus!"

Es

*) Auf dem Wege zwischen Corinth und Megara
wohnte der Räuber Sciron, der alle Fremden, die
ihm in die Hände fielen, ins Meer warf, wo sie unten am Felsen eine Schildkröte in die Tiefe zog. Die
Rache verfolgte den Sciron; Theseus stürzte ihn eben
daselbst ins Meer hinunter. S. IV, 524. die
Anmerkung. Mr. de Pauw recherches philoso-
phiques sur les Grecs erklärt die erwähnte Hel-
denthat des Theseus für eine personificirte Lufterschei-
nung, die man noch itzt alle Tage beobachten könne.
Die Griechen nannten einen Windstrich, der gerade
aus Nordwesten kam, Sciron. Eigentlich ist es im
Corinthischen Meerbusen, wo dieser Luftstrom sich zu-
sammenzudrängen und sich in seiner Stärke zu zeigen anfängt, indem er sich längs den Krümmungen
der Küste hinzieht; wenn er an die Erdenge gekommen ist, findet er keinen anderen Ausgang, als eine
Kluft zwischen zwei sehr nahe neben einander liegenden Felsen; die Gewalt, womit er sich durch diesen
engen Raum durcharbeitet, verursacht, daß er fast
senkrecht auf die Oberfläche des Meeres fällt, von
welcher er mächtig nach Attica zurückpralle. — Diesen Sturz des Windes nun, der daselbst sehr merklich
ist, so wie das Beben des Meeres, wann der Wind
darauf stößt, glaubt Herr v. Pauw in obiger Dichtung
personificirt.

**) Sie heißen die Scironischen Klippen, oder Felsen.

Ovid. Verw I. Th.   Y

Es stimmt in des Volkes Jubel und andächtige
Gebete die Burg ein, und nirgends in der ganzen
Stadt herrscht Traurigkeit.

Doch ganz rein ist uns kein Vergnügen be-
scheret; in jede unsrer Freuden mischt sich etwas
455 Kummer ein. Auch Aegeus geneußt die Wonne
des Besitzes seines Erzeugten nicht lauter. Minos *) rüstet sich wider ihn zum Kriege, Minos,
zu Wasser und zu Lande mächtig; doch furchtbarer
noch wegen des väterlichen Zorns, der ihn antreibt,
des Androgeus **) Tod mit gerechten Waffen zu
rächen. Auch verstärkt er sich noch, bevor er den
Krieg beginnet, durch Zusammenziehung von
460 Hülfsvölkern. Allenthalben, so weit seine Macht
sich erstreckt, durchkreuzt er mit geflügelter Flotte
die Meere. Hier vereinigt er Anaphe ***) mit sich
und

*) Minos, Sohn Jupiters und der Europa, König
in Creta, Gemahl der Pasiphae und Vater der Ari-
adne, der Phädra, des Androgeus und des Glaucus.
Er gab den Cretern neue Gesetze, und war ein sehr
gerechter König; daher er auch zum Richter in der
Unterwelt nebst dem Rhadamanthus und Aeacus gemacht worden. Allein beim Homer ist er noch kein
unterirdischer Richter, sondern er thut nur das in der
Unterwelt, was er in der Oberwelt that — giebt den
Schatten Gesetze, schlichtet ihre Processe, fährt fort
König zu sein. Aber hier liegt die Anlage zu dem
Bilde, das die folgenden Dichter gebraucht, da sie
ihn zum Richter der Abgeschiedenen gemacht. Seine
übrige Geschichte ergiebt sich aus dem Folgenden.

**) Androgeus hatte zu Athen bei dem Panathenen-
Feste in den Spielen den Preis davon getragen, und
wurde meuchelmörderischerweise von den Athenern
und Megarern erschlagen.

***) Anaphe, ein Sporadisches Eiland im Cretischen
Meere.

und die Aſtypaleiſchen *) Reiche; durch Ver-
ſprechungen Anaphe, die Aſtypaleiſchen Reiche mit
Gewalt: Dort das niedrige Myconos, **) Cimolos kreidereiche Geſilde, das blühende ***) Cythnos,
Scyros, das ebene Seriphos, das marmor-
reiche ****) Paros, und Siphnos, das die pflicht-
vergeſſene Arne †) aus Geiz für bedungenes Gold 465
verrieth, aber auch in einen Vogel verwandelt
ward der noch itzt das Gold liebt, und ſchwarz iſt
von Füßen, ſchwarz von Geſieder; in eine Dohle.

Doch Oliaros, ††) Didymä, Tenos, Andros, 470
Gyaros und Peparethos, an ſetten Oliven fruchtbar,
gewähren den Gnoſiſchen †††) Schiffen keine Hülfe.

Von hier wendet ſich Minos zur linken nach
Oenopia, des Aeacus ††††) Eiland.   Oenopia hieß
                   Y 2   es

*) d. i. Aſtypaläa, gleichfalls eine der Sporabiſchen
   Inſeln ohnweit Creta.

**) Myconos, Cimolos, Cythnos, Scyros, Seriphos,
    Paros, Cycladiſche Eilande im Aegäiſchen Meere.

***) Blühend, wegen der Menge Bäume, womit die
     Cycladen überhaupt ſo bewachſen ſind, daß ſie den
     Seefahrern ſchon von fern in die Augen fallen.

****) Marmorreich, wegen der dort befindlichen Weiſſen-
      Marmor-Brüche.

†) Der Arne Geſchichte iſt unbekannt.

††) Dieſe und die folgenden, alle Inſeln im Aegäiſchen
    Meere.

†††) d. i. Cretiſchen; Gnoſos, Stadt in Creta, des
     Minos Reſidenz.

††††) Aeacus, Sohn Jupiters und der Aegina. Er
      ward wegen ſeiner Gerechtigkeit auch zu einem der
      Höllenrichter. Mit der Endeis zeugte er den Peleus,
      (Achills Vater) S. XI. 217. u. f. und den Telamon,
                                          (den

es den Alten; Aeacus nannte es, nach seiner Mutter Namen, Aegina.   Das Volk stürzt herbei, be-
475 gierig, den Mann von so großem Rufe zu sehen. Es kommt ihm Telamon entgegen, und, jünger als Telamon, Peleus, auch der dritte der Brüder, Phocus.   Ja der bejahrte Aeacus selbst kommt heraus mit langsamen Schritten, und fragt ihn um die
480 Ursache seiner Ankunft.   Der väterlichen Wehmuth erinnert, versetzt seufzend der Beherrscher von hundert Städten *) also:

   „Meinen Sohn zu rächen, habe ich die Waf-
„fen ergriffen; ich bitte, leiste mir Beistand, und
„nimm auch an diesem frommen Kriege Antheil.
„Alles, was ich verlange, ist, des Erschlagenen Grab
„zu versöhnen."

   Ihm erwiedert der Asopide: **) „Vergebens bit-
485 „test Du; weder ich, noch mein Staat können Dir
„willfahren.   Kein Land ist fester mit den Cecropi-
„den verbunden, als dieses; Unser Bund ist unver-
„brüchlich."

   Zornig begiebt sich Minos hinweg, und spricht:
„Theuer genug soll Dir Dein Bund zu stehen kom-
„men!" Doch schien es ihm heilsamer, blos Krieg

zu

(den Vater des Ajax und Teucer); S. XI. 216. u. f.
mit der Psamathe aber den Phocus. Er war König
in Aegina, welche Insel vorher Oenopia oder Oenöne
hieß, er aber nach seiner Mutter, des Asopus Tochter, Aegina nannte.

*) d. i. Minos. Die Alten sagen, die Insel Creta,
das heutige Candia, habe hundert Städte enthalten.

**) Des Aeacus Mutter war die Tochter des Asopus,
eines Flusses in Böotien.

zu drohen, als anzufangen, und also seine Macht vorher zu schwächen.

Noch konnte man von den Oenopischen Mau- 490 ern die lyctische *) Flotte sehen; als schon mit vollen Segeln ein Attisches Schif daher fliegt, und in den freundschaftlichen Hafen einläuft. Es brachte den Cephalus **) mit Aufträgen von seinem Vaterlande.

Hatten gleich die jungen Aeaciden Cephalus lange nicht gesehen; so erkannten sie ihn dennoch so gleich, reichten ihm die Hand, und führten ihn zu 495 des Vaters Pallast. Der Held, voll Ansehens, und noch Merkmale seiner alten Schönheit tragend, gieng hinein. In der Hand hielt er einen heimischen ***) Oelzweig, und zur Rechten und Linken giengen ihm, dem Aeltern, zwei Jüngere, Clytos und Butes, des Pallas †) Erzeugte. 500

Nach den gewechselten Worten des ersten Wiedersehens bringt Cephalus der Cecropiden Aufträge an, und bittet um Hülfe. Er beruft sich auf der Väter Bündniß und Verträge, und setzt hinzu: es werde gegenwärtig die Freiheit von ganz Achaia bedrohet.

Y 3 Nachdem

*) d. i. Cretische, wegen der Stadt Lyctos in Creta.

**) Cephalus, ein Sohn des Dejon, ein Athensscher Edler aus dem alten königlichen Hause.

***) Minerva gab dem Oelbaum, bei ihrem Streite mit dem Neptun um die Benennung der Stadt, zu Athen zuerst den Ursprung.

†) Ein Athener von hoher Abkunft.

305   Nachdem er also sein Gesuch mit vieler Beredsamkeit unterstützt hat, erwiedert Aeacus, die
linke auf den Zepter gestämmt:

„Nicht bitten, nehmen nur darf Athen. Ohne
„Anstand betrachtet alles, was dieses Eiland ver-
„mag, als Euer eigen; mit Euch habe ich, was ich
„nur besitze, in Gemeinschaft. *)   Es gebricht mir
310 „nicht an Macht; ich habe des Kriegsvolks die
„Fülle, o Freund! Dank sei den Göttern! die Zeit
„ist glücklich, und fern von mir sind alle Ausflüchte. “

„Heil Dir! **) ruft Cephalus, und so müsse
„Dein Land an Bürgern zunehmen, als mich bei
„meiner Ankunft Freude erfüllt hat über die an
„Schönheit und Jahren gleiche junge Mannschaft,
315 „die mir entgegenströmte! Doch vermisse ich manche
„darunter, welche ich ehedem sah, als ich diese
„Stadt zum ersten Male besuchte. “

Aeacus seufzt, und spricht also mit gerührter
Stimme:

„Auf kläglichen Anfang folgt oft besseres Glück.
„O, daß ich nur von diesem reden dürfte! Ohne
320 „Ordnung will ich Dir jedoch alles erzählen, noch
„Dich durch große Umschweife aufhalten.   Gebein
„und Asche, modern alle die, welche Du vermissest;
                                              ach!

*) Ich lese mit Heinsius: communis rerum status iste
   mearum est.   Desgleichen im folgenden Vers: supe-
   rat sat militis, hospes.

**) Ich lese abermals mit Heinsius:
    Immo ita; sic Cephalus, crescat tua civibus opto
    Res, ait, ut veniens equidem modo gaudia coepi.

„ach! und der wie vielste Theil meines Verlusts
„sind sie?

„Eine schreckliche Seuche befiel mein Volk
„aus Rachsucht der eifersüchtigen Juno, welche ein
„Land haßte, das ihrer Nebenbuhlerin Namen trug.
„So lange wir noch dieses Uebel für natürlich hiel-
„ten, und die schädliche Ursache unsrer Niederlage 525
„uns verborgen war, kämpfen wir mit allen Waf-
„fen der Heilkunst dagegen. Allein das Verderben
„übersteigt bald alle Hülfe, bis endlich diese besiegt
„erlieget.

„Anfangs drückt der Himmel mit dicker Fin-
„sterniß die Erde, und verschleußt träge Hitze in
„Wolken. Viermal füllt durch der Hörner Ver- 530
„einigung Luna ihre Scheibe aus; viermal nimmt
„sie von der Scheibe vollen Rundung wieder ab:
„Und unaufhörlich blasen heiße Südwinde mit tödt-
„lichem Oden; so, daß selbst Quellen und Seen ver-
„derbt werden, Schlangen zu Tausenden im Brach- 535
„felde wimmeln, und die Flüsse vergiften.

„Zuerst äußert die Seuche an Hunden, Vö-
„geln, Schafen, Rindern und dem Wilde ihre
„Macht. Stürzen sieht der unglückliche Pflüger
„die starken Stiere unter der Arbeit, und sterben
„mitten in den gezogenen Furchen. Siechend blö-
„ket das Wollenvieh, verliert von selbst seine Wolle, 540
„und schwindet hinweg. Das vormals rüstige Roß,
„von großem Namen in der Rennbahn, entsagt dem
„Palmenzweige; und stöhnt, des alten Ruhms un-
„eingedenk, an der Krippe, und stirbt langsam da-
„hin. Es vergißt der Eber seines Grimms, die 545

„Hindin ihrer schnellen Läufe, und der Bär wagt
„keinen Angrif mehr auf starke Heerden. Alles
„siecht. In Wäldern, Gefilden und Straßen lie-
„gen scheußliche Leichen, und verpesten die Luft durch
„Gestank. Es klingt wunderbar; aber weder
550 „Hunde, noch gierige Geier, noch graue Wölfe be-
„rühren sie. Aufgelößt fließen sie auseinander, und
„verbreiten durch ihre schädliche Ausdünstungen die
„Ansteckung weit umher.

     „Nun dringt mit verstärkter Gewalt auch zu
„den armen Landleuten die Pest, und herrscht in den
„Ringmauren der großen Stadt. Brand ergreift die
555 „Eingeweide. Der inneren Glut Anzeigen sind Röthe
„und mühseliges Röcheln. Die rauhe Zunge ge-
„schwillt; der dürre Mund steht offen; in ihm pocht
„jede Ader; und lechsend schnappen die Erkranken-
„den nach Luft. Weder auf'm Lager mögen sie dau-
„ren, noch unter irgend einer Decke; auf den harten
„Boden legen sie sich entblößt; doch kühlt nicht den
560 „Körper der Boden, sondern den Boden erwärmt
„der Körper. Niemand reicht ihnen Linderung.
„Die Aerzte selbst sind von der Seuche nicht verschont;
„ja zum Verderben gereicht ihnen ihre Kunst; denn
„je näher jemand dem Kranken kommt, je treuer er
„sein wartet: desto geschwinder wird er des Todes
565 „Raub. Endlich als alle Hofnung der Rettung
„verschwindet, und immer der Krankheit Ende der
„Tod ist; thut ein jeder, was ihn gelüstet, unbe-
„kümmert um Hülfe, weil Nichts Hülfe gewährt.

     „Schamlos umlagern sie hin und wieder Quel-
„len, Ströme und geräumige Brunnen, und trin-
                                        ken,

„ken, bis Durst und Leben zugleich schwindet. Viele 570
„vermögen nicht, wieder aufzustehen, und verscheiden
„mitten im Wasser, woraus dennoch andere trinken.

„Aus Ueberdruß des Liegens entspringen die
„Armseligen dem Bette; und versagen ihnen die
„Kräfte aufrecht zu stehen, so wälzen sie sich am
„Boden. Ein jeder flieht seine Penaten; einem
„jeden dünkt sein Haus gefährlich. Da die Ur- 575
„sache verborgen, trift der Verdacht den Ort. Auf
„allen Gassen sieht man sie halbtodt herumschleichen,
„so lange nur die Füße sie tragen; wimmernd liegen
„andere auf der Erde, verkehren die brechenden
„Augen, erheben die sterbenden Hände gen Him- 580
„mel, und hauchen also, plötzlich vom Tode über-
„fallen, die Seele aus.

„Wie war mir damals zu Muthe! oder wie
„hätte mir zu Muthe sein müssen, wenn mir das
„Leben nicht hätte verhaßt sein, wenn ich nicht, glei-
„ches Schicksal mit den Meinen zu haben, hätte
„wünschen sollen! Wohin nur meine Augen sich wen-
„deten, trafen sie auf hingestreckte Leichen meines
„Volks; so bedecken unter geschüttelten Zweigen 585
„faule Aepfel; so Eicheln unter dem bewegten Eich-
„baum den Boden.

„Dort siehst Du einen Tempel *) auf hohen
„Stufen sich erheben. Jupiter bewohnt ihn. Wer

Y 5

brachte

---

*) Von diesem Tempel ist noch eine höchst merkwürdige
Trümmer übrig. Vielleicht kann kaum eine andere
mit ihr gleichen Anspruch auf hohes Alterthum machen.
Ihre Lage auf der Spitze des mit Bäumen besetzten
Berges Panhellenius, und die Entfernung vom Meere

hat

„brachte nicht vergebens zu diesen Altären Weih,
„rauch! Wie oft gab nicht mitten unterm Gebete
590 „für den Gatten die Gattin, für den Erzeugten der
„Erzeuger, am unerbittlichen Altar das Leben auf,
„einen Theil des zu opfernden Weihrauchs in der
„Hand behaltend! Wie oft sanken nicht die in den
„Tempel geführten Stiere, während daß der Prie-
„ster das Gebet verrichtet, und lautern Wein
„zwischen die Hörner gießt, ohne das Beil zu er-
595 „warten, darnieder! Ja, einst, als ich selbst für
„mich, mein Land und meine drei Erzeugte dem
„Jupiter opfere, erhebt das Schlachtopfer ein
„schreckliches Gebrüll, stürzt plötzlich ohne Schlag
„zu Boden, und färbt das angesetzte Messer kaum
„noch mit einigen Blutstropfen. Zugleich sind in
„den kranken Fibern alle Merkmale der Warheit
600 „und göttlicher Offenbarung erloschen; denn bis zu
den

hat sie vor der gänzlichen Zerstörung unter den Veränderungen und Zufällen so vieler Jahrhunderte be-
wahrt. Der Tempel — sagt Chandler Reis. in Gr.
S. 17. — ist von der Dorischen Ordnung, und hatte
6 Säulen am Vordertheile. Ein und zwanzig der
äußern Säulen stehn noch, nebst den beiden von der
Fronte des Pronaos und des Posticum, und 5 von
der Zahl derer, die die Reihe innerhalb der
Zelle ausmachten. Das Gebälk ist bis auf
den Architrave herabgefallen. Der Stein ist von
einer lichtbraunen Farbe, sehr verwittert an manchen
Stellen, und zeigt durch seinen Verfall von einem sehr
hohen Alterthum. Einige Säulen haben dadurch
gelitten, daß man sie des Metals wegen bis in ihre
Mitte durchbohrt. In verschiedenen ist die Zusam-
menfügung der Theile so genau, daß sie aus Einem
Stücke zu bestehen scheinen. Der Tempel war von
einem Peribolus, oder einer Mauer, umgeben, von
welcher noch Spuren zu sehen sind.

„den innersten Eingeweiden dringt die Kraft der
„Krankheit.

„Vor den heiligen Pforten des Tempels seh'
„ich Leichen liegen, ja vor den Altären selbst, da-
„mit kein Gräuel dem Tode gebreche.

„Manche beschließen ihr Leben mit dem Stricke,
„und verjagen die Todesfurcht durch den Tod selbst,
„den sie noch herbeirufen, indem er von selbst schon 605
„kommt.

„Die Opfer des Todes werden nicht mit ge-
„wöhnlichem Gepränge zu Grabe getragen; die
„Thore sind für die Menge der Leichen nicht weit ge-
„nug. Theils bleiben sie unbeerdiget liegen; theils
„werden sie unbestattet auf hohe Scheiterhaufen ge-
„worfen. Schon ist alle Scheu aus den Augen
„gesetzt; man erbeutet Scheiterhaufen, und ver- 610
„brennt seine Todten mit fremdem Feuer. Nie-
„mand ist da, der weint; unbeweint flattern der
„Töchter, Mütter, Jünglinge und Greise Seelen
„umher. Es fehlt an Platz zu Grabhügeln, an
„Holz zu Feuern. *)

„Durch des Unglücks Uebermaaß außer mir,
„ruf ich endlich:

„O Jupiter, ist es anders Wahrheit, daß Du 615
„in der Asopide Aegina Umarmung geruhet hast;
„und schämest Du Dich nicht, erhabener Vater,

mein

*) Man vergleiche mit obenstehender Beschreibung der
   Pest des Lucrez Gedicht von der Natur der
   Dinge VI, 1136 bis zu Ende; desgleichen des Vir-
   gil Landbau III, 478 bis zu Ende; endlich des
   Decamerone di Gio Boccaccio giornata prima.

„mein Erzeuger zu heißen: O so gieb mir entweder
„die Meinigen wieder, oder stürze auch mich ins
„Grab!

„Durch Donner und Blitz giebt er mir so fort
„ein günstiges Zeichen.

620   „Ich nehme es an, dies Zeichen — fahr.ich
„fort — o laß es mir, ich flehe, eine glückliche
„Vorbedeutung, laß es mir ein Unterpfand Deiner
„Huld sein!

„Zufällig stand neben mir mit ungewöhnlich
„ausgebreiteten Zweigen eine, dem Jupiter gehei-
„ligte,*) Eiche aus Dodonäischen**) Samen.
„Hier sah man in einem langen Zuge Ameisen emsig
625 „ihren Vorrath einsammeln, in kleinem Munde
„große Bürden tragen, und in des Baumes geborste-
„ner Rinde auf Einem Steig auf und nieder klim-
„men.   Erstaunt über ihre Menge, ruf ich):

„Nicht weniger an der Zahl, denn diese, o
„bester Vater, schenke mir Bürger! und erfülle
„also wieder die ausgestorbenen Mauren!

„Da erbebt die hohe Eiche, und laut rauschen,
„von keinem Winde bewegt, ihre Zweige.   Ein
630 „kalter Schauder ergreift mich; vor Grauen strebt
„mein Haar empor; doch küsse ich Erde, und
„Stamm; gestehe zwar meine Hofnung mir nicht
ein,

---

*) Die Eiche war der Baum des Jupiters.

**) Die Eichen zu Dodona im Epirischen Thesprotien,
am Berge Tomarus, waren prophetische Bäume.
Nemlich Sie ertheilten weissagende Antworten, die
freilich eigentlich von darin verborgenen Priestern
gegeben, aber vom Volke doch für von den Bäumen
selbst ertheilte Antworten gehalten wurden.

„ein, hoffe aber nicht minder, und nähre im Innern
„des Herzens meinen Wunsch.

„Es nachtet; und Schlaf befällt die von
„Kummer ermatteten Glieder. Ich sehe im Traum 635
„dieselbe Eiche mit allen ihren Zweigen und zahllo-
„sen kleinen Bewohnern; sehe sie durch ähnliche
„Bewegung von den Zweigen das geschäftige Ge-
„wimmel auf die Erde herabschütteln; sehe dieses
„plötzlich wachsen, größer und größer werden, vom
„Boden sich erheben, aufrecht da stehen, die Menge 640
„Beine samt der schwarzen Farbe ablegen, und
„endlich eine vollkommene menschliche Gestalt an-
„nehmen. Der Schlaf entweicht. Erwacht spotte
„ich meines Traums, und klage, daß bei den
„Göttern keine Hülfe sei; plötzlich vernehm ich ein
„großes Gemurmel im Pallaste, und glaube Men- 645
„schen-Stimmen zu hören, deren ich schon ganz
„entwöhnt war. Noch halte ich auch dieses für
„eine Wirkung des Traums; siehe, da eilt Tela-
„mon zu mir, öfnet die Thüre und spricht:
„„Vater, Du wirst Dinge sehen, die über alle
„Hofnung, über allen Glauben sind; komm her-
„aus!“ Ich gehe hinaus, und sehe und erkenne
„gerade die nemlichen Menschen wieder, welche
„mir im Traumgesicht erschienen waren.   650

„Sie treten zu mir und grüßen mich König;
„ich aber bringe dem Jupiter ein Dankopfer; theile
„unter die neuen Unterthanen die Stadt und das
„seiner alten Besitzer entblößte Land; und nenne sie
„Myrmidonen *) mit einem, ihrem Ursprunge

ange-

*) d. i. Ameisen.

655 „angemessenen, Namen. Von Ansehen kennst
„Du sie.   Ihre Sitten sind noch die alten.   Sie
„sind ein emsig Menschengeschlecht, das unermüdlich
„in der Arbeit, und sparsam ist, und das Erwor:
„bene wohl in Acht nimmt.   Alle an Jahren und
„Muth gleich, sollen sie Dir in den Krieg folgen,
„sobald der Ost, der Dich glücklich zu uns gebracht
660 — (denn mit dem Ost war er dahin gekommen) —
„dem Süde Platz gemacht hat. “

  Mit solchen und ähnlichen Gesprächen füllen
sie den langen Tag aus.   Der Abend wird der
Tafel, die Nacht dem Schlummer gegeben.

  Bereits war die Sonne in ihrem goldenen
Glanze aufgegangen: Noch blies der Ost, und
wehrte dem Schiffe die Rückkehr.

  Bei Cephalus, der älter an Jahren, versam:
665 meln sich Pallas Erzeugte ; beim Könige aber
Cephalus, zusamt Pallas Erzeugten.   Doch noch
schläft der König.   Es empfängt sie beim Eingange
der Aeacide Phocus; denn Telamon und der andere
Bruder warben Mannschaft zum Kriege.

670   Phocus führt die Cecropiden in des innern
Pallasts schöne Gemächer, sitzt hier mit ihnen
nieder und bemerkt in des Aeoliden *) Hand einen
Wurfspies, dessen Schaft von einem unbekannten
Holze, die Spitze von Gold war.   Nach einer
kurzen, gleichgültigen Unterredung beginnt er also:
675   „Ich befleißige mich der Kenntniß der Bäume,
„und des Weidewerks; gleichwol stehe ich schon lange
„in Zweifel, von welcher Holzart dieser Spieß sei?
        „Wenig:

*) d. i. Cephalus, Dejons Sohn, Aeolus Enkel.

„Wenigstens, wär er eschen, so müßte er gelblich
„sein; wär er cornelen, müßt' er Knoten haben.
„Ich weiß nicht, woraus er ist; aber nie sahen
„meine Augen einen schönern Wurfspieß. "   680

„Ja — versetzt der Aetäischen Brüder *)
Einer. — „wüßtest Du erst dessen Eigenschaft, du
„würdest sie noch mehr, als seine Schönheit, bewun-
„dern! Er trift, wonach er zielt; sein Wurf wird
„nicht vom Glücke geleitet: und, ohne daß ihn je-
„mand wieder bringt, fliegt er blutig zurück. "

Nun forscht der Nereische Jüngling, **) nur   685
desto neugieriger, nach allem; nach Ursache, Ort
und Geber eines so kostbaren Geschenks.

Cephalus beantwortet dessen Fragen, doch so,
daß er verschweigt, um welchen Preis ***) er den
Spieß erhalten hat; weil er sich's zu erzählen schämt.
Mit wehmüthigen Zähren über seiner Gemahlin
Verlust beginnt er also:

„Dies

*) d. i. Clytos und Butes.
**) d. i. Phocus, dessen Mutter, Psamathe, eine Toch-
ter des Nereus und der Doris war.   S. XI 380 u. f.
***) Procris, durch Cephalus des Wankelmuths über-
führt, floh nach Creta zum Minos   Diesen heilte sie
von einem bösen Geschwür, und erhielt dafür erwähn-
ten Wurfspieß nebst einem Jagdhund, welche beide
unfehlbar waren, zum Geschenk. Hiermit kehrt
Procris nach Attica zurück, verkleidet sich als ein junger Mensch und sucht den Cephalus auf der Jagd auf.
Sie machen zusammen Gesellschaft, und Cephalus wird
bald so sehr von den seltenen Eigenschaften des Spießes
und Hundes eingenommen; daß er, um beide zu erhalten, sich gegen seinen unbekannten Jagdgefährten
willig bezeigt, ihm alles, was er nur verlangen möchte,
zu erlauben. Itzt giebt Procris sich zu erkennen, und
da sie sich, wegen gegenseitiger Vergehungen, nun
beide einander nichts mehr vorzuwerfen haben, söhnen
sie sich wieder aus. — S. Lipperts Dactyl. II. 95.

590 „Dies Gewehr, o Göttingeborner *), (wer
„sollte es glauben!) ist und wird mir, so lange das
„Schickfal mir das Leben fristet, eine Quelle der
„Thränen bleiben. Ach! es hat mich samt mei-
„ner ewigtheuren Gattin zu Grunde gerichtet.
„Möchte ich nie dieses Geschenks theilhaftig gewor-
„ben sein! Procris war der geraubten Orithyja **)
595 „— deren Namen Dir vielleicht eher zu Ohren ge-
„kommen — Schwester; doch, mit Orithyja an
„Gestalt und Gemüth verglichen, weit würdiger
„einer Entführung, als jene. Sie verband Vater
„Erechtheus, **) verband Liebe mit mir. Glück-
„selig hieß ich, war ich und — hätte es den Göt-
„tern nicht anders geschienen — wär' ich vielleicht
700 „noch itzt. Aber kaum waren wir zwei Monat
„durch der Ehe Bund vereint; als mich,
„flüchtigen Hirschen Netze zu stellen bemüht, von
„dem höchsten Gipfel des immer blühenden Hymet-
„tus herab, früh, nach vertriebener Finsterniß,
„Aurora im Saffrangewande sieht, und wider mei-
„nen Willen raubt ***). Zwar — mit der Göt-

tin

*) Die Psamathe, des Phocus Mutter, war eine
Nereide; siehe kurz zuvor die Anmerkung.

**) S. VI. 677. u. f. auch die Anmerkungen.

***) Die Entführung des Cephalus durch Aurora will
nichts anders sagen, als daß er mit Tages Anbruch
seine Procris verlassen, um auf die Jagd zu gehen.
Uebrigens ward diese Entführung oft von Künstlern
vorgestellt; So war sie es zu Athen auf dem Fronton
der Galerie im Ceramicus aus gebrannter Erde. Wer-
muthlich stand Aurora auf ihrem Wagen und führte
den Cephalus davon. Siehe Levne, ant. Auff. 1.
St. 34. u. f. Von Aurora s. oben III. 184. Anm.
Siehe Lipperts Dactyl. I. 739.

„tir Erlaubniß sei es mir vergönnt, frei die War-
„heit zu sagen — schön ist ihr rosig Gesicht; zwar 705
„beherrscht sie des Tags und der Nacht Grenzschel-
„be; zwar nährt sie sich mit Nectarischem Gewässer:
„Allein ich liebte Procris; Procris war in meinem
„Herzen; Procris führte ich immer im Munde;
„und unaufhörlich sprach ich von nichts als von des
„Ehebetts Heiligkeit, von unseren ersten Umar-
„mungen, von unsrer jungen Ehe und von der Treu-
„losigkeit, den frisch geknüpften Bund zu brechen. 710
„Endlich wird die Göttin böse, und spricht: So
„höre denn auf mit Klagen, Undankbarer, und
„nimm Dir Deine Procris wieder! Aber, bin ich
„anders der Zukunft nicht unkundig, so wirst Du
„es gar bald bereuen!“

„Zürnend schickt sie mich darauf von sich. Beim
„Zurückgehen denke ich ihrer Warnung nach und
„schier fange ich an zu fürchten, es möchte meine 715
„Gattin die eheliche Treue verletzt haben. Ihre
„Schönheit und Jugend machen mir eine Untreue
„nur allzu glaublich; doch widerspricht ihre Gemüths-
„art jedem Verdachte. Indessen — meine Ab-
„wesenheit — das frische Beispiel weiblicher
„Schwachheit, von dem ich herkam — zudem
„ist überhaupt Liebe argwöhnisch; kurz, ich befleis-
„sige mich, Ursache zum Leide aufzusuchen, und
„beschließe, ihre Tugend durch Geschenke auf die 720
„Probe zu stellen.

„Aurora begünstiget meine Eifersucht, und ver-
„wandelt — ich glaubte es zu fühlten — meine

„Bildung. Unkennbar komme ich nach dem Palla-
„dischen Athen und schleiche mich in mein Haus ein.
„Nichts giebt da Anlaß zu Verdacht; alles viel-
725 „mehr zeugt von der Zucht der Frau und ist ängst-
„lich um den geraubten Herrn. Kaum erhalte ich
„durch tausend Ränke zur Erechthide den Zutritt.

„Wie erstaun' ich, als ich sie sehe! Fast hätte
„ich den Vorsatz schwinden lassen, ihre Treue zu
„prüfen; kaum kann ich mich zurück halten, ihr
„die Warheit zu offenbaren; kaum, wie es sich
„ziemte, sie in meine Arme zu schließen!

730 „Sie war traurig; aber reizender, als sie in
„ihrer Traurigkeit, ist Keine; und jede ihrer Mie-
„nen sprach heißes Verlangen nach ihrem geraub-
„ten Gatten. Denke, Phocus, wie groß ihre
„Schönheit, da selbst der Schmerz ihr wohl ließ!

735 „Was soll ich erwähnen, wie oft ihre Tugend
„meine Versuche abwieß? wie oft sie mir sagte:
„„Ihm allein gebührt meine Zärtlichkeit, er sei,
„wo er wolle; ihm allein ist mein Herz vorbe-
„halten!“

„Welchem Vernünftigen wäre nicht eine solche
„Probe der Treue hinlänglich gewesen? doch ich
„bin damit noch nicht zufrieden; gegen mich selbst
„feindselig gesinnet, biete ich Gold für ihre Gunst;
740 „und durch Steigerung der Gaben bringe ich sie
„zuletzt zum Wanken.“

„Jetzt

„Itzt rufe ich aus: Erkenne unter diesen un-
„glücklicherborgten Zügen, erkenne in diesem, leider!
„glücklichen Verführer, Treulose, Deinen Ge-
„mahl, — einen Augenzeugen Deiner Schmach!“

„Sie antwortet nichts; aber vor Beschämung
„stumpf flieht sie stracks den hinterlistigen Gatten
„samt der unseligen Schwelle; irrt im Gebirge um-
„her; ja wirft wegen der von mir erlittenen Beleidi- 745
„gung einen allgemeinen Haß auf die Männer, und
„weihet sich ganz Dianen.

„Kaum seh' ich mich von ihr verlassen, als ein
„desto heftiger Feuer in meinem Herzen entbrennt.
„Ich bitte sie um Verzeihung; gestehe ihr, daß ich
„gefehlt, und daß ich wohl selbst Geschenken nicht
„hätte widerstehen, und leicht bei so verführerischer 750
„Versuchung in gleiche Schuld verfallen können.
„Durch dieses Geständniß mit ihrer beleidigten Tu-
„gend wiederausgesöhnet, kehrt sie endlich zu mir
„zurück, und wir verleben noch mit einander süße
„Jahre in Eintracht. Ja, noch nicht zufrieden mit
„dem Geschenke ihres Herzens, schenkt sie mir auch
„noch einen Hund, den ihre Cynthia ihr mit den
„Worten „im Laufe übertrift er alle“ verehrt hatte; 755
„schenkt sie mir zugleich diesen Wurfspieß, den Du
„hier in meiner Hand siehst.

„Auch die Geschichte des andern Geschenks
„möchtest Du wissen? Hier ist sie! Die wunder-
„bare Begebenheit wird Dir ihrer Neuheit wegen
„auffallen.

Z 2

„Des

„Des Lajus Sohn *) hatte bereits die bis da-
„hin allen Köpfen unerklärbare Aufgabe gelöset,
760 „und herabgestürzt lag, ihrer Räthsel uneingedenk,
die

*) d. i. Oedipus. — Nach dem Tode des Amphion
übernahm Lajus die Regierung zu Theben und vermählte sich mit der Tochter des Menöceus, welche
einige Jocaste, andere Epicaste nennen. Durch
einen Orakelspruch gewarnt, wollte er keine Kinder
zeugen; denn es wird, so sagte das Orakel, ein Va-
termörder daraus entstehen. Allein Lajus betrank sich
einsmals, und schlief bei seiner Gemahlin. Das
Kind, das sie gebar, gab er einem Hirten wegzu-
setzen, der die Knöchel desselben mit Schnallen durch-
stach. So ließ er ihn auf dem Cithäron. Allein
die Hirten des Polybus, Königs der Corinther, fanden das Kind und brachten es zu seiner Gemahlin
Periböa, die es annahm, und als das ihrige erzog.
Sie heilte ihm die Knöchel, und nennte es Oedipus,
wegen seiner geschwollenen Füße. Als der Knabe erwachsen war, und die mit ihm erzogenen Jünglinge
an Stärke übertraf; so schimpften sie ihn aus Neid,
und nennten ihn einen Untergeschobenen. Er fragte
deswegen die Periböa, konnte aber nichts von ihr
erfahren. Er gieng hierauf nach Delphi, um sich
wegen seiner eigentlichen Eltern zu erkundigen. Apollo
gab ihm den Rath, nicht wieder in sein Vaterland
zurückzukehren, weil er seinen Vater tödten und bei
seiner Mutter schlafen würde. Auf diese Nachricht
verließ er Corinth, weil er glaubte, die angeführten
Personen wären seine Eltern. Er fuhr auf einem
Wagen durch die Landschaft Phocis, und begegnete
in einem engen Wege dem auf einem Wagen sitzenden
Lajus und dem Polyphontes, dem Herolde des Lajus.
Man befahl dem Oedipus, auszuweichen; weil er
aber nicht gehorchte, sondern verzögerte, so tödtete
man eins von seinen Pferden; worauf Oedipus den
Polyphontes und Lajus erschlug. Dann kam er nach
Theben. Lajus wurde vom Damasistratus, dem
Könige

Könige der Platäenser, begraben; und Creon, ein
Sohn des Menöceus, erhielt das Königreich. Theben
wurde unter seiner Regierung von einem nicht geringen Uebel geplagt. Denn Juno schickte die Sphinx
zu ihnen, die von der Echidna und vom Typhon gezeugt war. Sie hatte das Gesicht eines Frauenzimmers, die Brust, die Füße und den Schwanz eines
Löwen, und die Flügel eines Vogels. Sie hatte von
den Musen Räthsel gelernet, und saß auf dem Phiceï-
schen Berge, wo sie den Thebanern folgendes Räthsel
vorlegte: „Was hat nur Eine Stimme, und wird
„vierfüßig, zweifüßig, und dreifüßig?“ Das Orakel
hatte den Thebanern gesagt, dann würden sie von der
Sphinx befreiet werden, wenn sie dies Räthsel würden aufgelöset haben. Sie kamen deswegen oft zusammen, und forschten nach dem Sinne dieses Aus-
spruches. Als sie ihn aber nicht finden konnten, raubte
Sphinx einen von ihnen und fraß ihn. So kamen
viele um, und zuletzt auch Aemon, der Sohn des
Creon. Creon ließ daher bekannt machen: derjenige,
der das Räthsel auflösen würde, sollte das Königreich
und die Gemahlin des Lajus, des Creons Schwester,
zur Belohnung empfangen. Oedipus erfuhr dieses
und lösete es auf. Denn, sagte er, das von der
Sphinx vorgelegte Räthsel bedeutet den Menschen;
dieser wird als ein Kind vierfüßig geboren, indem er
auf vier Gliedern geht; ist der Mensch erwachsen,
so ist er zweifüßig; kommt er ins Alter, so nimmt er
sich noch einen dritten Fuß, den Stab. Sphinx
stürzte sich hierauf selbst von der Anhöhe herab (nach
anderen, und vielleicht gehört Ovid zu diesen, ward
Sphinx herabgestürzt); Oedipus aber erhielt das
Königreich, und vermählte sich, ohne daß er es wußte,
mit seiner Mutter. Er zeugte auch zwei Söhne mit
ihr, den Polynices und Eteocles (S. IX. 403. A.)
und zwei Töchter, die Ismene und Antigone. Endlich kamen die Geheimnisse an Tag, und Jocaste
erhängte sich selbst mit einem Strick. Oedipus wurde
seiner Augen beraubt und aus Theben verjagt (Nach
anderen stach er vor Gram sich selbst die Augen aus
und gieng ins Elend). Er verwünschte bei dieser
Gelegenheit seine Söhne, weil sie bei seiner Vertrei-

Z 3

bung

„die dunkele Seherin. *)   Freylich läßt die hehre
Themis

bung müßige Zuschauer abgegeben und ihn nicht ver-
theidiget hatten.   Mit der Antigone kam er nach Co-
lonus in Attica, wo ein Hain der Eumeniden befindlich ist, und wo er sich, als ein um Verzeihung Bit-
tender, hinsetzte.   Er wurde endlich vom Theseus aufgenommen und starb nicht lange hernach. S. Apollodor III. 5.   Auch Sophocles (S. Oedipus in Colonos) läßt den Oedipus lange, von seiner Tochter
Antigone geführt, hülflos, bettelnd und verschmähet
umher irren, bis er endlich nach Colonos bei Athen
in den Hain der Eumeniden kommt, wo er von Theseus aufgenommen, und ohne Schmerz, ohne Krankheit, ohne Seufzer, der Erde entrückt wird.

Mit Schüchternheit wage ich hier eine Muth-
maßung.   In der Villa Borghese befindet sich eine
sitzende Statue unter Lebensgröße.   Die hohle rechte
Hand liegt auf dem Knie, gleichsam um etwas zu
empfangen.   Man hält diese Statue gewöhnlich für
einen bettelnden Belisarius; aber, wie Winkelmann
glaubt, irrig (s. Gesch. d. K. S. 428.), weil sie,
obschon mittelmäßig, doch aus dieser Zeit ein Wunder
der Kunst sein müßte.   Winkelmann will sie lieber
für einen August halten, der seiner Gewohnheit nach
jährlich einmal den Bettler machte und eine hohle
Hand (cavam manum) hinreichte, um ein Almosen
zu empfangen. —   Allein die Statue hat einen langen Bart, und, da die Künstler überhaupt ihre
Sujets am liebsten aus der ältesten Griechischen Fabel
wählten; so frage ich: Ob nicht der so genannte bet-
telnde Belisarius vielleicht eher für einen bettelnden
Oedipus in der Verbannung, für den Oedipus auf
Colonos zu halten sei? — S. Lipperts Dactyl. II.
74 — 79. und *Mon. ined. n.* 103.

*) d. i. die Sphinx, von der in der vorhergehenden
Anmerkung. Sie heißt bei den Dichtern beständig
Mädchen, Jungfrau. Ueberhaupt muß man bei der
Sphinxen eine doppelte Vorstellung wohl unterscheiden,
die

„Themis *) dergleichen nicht ungeahndet! Sofort

die Griechische und die Aegyptische. Die Griechische
ist: Kopf und Brust von einer Jungfrau; der übrige
Leib von einem Löwen; mit Flügeln. Die treueste
Abbildung der Griechischen Sphinx ist im V. Bande
der Herculanischen Alterthümer, in der Vorrede,
anzutreffen. Auf allen Aegyptischen Monumenten
aber, die aus dem Alterthum übrig sind, ist Sphinx
nicht aus einem Löwen und einer Jungfrau zusammengesetzt, (daher er auch nicht den Löwen und die
Jungfrau im Thierkreise bedeuten kann); sondern
blos ein Löwe mit einer thierischen Brust, durch einen
menschlichen Kopf veredelt, und ohne Flügel. Solche
Sphinxe sah Herodot, der älteste und genaueste der
Antiquarier, und nennt sie, weil sie mit männlichem
Gesicht gebildet waren, männliche Sphinxe (Andro-
sphinges). Inzwischen, nachdem die Alexandriner
alles untereinander mischten, und die an sich verschiedenen Fabeln und Vorstellungen beider Völker in Eins
zusammensetzten; sah man auch Aegyptische Sphinxe
mit, und Griechische ohne Flügel.

Von der Griechischen Sphinx erzählen die Alten
zwei Eigenschaften: Grausamkeit und räthselhafte
Reden; beide aus dem ersten Begrif des Aegyptischen
Sphinx abgeleitet; nemlich aus der Stärke die Ge-
waltthätigkeit, aus der Weisheit die Räthselsprache.
Von den Aegyptern wurde der Sphinx in den Vorhof
der Tempel gestellt, als heiliges Symbol der Vereinigung beider Vollkommenheiten der Stärke des Löwen
mit dem Verstande des Menschen, also als Sinnbild
des höchsten Wesens, das ohne Bild im Geiste verehrt wird; auch als Symbol von Aegypten. S.
Ueber einige Symbole und Gottheiten der alten Ae-
gyptier, aus dem Werke des H. Zöga, (eines Däni-
schen Gelehrten iu Rom) numi Aegyptii imperatorii;
Bibl. d. X. Litt. und K. 7tes Stück. S. Lipperts
Dactyl. I. 915 — 924.

*) Den Zorn der Themis weiß ich nicht anders zu erklä-
ren, als daß sie, die Göttin der Weissagungen, glaubte,
man habe sich durch den Tod der Sphinx, welche eine
Seherin war, an ihr versündiget.

„fort sendet sie über das Aonische *) Theben eine
„zweite Plage, ein schreckliches Raubthier, **) wel-
„ches sich eben so sehr den Landleuten selbst, als ihrem
765 „Viehe, furchtbar macht. Wir junge Leute der
„Nachbarschaft machen uns auf, und umstellen
„die weiten Gefilde mit Zeuge; aber es setzt rasch
„in leichtem Sprunge über die Netze, ja über des
„Garnes oberste Leinen hinweg. Man läßt die
„Hunde von den Leitriemen loß, und hetzt sie hin-
770 „terher: Es spottet ihrer Verfolgung, und flieht
„schneller, als ein Vogel davon. Itzt rufe ich auf
„allgemeines Verlangen meinen Lälaps ***) (so
„hieß der geschenkte Läufer). Schon längst strebte
„er das Halsband sich selbst abzustreifen, und zog
„an der ihn zurückhaltenden Schnur. Kaum ist er
„frei; so wissen wir auch schon nicht mehr, wo er
775 „geblieben. Der heiße Staub trug seine Spur,
„er selbst ist den Augen entrissen. Schneller als
„er ist kein Speer, keine Kugel, welche der ge-
„schwenkten Schleuder entflogen, kein gefiederter
„Pfeil, von Gortynischem †) Bogen abgeschossen.“

Mitten

*) Aonisch d. i. Böotisch, vom Aon, Neptuns Sohn,
   der im Böotischen Gebirge wohnte.

**) Es war ein Fuchs. Aller Warscheinlichkeit nach
   eigentlich ein Räuber, welcher Aloper, d. i. Fuchs,
   hieß.

***) d. i. Sturm.

†) d. i. Cretisch; von Gortyna, einer Stadt in Creta.

Mitten auf dem Felde erhöht sich ein Hügel.
„Ich steige hinauf; dem neuen Wettrennen zuzuse- 780
„hen. Bald scheint das Thier erhascht; bald scheint
„es wieder nur eben dem Bisse zu entwischen. Listig,
„läuft es itzt nicht gerade aus in das weite Feld;
„sondern täuscht den Verfolger, wirft sich im Kreise
„herum, und verhindert seinen Feind in den Schuß
„zu kommen. Gleichwohl ist ihm dieser ganz nahe, 785
„folgt mit gleicher Schnelligkeit, scheint es augen-
„blicklich zu ergreifen, ergreift es dennoch nicht; son-
„dern schnappt vergebens in die Luft. Itzt will ich
„den Wurfspieß zu Hülfe nehmen, und blicke nur
„hinweg, ihn zu schwingen und die Finger in die
„Wurfriemen einzulegen: Als ich aber die Augen
„wieder dahin richte — wie groß ist mein Erstau-
„nen, mitten im Felde zwei Marmor-Bilder zu ste-
„hen! Man hätte glauben sollen, das Eine fliehe, 790
„und das Andere belle. Sicherlich wollte ein Gott
„(wenn anders ein Gott sich um sie bekümmerte),
„daß keines von beiden im Wettlaufe überwunden
„werden sollte.“

Hier schweigt er.

„Aber — versetzt Phocus — was verbrach
„denn der Wurfspieß?“

„Was er verbrach? — erwiedert Cephalus — 795
„Ach! daß Freuden, o Phocus, fast immer der
„Anfang sind unseres Leides! Erst laß jene Dir er-
„zählen. O süß ist das Andenken der seligen Zeit,

 Aeacide,

„Aeacide, der ersten Jahre, die geziemend meine
„Gattin und ich, ich glücklich durch sie, sie glücklich
800 „durch mich, verlebten! Liebe und Gegenliebe hielt
„fest unser eheliches Band geknüpft.   Die Glück-
„liche hätte selbst Jupiters Hand für meine Umar-
„mung ausgeschlagen; und mich ihr untreu zu
„machen, wäre auch Venus nicht fähig gewesen.
„Unsre Herzen brannten von gleichem Feuer. Wann
„die Sonne eben mit ihren ersten Strahlen der
„Berge Gipfel vergoldete, begab ich mich, nach der
805 „Jünglinge Gewohnheit, auf die Jagd in die Wäl-
„der.   Weder Diener, noch Pferde, noch Stöber,
„noch maschige Netze nahm ich mit.   Gesichert war
„ich durch den Wurfspieß.   War meine Rechte des
810 „Würgens müde; so suchte ich die Kühle des Schat-
„tens, und die aus tiefen Thälern wehende frische
„Luft.   Noch um Einen milden Hauch der Luft
„flehete ich oft bei schwüler Hitze; oft, von der Ar-
„beit ermattet, harrte ich, bis die Luft mich wieder
„erquicket; und dann — erinnere ich mich — pflegt'
„ich wohl öfters zu rufen: „Komm, süße Luft, habe
„Mitleid, komm an meine Brust und kühle die
815 „Glut, die mich verzehrt."   Ja, vielleicht ver-
„leitete mein Schicksal mich, noch mehr süße Worte
„hinzusetzen, und zuweilen auch wohl zu sagen:
„O Du, meine Wonne, mein Labsal, mein Leben!
„Nur um Deinetwillen liebe ich Wald und Oede.
820 „Immer hascht mein Mund nach Deinem Odem."
„Hierbei mochte jemand mich belauschen, und, ge-
„täuscht durch die zweideutige Rede, hält er die so

                                                  oft

„oft angerufene Luft für eine Nymphe, *) in die ich
„verliebt sei. Gleich ohne weitere Ueberlegung geht
„er zur Procris und flistert ihr seinen falschen Ver- 815
„dacht zu. Liebe ist ein leichtgläubig Ding. Bei
„dieser Nachricht sinkt Procris vor Wehmuth in
„Ohnmacht, und als sie endlich wieder zu sich
„kommt, nennt sie sich unglücklich, vom Schick-
„sale verfolgt; klagt über meine Untreue, und,
„aufgebracht über ein eiteles Verbrechen, ist die
„Arme auf ein Unding, einen wesenlosen Namen 820
„eifersüchtig, und jammert darüber als über eine
„wirkliche Nebenbulerin. Oftmal kehrt dennoch
„Zweifel. Sie hoft in ihrem Leide hintergangen
„zu werden, versagt dem Verräther allen Glauben
„und will den Gemahl nicht eher verdammen, als
„bis sie sein Verbrechen mit ihren Augen gesehen.
„Als der nächstfolgenden Morgenröthe Schimmer 825
„die Nacht vertrieben, zieh ich wieder aus in den
„Wald; und, siegreich im Grase hingestreckt, rufe
„ich: „Komm, o Luft, und erquicke mich von
meiner

*) Nichts leichter, als diese Mißdeutung des Wortes
Luft (aura) im Lateinischen, da bei den Alten aura
auch ein sehr gewöhnlicher weiblicher Name war; ja,
die sanften Lüfte als Luftnymphen unter dem Namen
Aurae verehrt wurden. Im Deutschen ist freilich
Luft kein gewöhnlicher Name; doch giebt es wirklich
Familien, die also heißen; so daß sich doch einiger-
maßen auch bei dem Worte Luft die Möglichkeit eines
ähnlichen Mißverstandes denken läßt. Wenigstens
glaube ich, dem deutschen Leser dadurch immer ver-
ständlicher zu sein, als wenn ich das Lateinische aura
beibehalten hätte.

„meiner Arbeit!“ Unter diesen Worten däucht
„mich auf einmal ein unvernehmlich Seufzen zu
„hören; doch fahre ich fort: „Ach komm, Du
340 „Beste!“ Indem vernehm ich wieder ein Geräusch
„im abgefallenen Laube; und in dem Gedanken,
„es sei ein Wild, schieße ich meinen schnellen Wurf-
„spieß dahin ab. Es war Procris! Mitten in die
„Brust getroffen schreit sie überlaut, wehe mir!
„Ich erkenne sogleich meines treuen Weibes Stim-
„me, und stürze sinnlos der Stimme nach. Halb-
345 „todt, das verstörte Gewand mit Blute beströ-
„mend, und ihr eigen Geschenk aus der Wunde
„reißend, finde ich Unglückseliger sie; hebe den
„Körper — theurer mir, als mein eigener — mit
„meinen strafbaren Armen auf; verbinde die Wunde
„mit dem von der Brust gerissenen Kleide, suche
„das Blut zu stillen und beschwöre sie, mich Ver-
350 „ruchten durch ihren Tod nicht in den Abgrund des
„Elendes zu stürzen. Schon an Kräften erschöpft
„und sterbend, zwingt sie sich noch zu diesen weni-
„gen Worten: „Bei dem Bande unsrer Ehe, bei
„allen obern, bei den untern Göttern, zu denen
„ich ißt hinabsteige, bitte ich Dich flehendlich:
„Habe ich je durch etwas Gutes mich um Dich ver-
„dient gemacht; liebe ich Dich selbst ißt noch, da
355 „ich um meiner Liebe willen sterbe: O so wolle jene
„Luft nicht in unser Ehebette aufnehmen!“ Also
„spricht sie, und ich erkenne augenblicklich und be-
„nehme ihr den Irthum, leider! zu spät. Sie
„sinkt dahin und mit dem Blute entfliehen die letz-
360 „ten Kräfte. So lange sie noch etwas zu sehen
vermag,

„vermag, sieht sie mich; und gegen mich, in mei-
„nen Mund haucht sie ihr unglückliches Leben aus.
„Doch scheint sie ruhiger zu sterben, nach benom-
„menem Verdachte. “

Also mit bethränten Augen der Held zu den
Weinenden.　Itzt tritt Aeacus und die beiden
Söhne herein mit der neugeworbenen Mannschaft
in voller Rüstung, welche Cephalus in Empfang 365
nimmt.

Ende des ersten Theils.